지구의 형제

바나행성의 傳說

하

저자 박형규

행복한 이야기 해피소드
HAPPISODE™

바나행성의 傳說 하

초판 1쇄 인쇄 2017년 01월 31일
초판 1쇄 발행 2017년 01월 31일
지은이　박 형 규
펴낸이　손 형 국
펴낸곳　해피소드
출판등록　2013. 1. 16(제2013-000004호)
주소　153-786 서울시 금천구 가산디지털 1로 168,
　　　우림라이온스밸리 B동 B113, 114호
홈페이지　www.book.co.kr
전화번호　(02)2026-5777
팩스　(02)2026-5747

ISBN 978-89-98773-16-8 04810　　978-89-98773-13-7 04810(세트)

신(神)이 있다면 어떤 존재일까? 全能한 존재일까? 그 전능한 존재가 왜? 인간의 삶에는 그 영향력을 미치지 않고 외면하고 있을까?

이러한 의구심은 누구나 한번쯤은 가져보았음직한 것일 것이다. 그렇다면 지구 인류 문명보다 수 만년 앞선 과학 문명이 존재하고 있다면 우리의 상상력으로 그들의 삶을 척량 할 수 있을까? 그들이 인류가 생각하는 신(神)은 아닐까? 끝이 없는 우주공간에 그런 존재가 없다고 확답 할 수 있을까? 이 소설은 그런 상상을 원동력으로 하여 집필되었다. NASA에서 발표한 지구의 사촌이라는 케플러 452B 행성을 '바나' 라는 이름으로 붙였지만 천인은 이미 신적 존재만큼이나 육체적 정신적으로 진화된 존재라는 시각으로 읽는다면 비록 졸필이지만 SF(Science Fiction) 소설의 재미를 느낄 수 있을 것이다. 내용 중에 나오는 '구루' 란 천인의 성씨는 인도어로 선지자 또는 先覺者라는 의미임을 밝혀둔다. 인간은 비록 나약한 유기체이며 포유류의 한 종이지만 끝없는 탐구심과 욕망을 가진 어마어마한 끈기의 생명체임을 새삼 강조하지 않아도 알고 있으리라. 과학의 발전이 종국에는 인간능력의 극대화로 집중 될 것이라는 예상을 하 면서 제4부 부터는 korea함선을 이용해서 우주 의 새로운 행성들을 찾아볼까 한다.

[등장인물]

구루로아; 쌍둥이 행성의 절대자 구루로아 황제는 행성 내란으로 인해 일부 주민들 (100만명)을 이끌고 우주함선을 이용해 탈출하여 바나 행성에 불시착한다. 그러나 또다시 반기를 든 반란자들을 처리하지만 셔틀로 탈출한 전사와 마법사들은 자폭 시스템을 탈주하는데~

구루 무라카 세바스찬; 구루로아의 외동아들이며 황태자로 바나행성의 질서를 회복시키고자 노력하는 와중에 음모에 휩쓸려 사망 한다.

⟨짐 바브 대륙⟩

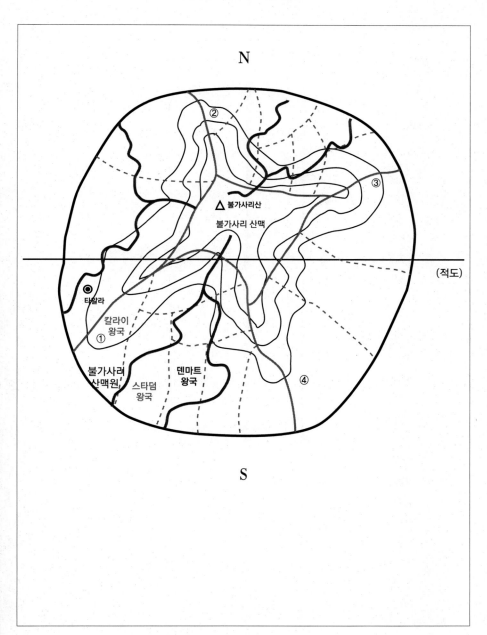

차 례

제3부

평등과 자연주의

반역자 라누고

　셔틀로서는 에너지 한계가 있는 것이다. 우주공간이라면 다르지만 대기권에서는 충전이 불가능하니 자연히 R-2가 속도를 조정하게 되는 것이다. 우주공간에 갔다 올 시간은 현재로서는 없다.

　폰 프린스에 오르자마자 레인은 지 세상 만난 듯이 급하다. 어이구 귀여운 것, 그동안 잘도 참더니만 속으로는 스트레스를 상당히 받았다는 것이다. 두 시간이면 적당하다. 레인이 두 번 기절하는 시간으로선 말이다. 도착하니 아침이다. 불가사리 산 정상위의 공간이다. 레인은 만족했는지 꿈나라에 들어 있다. 이곳저곳을 관측하는데 8부 능선쯤에 트윈 오우거 무리가 보인다. 고도를 낮추어서 저공비행으로 접근해 보니 두 무리가 완전 난전을 벌이고 있다. 무엇 때문인가? 자세히 보니 트윈 오크 시체가 제법 흩어져 있다. 먹이 다툼인 것이다. 집단전이 아닌 개인전 난전이 벌어지고 있는 것이다. 다른 무리도 찾아보는 것이 확실한 결론을 도출하는데 도움이 될 것이다. 다른 곳으로 이동하면서 다시 관측을 해본다. 한두 군데가 아니다. 집단이라는 개념은 완전히 사라지고 같은 종끼리도 서로를 잡아먹는 광경도 종종보인다. 모두가 먹이 다툼에 정신이 없고 오로지 야생의 생존 본능만이 존재하는 밀림의 법칙만 있다. 강자는 존속하고 약자는 밥이 된다. 약육강식의 싸이클 즉 자연의 법칙으로 돌아간 것이다. 오크들도 마찬가지이다. 그대로 둬도 되는 것이다. 산을 벗어나서 ＡＢＣ 왕국 지역을 저공으로 투명화 시스템을 개방하고 돌아본다. 어느 왕국이 들어 왔는지 재기를 하는 모습이 군데군데 보인다. 완전히 초토화되어 멸망해버린 땅이다. 그런데 지금은 다시 왕국이 들어선 것인지 사람들이 재건을 하고 있다. 부숴지고 허물어진 것들을 치우고 새로 건물들을 짓고 있다. 한 세대가 그렇게 사라지고 다른 사람들의 땅이 되어 삶의 터전을 일구고 있는 것이다. 돌려줄 줄도 알아야 존재가치가 올라가서 오래도록 존속하게 되는 것이다. 어리석은 자들은 움켜 쥘 줄만 알아서 짧은 생을 마감하는 것이다. 그것이 자연의 섭리이다. 인간들이여, 다시는 패망한 전철을 밟지 말지어다. 역사 속에 그 진리가 있다.

최소 단위의 몬스터 대장들만 없애 버리면 나머지는 자연에 맡겨도 아무 이상이 없다. 예상이 적중했다. 그렇다면 한 무리씩 각개 격파가 정답이다. 시간과의 싸움인가? 그래도 온전히 자연의 싸이클로 되돌리는 방법은 그 방법뿐이다. 누군가가 해야 된다면 내가 해야 한다. 돌아오니 여섯 시간이 조금 더 걸렸다. 레인을 안아들고 천막 안 침대에 눕힌다. 두 번째 기절을 한 것이 너무 심했던가? 아이가 완전 그로기 상태로 잠들어 있다. 안고 이동을 해도 전혀 의식이 없는 정도이다. 침대에 눕혀놓고 마나 목욕을 시켜준다. 361세맥을 모두 돌아서 단전으로 기를 안정시켜주고 뱃속의 아기를 점검해본다. 녀석은 생생하고 활기차다. 남자아이가 뱃속에서도 확실히 활동을 심하게 한다는 것이 정설이다. 녀석이 잠들어 있어야 할 시간에 팔닥이고 있다. 깨어 있는 것이다. 기를 불어넣어 쓰담쓰담 하자 좋아서 팔다리를 마구

휘젓는다. 심어로 얘기를 해주면서 쓰담쓰담을 해주자 아빠의 존재를 느끼는지 조용해진다. 금방 잠이 든다. 녀석! 천막 밖으로 나오니 새벽이다. 일부러 쉬거나 자지 않아도 별지장이 없는 몸이니 그대로 사냥이나 다녀와야겠다. 고뿔들이 집단으로 서식하는 지역을 알기 때문에 메고 가는 시간만 들이면 사냥은 끝이다. 그런데 고뿔 서식지에 접근을 하다 보니, 지금 한 무리의 트윈 오우거가 고뿔 사냥에 열을 올리고 있다. 구경을 하자니 고뿔 수놈들도 그냥 당하지 않겠다는 듯이 맞서고 있다. 초승달 모양으로 몰려든 트윈 오우거 이에 맞선 고뿔 수놈집단. 숫자는 고뿔쪽이 월등히 많다. 열배는 될 것이다. 트윈 오우거 집단이 멈칫 거리자 대장 놈이 앞장선다. 다른 놈들보다 머리하나는 더 큰 놈이 고뿔의 덩치 큰 수놈을 향해 몽둥이를 휘두른다. 고뿔도 만만치 않다. 몽둥이를 머리의 뿔로 맞받아치며 달려든다. 그러자 주변의 고뿔들도 미친 듯이 오우거 옆구리를 향해 들이 받아버린다. 고뿔의 뿔에 옆구리가 뚫렸는지 트윈 오우거 대장이 비명을 지른다. 대단하다. 고뿔이 그 큰 덩치로 그대로 오우거 대장을 들어 올린다. 뿔에 걸린 오우거 대장이 빠져 나가려 몸부림치지만 쉽지 않다. 옆구리에선 피가 분수처럼 튀어 오른다. 고뿔의 대가리가 온통 오우거의 피로 빨갛게 물든다. 신기한 것은 다른 오우거가 도와주기는커녕 완전 구경꾼이다. 고뿔은 다르다. 순식간에 좌우에서 두 마리의 고뿔이 튀어 나오더니 공중에 들린 오우거의 하체를 그 길고 날카로운 뿔을 좌우로 흔들면서 달려들어 머리를 사정없이 흔들자 왼쪽 허벅지가 칼에 베인 듯 쩍 벌어진다.
"크악 꾸엑! 컥컥컥!"
들고 있던 고뿔이 고개를 숙여 오우거 대장을 땅에 떨어뜨리

자. 좌우의 고뿔이 사정없이 들이받아 버린다. 긴 뿔이 가슴에서 등으로 관통해서 튀어나온다. 또 한 마리에 의해서 배가 찢겨지며 내장이 땅에 쭉 흩어진다. 이미 트윈 오우거 대장은 죽어서 움직임이 없다. 그러자 가슴을 관통시킨 고뿔이 오우거 시체를 뿔에 걸고 그대로 암놈들이 있는 곳으로 가는 것이 아닌가! 그리고 머리를 흔들어서 오우거 시체를 땅에다가 패대기치자 암놈들이 짓밟아서 뭉개 버린다. 그야말로 흙인지 오우거 시체인지 분간이 안갈 정도로 짓뭉개는 행위가 한참을 진행된다. 그리고 고뿔들의 반격이 시작되었다.

  수놈들이 일치단결하여 돌진하자 트윈 오우거들은 달아나기 바쁘다. 와중에 서너 마리가 고뿔의 뿔에 걸려서 짓뭉개 진다. 완전 한순간에 먹이사슬이 뒤바뀌는 일대 사건의 현장을 본 무라카는 발길을 돌린다. 속으로는 다시는 고뿔 고기를 먹지 않고 잡지도 않을 것을 맹세하면서 말이다. 그리고 무라카가 미처 보지 못한 마지막 고뿔들의 오우거 몰살 작전은 더욱 기가 막히는 광경이다. 미리 멀리 도망을 쳤더라면 살 수 있었을 터인데 무슨 영문인지 조금 후퇴를 해서 기다린 것이 화근이다. 아마도 대장의 명령이 없으니 집단생활을 해오던 무리가 개인행동을 못하고 망설인 것은 그것 때문일 것이다. 그 기회를 놓치지 않고 고뿔 수놈 무리가 서서히 포위망을 형성한다. 이제는 오우거가 무서운 것이 아니라 복수의 대상으로만 보이는지 수적으로 많은 것을 이용해 채 몇 분이 되지도 않을 시간에 완전히 에워싸 버렸다. 그때부터 오우거의 연옥이 펼쳐진다. 외부에서 고뿔들이 한쪽 측면을 뿔로 밀어 붙이면 오우거는 만신창이가 되면서 밀린다. 자기들끼리 밀고 밀리며 넘어지는 놈들은 일어설 기회조차 잃어버리고 동료들에게 밟히고 무리에서 떨어져 나오면 그 순간에 꼬뿔에 의해 갈갈이 찢겨진다. 계속 반복되는 밀리고 또 밀리고 밟히고, 찢겨지고, 도망치려고 무리에서 이탈하면 그 순간이 고뿔의 긴 뿔이 기다렸다는 듯이 옆구리를 뚫고 들어온다. 처절한 오우거들의 최후는 흙에 짓이겨져서 흙인지 오우거인지 모를 지경이 되도록 짓이겨서야 끝이 난다. 비록 초식 동물이지만 암컷과 새끼들을 방호하기 위해서 취해진 목숨을 건 사투는 고뿔의 완전한 승리로 막을 내린다. 그날 아침 사냥은 당연히 빈손 이였다.

무라카 사냥 역사상 처음으로 빈손으로 돌아온 날이다.

스테이크와 야채 그렇게 잘 먹고 있는데 R-1에게서 직통으로 통신이 들어왔다. 무슨 일이기에 갑자기?

"R-1 사령관이다. 무슨 일인가? 오버"

"사령관님 몬스터 집단이 마젤란 제국의 수도 쿠알라시로 공격 중입니다. 10만 마리가 넘는 대 집단입니다. 사모님이 총사령관으로 지금 방어 작전에 나가셨습니다."

"뭐? 언제? 그게 어떻게 가능하지? 사전 정찰! --- 에잉! 말을 말자. 아니 마젤란 제국엔 그만큼 많은 몬스터가 없을 텐데?"

"그것은 모르겠습니다. 각 왕국의 병사들도 소집되고 있고, 그린왕국의 그린위드 백작도 특전대를 이끌고 전투 중입니다. 영상을 보낼까요?"

"아니 되었어 당장 가지 무라니와 무투는?"

"네 작은 사모님이 여기 계십니다. 바꿀까요?"

"응 보자. 어? 예쁜 여우? 애기들 보느라 꼼짝 못하고? 있나?"

"아빠! 큰일 났어요. 언니가 갔지만 안심이 안 돼요. 빨리 오셔야 겠어요."

"응 갈게 빨리 갈게. 무라니 무투는 잘 있나?"

"네 아빠 저 무라니예요.""넵 저 무투 헤헤 아빠!"

"어이구 그래 요즘 말썽 안 피우고, 작은 엄마 말씀 잘 듣지?"

"네 넵! 아빠 언제와요?"

"잠시 후에 가마 R-1 그 외 상황은?"

"넵 아무래도 몬스터 배후에 사람이 있는 듯합니다. 사령관님!"

"뭐? 다 죽었는데? 하여간 가서 토의 하자. 통신 끝"

"넵 기다리겠습니다. 통신 끝"

레인을 부르고 짐을 꾸린다. 말 두필과 큰 짐은 영감님께 다 맡기고 배낭만 챙긴다. 안제쯤 다시 올 수 있을지 지금으로선 미지수이다. 레인과 같이 배낭을 메고 마을을 벗어나서 숲속 사각지대로 사라진다. 대기 중인 폰 프린스를 타고 모선에 가는 시간은 30분이면 족하다. 일단 대기권만 벗어나면 속도는 10배 이상 빨라진다.

모선 격납고에 무라니 무투 그리고 여우까지 기다리고 있다. 한꺼번에 셋이 안겨오니 아빠 품이 적다. 허허허

"무투야! 젖 떨어진 거야?"

"네 아빠 저 이빨 봐요. 이~ "

"하하하 이젠 고기도 먹겠네?"

"네 아빠 저 고기 많이 먹어서 빨리 클래요."

"오냐 그래그래 무라니도 많이 먹고 빨리 커야지?"

"넵 아빠! 저 빨리 커서 아빠한테 시집 갈 거예요! 히히힛!"

"헉! 그게 무슨 말이야? 아빠한테 시집을 온다고? 하하하하 누가 시킨 겨?"

"아빠 누가 시킨 거 아녜요. 제가 아빠를 세상에서 제일 사랑하니까 그런 거지요. 헤헤헤"

"아빠도 무라니 사랑해. 그래도 아빠에게 시집은 못 오는 거란다 아가야!"

"R-1 현장 볼 수 있나?"

"넵 보십시오. 지금!"

완전히 아비규환이다. 사람들의 피해가 말이 아니다. 선두에 트윈 오우거 연대 규모가 닥치는 대로 부수고 짓밟으면서 전진 중이다.

저지선 밖의 민간지역은 생지옥이다. 민간인과 섞여있어서 투석기 공격도 불가능 하다. 2층짜리 건물도 오누거의 몽둥이질 한 방에 박살이 난다. 제국 수도 쿠알라시 외곽으로 1차 저지선이 구축이 되어 있고 2차 방어선은 강의 교량을 경계선으로 투석기와 발리스타 부대가 준비하고 있다.

"R-1 그린 왕국 쪽은?"

"넵 초점을 돌립니다."

난전 중이다. 자세히 보니 위드의 특전대가 선두 오우거 집단과 맞붙었다. 그런데 난전을 벌이면 불리한데 어째 방어선이 뚫려서 난전이 된 모양이다. 화급한 상황인 것이다. 트윈 오우거의 시체가 여기저기 늘렸다. 병사들의 시체도 군데군데 흩어져 있다. 벌떡 일어섰다. 급하다. 격납고로 번개같이 달려간다. 폰 프린스에 오르자 마자 발진 명령을 내리고 그린 왕국 상공으로 이동한다.

"R-1 몬스터 뒤의 사람을 찾아라. 그리고 모든 드론을 투입하고 발견 즉시 영상을 내게 보여라. 무슨 수를 쓰던지 찾아라. 이상! 끝.”

“넵! 명령 즉시 수행합니다. 끝”

상공 1㎞까지 접근해서 자유 낙하 식으로 떨어지면서 보니까. 오우거 무리가 계속 적으로 몰려드는 것이 보인다. 그리고 그 뒤로 오크들이 따르고 있다. ‘그레-잇 라운드 파이어 레인’ 광범위 고급 마법으로 범위를 조절하면서 펼치며 공중에 멈췄다. 꾸역꾸역 뒤따르는 오크 무리까지 모두 범위 안에 들어간다. 단지 난전 중인 지역의 뒤쪽 지대에 한한다. 단 한방에 4/5의 몬스터가 불의 비 지옥에 빠졌다. 고기 타는 냄새가 진동을 한다. 그러거나 말거나 위드의 앞에 점프로 나타난다. 난전 중에 정신이 없는데 하얀 빛을 뿜는 검이 눈에 들어오자 피로 칠갑을 한 위드의 얼굴에 미소가 피어난다.

사부님이 오신 것이다. 그리고 순식간에 쓸려나가는 트윈 오우거들 병사와 기사들이 목숨을 걸고 붙들고 있는 오우거 들이 순식간에 두 조각 세 조각으로 잘려 나뒹군다. 수가 아무리 많아도 소용없다. 왼손은 강 환이 20개씩 떠올라 위험한 순간의 오우거 심장을 관통한다. 그리고 오른손의 광선검이 보이지도 않는 순간에 목을 쓸고 지나간다. 200마리 300마리 500마리 사부님의 몸에는 튀는 피도 한 방울도 묻지 않는다. 강기막을 두르고 있으니 당연히 먼지 한 올도 묻지 않는 것이다. 난전 지역이 불과 2~30분 만에 정리되었다. 재가 되어 사라져 버린 숫자는 그보다 수백 배는 많으리라.

“위드야 다친 데는 없어?”

“넵 사부님! 그냥 피가 튀어서요. 그동안 별고 없으신 거죠?”

"오냐 그냥 먼 다른 대륙에서 있다가 온 것이지. 현장 정리하고 방어진 철저히 치고 있도록. 야간 경계잘 세우고 난 제국 수도에 다녀오마. 그럼."

사부님은 말이 끝나기 전에 사라지셨다. 신기하다. 저것은 어떻게 하는 걸까? 쿠알라시 상공에서 다시 자유 낙하를 하면서 아래를 살핀다. 이곳은 마법을 사용할 수가 없다. 민간인들이 섞여 있으니 방법은 일일이 현장을 뛰는 수밖에 없다. 그대로 낙하 하다가 놈들이 몰려 있는 가운데 지점으로 떨어져 내렸다. 그때부터 몬스터들의 수난이 시작 되었다. 광선검도 허리에 걸었다. 양손에 강 환이 20개씩 동시에 발출된다. 관통하고 회전하며 40개의 탁구공보다 작은 강환이 후라이팬 위의 기름방울처럼 허공을 튀어 오르며 춤을 춘다. 몸이 공중에 부양된 채 앞뒤 좌우로 자유로이 이동하면서 공격한다. 오우거들이 단 5초도 견디지 못한다. 30분이 지나자 시내에 진출한 오우거는 전멸이다. 어떤 방법으로 명령이 전달되는지 갑자기 몬스터들이 빠져 나가기 시작한다. 후퇴 명령이 내린 모양이다.

그냥 보내줄 무라카가 아니다. 수십만 마리의 오크가 도망치려는 앞쪽에 불의 장벽이 나타났다. 갑자기 땅에서 솟아 오른 것이다. 불의 장벽의 끝이 안 보인다. 어디까지 쳐져 있는지, 그리고 헬 파이어가 땅속에서 솟아올랐다. 마그마가 땅을 비집고 솟아올라서 몬스터가 있는 지역을 뒤덮는다. 산으로 도망 치려던 모든 몬스터가 그렇게 순식간에 녹아져 간다. 100만 마리가 넘을 듯한 몬스터들의 최후이다. 그리고 비가 내린다. 그 지역을 식히려는 듯이 억수 같은 비가 쏟아진다. 가득 피어오르는 수증기가 안개처럼 멀리 산허리를 휘어 감으면서 퍼져 나간다. 6부 능선에서 온 정신을 집중해서 몬스터들을 조종하던 '라누고'는 허탈함에 빠졌다. 이미 피폐해질 대로 피폐해진 정신이지만 저 말도 안 되는 마법의 경지에 주눅이 들어서 패닉(Panic)상태가 된 것이다. 어찌 인간이 저 광범위한 지역을 단 한방의 헬 파이어로 뒤덮을 수 있단 말인가? 자신의 능력보다 수백 배는 더 높은 마법의 현장을 보고는 바지가 다 젖어버린 상태이다. 발각되면 즉사라는 것을 알면서도 도망 칠 엄두도 안 난다.

600년 전에 죽은 자가 나타나서 이렇게 방해를 할 줄은 몰랐다. 소리어스 듀오를 정신계 마법으로 제압해서 무라카를 유인해 낸 것이 라누고 자신 이였다. 그리고 방심한 틈을 타서 심장에 비수를 박은 것도 자신 이였고. 그래도 안심이 안 되어 사지를 절단해서 흩어 놓았었는데 어떻게 다시 살아났을까?

"라누고 너였구나. 역시 살아 있었군 그래."

"컥! 황자님! 그 그것이 제가 기습한 것이 아니라. 소리어스 듀오가 기습적으로 심장을 찌른 ----!"

"600년 전에 말이냐?"

"네 넵!"

"너였었군! 네가 나를 죽였더냐? 무엇을 위해서?"

"그 그것이 으악!"

공격하는 것을 보지도 못했는데 양팔과 양다리가 떨어져 나갔다. 몸체가 굴러 떨어지면서 나무 둥치에 걸린다. 배낭에서 지혈제를 꺼내어서 지혈을 시켜준다. 그리고 손을 뻗어 심장에 붙이고는 마법 링을 파괴해 버린다.

"쩡! 울컥울컥!"

피를 한바가지나 토해내지만 죽지는 않는다. 그리고 공중에 띄워서 데리고 간다. 더 이상 질문도 말도 없다. 그렇게 연합군 상황실에 들어선 무라카. 뚜벅뚜벅 볼리아가 고개를 숙이고 들여다 보고 있는 상황판 앞에 멈춰 선다.

"어? 아빠! 아빠! 아빠!"

와락 안긴다. 등을 토닥여 주는 무라카.

상황실의 수많은 눈동자가 '볼리아'에서 '무라카'에 게로 돌려진다.

"볼리아! 어디 다친 데는 없나?"

"네 아직은요. 그런데 언제 오셨죠? 며칠 후에나 오실 어? 이건 뭐예요? 난장이?"

"볼리아야 상황 끝났다. 몬스터 다 잡았다. 그리고 이놈 '라누고' 소리어스 듀오에게 정신계 마법을 걸어서 너의 아빠를 유인해서 죽인 범인이다. 이놈이 저지른 짓이야. 지금 사지를 다 잘랐고 힘을 못 쓰게 만들었다. 너의 옷장에 걸어놓고 바짝 말려라. 완전 마르거든 콩콩 빻아서 후아주에 타서 마셔야겠다. 그렇게 해 주겠니?"

"아~! 이놈이, 이놈이 흑흑흑 이놈이 그랬단 말이죠? 아빠 네 그럴게요. 옷장에 걸어서 말릴게요. 이런 배신자는 그것도 후한 처벌이 예요. 아빠! 바짝 마르면 빻아서 가져갈게요. 흑흑흑!"

"연합군은 철수 시켜라. 그리고 정리되면 하늘로 오너라. 기다리마. 볼리아 사랑한다. 내 딸 볼리아!"

수많은 사람이 쳐다보고 있는데 갑자기 사라져 버렸다. 한 순간에 억! 하늘에서 기다린데??

"R-1 잘했어 그놈 맞아 잡았어! 볼리아가 가지고 있다."

"아! 잡았어요? 꼼짝도 않고 앉아 있는 것이 수상했어요. 그자

외에는 사람이라곤 없었거든요. 다행히 잡았군요. 사령관님! 궤도 다시 수정 할까요?"

"그래 수정해. 그동안 난 아이들과 놀고 있을 테니."

안젤리나의 방으로 돌아오니 아이들이 잠들어 있다. 안젤리나와 레인이 도란도란 얘기를 나누고 있다.

"아빠 바블라이트 대륙에도 혹시 마법사가 있는 것 아녜요?"

"글쎄다. 조사는 하고 있지만 걸리는 것이 없어. 하여간 있다고 가정하고 조사 해야겠다. 다시 실수 안 하려면 말이다."

"네 어휴 무서워요. 몬스터를 길들여서 공격 하다니 다행히 잡아서 망정이지 놓쳤으면 계속 그랬을 것 아녜요."

"그랬겠지 정신계마법이 사람을 그렇게 변하게 할 줄이야."

"아빠 저 건강하데요. 아기도요. 진단했었어요."

"그래야지. 인제 몇 달 남았지?"

"아직 4개월 남았어요."

"그래 이제부턴 조심해야 해. 언니한테 배워 어떻게 하는지."

"호호호 안 그래도 그 얘기 하고 있었어요. 남자 아이인데 이름 지어 줘요."

"어! 남자 아이가 황금빛 머리면 안 되는데? 아가씨들이 줄을 서겠는데!!"

"어머머 참 그러네요. 우와! 우리아이 멋지겠다. 그쵸?"

"레인아 너 영지에 들리지 않아도 돼?"

"네 걱정 안 해요. 위드 사형 있는데요 뭐"

"그건 그래 녀석 잘 싸우던데, 트윈 오우거가 위드에겐 1수에 쪼개지더라고 허허허"

"누구 제자인데 안 그러겠어요. 호호호"

"오늘은 여기서 자자. 내일 볼리아가 올려나? 레인아 혼자 자거라."

"네 아빠! 둘째 언니한테 가 봐요. 언니 일찍 가서 쉬어요. 애기는 내가 데리고 잘게요."

"응 그래 잘 자!"

안젤리나도 아기 엄마가 되고나서는 완전히 달라졌다. 그렇게 부끄러워하던 것도 연극 이였던 것처럼 아주 대담하고 적극적인 여자가 되어 버린 것이다. 그래서 아줌마가 용감하고 무서운 것 없는 여자가 되나보다. 모성애만 무서운 게 아니다. 아줌마도 무섭다. 정답!

"아빠 무투가 아빠한테 질문할게 있다고 기다렸는데"

"질문? 무슨 질문일까? 엄마한테는 얘기 안 해?"

"네 아빠라야 안다나요? 그러면서 오시면 꼭 대답을 들어야 한데요. 제가 뭔데 그러냐고 아무리 해봐도 엄마는 상관없는 일이래요. 호호 쬐끄만 한 게 사내아이라고 벌써부터 엄마를 괄시 하다니 웃겨요."

"글쎄다 여자는 몰라도 된다? 후후후 이제 한 살이지? 좀 더 있어야 두 살? 몇 달 있어야 두 살이지?"

"어머머 아빠가 그것도 몰라요? 레인 동생 아기 생기기도 전에 태어났잖아요. 그러니 아직 멀었어요. 두 살 되려면 이제 겨우 돌 지난지 겨우 몇 주 되었어요. 호호호"

"아 그렇지 참! 무라니 하고 헷갈렸어. 무라니는 세 살 되었다고 좋아 하던데. 이제 아빠한테 업혀서 여행 다닌 다나 어쩐다나? 볼리아가 얘기 해줬나봐. 자기 3살 때 업혀 다녔다고 그래서 그런 것 같애. 녀석!"

"아빠하고 며칠같이 지내고 싶은데, 볼리아 언니 오시면 안 되겠죠?"

"뭐? 언니한테 얘기해봐 안 될 것 없어. 그렇게 해도 될 거야. 여우가 새침 떨면 들어 줄 거야. 잘 해봐! 허허허"

"아빠 얘기 한마디면 끝이잖아요. 치-잇! 내가 제일 아빠 곁에 못 붙어 있었어요. 상단 일 때문에도 그렇고 또 제가 너무 소극적이라서 그런 것 같아요. 이제부턴 안 그럴 거예요. 나도 매일 아빠한테 안기고 싶단 말이에요."

"어? 어 그렇게 해. 그러고 보니 그런 면도 있었네. 여우야! 니가 제일 바빴네 그렇지? 음 그 상단의 행정업무 총괄을 담당할 사람이 없나? 똑똑한 사람 많이 있잖아. 상단에 내 제자들도 많고 말이야. 업무 분담을 좀해라. 현장 업무처럼 말이야. 수도 사업은 수도 사업 본부로 따로 분리해서 행정도 수도 사업 본부는 따로 분리해서 하면 되고, 상행 쪽은 상행 쪽으로 따로 분리해서 행정을 보면 되고 말이야. 그래야 행정도 편리해지고 일이 미뤄지지 않고 즉각, 즉각 시행이 되고 속도도 빨라지고 말이야. 연구를 안 해요. 연구를 쯧쯧쯧"

"어머나 아빠는 진짜 천재야! 그렇게 하면 업무 추진도 빨라지고 모든 것이 빨라지겠네. 아빠! 아빠 제가 내일 상단을 다녀올께요. 그때까지 아빠 여기 계셔야 해요. 알았죠?"

"응 응 그래 여기 있을게. 너의 방에만 있을께."

"호호호 그러지 말고 내일은 언니 방에 가셔도 되요. 여행 떠나지 말란 말이에요. 네?"

"알았어. 어디보자 우리 여우꼬리가 몇 개인지 보자!"

"히히힛 또 예요? 아이 좋아라! 아빠! 아빠 사랑해요!"

"아빠 있잖아요. 어 어 누나도 없고, 엄마도 없는데 나는 있다?"

"응? 뭔데 그게? 아빠 무척 궁금하다. 우리 무투가 아빠만 알아야 한다면서 이렇게 다른 방으로 와서 하는 비밀얘기가 뭘까?"

"응 그러니까 그게 에잉 표현하기가 어렵네. 아빠 이거 말이예요. 이거 쉬 하는 거요. 누나도 없고 엄마도 없는데 나만 달렸잖아요. 히-잉 그래서 누나한테 물어 봤더니 누나도 모른데요. 창피해서 엄마나 작은 엄마 한 테도 못 물어보고, 그래서 아빠 오시기만 기다렸다고요. 히-잉 잉 잉 훌쩍 훌쩍!"

웃음이 터지려는 것을 겨우 참았다. 무투가 워낙 진지하게 한 질문이란 생각이 들어서 참을 수밖에 없는 상황! 험험

"그랬었구나. 무투가 고민을 많이 한 모양이구나. 그럼 아빠랑 같이 목욕하러가자. 그동안 무투가 누나랑 엄마하고만 목욕을 했던 거로군. 자 아빠랑 목욕하러가자 그러면 자연히 알게 된단다. 무투야 아빠가 바빠서 미안 하구나. 너와 목욕을 같이 자주 했어야 하는데 말이다. 흠흠"

무투를 안고 샤워실로 가면서 남자와 여자의 차이점을 설명을 하려는데 그것이 쉽지가 않다. 전혀 예상치 못한 질문에 대한 답변은 궁색할 수밖에 없다. 어쨌든 무투의 의문을 풀어주는 방법은 보여주는 방법이 가장 원초적이면서 간단하다. 무투의 옷을 벗기고 아빠도 옷을 벗자. 무투의 시선이 아빠의 성기에 고정되어 떠나지 않는다. 분명히 아빠도 있다. 그런데 모양이 많이 다르다. 무투는 고개를 갸웃거린다.

"무투야! 너도 커서 어른이 되면 아빠 것처럼 크고 털도 난단다. 아빠도 무투 만할 땐 지금 너처럼 그렇게 생겼었지 이젠 이해하겠냐?"

"네 아빠 그런데 아빠 것은 너무 크잖아! 히히힛"

"몸도 커지는데 그것도 커지지 이 녀석! 남자와 여자가 다른 점은 이제 알겠지? 이리로 등을 보자 씻어주마 허허허"

"네 아빠 제가 이상한 게 아니어서 다행이에요. 휴우 걱정 했거든요. 헤헤헤"

목욕을 마치고 돌아오니 볼리아가 와 있다. 오랜만에 제국의 일에 참견하게 되어서 시간이 오래 걸릴 줄 알았는데 일찍 왔으니 할 얘기가 많으리라. 그런데 그것도 아닌 모양이다.

"아빠 그동안 저 안 보고 싶었어요?"

"웅? 그게 무슨 말이야. 당연히 보고 싶었지 그런 질문이 어딨어?"

"헤헤 보고 싶었지요? 그럼 제방으로 가요. 얘들아 너희들 말썽 피우지 말고 놀고 있어라. 아빠랑 길게 얘기하고 올 테니 알았지?"

"네 엄마!" "알았어요. 큰 엄마!"

볼리아 방에 들어서자마자 안다리 후리기로 날아서 침대에 떨어지는 아빠! 낙법도 못치고 뻗어버린 볼품없는 아빠신세?

그렇게 시간은 흐른다. 바블라이트 대륙이야 어떻게 되건 말건 우주의 코리아 호에는 웃음소리가 끊이지 않는 행복한 시간이 천천히 흘러간다. R-1의 보고가 있는 것은 4개월이 흐른 후였다. 그것은 곧 프론티아 제국에 겨울이 막바지를 넘어가는 시기였다. 스크로 산맥이 꽁꽁 얼어붙고 순록들이 먹을 풀을 찾아서 카라쿨 호수로 대 이동을 하고 난 후의 일이다. 순록들은 해마다 겨울이 오면 카라쿨 호수 남쪽의 평원지대로 이동을 해서 마른 풀을 뜯으면서 혹독한 겨울을 견디는 것이다. 몬스터들은 고뿔 사냥을 계속 실패함으로서 살아남기 위해서는 순록 무리를 쫓아가야 하는 입장이 된 것이다. 염려했던 일이 터진 것이다. 트윈 오우거 떼들이 고뿔 사냥에 계속 실패를 거듭하면서 수만 마리의 몬스터들이 산맥을 내려와 촌락을 초토화 시키면서 순록 무리를 찾아서 대 이동을 시작한 것이다. 바블라이트 대륙 공용어는 무라카와 레인 밖에는 할 수 없는데 레인은 갓 태어난 무라크로 인해서 발이 묶인 것이다.

"레인아 무라크야! 아빠는 급한 일이 생겼단다. 갔다 와서 보자."

"아빠 저 무라크 땜에 같이 못가요. 조심하세요."

"그래 무라크야 아빠 갔다 올게."

"아빠! 아빠! 아빠!"

"그래 무라크 젖 잘 먹고 빨리 커라. 쪽 허허허"

"네 아빠!"

그린 레이스

한편 14살 그린 레이스는 신이 났다. 손바닥에 굳은살이 생겨서 이제는 예쁜 손과는 거리가 먼 단단한 손이 되었지만 어제 천무검법 128수를 모두 익힌 것이다. 그리고 오빠한테서 처음으로 키스란 것을 받아 봤다. 매일 해주던 뽀뽀와는 차원이 다른 키스! 가슴이 콩닥 거리고 호흡이 가빠지면서 혀와 혀가 엉키는 그 부드러운 키스는 얼마나 황홀한지 자지러지는 줄 알았다. 온몸이 부르르 떨리면서 공중으로 떠오르는 그 느낌에 또 아이 부끄러워 히히힛! 아래가 흥분으로 인해서 젖어 버렸다는 이것은 비밀이다. 비밀! 오빠 한 테도 비밀 이얏! 키키킥! 오늘 밤에도 또 해 달래야지 후아!

오늘부터는 무흔 경신 술을 배운다. 이젠 제법 키도 커졌고 젓가슴도 무척 커졌다. 엉덩이도 단단하게 살이 오르고 제법 아가씨 티가 나기 시작했다. 그래서 그런지 요즈음은 오빠가 옛날처럼 꼭 안고 자지는 않는다. 결혼식을 올리고 난 후에 그렇게 해주겠다고 했다. 아! 오빠는 너무너무 멋있다. 매일 봐도 자꾸자꾸 눈길이 가는 오빠의 모습! 지금도 특전대 훈련을 시키고 있는 모습이 보기만 해도 아래가 뜨뜻해진다. 히힛! 이상해! 그냥 쳐다보는 건데 왜 이러지? 키키킥 오빠 사랑해! 그린 위드는 고민거리가 하나 생겼다. 밤마다 품에 파고드는 레이스 때문에 고민인 것이다. 이젠 덩치도 부쩍 커져서 숙녀 티가 나기 시작 했는데, 어찌나 예쁜지 그걸 안고 자다보면 참을 수 없이 뻣뻣해지는 아랫도리 때문에 안고 잘 수가 없는 지경이 된 것이다. 말랑말랑한 것 가슴 하며 포동포동한 엉덩이는 쓰다듬다 보면 무슨 큰일이 벌어질 것 같아서 될 수 있는 한 안고 자는 것은 피하는데 어제는 그만 뽀뽀해준다는 것이 입술이 벌어지는 바람에 혀까지 빨아버린 것이다. 마냥 어린애 인줄 알았더니 그게 아니다 는 것을 깨달았을 땐 이미 늦어버린 것이다. 긴 키스로 인해서 터질 듯이 부풀어 오른 아랫도리를 갈무리 하느라 진땀을 뺐다. 앞으로 조심해야지 그런데 훈련시키는 와중에도 자꾸 그 생각만 나는 것이 견딜 수 없는 고통이다. 그 보드랍던 혀와 달콤한 숨결! 에-잉 내가 무슨 생각을 하는 것이지? 이마를 툭툭 쳐 보지만 생각이 멈추질 않는다. 쌍! 아직도 강환을 만들지도 못하는데 이래서야 어디 사부님의 수제자로서 자격이나 이어갈지 걱정된다. 오후엔 레이스와 같이 왕궁에 들어가서 결혼 승낙을 받아야겠다. 차라리 그것이 이 잡념으로부터 벗어나는 최선책이 될듯하다.

오후 일찍 레이스를 마차에 태우고 그린 위드 백작은 말을 타고서 왕궁에 당도했다. 왕궁에선 난리가 났다. 사전 통보도 없이 소드 마스터 그린위드 백작이 갑자기 들이 닥친 것이다. 그것도 심술쟁이 그린 레이스 공주를 대동하고서 말이다. 시녀들은 초비상사태에 들어갔다. 떴다 하면 궁내의 모든 시녀들을 괴롭혀서 며칠간 몸져누울 정도의 괴롭히기 고수 레이스 공주가 드디어 떴다! 그런데 이상하다 마차에서 내린 공주는 예전의 그 장난꾸러기 공주가 아니다. 마치 180도 바뀐 딴 사람 같다. 한마디도 하지 않는다. 그리고 누구누구야 고생 많지? 요즈음은 전에처럼 바쁘진 않니? 등의 부드러운 말로 위로까지 해주지 않는가? 사람이 달라져도 너무 달라져서는 조신한 숙녀가 되어서 돌아온 것이다. 키도 한 뼘이나 커져있고, 유방도 이젠 20대의 시녀들보다 더 빵빵하게 부풀어 있다. 그래서 시녀들이 속닥속닥 거린다. 공주님이 훠-얼-씬 예뻐지고, 숙녀다워 졌다고 말이다.

부랴부랴 맨발로 달려 나온 왕과 왕비께 인사를 올린 위드와 레이스는 보무도 당당하게 왕실 접견실로 들어간다. 그린 슈 오르카 왕은 그린레이스를 보고 놀랍기도 하지만 한편으론 섭섭한 마음도 든다. 예전 같으면 달려와 덥석 안기기라도 하련만 이젠 바라보니 큰절만 올리고 덤덤하지 않는가? 곁눈질로 왕비를 보니 눈물만 줄줄 흘리고 있다. 엄마 심정이 오죽하랴? 아직 어린애인줄 알았던 공주가 어느 날 갑자기 나가더니 돌아올 생각조차 없었던지 데리러간 어미와 시녀까지 쫓아 보냈으니 말이다. 그날부터 오늘까지 단 하루도 걱정하지 않은 날이 없다. 아무것도 모르는 철부지에다가 머리도 감을 줄 모르는 아이가 오빠가 좋아서 같이 살아야 겠다는데는 심장이 덜컥 멈추는 줄 알았다. 그런데 1년 만에 돌아온 딸은 어엿한 숙녀가 되어있다. 그것도 오빠의 팔짱까지 착 끼고서 말이다.

"아바마마 어마마마 그동안 잘 지내셨는지요? 소녀 레이스는 그동안 문안 인사도 못 드리고 불효막심한 행동 용서해 주세요. 앞으로는 자주 찾아뵙도록 하겠습니다."

"허허허 오냐오냐 레이스야 이제 어엿한 숙녀가 되었구나. 고맙구나. 이 애비와 엄마는 너의 걱정에 날마다 잠도 편히 못 잤단다. 이제 그 모습을 보니 안심이 되는구나. 허허허"

"죄송합니다. 아바마마 어마마마 앞으로는 잘 할 수 있도록 노력하는 딸이 되겠습니다."

"아이고 내 딸 아이고 레이스야. 흑흑흑 그래 불편한 것이 많았을 텐데 그동안 어떻게 지냈니? 위드 백작께서 고생이 많으셨겠어요. 아무것도 스스로 할 줄 아는 게 없는 아이였는데 휴우!"

"아닙니다. 이젠 아주 잘하고 검술도 꽤나 잘합니다. 예쁜 공주를 제게 보내주셔서 많이 감사하고 있습니다."

"하하하 그래요? 이거 레이스 덕에 소드 마스터 위드 백작께 인사도 다 듣고 오늘 참 기쁜 날입니다. 하하 안 그래요? 왕비?"

"네 그러고 보니 위드 백작님이 참으로 대단하시지요. 그 말괄량이를 저렇게 예쁜 숙녀로 만들다니요. 호호호호"

"그래 갑자기 무슨 일로 오셨는가? 공작으로 봉하려 해도 마다하시던 분이?"

"아~! 그땐 정말 송구스럽습니다. 누님 곁을 떠나지 말라는 사부님의 엄명이 있었기에 그랬습니다. 다름이 아니옵고 전하 레이스와 결혼 승낙을 받고자 이렇게 갑자기 찾아뵙게 되었습니다."

"오! 정식으로 결혼식을 올리게요? 이거 듣던 중 반가운 소리로군요. 옳-커니 이참에 거창하게 식이나 올립시다. 제국에도 초청장을 보내고 말입니다. 왕비? 어떻소? 날을 언제 쯤 잡으면 되겠소?"

"그건 전하께서 정하시고요. 두 달쯤 시간을 두시는 것이 좋을 겁니다. 그래야 모든 왕국에 초청장도 보내고, 그리고 지난 몬스터 침공 때 위드 백작님의 활약을 모든 왕국이 다 보았으니, 이참에 결혼식과 함께 공작 위를 내려 국방을 튼튼히 함을 천하에 알리는 것도 좋으리라 싶습니다."

"암 그래야지! 위드백작 어떻소? 두 달 후에 식을 올리는 것이?"

"네 전하 그대로 전하의 뜻에 따르겠습니다."

"그렇지? 되었어. 모든 준비는 왕궁에서 알아서 할 테니 그렇게 알고 있으시오. 그리고 결혼식 날 공작 위를 같이 내리도록 하겠소."

"전하 뜻 데로 하소서! 예쁜 공주를 주셔서 그저 감사할 따름입니다. 그럼 이만 물러가 있겠습니다. 전하!"

"아~아! 뭐가 그리 바쁘시오. 잠시라도 얘기 나누다가--? 왕비 왜 가만 계시오. 이럴 때 사위 좀 붙잡고 궁금한 것도 물어보고 하시오."

"네 아참! 그래요. 내가 차를 직접 타 올 테니 한잔 하면서 레이스가 검술을 얼마나 익혔는지 궁금하군요. 잠시 앉아 있어요."

"네 그러시지요."

"엄마 나도 차 잘 끓여요. 같이 가요. 헤헤헤"

"오냐 그래 어-여 가자 차 준비하러 이제야 내 딸 같구나. 호호호"

두 달 뒤에 소드 마스터의 결혼식이 그린 왕궁에서 치러진다는 소문이 쫙 퍼져 나갔다. 그리고 그 말이 그냥 소문이 아님을 증명이라도 하듯이 초청장이 각 왕국에는 물론이고 제국에도 날아들었다.

또 놀라운 소문은 켈리포 상단에 두 명의 신진 소드 마스터가 탄생 했다는 것이다. 제국에서 회유하기 위해서 온갖 정성을 다

기울이고 있단다. 그러나 요지부동이다. 덤프와 레온이라는 두 신진 소드 마스터는 어떠한 일이 있어도 상단을 떠나지 않을 것임을 못 박았다. 그리고 울프펙 이라는 용병대장도 곧 소드 마스터가 될 것이라는 소문도 널리 퍼지고 있다.

갑자기 나타나기 시작하는 소드 마스터들? 알고 봤더니 모두가 천인 무라카의 제자들이란다. 그것도 하나같이 위드의 사제들로 제2기 동기생들이란다. 도대체 어떤 방법으로 가르침을 내렸기에 그 짧은 시간에 소드 마스터가 세 명이나 되고, 곧 또 한사람이 익스퍼드 최상급으로 곧 소드 마스터가 된다는 것일까? 세상이 떠들썩하다. 또 모든 제자들이 켈리포 상단으로부터 일정 이익금을 분배 받음으로서 부자가 되어 가고 있단다. 대륙의 기사와 검사들이 켈리포 상단에 입사하기 위해서 몰려들고 있다. 또 한편으로는 그린위드 백작 성으로 몰려들고 있다. 특전대에 입대하기만 해도 검술을 배울 수 있을 뿐만 아니라 월봉도 다른 귀족성의 4배에 가까운 수준을 받을 수 있으니 벌 떼 같이 몰려드는 것이다. 천무 검법을 제대로 배우면 5년만에도 소드 마스터가 될 수 있다는 소문도 어떻게 퍼졌는지 암암리에 대륙을 강타한 것이다. 켈리포 상단과 그린레인 백작성은 몰려드는 사람들로 인해서 몸살을 앓고 있다. 켈리포 상단이야 호위무사가 많으면 많을수록 좋으니, 웬만하면 받아들이지만, 그린위드의 모병방법은 엄격해서 날마다 연병장엔 신입 병사들 시험으로 인해서 북적거리고 있다. 나이가 15세 미만 신체골격이 튼튼해야 하고, 어느 정도 칼을 잡아본 자들을 기준으로 선발을 한다는 것이다. 소문은 점점 더 확대 되어서 대륙으로 번진다.

왕궁을 다녀온 레이스는 더욱 검술에 매달린다. 오늘도 오빠

위드에게서 보법과 경신을 배우느라 여념이 없다. 일반 병사들에게는 절대로 가르치지 않는 것을 미래의 색시에게는 지금 온갖 정성을 다해 가르치고 있는 것이다. 이제 겨우 10년 정도의 내공으로 복잡한 운기 행공을 배우려니, 땀투성이 먼지투성이에 다리가 꼬여 넘어지고 뒹굴고 무릎이 깨지면서 완전히 거지같은 몰골이다. 그래도 강단이 있는 레이스는 무엇보다 오빠의 칭찬 한마디면 모든 피로가 달아나 버린다. 얼굴엔 땀투성이라도 미소가 항상 피어난다. 오빠가 어깨나 엉덩이를 만져 주기만 해도 온몸을 짜르르 울리는 쾌감을 느끼고 그것으로 모든 피로가 달아나는 것이다.

"레이스야 복잡하게 생각 할 것 없어 매일 한가지씩만 수도 없이 반복 하는 거야. 몸이 자동으로 체득할 수 있도록 말이야. 수천번 반복하면 저절로 된다. 알겠어? 급할 거 없어 하루에 하나씩만 계속 반복해. 나도 그렇게 익혔어, 셀 수도 없을 만큼 넘어지고 뒹굴면서 말이야."

"네? 오빠도 넘어지고 뒹굴었다고요?"

"그럼 사부님께선 방법만 알려주시고 시범을 한 번씩만 딱 해주셨어. 스스로 익혀야 하는 거야. 다른 방법은 없어. 알겠지?"

"넵 알았어요. 오빠! 레이스도 꼭 잘 할 거야. 헤헤헤"

"그래 할 수 있어, 우리 레이스가 끈기가 얼마나 좋은데, 하하하 잘하면 밤에 오빠가 키스해 줄게. 알았지? 험"

"우와! 알았어-용! 오빠 꼭 약속 지켜야 되요. 아이 좋아 헤헤헤"

하지만 적어도 3~4개월은 넘어지고 뒹굴어야 되는데 그것이 그렇게 만만하게 될까나? 무릎도 깨지고, 온 다리가 다 멍이 들고 팔꿈치와 어깨까지 깨져서는 피가 말라 붙어서 돌아온 레이스가 안쓰러워서 저녁에 몸을 씻겨주고 '쓰담쓰담'을 해주다보니 달아오른 레이스를 진정 시키느라 곤욕을 치른다. 팔다리 아픈 것은 뒷전이고 오빠의 손길이 너무 좋아서 자꾸 오빠의 손을 잡고 다리사이로 당긴다. 그곳이 가장 예민해서 기분이 금방 좋아지고, 짜릿짜릿한 곳인 것을 터득한 것이다.

"아-아! 레이스 그긴 안 돼! 결혼식 올리고 나서 그때 만져 줄게 응?"

"하악! 하악! 오빠 나 미칠 것 같아요. 여기 좀 만져줘요. 네? 여기 자꾸 만져줘요. 히-잉!"

"이-크 이러다가 큰일 나겠네. 우리 레이스가 여우되려나 보다. 휴~!"

"어때서요. 곧 결혼 할 텐데요. 아-앙! 만져 줘-용. 으-아-앙!"

"어? 뚝! 울면 어떻게 해 다 큰 처녀가 알았어. 알았다고. 뚝!"

"히-익! 아이 좋아! 오빠 나 이상해지려고 해. 하악, 하악 오빠 너무 좋아! 오빠 사랑해. 사랑해 키스해줘 응!"

스물 한 살의 청년으로서는 참기 힘든 상태이다. 15세는 되어야 그래도 결혼 적령기 나이가 되는데 14세인 레이스는 그동안 얼마나 꾸역꾸역 밥을 많이 먹었는지 엄청나게 빨리 몸이 자란 것이다. 몸은 이미 성숙해져서 어른이 되어버린 레이스. 그렇더라도 좀 더 아끼다가 식을 올리고 난 후에 진짜 부끄러움 없이 결합하리라. 이빨을 꽉 깨문다. 그렇게 아이가 어른이 되어가고 있는 것이다.

카라쿨 호수의 대 몬스터 섬멸전

한편 혼자서 폰 프린스에 올라 바블라이트 대륙으로 날아간 무라니의 아빠 무라카는 에이스터 제국과 프론티아 제국이 연합하여 카라쿨 호수 인근에 있는 '한나' 영지의 성을 중심으로 방어진지를 편성하고 장장 15㎞에 걸쳐서 목책을 강화한 연합군의 저지선을 내려다 본다. 투석기와 발리스타를 요소요소에 배치해 두고 있지만 발리스타로도 오우거의 피부를 뚫지는 못한다. 또 병력이 수십만이 집결해 있지만, 저것은 어쩌면 오우거의 식량이 될 수도 있다. 목책이 뚫리는 것은 한순간일 테니 말이다. 지금도 농민들과 어린에 부녀자 늙은 농민들은 깡그리 오우거들의 밥이 되었고 저 마지막 저지선이 무너지면 두 제국은 끝장 날 수밖에 없는 것이다. 도시까지 초토화 되리라. 아니 전 제국의 영토가 대륙의 영토가 휴면기가 지나기 전에 끝장나리라. 현재의 병력에도 아이와 여자들이 많이 섞여 있다. 이는 제대로 훈련도 못해본 신병들이 반수 이상이라는 뜻이다.

투석기 부대도 역시 반수 이상이 여자들이다. 그런데 창병들 중에 눈에 띄는 부대가 있다. 모두 여자들로 구성된 레인 창병부대가 그들이다. 에이스 산기슭 촌에서 레인이 훈련시킨 부녀자들이다. 아니 처녀들이다. 자기들끼리 똘똘 뭉쳐서 후퇴에 후퇴를 거듭하면서 단 한명의 사상자 없이 다 무사하다. 대단하다. 트윈 오우거를 5마리나 잡은 경력도 가지고 있단다. 정신이 살아있는 결과다. 죽을 땐 죽더라도 오우거 불알이라도 터치고 죽는다는 것이 레인이 구호로 외친 정신이다. 그래서 연합군 사령관 프리덴 공작은 그들을 최 일선 목책의 바로 뒤에 한 부분을 맡기고 제대로 된 철재 창을 모두에게 지급했다. '레인 창병 특전대' 는 시간이 날 때마다 단체로 창술을 연마 하는데 모두의 눈길을 끌고도 남을 정도로 빠르고 위력적인 창술임을 한눈에 알아본다. 16개 동작으로 이루어진 창술은 찌르고, 휘두르며, 전후좌우는 물론이고 360도 전 공간을 공격하는 아주 뛰어난 창법인 것이다. 길이가 3m나 되는 철재창의 무게가 남자가 다루기에도 만만치 않은 무게인데도 여자의 몸으로 얼마나 연마를 했는지 휘돌릴 때는 바람이 찢어지는 소리가 나고, 눈으로 쫓을 수 없을 정도로 빠르다. 앞으로 두발을 전진하면서 33명의 여자가 동시에 연속적으로 두 번 길게 찌를 때는 트윈 오우거가 아니라 그보다 더 단단한 괴물이라도 버티지 못하리라. 무라카는 저지선 주변의 사각지대에 점프로 안착 한 후 사령관 천막으로 나아간다. 단단한 체격을 가진 사령관 프리덴 공작은 몸의 균형을 볼 때 절정에 이른 검사인 모양이다.

"정지 어디서 오신 분이 십니까?"

"아-산에서 내려온 용병이요. 사령관을 만나러 왔소이다."

"아~ 그래요? 신분을 증명할 수 있는 것이 혹 있나요? 사령관께 보고드릴 때 보일 수 있는 억 슈퍼 급! 실례가 안 되었는지? 그런데 우리 대륙 것이 아닌듯한데 어느 대륙 것인지요?"

"예 바젤란 대륙 용병입니다."

"넵 잠시만 기다려 주십시오. 바로 보고 드리고 오겠습니다. 그럼 꾸뻑!"

잠시 후에 허겁지급 달려오는 기사와 사령관 프리덴 공작!

"저~? 대륙을 횡단하는 용병인데, 소문을 듣고 조금이라도 도움이 될까 해서 왔소이다. 무라카라 합니다."

"어이구 잘 오셨습니다. 제가 사령관직을 맡은 프리덴 입니다. 제국이 멸망 직전입니다. 지난번 몬스터들의 대대적인 공격으로 기사나 병사들 대부분이 죽고 지금은 제대로 훈련이 된 병사들은 얼마 되지도 않습니다. 이거 죄송합니다. 천막 안으로 드시지요. 한명이 아쉬운 상태입니다. 이런 말씀 드려도 될는지 모르지만 솔직히 자신이 없는 전투 상황입니다. 그렇더라도 죽을 때까지 막아야지요. 험"

"제가 저런 몬스터와 두세 번 싸워본 경험이 있습니다. 투석기는 몇 대나 있습니까?"

"아! 싸워 보셨다고요? 이것 참 완전 구원자를 만난 기분이군요. 투석기도 지난번 전투에서 손실이 커서 다시 만든 것이 500대 정도 됩니다. 발리스타도 200대 정도 있고요."

"네 그 정도면 충분 합니다. 발리스타는 저지선 곳곳에 배치되었겠군요. 그러면 투석기는 한군데 모을 수 있겠습니까?"

"한군데로요? 물론 모을 수 있지만 시간이 조금 걸립니다."

"최대한 빨리 좀 모아 주십시오. 저 쪽 넓은 공터에 말입니다. 그리고 창병은 얼마나 되나요?"

"넵 창병은 500명 정도요. 레인 특전대가 있는데 전부 여자들인데 우리 제국의 창병들 보다 더 뛰어나요. 그래서 주 접근로 앞에 배치해두고 있지요."

"레인 특전대라 흠 그녀들이 살아 있었군. 그래 허허허"

"혹시 아십니까?"

"아다마다요. 제 딸이 훈련시킨 특전대인데요. 지금 어디 있습니까? 한번 보고 싶군요."

"아! 그래요. 따님이 훈련 교관님이시군요. 그것 참 그런 딸 있었으면 남부럽지 않겠네요."

"네 뭐 그렇지요. 한번 가봅시다."

"네 그러죠. 이봐! 부관! 즉시 투석기 대대 저기 보이는 평지 있지 그곳으로 모두 집결시켜 빨리 서둘러 지원대도 마찬가지 급해!"

"넵 충성 바로 집결시키겠습니다."

사령관을 따라서 목책 부근으로 가니 지금도 맹훈련을 하고 있는 한 부대가 보인다. 가까이 다가가니 어느새 무라카를 봤는지 우루루 달려온다.

"우와! 괴물 오빠다! 이젠 살았다 살았어!"

"괴물 오빠 어디 갔었어요? 우리 몇 번이나 죽을 뻔 했다고요. 으-앙! 앙-앙 훌쩍훌쩍!"

33명이나 되는 처녀들이 삥 둘러서니 꼼짝할 틈이 없다. 전엔 그렇게 무서워하더니 죽을 고비를 여러 번 넘겨서 그럴까? 완전 겁이 없다. 어어어? 하는 사이에 붙잡혀 들려서는 처녀들 머리위에서 오르락 내리락 한다.

"아이고 좀 살살해 어지러워 나 어지럽다고."

"헤헤헤헷 잘생긴 오빠 언니는 왜 안 왔어요?"

"어이 어이 내려놔 에공 공중에 던지면서 만질 건 다 만지네. 처녀들 맞기는 한 겨? 누가 오빠 그시기까지 만지는 겨? 앙?"

"와! 호호호홋! 누가 만진 겨? 봉 잡았네 호호호 하하하 헤헤헤"

"아 이것들이 자수해 자수 누구-얏!"

씨끌벅적 난리다. 33명이 입이 두 개씩이니 66개? 얼마나 소란스러울까? 깔깔대고 폴짝폴짝 뛰고, 그기에 다가 품속에 파고들어서 입술까지 홈치는 얌체도 있다.

"자 모두 조용히 하세요. 아가씨들 이분이 레인 특전대 교관님 아빠시라고요?"

"네 진짜 아빠는 아니고요. 남편이죠. 남편! 밤마다 붕붕 해주는 남편 겸 애인요! 호호호 깔깔깔"

"그럼 괴물 오빠란 뜻은요?"

"아-항! 괴물오빠요? 진짜, 진짜 괴물 같은 오빠예요. 동산만한 고뿔을 30분도 안되어서 턱 잡아서는 짊어지고 오는 사람 이예요. 동산만한 것을 잡기도 어렵지만 100명이 들어도 못들 것을 머리위에 들고 오는 분이 괴물이지요. 안 그래요? 사령관님?"

"힉! 고뿔을 30분 만에 잡아와요? 그것도 동산만한 큰놈을요? 우와! 꼬르륵!" 소드 마스터란 놈이 얘기 하다가 기절해 버렸다. 얼마나 놀랐으면---?한 처자가 자꾸 품에 안기려고 달려들어서 곤란한 무라카는 폭 끌어안고는 엉덩이를 톡톡 두드려 주면서, 볼에 살짝 뽀뽀를 해서 달래서는 떼어 냈다. 그리고 기절한 사령관 옆구리를 발로 툭툭 차서는 정신이 돌아오게 해서는 천막으로 돌아왔다.

목책 바로 뒤에 창병을 배치하고 목책 중간, 중간에 발리스타가 설치되어 있고 창병 뒤에는 기사들을 말을 탄 채로 창병을 보호 할 수 있도록 배치하고, 그 뒤에는 모든 병사들을 배치하면서 지휘관들을 분할배치하고 '중장기병대'를 중간 중간에 50기씩 뭉쳐서 배치를 했다. 그리고 투석기 부대를 지휘할 지휘관으로 제국의 후작이라는 나이가 많은 사람을 지휘하도록 하고, 그 사람과의 신호를 설명해주었다. 투석기 지원대는 현재도 쉬지 않고 바위들을 계속 실어 나르고 있다. 대부분이 민간인들이지만 투석기가 가장 중요한 역할을 하게 된다는 설명에 모두들 입술을 꽉 깨문다. 죽느냐 사느냐의 기로에 선 것이다. 이곳을 통과하지 않고는 호수부근으로 접근이 불가능하다. 이곳 만 잘 지키면 저놈들은 굶주리게 되고 아사시킬 수도 있는 요충지이다. 그러나 지켜 내었을 때에 모든 것이 가능하지 뚫려 버리면 사람이 그들의 식량이 되는 것이다.

"사령관님! 제가 알기로 몬스터들에게는 100마리 단위로 대장이 한 마리씩 있습니다. 그 대장 놈만 죽이면 그다음은 쉬워집니다. 그래서 말인데 현재 제국에 소드 마스터가 모두 몇 명입니까?"

"네 저를 포함해서 모두 5명입니다. 에이스터 제국에 2명 우리 프론티아 제국에 3명입니다. 모두 불러 모을까요?"

"네 그래 주시면 작전이 하나 있지요. 여기로 불러 주세요."

"네 그러죠. 전령! 전령4명 빨리 오라 그래."

"넵 충성!"

전령들이 모두 말을 타고 떠났다. 에이스터 제국의 소드 마스터 두 명과 프론티아 제국의 두 명을 모시러 간 것이다.

30분도 안 되어서 소드 마스터 들이 모였다. 둘러보니 그 중에 한명은 여자인데 상당한 경지에 올라있다. 초 절정 수준이다. 빨강 머리에 쌍꺼풀진 커다란 눈! 뾰족하게 솟은 코에 도톰한 입술 하며 상당히 매력적인 여성이다. 모두를 소개해주는 사령관 프리덴도 그 여자를 소개할 때는 조심하는 모습이 보인다. 이름이 '바블켄트 사브리나'인데 성씨가 두 개인 것으로 보아 황족인 모양이다.

"음 이렇게 만나서 반갑습니다. 저는 용병 무라카라고 합니다. 트윈 오우거와 싸워 본 경험이 이젠 다섯 번째인데, 이놈들은 몬스터 집단인 셈이죠. 그래서 알게 된 것인데 이놈들은 100마리 단위로 조직이 되어 있어요. 지금 에이스 산맥에서 먹이가 없어서 카라쿨 호수로 이동한 순록을 따라서 내려오고 있는 몬스터 떼는 트윈 오우거가 2~3만 마리 정도이고 트윈 오크가 60~80만 마리 정도 되는 것으로 보입니다. 그리고 트윈 트롤도 상당수 있었는데 최근에는 안 보이는 것으로 보아 식량이 된 것 같은 느낌은 있지만 불확실 합니다. 제 얘기의 요점은 100마리 단위로 대장 오우거가 한 마리씩 있다는 거지요. 어떤 이유인지는 모르지만 이 대장 놈만 죽이면 나머지는 도망치기 바빠요. 그렇게 여러 번 물리치거나 대장이 없어지면 지들끼리 싸우기도 합니다. 대장은 보면 누구나 알아볼 수 있지요. 머리통 하나만큼 더 큽니다. 눈에 당장 띕니다. 그래서 이렇게 오시라고 한 겁니다. 제가 2명 1개조씩 조를 편성해서 그 대장을 공격하는 작전을 펼칠까 합니다. 제 의견에 질문이나 더 좋은 의견이 있으시면 말씀 하시지요."

"저 그러면 오우거 무리 속으로 들어가야 할 텐데 상당히 어려울 텐데요."

"네 쉽지는 않죠. 그래도 이 방법이 상당히 효율적인 방법입니다. 사브리나 공주께선 충분히 그 정도 실력이 되어 보이는데요. 다른 분들이 조금 걱정입니다. 통상 대장이 무리의 제일 뒤쪽에 있거든요."

"네? 제가요? 그걸 어떻게 알아볼 수 있나요? 그리고 초면 인 것 같은데 저보고 공주라니요? 저 핏줄은 맞지만 아무도 그렇게 부르지도 않고 또 아무도 모르는 사실인데 어떻게?"

"허허허 다 아는 수가 있죠. 자 조 편성은 저기 계신 분 네 성함이 아 레이니 스크롤 공작님? 네 스크롤 공작님과 에이스터 제국의 남자 공작님? 네 에이스 덴바 공작님이 한조가 되고요. 여기 사령관님과 다마 콜리스 공작님이 한조이고요, 공주님은 혼자서 한조입니다. 저도 혼자서 한조 하겠습니다. 이렇게 4개 조입니다. 모든 조가 헷갈리지 않게 스크롤 공작님과 에이스 덴바 공작님조가 'A조'라고 이름 하고요. 'B조'는 사령관님과 다마클리스 공작님 조입니다. 'C조'는 공주님 'D조'는 저 무라카입니다. 제가 선두 무리의 대장을 잡는 시범을 보일 테니까. 보시고 그 다음부터 참고 하시고요. 이놈들이 저지선을 뚫지 못하고 우왕좌왕하면 그때 대장이 나섭니다.

그 때가 기회입니다. 질문 하십시오."

"저 사보리나 질문할께요. 그러니까 몬스터들이 공격 해올 때 처음 어떤 식으로 전투가 벌어지나요?"

"네! 첫 전투는 투석기입니다. 500m까지 접근해 오면 제가 신호로 투석기 일제 발사가 이루어집니다. 여기서 2~3개 무리가 전멸 할 겁니다. 그러면 오우거 무리가 멈추게 됩니다. 겁을 먹고요. 그때 특공조인 우리가 나아가서 준비하고 기다립니다. 300m쯤 올 때 멈칫거리는 놈들 뒤에서 대장이 괴상한 소리를 지르며 발광 할 겁니다. 그때 그 지랄 발광을 하는 놈을 베면 됩니다. 다른 질문 있습니까?"

"저 무라카님 어떻게 그렇게 잘 아십니까? 그것이 제 질문입니다."

"아 덴바 공작님 제가 바젤란 출신입니다. 그곳에서 지겹도록 몬스터 잡았습니다. 오우거는 한 3만 마리 정도 잡았습니다. 네 저 혼자서요. 그래서 이골이 났습니다. 몬스터 하면 진절머리 납니다. 허허허"

"힉! 혼자서 3만 마리요? 그게 가능하기나 한거요?"

"한 마리 잡으나 100마리 잡으나 3만 마리 잡으나 똑 같습니다. 힘 빠지고 시간 걸리는 차이 밖에 없습니다. 겁먹을 필요 없지요. 네"

"우와! 그러면 무라카님 검술 수준은 어느 정도 입니까?"

"아 그건 보시면 알게 되겠지요. 그걸 꼭 제 입으로 말해야 되겠어요?"

"아니 그래도 대충 얘기해 주시면 안 될까요?"

"아이고 공주님까지 왜 그러십니까? 음 제가 헛말은 못하고요. 공주님의 수준이 마스터 상급 수준인데요. 공주님 수준 10만 명 정도 제게 달려들면 모르죠. 혹 제가 실수라도 하면 다치게 될지도 모르죠. 허허허"

"네? 십 십만 명 요? 캑 쿵!"

쿵은 기절해서 머리가 테이블에 떨어지는 소리다. 모두 입이 딱 벌어져서는 닫힐 줄 모른다. 그게 말이나 되는 소리?

"어!! 어?"

무라카의 몸이 의자에서 서서히 떠오른다. 마치 무게가 없는 깃털처럼, 그리고 1m높이에서 멈춘다. 자세는 의자에 앉아있는 그대로이다.

"어때요. 내가 헛소리 하는 것 같아요?"

"힉! 컥컥! 아-아 아닙니다. 절대로요."

빙그르르 그대로 한 바퀴 회전한다. 그리고 서서히 의자위로 내려온다.

"무의 세계는 끝이 없습니다. 소드 마스터는 이제 겨우 검을 잡을 줄 아는 수준이지요. 이제 비로소 무인(武人)에 입문을 한 것입니다. 즉 시작 단계인 셈이죠. 그런데 여러분들은 최종 단계인 듯 착각 합니다. 사실 앞으로 나아갈 단계는 끝이 없습니다. 저 하늘의 태양을 향한 저의 손가락 같이 멀고도 멀죠. 명심하세요!"

"억!" "캑!" "힉!" "콜록 콜록!" "휘-유!!"

마지막 소리가 공주가 낸 소리다.

"지금 여기 계신 여러분들 모두 덤벼도 공주님한테 상대가 안 될 겁니다. 그건 아시죠?"

"아 아니요. 그것도 몰랐는데요?"

"네? 진짜? 공주님 실력이 그 정도요?"

"하하하 모두 자만에 빠져 있었군. 공주님 정도 실력자 10명 정도 달려들어도 상대가 안 되는 수준의 21세 청년이 바젤란 대륙 그린 왕국에 있어요. 내가 가르친 제자인데 7년 정도 되었네요. 검을 잡은지가요. 그 아이는 지금도 계속 발전하고 있어요. 이제 21세이니까. 30세쯤에는 그랜드 마스터가 되어 있겠죠. 50세쯤에는 현경에 들 겁니다. 100세쯤에는 '자연경'에 들겠죠. 그 다음은 글쎄 수명이 300~500세쯤 늘어나면 죽기 전에 '입신경' 문턱에는 들여다 볼 수 있겠죠.허 허 허"

"네-엣! 21세인데 공주님 정도 10명도 상대가 안 된다고요? 우와!

어찌 그런!!!

"네 그 아이 이름이 '그린위드'입니다. 지금 초 절정의 경지이죠."

"그런데 그 경지라는 것이 무엇인지요?"

"아 그것은 내가 만든 단계입니다. 다 겪어본 경험에 의해서 이름을 붙인 것이지요. 소드 마스터는 절정의 단계죠. 이제 검을 만질 수 있는 자격을 갖춘 단계! 그 윗 단계가 초 중 상으로 구분을 하고, 그 다음이 초 절정 이란 단계죠. 여러분들이 얘기하는 그랜드 마스터라는 단계인데 좀 달라요. 속도 면에서 차이가 나죠. 그 윗 단계가 현경이란 단계인데 현경에 들면 주위의 마나를 어느 정도 사용할 수 있어요. 그 다음이 자연경인데 이 단계에선 모든 마나를 자기 것처럼 쓸 수 있는 단계죠. 이런 식으로요 보입니까? 이것이 '마나탄'인 셈이죠. 자 보세요 20개로 나뉘죠? 그 다음 보세요 안보이죠? 더 압축되어서 눈에는 안보입니다. 소리도 없죠. 그런데 무엇이던 뚫고 무엇이던지 자르고 폭파해서 산산 조각 낼 수 있죠.

이것을 200개까지 만들 수 있어요. 그리고 허공을 자유자재로 움직일 수도 있어요. 그 다음 입신이라 했죠? 공주님 온힘을 다해서 내 몸에 발길질을 해봐요. 검의 오러 블레이드로 공격해도 되요."

"쾅!!"

공주가 피를 뿜으면서 천막을 뚫고 날아가 버렸다.

"보셨죠? 눈에는 안보여도 내 몸 주변에는 강기막이 쳐져 있어요. 발리스타 보다 100배 위력 있는 무기도 못 뚫어요. 절대로."

조금 있으니 부들부들 거리며 공주가 들어온다. 부러진 검을 잡고서??

"그 그게 뭐죠? 어떻게 오러 블레이드가 튕겨져요?"

"강기막이죠."

"깡끼 박?"

"그래서 10만 명이 달려들어도 안 된다는!! 휴우 그 동안 눈이 멀었었어. 하늘이 높은 줄도 모르고 호호호홋 감사 합니다. 무라카님 세상이 넓은 줄 이제야 알겠네요."

그때 갑자기 밖이 소란스럽다. 그리고 비상 타종이 울린다. 드디어 놈들이 보이기 시작 한 것이다.

[투석기 준비! 투석기 전 발사대 투석 준비하고 대기하라.]

갑자기 머리를 울리는 소리에 투석기 대대 지휘관이 휘청거리다가 정신을 차리고 고함지른다.

"전 투석기 발사준비! 발사준비하고 대기하라!"

상황실에 있던 전 소드 마스터들이 무라카를 따라서 밖으로 나온다. 밖으로 나오면서 손을 살짝 공주의 가슴에 대었다가 뗀다. 그 순간 흰 빛이 공주의 몸을 감싸고 있다가 사라진다. 공주는 깜짝 놀란 눈으로 무라카를 바라본다. 온 몸이 원래 상태 보다 더 가벼운 상태로 바뀌었다. 한순간에 조금 전에 입었던 내상이 완쾌된 것이다. 이것이 어떤 방법이기에? 이분이 사람은 사람인 것인가? 의심스럽다 그리고 두려운 마음이 생긴다. 세상에 이런 능력을 지닌 자가 있다니! 그때 저 멀리 구름처럼 먼지를 피워 올리면서 달려오는 몬스터 무리가 보인다. 1,000, 900, 800, 700, 600, 500--!!

[투석기 발사! 최대속도로 발사하라!]

"투석기 발사! 최대속도로 자유 발사!"

"슈우- 슈우 쉭 쉭 슈우 슈우 끼릭 끼릭 크리릭! 슈우!"

발사하고 재 장진 발사하고 재 장진. 계속적으로 바위들이 까맣게 날아간다. 500, 400m로 진입한 몬스터 머리 위로 떨어지는 바위 덩어리들!!

"쿵!! 콰콰콰 쾅 꽝콰르르르릉! 쿵 쾅콰-쾅!!"

먼지와 함께 뭉개지는 몬스터들! 완전히 말 그대로 뭉개져서 피 떡이 된다. 그 위에 다시 쏟아지는 바위들, 몬스터들의 시체가 삽시간에 둔덕을 만든다. 온 몸이 부숴져서 피 안개가 피어오른다!

먼지와 함께 말이다. 계속적으로 돌들은 소나기 쏟아지듯이 떨어져 내린다. 물밀 듯이 밀어 닥칠 것 같았던 몬스터 무리가 먼지구름 앞에 멈춰 섰다. 뒤에서 밀어붙여도 꿈쩍도 안한다. 그리고 발사대기 명령이 내리고 모든 병사들이 먼지구름 속을 뚫어보듯이 쳐다보고 있다. 수백 마리의 트윈 오우거 시체가 짓이겨져서 피의 강이 흐른다.

[발사 준비만 하고 대기한다.]

"발사 준바만 하고 대기한다."

"와-와 와! 피 떡이 되었구나. 괴물들아! 와봐봐! 와라!"

그때 무라카가 달린다. 그 뒤로 5명의 소드 마스터가 따라서 달려간다. 병사들은 입을 다물고 숨이 막힐 듯한 긴장감 속에서 그 모습을 쳐다본다. 단번에 목책을 뛰어 넘어서 달려가는 6명! 제일 선두에 바람처럼 달려가는 무라카! 그리고 바짝 뒤를 쫓아가는 공주!

그리고 조금 뒤 떨어진 4명! 300, 200, 100 그리고 몬스터의 바로 코앞에 이르러서야 멈춘 6명! 그때 무리들 뒤에서 괴상한 소리가 울려 퍼진다. 초음파와 비슷한 소리인데 날카로운 고음이다. 그때까지 겁을 먹고 멈춰있던 몬스터들이 술렁인다. 그 순간 무라카의 정면으로 날아간 50여개의 강환이 무리를 관통하며 지나간다.

"켁 캑! 끼엣! 우당탕! 부르르 꾸액 ~ ~ 끄엑 치륵 치르르 끼-액"

괴상한 소리와 함께 볏단처럼 자빠지는 몬스터들~ 수천 마리가 운집해 있으니 그런 현상이 일어날 수밖에 그리고 그 위를 스치면서 칼을 뽑아든 6명의 소드 마스터들!

모두가 오러 블레이드를 뽑아 올린 체 바람같이 달려간다. 몬스터들의 무리 속으로, 하얀 검을 든 무라카의 속도는 뒤 따르는 공주의 눈에도 잘 안 보일정도이다. 그런데 지나간 자리는 피의 강이 흐른다. 목이 잘린 오우거들의 시체가 겹치고 겹쳐서 쌓이니 피의 바다가 맞는 말이겠다. 계속 무라카의 꽁무니만 따라 갈 수 없어서 공주도 방향을 전환한다. 거의 2m에 달하는 오러 블레이드를 휘둘러 오우거 무리 속을 누빈다. 그야말로 무인 지경! 대장이 잘 안 띈다. 닥치는 대로 쓸어 제 낀다. 그때 눈앞에 덩치 큰 녀석이 보인다. 아-항 이놈이 대장이구나! 슈-앙! 대장 놈과 눈을 맞출 새도 없다. 놈의 목을 자르면서 어깨를 밟고 뛰어 오른다. 그렇게 30분쯤이 지나갈 즈음 앞에 오크 들이 보인다. 오우거 무리를 관통한 것이다. 서서히 마나가 고갈되어 가는 단계인데 말이다. 그때 다시 돌아온 무라카가 보인다. 자신은 온몸이 피로 목욕을 한듯한데 무라카는 핏 방울 하나 튀지 않았다. 저것이 강기막이라는 것 때문인가? 머리 털 나고 처음으로 강기막이란 것을 경험한 공주는 지금도 머리털이 쭈뼛거린다. 7m나 튕겨서 날아가 떨어 졌으니, 등골이 오싹하다. 지금도 그렇다. 오크 무리 사이를 걸어오는데 오크들이 튕겨 나간다. 그것도 피 떡이 되어서 튕긴다. 어떤 놈은 박치기를 하면서 달려들다가 대가리 두 개가 바람 빠진 풍선처럼 쪼그라들면서 푸시시 머리가 사라진다.

"어? 괜찮소? 공주? 마나가 다된 것 같은데?"

"헥 헉 네 바닥 이예요. 헉헉"

"앉아서 마나 채우세요. 내가 지켜 줄게 어서 !"

"넵 감사! 헉헉"

피 웅덩이에 팬티가 다 젖어도 어쩔 수 없다. 그렇게 퍼질고 앉아서 마나를 채운다. 20분쯤 지나자 눈을 뜬다.

"아 가득 채우지 그게 뭐요. 왜? 중단해?"

"아 이정도면 충분해요."

"어디 봅시다. 등에 손대니까 가만있어요. 입 다물고."

"------?"

어마어마한 마나가 강물처럼 들어온다. 그리고 단전에서 꽈리처럼 베베 꼬이면서 뭉친다.

"자 이제 좀 났죠? 힘 좀 쓸 수 있을 거요."

"아-아-아! 넘쳐요. 감사요. 꾸벅!"

남은 오우거들이 산지사방으로 튀어 버리자. 오크들은 전진을 못한다. 우왕좌왕하다가 대장 오크가 대가리가 뻥 뚫리자. 돌아서서 달아난다. 그래도 뒤에서 밀고 들어오는 오크들이 더 많다.

[투석기 발사! 발사하라!]

이미 소드 마스터 4명은 한참 전에 철수해 있다.

단지 무라카 따라 시장 가듯이 따라온 공주와 무라카만 남아 있다.

하늘이 까맣게 변한다. 공주도 하늘보고 눈이 휘둥그레진다. 잘못하면 피떡이 될 수도 있으니까. 그때 무라카가 공주의 허리를 안고 솟아오른다. 공주의 입이 쫙 벌어진다. 세상에나 투석기의 돌보다 위에 있는 것이다. 발아래로 까맣게 돌들이 지나간다. 그러자 무라카가 손을 휘-젓는다. 고공에서 떨어져 내리려든 돌들이 손짓 한 번에 더 속력이 붙어서 빠르게 날아간다. 사거리가 증폭된 것이다.

잠시 후 아비규환이 일어난다. 바위의 비가 쏟아지듯이 1㎞ 밖에 까지 돌들이 무엇 엔가에 의해서 날아가서는 부숴지면서 돌의 파편이 오크들의 몸을 벌집으로 만들어버린다. 사거리가 늘었다가 줄었다가 하면서 오크 무리를 박멸한다. 아예 씨를 말리겠다는 듯이 말이다. 30만 마리가 넘는 숫자가 죽고 나서야 놈들이 한발 물러선다. 그렇다고 오우거처럼 포기한 것이 아니다. 배가 고픈데 여기서 물러나면 자기들끼리 잡아먹어야 할 것이다. 그렇지 않고는 살아남을 방법이 없다. 해가 떨어지고 밤이 되었다. 공주는 아직도 흥분이 가라앉지 않는다. 그 높은 하늘에서 손짓으로 투석기의 사거리를 조절하던 모습이며, 보이지도 않는 강기로 오크들을 분쇄 시키던 모습하며, 그리고 또 자신의 등에 손을 대고 마나를 무작위로 넣어주던 것하며, 도대체 능력이 어느 정도 일까? 입신이라고 자기 입으로 얘기 했었다. 나이는 많이 잡아도 30대 초반으로 보인다. 그 능력은 가늠이 안 된다. 덕분에 마나 홀이 더 커져서 마나량이 더 많아졌다. 그 분은 자기에게 그렇게 넣어주고도 하늘을 날아 다녔다. 자기까지 안고서 말이다.

다시 새벽이오고 날이 밝아졌다. 그런데 오크 떼는 아직도 1㎞쯤 되는 곳에서 우글거리고 있다. 포기를 모르는 몬스터이다. 50만 마리는 족히 될 것이다. 저 많은 숫자가 배를 채우려면 얼마나 많은 동물이 필요할까? 다시 상황실에 모인 소드 마스터들 어제의 활약을 본 터라 이제는 당연히 무라카 얼굴만 쳐다본다.

"놈들은 아직은 움직이지 않을 거요. 어제 30만 마리 정도 죽었으니까 겁을 먹은 것이지, 저러다가 배가 고파지면 다시 내려오겠지."

"오우거가 달아나서 한시름 놓았어요. 도망친 놈들의 수는 얼마 안되죠?"

"오우거는 개별적으로 살다가 언젠가는 죽겠죠. 오크가 문제요. 저놈들은 번식력이 강해서 금방 개체수가 늘어나요."

(음 돼지들은 씨를 말려야 되는데 저렇게 대가리가 두 개짜리는 정말 보기 싫은데, 에이 저녁에 힘 좀 쓰자 안 되겠다.)

"오늘은 안 내려올 것 같죠? 이럴 때 기본 경계병만 남기고 병사들 좀 쉬게 해 주시오. 그래야 싸울 때 제대로 싸우지 사령관님 투석기 부대 말이죠. 어제 너무 잘하던데 그 여자들 먹을 것 좀 푸짐하게 내려주고 잘했다고 칭찬도 좀 해주고 그래요. 여자들이 그 정도면 대단한 거요. 훈련받은 병사들보다 더 잘하더만. 흠 흠!"

"넷! 알겠습니다. 저도 그 생각 하고 있었습니다. 당장 가서 칭찬도 해주고 회식도 시켜주고 오지요."

"여기 계신 분들도 푹 쉬어 둬요. 내일쯤엔 한바탕 해야 될 거요."

"넵 우리도 좀 쉽시다. 오크 대장 모가지 잘 자르려면, 마나도 충분히 보충해 둬야겠습니다."

그렇게 어슬렁어슬렁 창부대로 걸어가는데 쫄래쫄래 따라온다. 공주가 눈치를 보면서 말이다. 어 이 여자가 왜 이러지? 이제 또 여자 생기면 무라니한테 할 말 없어지는데.

장창 부대에 오니 처자들이 와르르 달려 나온다. 그래도 한때 인연이 있었다고 반가운 모양이다. 또 그시기 만진 처녀는 덥석 안긴다. 또 궁둥이 두드려 달란거야 뭐야? 애교가 줄줄 흐르는 처녀다. 등이나 몇 번 두드려주고 제일 연장자인지 아님 실력이 제일 나은 여자인지를 시켜서 모두 집합시켰다. 집합이랄 것도 없다 모두 다 같이 있었으니 다들 눈을 한 번씩 맞추고 이제 부터는 16개 동작 다음으로 다른 동작을 가르쳐 줄 테니 연습을 하라는 지시를 내린다. 잘 기억 했다가 매일 연습하면 오우거가 아니라 고뿔도 잡을 수 있을 테니, 잘 보고 배우라고 일러주고 시범을 보인다. 3m짜리 장창으로 할 수 있는 후 16식이다. 천무 128수를 잘 골라내어서 창으로도 활용할 수 있는 16식을 급조했다. 창이라야 더 효과적인 동작들이다. 세 번을 시범을 보이니, 고개를 끄덕인다.

　그리고 이것이 창술 후 16식이다 라고 설명을 해준다. 호흡을 어떻게 해야 하며, 마지막에 창을 끌어당기면서 단전으로 호흡을 갈무리하는 방법까지 설명을 해준다.

　"자 잘 봤지? 모두 창을 잡고 넓게 자리를 잡아 발은 어깨넓이 그리고 창은 오른손을 뒤로 당겨 잡고 왼손은 가볍게 앞으로 내미는 식으로 잡는다. 어이 그곳에 키 작은 처자! 그렇지 그렇게 잡고 숨을 들이쉰다. 그리고 천천히 뱉어 내면서 자 모두 따라한다. 하나 둘 셋!"

　"이건 지금 급하게 안 찔러도 된다. 중요한 것은 호흡과 보법 즉 발의 움직임이다. 정확한 동작이 중요하다. 속도가 느리거나 빠른 것은 스스로 조절하면 된다. 호흡에 맞추어서 움직여라. 어이 이쁜 처자 궁둥이가 너무 뒤로 그렇지 너무 뒤로 빼지마라.

자세가 안정되어야 호흡도 고르고 안정이 된다. 이것을 매일 아침저녁으로 연마하면 몇 년 후에는 힘이 장사가 되고 몸이 빨라질 것이다. 그렇다고 시집가서 신랑 두들겨 패면 안 된다 알았지?"

"넵 호호호 신랑을 왜 패요 귀여워해야죠. 히히힛"

"자 처음부터 천천히 연마한다. 어이 조장처녀 앞으로 나와 구령을 붙여줘 실시!"

그렇게 후 16식이 만들어 졌다. 후 16식은 자동으로 마나를 집적되게 하고 몸으로 운공이 되게 하는 동작들이다. 평생 연마하면 절정에 오를지도 모른다. 그런 모습을 좀 떨어진 곳에서 물끄러미 바라보고 있던 사브리나가 자박 자박 다가온다.

"저 무라카 오빠! 오빠라고 불러도 되죠?"

"어? 안되는데 나 무지 나이 많은 늙은이 인데."

"네? 영감이라고요? 엥 농담도 잘하셔요. 호호호 30대 초반으로 보이는데 뭐 그냥 오빠로 할게요."

"어-진짠데 나이도 잊어버릴 만큼 많은데 하하하"

"에-잉! 얼마나 많아요? 저 혼자만 알고 있을게요. 네?"

손으로 귀를 바짝 당겨서는 귀에다 대고는

"635살이야."

"키키킥 와! 오빠 풍 쎄-다. 엄청 쎄-다! 깔깔깔!"

(엥! 사브리나 너무 그렇게 웃지마! 정들라 정들면 안-돼! 나 마누라가 셋이고 애기도 셋이야. 그리고 635살도 맞아! 쩝!)

"어-맛 어떻게 한거예요? 그것은? 머리가 막 울리네."

"거참 이상하다 어떻게 초절정이 되었는지 의심이 가네. 공주는 나이가 몇 살이야?"

"네 오빠 저 33세예요. 저의 집안에 내려오는 비법이 있어요.

검술 비법이요. 그래서 5살 때부터 익혔죠. 아버님이 일찍 돌아가셔서 다 못 배우긴 했지만 그래도 20대 초반에 소드 마스터에 올랐어요.

헤헤헤"

"시집도 안가고 검술만 익혔군. 쯔쯔쯧 여자는 시집가서 애기 낳고 사는 것이 제일 행복한 것이라고, 제국의 공작하면 머리만 아프지 그거해서 뭐해 제국에서 잘난 남자하나 골라서 결혼해. 아직 늦은 것은 아니네."

"히-힛! 전 오빠가 마음에 쏙 드는데, 오빠 닮은 애기 하나만 만들어 줘요. 그럼 아무것도 안 바랄게요. 네?"

"컥! 안 돼! 큰일 날 소리를 막하네. 이 노처녀! 나 마누라가 셋이라고 했잖아. 우리 큰 마누라는 그랜드 마스터 100명이 붙어도 못이겨, 들키면 맞아 죽을걸."

"피- 애기만 만들어주면 그 다음엔 끝인데 누가 알아요?"

"어 어 어! 이 여자 큰일 내겠네. 아 안-돼! 나간다."

그 순간 눈앞에서 사라져 버렸다. 뻔히 쳐다보고 있는데 말이다. 완전 무엇에 홀렸나? 눈을 쓱싹 비비고 봐도 없다. 어? 어디로 갔지? 귀신이 곡할 노릇이다. 그러거나 말거나 무라카는 2㎞ 상공에서 오크 무리가 있는 상공으로 이동한다. 그리고 정찰해보니 오크무리가 무슨 회의를 하는지 무리 단위로 모여 앉아있다. 먹고살 궁리하나? 50만 마리나 되는 무리의 범위는 어마어마하게 넓다. 광범위 마법으로 싹 지워 버릴 수 있지만 크게 산불이 일어나서 주변 일대가 초토화 될 것 같다. 무슨 좋은 방법이 없을까? 점프로 사령관실로 돌아오니 켄트 사브리나의 눈이 왕 방울만큼이나 커진다.

그리고 눈웃음을 살살 짓는다.

"상황판 지도나 좀 봅시다."

"아-여기 있습니다. 무슨 좋은 작전이라도?"

"지금 연구 중이요. 불 안내고 몰살시킬 방법이 없을까? 큼 험!"

"네? 몰살요? 50만 마리를요?"

"그냥 해본 소리요. 사령관님은 뭐 좋은 방법이 없소?"

"무라카님! 처음 계획대로 대장들만이라도 죽여야 될 것 같은
데요."

"아 여기서 여기까지 쫙 퍼졌단 말이요. 한곳으로 모을 수만
있어도 방법이 나오겠는데 말이요."

"짝! 오빠! 먹이를 가지고 한곳에 모으면 되잖아요. 육식 몬스
터니깐 커다란 고뿔이나 한 마리 잡아서 턱 던져 주면 서로 먹
을려고 야단일 텐데요. 그때 싹! 그럼 되죠. 히히힛!"

"어? 그것도 괜찮네. 피 냄새가 쫙쫙 퍼지면 몰려들겠지. 고뿔
이라. 후후 공주 머리가 나쁜 머리는 아니군 그래."

"히히힛 그렇죠? 저 머리 좋진 않지만 나쁜 머리는 아녜요. 그
래서 얘긴데 애 엑 흡!"

저쪽에 있었는데 언제 옆에 와서는 입을 꽉 막아 버렸다. 그
다음에 나올 말이 무슨 말인지 알아차린 것이다.

"공주 얘기는 생각나는 대로 막 하는 것이 아니요. 알았지?"

"끄떡끄떡!" "알았지?" "끄떡끄떡"

그제야 입을 놔 준다. 이 여자 이거 정상이 아닌 것 같다. 다
른 사람이 있건 없건 제 할 말 다한다는 식이다. 무라카 잘못 걸
렸다. 왠지 쉽게 포기할 것 같지 않다는 예감이 마구마구 든다.
방법은 빨리 오크들 싹쓸이하고 날려는 방법뿐이다. 오늘 저녁에

싹쓸이 하고 사라지자. 더 이상 머리 아프기 전에 말이다. 어두워지기 전에 고뿔 한 마리를 잡아서 공중에서 피를 질질 흘리면서 들고 다니다가 한곳에 던져 준다. 그리고 한방에 해치운다. 다음 사라진다. 슬슬 빠져나간다. 핫바지 방구 새듯이, 그런데 쫄랑쫄랑 따라 나오는 여자가 있다.

"야! 공주! 자꾸 이 오빠 꽁무니를 따라 다닐 건가?"

"히히힛 그러니까 저 애-흡흡흡!"

까마득한 공중이다. 그제야 손을 떼고 허리를 안은 손만 꽉 잡고 있다.

"헤헤헤 또 공중이네. 오빠는 이상해. 언제 여기까지 날아온-겨?"

"너 자꾸 애기 만들어 달라는 소리 할래? 안 할래? 자꾸 한다면 손 놔버릴-껴 어쩔래?"

"히-잉! 여기서 떨어지면 저 죽어요. 오빠 저 죽일 거예요?"

"에-잉 나 참! 내가 사람 막 죽이는 그런 사람인 것 같아?"

'도리도리' 그리고는 무섭다는 듯이 아래를 바라보더니 찰싹 안겨든다. 다시는 안 떨어질 것처럼!

"아-잉! 오빠 닮은 애기 낳고 싶다는 것이 뭐가 잘못 되었어요? 힝!"

"좋은 남자만나서 시집가면 될 것을 마누라 셋인 남자한테 엉겨 붙으면 어쩌란 거야?"

"셋이던 열이던 무슨 상관이예요. 애기만 만들어 주면 된다는데요. 그러면 제가 낳아서 잘 키우고 히히힛 공작위도 물려주고, 귀여울 거야. 헤헤헤 내 애기 하고만 살 텐데 뭐가 문제예요?"

"어-쭈! 그래도 항복 안 하네. 나-참! 아 애길 말아야지 고뿔이나 잡으러 가자. 쌍!"

"호호호호 그래요. 아이 귀여워 오빠! 너무 귀엽다 썅! 키키킥"

얘가 진짜 여우네 레인은 쪽도 못 쓰겠다? 히야! 꼬리가 열 개일까?

에이스산의 3부 능선쯤으로 날아 내리니 고뿔 떼가 보인다. 아차차 내가 고뿔은 다시는 안 잡기로 했는데 잊어 먹었네. 띠-바! 여우한테 홀려서 정신이 오락 가락인가보다. 이번 한번만 잡자 이것은 큰일이니깐 말이다. 그런데 수놈 두 마리가 쟁탈전이 벌어지는지 무섭게 싸우고 있다. 아마도 두목 자리를 두고 힘겨루기에 들어간 모양이다. 덩치가 제일 큰놈들이니깐. 진짜 무식하게 밀어붙이기 시합중이다. 젊은 놈이 약간 우세다. 위치도 고지대를 잡아서 내리 누른다. 그렇다고 금방 끝날 싸움도 아니다. 멀찍이 떨어진 바위위에 내려앉아서 구경한다. 지는 놈은 몬스터 밥 되는 거지 뭐. 두 시간이 지나고 슬슬 어두워지는데도 쌈박질은 계속된다. 아니다 곧 끝나게 생겼다. 뒤에 절벽이 있는데 그쪽으로 밀리고 있다. 늙은 놈이 밀린다. 팽팽하다가 한번 밀리기 시작하자. 정신없이 몰아 부친다. 다다다다닥 지-익! 그리고는 끝이다. 절벽으로 떨어졌으니 고기나 있으려나? 다시 공주를 안고 절벽 아래로 내려간다. 중간에 삐쭉 튀어나온 부분에 걸려 있다. 옆구리가 깊게 찔려서 내장이 꾸역꾸역 밀려 나온다. 아직 죽지는 않았는데 몹시 괴로운 모양이다. 고통을 들어 줘야 할 듯! 강 환이 두개골을 뚫고 바위까지 부순다. 그것을 보고 공주가 움찔거린다. 보이지도 않았는데 뿔과 뿔 사이에 구멍이 생겼으니 놀랐나 보다.

"고통을 들어 준거야. 장열 한 최후이지. 녀석 멋있게 졌어. 그치?"

"응 오빠 대장자리 물려주고 비실거리는 것 보다 백배 났죠. 그렇죠?"

"응 그래 뭐 좀 아네. 불여시야 저걸 들고 가야 되는데. 불여시는 버리고 갈까?"

"엥! 그런 법이 어디 있어요. 동생을 버리고 가는 오빠가 세상에 어디 있어요. 헹!"

"오빠한테 애기 맹글어 달라는 동생은 있고?"

"피-그거야 능력 될 때 만들어 주면 되지. 돈이 들어 힘이 들어? 그냥 남자들 그 짓 좋아 한다면서요?"

"아 좋아 하기야 하지. 그런데 애기 만들어 놓고 나 몰라라 할 수 있는 사람이 세상 어디에 있겠나?"

"히-잉! 그럼 가끔씩 보러오면 되겠네요. 뭐 마누라 모르게 왔다 가면 되지요."

"안 돼! 난 거짓말 못해 신이 거짓말 하는 것 봤어?"

"히-잉! 그럼 난 어떻게 해. 난 오빠가 좋아서 죽을 것 같단 말이야. 으앙! 앙-앙-앙!"

"아무리 그래도 안 돼! 자 업혀. 이 넝쿨로 꽉 묶어서 갈 거니까 좀 아파도 참아라. 알았지?"

"넵 알았어요. 꽉 메요. 찰싹 붙게 히히힛"

"요상하게 웃지 말아 정들면 안 되니깐!"

"메롱~ 정이 흠뻑 들어서 안 떨어 질 거-양! 힝! 메-롱이다."

업고, 이고 공중으로 떠오른다. 어마어마한 고뿔의 덩치에 내장이 흘러서 피가 뚝뚝 흐른다. 자동인 셈이다. 트윈 오크 무리 위를 지나서 나무가 적은 곳으로 날아간다. 싱그러운 피 냄새가 고픈 배를 더욱 부채질 하는 효과가 150% 발휘된다. 한 바퀴 돌아놓고 뒤를 돌아보니 쌔 까맣게 몰려온다. 고도를 더욱 낮게 해서 천천히 계곡 쪽으로 유인한다. 마침 나무도 적고 계곡으로 들어오면 빠져 나가기가 쉽지 않은 지형이다. 바위가 많아서 발붙일 곳도 잘 없는 험악한 지대이다. 돌산의 계곡이 이런 모습일까? 먼저 내장을 뽑아서 던졌더니 아귀다툼이 벌어진다. 능선위에 있던 놈들까지 다 밀려 내려온다. 50만 마리가 하나의 계곡에 몰려던 것을 상상해보라. 발밑은 전부 돌들이 울퉁불퉁한 험지이고 나무도 몇 그루 없는 그야 말로 험지이다. 공중으로 조금 솟아오르면서 고뿔의 시체를 던지자 저들끼리 밟히는 먹이 쌈-박질이 붙었다. 반경이 2km에 긴 쪽이6km정도다 '그레-잇 라운드 헬 파이어' 머리위에서 어마어마한 광구가 떨어져 내려서 계곡 중앙에 부딪히면서 퍼져 나간다. 주위의 마나로 범위를 조정한다. 그러자 마그마가 지표면을 녹이면서 계곡을 순식간에 덮어버린다. 엄청난 열기가 공기를 타고 공중으로 솟아오른다. 계속 공중으로 떠오르면서 계곡 바깥으로 흐르는 용암을 조정한다. 이미 계곡 속에는 살아있는 생명체는 없다. 바람과 구름을 불러서 폭우를 퍼 붓는다. 수증기가 솟구치자 더 이상은 그 곳에서 버티기 힘들다. 세 번의 점프로 15km 정도를 벗어났다. 끝난 것이다. 공주는 말을 잊어버린 듯이 벙어리가 되어 있다. 등에 업혀서 모든 것을 봤으니 그럴 수밖에 울보 불 여시 꼬리 열 개짜리를 산 능선에 내려놓았다. 그러자 가죽 바지를 잡고는 놓을 생각을 안 한다.

"불 여시야! 이제 놓아 줘야지 오빠가 사람이 아닌 것을 이제 알겠지? 그러니 애기 만들어 달란 얘기는 안 되는 것이야. 신이 아기를 세상에다가 놓아두면 어쩔 것 같니?"

"오빠! 진짜 신이예요?"

"너 이제껏 보고도 그러냐?"

"히-잉! 그래도 애기 만들어 주기 전에는 못 놔요."

아이고 내 팔자야 이것 또 물렸다. 이러다가 엉? 삐리릿! 삐리릿! 삐리릿!

"사령관님! 무선이 왔습니다. 연결할까요?"

"그래 001 어디서 온 것이냐?"

"넵 모선 코리아에서 큰 사모님의 무전입니다."

"아빠! 아빠! 아빠! 사랑해요. 볼리아 예요. 쪽!"

"웅 그래 나도 사랑해. 볼리아! 쪽!"

"우-히히힛 다 봤걸랑요. 아가씨 등에 붙들어 업고 몬스터 잡는 거요. 그 아가씨 옆으로 불러요. R-2 영상 띄워라. 아빠 그 아가씨 맘에 안 들어요? 왜? 안된다고만 해요? 소원이라는데 길어야 150년이고, 우리는 1500년이에요. 그깟 소원 들어줘요. 아가씨! 이름이 뭐야?"

"어-맛! 이건 또 뭐지? 오늘 정신을 못 차리겠네. 예쁜 꼬마 아가씨 요정인가요? 제 편 들어줘서 감사해요. 오빠가요 아기 하나만 만들어 달라하니깐 도망을 치려고 해요. 팍 없어져 버리면 전 히잉! 으앙! 전 죽어 버릴 거예요. 앙 앙 앙!"

"호호호 재미있는 아가씨네 난 그분의 마누라예요. 볼리아 라고해요. 요정이 아니고요. 지금 보이는 것은 영상이라서 작아 보이는 거고요. 아가씨 이름이 뭐예요?"

"네-넵! 언니 저는 '바블켄트 사브리나'예요. 혼자 살고요. 에이스트 제국의 공작이에요. 그래서 언니 오빠 닮은 아기하나 있으면 덜 외롭겠다 싶어서 부탁 했더니, 단칼에 거절하고 싹없어져 버리는 것 있죠? 그래서 바짓가랑이 잡고 늘어지는 중입니다. 헤헤헤"

"호호홋 알았어요. 아빠! 아빠! 아이는 많을수록 좋아요. 전 더 이상 이젠 애기 못 낳아요. 천사가 그랬잖아요. 그러니 사브리나도 아기 만들어 줘요. 여기 동생 둘이도 찬성이에요. 알았죠? 무라니야 아빠다."

"오 무라니 아빠 보여?"

"아빠! 아빠! 언제 와요? 보고 싶어요. 훌쩍 훌쩍!"

"어 그래 곧 가마 무라니 사랑해."

"아빠 나도 무투예요. 아빠 그 아줌마도 작은 엄마예요? 우와 예쁘게 생겼다. 작은 엄마 안녕하세요?"

"우와! 무투니? 귀엽게 생겼다. 안아보고 싶다 너 호호호"

"그래 무투야! 아빠 일 끝났으니, 곧 갈게. 스크로 산맥만 둘러보고 갈게. 사랑해 무투야! 쪽"

"네 아빠 사랑해요. 빨리 와요."

불여시의 눈이 몽롱해졌다. 방금 오빠 판박이 무투를 본 것이다. 그 귀여운 얼굴을 봤으니, 그리고 영상이 꺼졌다. 바지춤을 잡고 있던 손도 놓아 버렸다. 그리고 털썩 바닥에 퍼질러 앉더니 대성통곡을 한다.

"으악! 나도 저런 애기 낳고 싶단 말이야! 으앙 으아앙앙앙 후아 깨물어 주고 싶어 힝! 으앙! 앙앙 나도 만들어 줘 잉-앙앙!"

"알았어. 알았다고. 일어나 공주야! 너 진짜 못 말리는 외통수 꼴통이다."

"꽁통? 꼴통? 꼴통 그거 좋은 거야? 오빠?"

"그래 좋은거다. 업혀라 이 꼴통아!"

"히히힛 앗싸! 나도 나도 귀여운 아기 생길 거다. 그렇죠? 오빠?"

"그래그래 알았다. 알았어. 집은 어디로 가야 되는 거야?"

"지금 바로 집으로 가려고요? 앗-싸! 가요, 바로가요. 네 오빠!"

500m 상공으로 이동하는 중에 소도시 한곳에 흩어진 오우거들이 난동을 부리고 있는 것이 보인다. 주린 배를 채우기 위해 사람을 먹이로 하는 것이다. 지금 막 시장어귀에 두 마리가 여자들을 공격하는 순간이다. 착지와 동시에 한 마리의 심장을 관통시키고 남은 한 마리를 사브리나에게 맡긴다.

"사브리나 저놈 잡아. 나는 저쪽 5~6마리 있는 쪽으로 간다. 있다가 만나자."

말이 끝나기도 전에 사라진다. 사브리나는 여자들을 공격하려는 오우거를 향하여 달려가면서 검을 뽑아들고 오러 블레이드를 길게 뽑아 올려서 횡으로 돌려 친다. 오우거가 몽둥이를 들어 올리는 순간에 벌써 사브리나의 검이 오우거의 허리를 절단하고 90도 꺾이면서 공중으로 솟아오르며 놈의 몽둥이조차도 두 동강 내어버린다. 칼을 철꺽 집에 꽂고는 오빠가 사라져간 방향으로 달리기 시작한다. 한 호흡이 되기도 전에 시장 골목 밖으로 사라진다. 그때서야 오우거의 상체가 기우뚱 기울면서 상체와 하체가 분리된다.

"이것들이 노처녀 시집 갈려는데 방해를 해? 썅!"

빨리 오빠를 찾아야 한다. 또 도망치지 않는다는 보장이 없다. 오빠는 어떤 방법으로 그렇게 빨리 움직이는지 그것을 배워야 하겠다. 도시를 벗어나서 작은 산으로 오르는데 여기 저기 오우거의 시체가 나뒹굴고 있다. 자세히 보니 정확하게 심장이 관통되었다. 작은 과일이 뚫고 지나간 듯 엄지손가락 굵기의 구멍이다. 오빠의 솜씨다. 강환으로 죽인 것이다. 야산 정상에 오르자 더욱 많은 오우거 시체가 있다. 시체를 따라 가면서 수를 세어본다. 37, 38, 39, 40, 41~ 계속 이어져 있다. 51, 52~ 어디까지 쫓아간 것일까? 100이 넘었을 때 산골짜기 아래로 작은 마을이 보인다. 마을 앞에 당도해 보니 마을 앞에도 20~30마리의 오우거 시체가 널려 있다. 그리고 영감 두 분과 많은 수의 여자들이 모여 웅성거리고 있다.

"저 말씀 좀 여쭙겠습니다. 혹시 은발 머리에 파란 눈의 잘생긴 남자 못 보셨어요?"

"으-악! 우르르!"

여자들은 모두 흩어져서 도망가 버리고 영감 두 분만 남아 있다.

"혹시?"

"네 보았죠. 그 천신 같은 분이 우리 마을을 살렸죠. 저쪽 산쪽으로 오우거 떼를 쫓아서 가셨소. 흠"

두려움이 가득한 눈이다.

"네 고맙습니다. 오우거 무리가 수가 많았나요?"

"많았죠! 약 100마리는 더 되어 보였소. 그놈들이 죽기 살기로 도망을 치는데---어?"

휙! 대답도 듣기 전에 달려가 버렸다. 예쁜 처자가 어찌 저리도 빠른가? 산 넘고 물 건너 오우거 무리의 발자국을 따라 하염없이 달려간다. 그때 무라니의 아빠는 폰 프린스에 올라 그 장면을 보고 있다. 제 진짜 포기 할 줄을 모르네. 이제쯤 돌아갈 줄 알았는데 아직도 포기할 생각이 전혀 없어 보인다. 스크로 산맥으로 가야 하는데 지금 이러지도 저러지도 못하고 있다. 포기하고 돌아가면 미련 없이 떠나면 그만인데 말이다. '어휴 공주야! 날 좀 그냥 두면 안 될까?' 켄트 사브리나는 드디어 한 계곡에 도착했다. 200마리가 넘는 오우거 시체들 온몸이 숭숭 뚫려있고, 타다만 시체가 대다수이다. 불비(火雨)에 당한 흔적이다. 오빠가 아니면 불가능한 흔적이다. 그런데 오빠는 없다. 묵묵히 그 광경을 바라보고 있다가 냄새가 지독한 현장을 한 바퀴 돌아본다. 아무런 흔적도 없다. 오빠가 분명 여기 있었을 텐데. 철퍼덕 흙바닥에 주저앉아 목 놓아 운다.

"으-앙! 기다리지도 않고 오빠 미워! 잉잉 으앙 으-아-아-앙!"

30분이 넘도록 목이 터져라 울어재낀다. 뭐가 그렇게 억울 한걸까?

저러다 포기하고 돌아갈 줄 알았는데 그것이 아니다. 33년 동안 남자라곤 파리 떼처럼 업신여기며 살아온 독불장군 여자검사 바블 켄트 사브리나! 그 고집과 신념이 산산 조각나게 한 남자! 오빠! 무라카! 아이 하나만 낳게 해주면 아무런 미련도 없다는 오기를 부렸건만 결국 사라져 버린 것이다. 약속까지 해놓고 말이다. 에이 띠-발! 이렇게 살면 뭐해? 33년 동안 잘 살았으니 이제 그만 접자! 사브리나 공주여! 그동안 살아오면서 자신이 신분도 밝히지 못하는 시골 처녀의 몸에서 태어나 그 긴 세월동안 황제의 성과 이름만 물려받은 불쌍한 인생이 공작 위까지 오를 수 있었던 것은 그 아비라는 자가 던져 주고 간 한권의 검술 교본 때문이었고, 피나는 스스로의 노력 덕분이었다. 바블라이트 대륙에서 가장 고수인 자신이 아버지를 아버지라 부르지도 못하고 늙어 죽어간 전 황제의 유언에 따라 공작이 된 것이다. 30분간 대성통곡을 하더니 갑자기 벌떡 일어나서 절벽을 향해 달린다. 100m가 넘는 절벽을 향해 몸을 던지는 사브리나 깨끗한 선택일까? 아직 죽기는 아까운 33세의 나이인데? 100m를 떨어지는 것은 순간이다. 2~3초 정도? 절벽 아래는 삐죽 삐죽 솟은 바위들이 빽빽하고 작은 시내처럼 물이 흐르는 개울이 보인다. 눈을 콱 감아버리고 '안녕! 오빠 행복 하세요.'라면서 중얼거린다. 귓가로는 사나운 바람소리가? 아니다? 어?

"아니 무슨 억하심정이 있어 자살을 하려는 거야? 아직 살아갈 날이 120년은 더 남았을 텐데 말이야. 정말 지독한 여자일세!"

"음?"

눈을 떠 보니 오빠의 품속이다. 이게 꿈이야 생시야?

"흑흑흑 오빠! 미워! 씨-잉! 나 혼자 두고 사라진 줄 알았잖아요. 으앙! 흑흑흑"

"그만해 뚝! 30분이나 울었으니, 쯔쯔쯧! 얼굴이 이게 뭐야? 응통통 부어서 불어터진 찐빵 같네. 그 예쁜 얼굴이 찐빵이 되었어."

"찐빵? 그것 맛있는 거예요?"

"그래 맛있지. 추울 때 먹으면 더 맛있어. 김이 모락모락 나는 것이 속에는 팥고물이 들어있어서 달콤하고 냄새도 고소하지, 음 그러고 보니 배가 고프네. 여기 잠깐 있어. 오빠가 사냥해 올 테니 불고기나 해먹자."

"싫어 오빠! 나 혼자 두고 가지마! 또 찾아 헤매게 할 거지? 씨잉!"

"아 미안! 그놈들 다 잡아버려야지 놔두면 다른 마을 싹 지운다. 그래서 악착같이 찾아다니면서 다 죽인 것이야. 5분 5분이면 된다. 잠깐 혼자 있어. 그 찐빵 얼굴 가라앉게 세수나 하고 있어. 쪽!"

"헤헤헤 응 알았어. 얼굴 씻고 있을게요."

그렇게 붙들려 버렸다. 결국은 죽으려고 설치는데 방법이 없잖아 방법이? 10일간 에이스터 제국의 북단에 위치한 켄트 사브리나 공작의 성에서 보냈다. 스승님의 유지를 받들어 많은 씨를 뿌리게 되는 것일까? 이젠 절대 아니라는 말을 할 수가 없게 되었다. '천조심법'과 '천무검법' 그리고 '무흔신법(無痕身法)'을 구두로 전수해주고 떠난다.

바나 행성에서 천사의 축복도 받지 못하고 태어난 최초이자 최후의 일인 '무조'라는 한 남자가 아버지가 누군지도 모르면서 자라나 훗날 100여 년간 에이스터 제국의 기둥으로써 '공왕위'까지 제수받아 바블라이트 대륙을 울리는 검사가 된다. 그랜드 마스터 경지까지 오른 것이다. 이것은 먼 훗날의 얘기다.

수제자 그린위드 결혼하다.

　스크로 산맥 일대를 다 뒤져봐도 트윈 오우거나 트윈 오크의 그림자도 없다. 다행히 같은 대륙에서도 사람이 사는 영역이 중간을 가로 지르고 있으니, 이것들이 그 쪽으로는 이동을 하지 못한 모양이다. 또 뱀의 왕이 스크로 산 고원지대에 서식하고 있으니 몬스터의 번식을 자동 조절하는 모양이다. 바블라이트 대륙은 이제 안심 할 수 있는 것이다.

　한편 그린 왕국의 그린 위드는 제국의 사절단뿐만 아니라 많은 왕국으로부터 축하인사를 위해서 방문한 사절단들의 축복속에 그리고 사부님의 제자들 320명이 참석한 가운데 결혼식이 이루어졌다.

　사상 유래가 없는 많은 축하객들이 몰려든 것이다. 소드 마스터의 위상이 드러난 것이다. 바젤란 대륙의 전 왕국이 다 참석함은 물론이고 온갖 진귀한 보물들까지 선물로 들어와서 그린 왕궁은 때 아닌 호황을 누리는 순간이다. 대륙의 권력이 제국에서 그린 왕국으로 이동한 것이 현실로 나타난 것이다. 땅은 작고 국민들의 인구수도 제국에 비할 수야 없지만 무적의 검사가 있고 또 한 스승 밑에서 하사받은 동문 사제들이 320명이나 기라성같이 몰려드니, 그 힘과 위상이 제국을 능가 하고도 남는다. 원래 또 부유한 왕국이었던 관계로 이제는 감히 그 어느 왕국이나 제국도 함부로 대할 수 없는 군사력을 갖추었음을 지난 몬스터 대란 때에 이미 증명이 된 셈이다. 그리고 결혼식장에서 위드에게 공작으로 승위 되었음을 공표하고 왕국의 북쪽으로 넓은 불모지를 '그린위드 공작령'으로 하사 되었다. 그린레인 후작령과 연접해 있는 땅인 것이다. 어차피 레인 후작령도 그린위드가 다스리고 있는 입장이라 넓은 불모지를 하사한 것이다. 결혼식이 끝나고도 계속 위드 공작은 하객들을 살핀다.

사부님이 오시지 않을까 기다리는 것이다. 그러나 이때 무라카는 몬스터 퇴치를 하느라 눈코 뜰 새 없이 바쁠 때이다 보니, 연락을 받더라도 참석을 못할 그런 시기이다. 결혼식이 끝나고 위드는 어린 신부와 마주앉아 도란도란 얘기를 나눈다.

"오빠! 저 무지 행복해요. 이렇게 결혼식까지 할 줄은 꿈에도 생각 못했어요. 오빠! 정말 감사해요. 못난 저를 가르쳐 주시고 예뻐해 주시고 또 결혼식도 거창하게 올릴 수 있게 된 것이 모두 오빠의 덕분인 것 잘 알아. 앞으로 저 더욱 열심히 잘할게요. 사랑해요 오빠!"

"어이쿠 우리 레이스가 갑자기 어른이 된 것 같네. 하하 오빠도 기쁘고 행복 하단다. 레이스가 이렇게 끈기도 있고 착한 줄 알게 되어서 기쁘고, 쪽! 이렇게 예쁜 내 아내가 되어 주어서 행복해. 이리와! 내가 옷 벗겨 줄게."

"넹! 저 인제 오빠여자 된거죠? 그것도 해도 되는 여자 말이에요."

"그럼, 그럼 키스도 해도 되고, 그 머시기도 해도 되지만 그래도 머시기는 레이스가 검술이 좀 더 나아진 후에 하자. 아기가 생기면 검술 수련은 하기 어려워지거든 사모님들 봐봐! 그렇게 열심히 검법 수련하시든 분들이 무라니, 무투, 무라크! 태어나니까 꼼짝도 못하잖아. 그래도 사모님들은 세 분 모두 나보다 훨씬 고수들이야. 레이스도 고수되고 나서 아기 갖도록 하자. 응? 우리는 아직 젊으니까 애기 천천히 생겨도 되잖아. 그렇지?"

"네! 알았어요. 저 더 열심히 배울게요. 그래도 키스랑 만지는 건 해줄 거죠?"

"응 그야 뭐 해줄게 매일매일 해줄게. 어이구! 예쁜 내 레이스 쪽!"

다음날부터 각 왕국에서 몰려온 사절단을 접견하느라 바쁜 와중에도 틈틈이 검술보다 경신공(輕身功)에 대한 마나 운용법을 설명해준다. 도란도란 접견실에 앉아서 둘이서 얘기를 나누는 모습이 다른 사람의 눈에는 그렇게 다정하게 보일 수가 없을 지경이다. 주로 듣는 쪽은 레이스이고, 설명 하는 쪽은 위드 인지라. 평소 무뚝뚝하게만 보이든 위드가 저렇게도 공주를 살가워하는가 하고 왕과 왕비도 웃음꽃이 핀다. 때론 고개를 끄떡이기도 하고, 가끔 질문도 하는 레이스는 옛날의 그 소악마 같았던 모습은 눈을 씻고 봐도 없다. 시녀들은 그런 공주의 모습을 보고 사람이 저렇게 바뀔 수도 있구나 하고 칭찬이 자자하다. 열흘 동안이나 계속된 각 왕국의 사신들과의 접견이 끝나고 그들이 돌아가자 국왕과 왕비의 허락을 받아 다시 레인 영지로 돌아간다. 따로 영지를 하사 하려해도 극구 반대하는 통에 결국은 레인 영지에 연접한 국경지역을 몽땅 레인 영지에 통합시켜서 '그린위드 공작령'으로 선포했다. 이제 레이스의 경공 공부를 완전하게 할 수 있도록 수련시키는 일에만 집중한다. 하다못해 위험할 때 도망이라도 칠 수 있게 할 심산이다. 그리고 위드 자신의 경험으로 볼 때 검법도 중요하지만 가장 핵심은 보법, 경신, 경공이 모든 무술의 속도와 운신을 결정짓는 기본이라는 것을 뼈져리게 느꼈기 때문이다. 서로 대등한 검술 실력일 때 뛰어난 무흔 경신공은 항상 우위를 점할 수 있는 경공으로 상대를 가지고 놀 정도로 빠른 속도를 낼 수 있는 것이다. 그리고 저녁에는 깊은 키스와 '쓰담쓰담'으로 피로한 레이스의 몸을 순식간에 생기발랄하게 만드는 마법과 같은 효과를 내는 것이다. 이제는 자연스럽게 깊은 속살까지 만지도록 유도하는 레이스 때문에 위드가 곤란해지는 경우가 많지만, 그래도 그것이 레이스에겐 커다란 하나의 유희가 되어 매일 고달픈 수련도 기쁘게 받아들이는 것이다. 그렇게 어린 부부는 서로 애무로 즐기면서 실력 향상을 위해 노력해 가는 어느 날 드디어 위대한 사부님의 방문을 받게 되었다. 바블라이트 대륙을 돌아보고 돌아오신 것이다. 사부님과 그린레인 후작과 귀여운 무라크가 당도한 것이다. 위드는 부랴부랴 레이스를 데리고 달려온다. 그리고 맨 땅바닥에 무릎을 꿇고 큰절을 올린다.

"하하하 축하한다. 예쁜 공주를 부인으로 맞이했다고 들었다. 그사이 벌써 마나도 제법이고 몸도 많이 튼튼해 졌구나. 많이 신경을 써서 잘 가르친 모양이구나. 그래 공주의 이름은 무엇인가?"

"넵 사부님! 그린 레이스이고 이제 14세입니다."

"호오! 좋은 짝을 얻었구나."

"그린 레이스라 합니다. 대 사부님 앞으로 귀엽게 봐주세요. 꾸뻑!"

"그래그래 착하고, 예쁘구나. 우리 위드를 잘 도와서 행복하게 살아야 하느니라. 흠흠"

"넵 사부님 안으로 드시지요. 레이스야 차를 맛있게 준비해와!"

"네 오빠! 금방 준비 할게요."

"허허허 안젤리나가 완전히 틀렸군. 저렇게 예의도 바르고 조신한데 무슨 장난꾸러기에 왈가닥이라고 그러다니 말이야."

"그러네요. 제가 봐도 조심스럽고 예의도 바르네요! 무라크야! 누나 예쁘지?"

"네 엄마 진짜 예뻐요. 얼굴에 흙이 묻어서 그렇지 헤헤헤"

"그건 수련을 하느라 그런 것이지, 우리 무라크도 열심히 수련해야 한단다. 아빠처럼 멋진 남자가 되려면 말이야. 알았지?"

"헤헤헤 매일 열심히 공부하고 있어요. 저도 어른이 되면 아빠만큼 멋진 남자가 될 거라고요. 두고 보세요. 아빠 그렇죠?"

"그럼, 그럼, 무라크는 아빠보다 훨씬 더 멋지게 생겼잖아. 금발 머리에 파란 눈! 요렇게 잘 생겼는데 실력도 좋아봐! 전 행성의 아가씨들이 도시락 싸들고 따라 다닐걸!!"

"그런 건 잘 모르겠어요. 아빠 열심히 공부도 하고 검법도 익힐 거예요. 헤헤헤헤"

"그렇지 바로 그거야. 무라니 누나도 그렇고 무투 형도 요즈음 열심히들 수련하지? 마법도 제법이고 말이야. 우리 무라크도 누나와 형처럼 열심히 하면 멋진 남자가 될 거야. 허허허"

"네 아빠!"

차향이 향기롭다. 마주앉은 위드와 레이스도 예쁘고 아름답다. 싱싱한 젊은 기상이 차향보다 더욱 향기롭다.

"어디 보자 레이스 공주 손 내밀어 봐!"

손목을 잡고 마나를 흘려 넣어 쭉 살펴본다. 기경8맥, 24경락,

361손락(孫絡)이 다 원활하다. 다만 백회혈이 얇은 막으로 덮여있고, 마나양이 15년 정도이고 그리고 아직 청결지신 그대로이다.

"음~결혼식을 올렸다고 들었는데, 위드야! 아직 합방하지도 않은 것이냐? 하긴 몸은 다 큰 어른이지만 아직 14세이니 험! 아끼고 있는 게로구나. 허허 녀석! 기특하군 그래. 저기 바닥에 앉도록 하거라. 정좌는 알고 있느냐?"

"네 대 사부님! 오빠가 가르쳐 줘서 매일 두 번씩 심법 수련을 하고 있어요."

"오호 그래? 임독양맥 소통은 불가하나 마나로드는 잘 닦여 있구나. 그럼 서로 소통 할 수 있게 해줄 테니, 조금 고통스럽더라도 참고 소리를 내어서는 안 된다. 자 그럼 시작한다."

"흡~ 넵!"

"그렇게 긴장 할 것도 없다. 많이 아프지도 않을게야. 아직 청백지신에 나이도 어리니 금방 뚫리지 막도 아직 하늘하늘 한 것이 얇으니 말이다. 자 입 닫고 간다."

협착에 손을 붙이고 마나를 덤-뿍 기해로 밀어 넣어 배 정도 더 많게 뭉쳐서는 서서히 도인(導引) 한다. 회음-미려-협착-아문으로 아문이 좁아서 넓게 닦아 주면서 백회로 치달린다. '팍'하고 뇌를 울리는 소리와 함께 레이스의 몸이 움찔 거리지만 잘 참아 낸다. 수구를 지나서 은교-단중(丹中)으로 그리고 기해로 들어온다. 단전(丹田)에서 회전을 하는 마나의 양이 배나 많아지자. 단전도 더 넓게 크게 자리를 잡는다. 약간의 통증이 있었을 뿐. 온몸이 새로운 쾌감으로 인해 부르르 떨린다. 그리고 갑자기 팽창한 단전으로 인해서 방구가 나오려 하자. 깜짝 놀란 레이스는 정신을 똑바로 차리며 회음에 잔뜩 힘이 들어간다. 아래가 온통 축

축하게 젖어버렸다. 오빠의 손으로 만져줘서 오르가즘에 이르렀을 때 보다 수십 배나 더 찐한 쾌감에 푸들푸들 온몸이 경련한다. 부끄러움에 얼굴이 빨갛게 달아올랐지만 지금 이순간이 얼마나 중요한 순간인지 알기 때문에 정신을 집중해서 스스로 운기를 계속 이어간다. 대 사부님은 손을 떼고 물러나셨지만 그것을 느낄 수 있을 정도로 한가하지 않기에 레이스는 계속 집중해서 몰아에 빠져든다. 위드가 대신 꾸뻑 고개를 숙여 감사 표시를 전한다. 둘을 남기고 무라크를 안고 밖으로 나온 레인과 아빠는 천천히 수련장을 돌아본다. 레인은 감회가 깊다. 넓어진 영지에 병사들은 3배나 늘어나서 12,000명이 넘고 1,000명의 특전대! 500명의 기사들! 공작령으로도 넘치는 병력이다. 얼마나 단단히 훈련을 시켰는지 눈빛들이 날카롭다. 왕국 근위대도 위드 공작의 직속이라 합치면 5만이 넘는 군사력을 갖춘 셈이다. 그것도 위드 공작이 직접 훈련을 시키는 시스템에 의하여 제국의 병력보다 훨씬 막강하고 조직적인 체계로 이루어져 있어서, 지금도 우렁찬 기합소리가 울려 퍼지며 구슬땀을 흘리고 있다. 그린왕국이 막강한 군사력을 갖춘 왕국이 된 것이다. 이 모든 것들이 어린나이에 사부님을 잘 만나서 이루어진 것이다. 그린레인은 새삼 아빠의 얼굴을 뚫어져라 쳐다본다.

"웅 왜? 내 얼굴에 뭐 묻었어?"

"호호 아니예요. 아빠! 그린왕국이 아빠의 은총을 많이 받았구나. 생각이 들어서요. 아빠얼굴이 빛이 나는 것 같아요. 고맙고 감사해요. 아빠! 이것은 그린레인 후작으로서 드리는 감사 인사예요. 왕궁에 계시는 엄마도 꼭 감사 인사를 드리고 싶다고 하셨어요."

"억! 참 이런? 내가 아무리 바쁘기로서니 이런 불효막심한 에-공 어머님께 가보자. 건강은 어떠셔? 상하신 데는 없고?"

"네 건강하세요. 노스터 왕국에서 다행히 좋은 사람을 만나서 귀족가에 계셨나 봐요."

"음 천만 다행이군! 불행했던 일들은 빨리 잊고, 행복하게 지내셨으면 좋겠군. 빨리 들려보자. 인사도 드리고 그래도 모르잖아 혹시 상하신데 있을지? 내가 한번 진단해보고 그래야 안심할 수 있지. 큼!"

"네 가요. 내려온 김에 들려서 인사도 하고요."

"이렇게 예쁜 딸도 덜렁 허락도 안 받고 훔쳤으니, 허허허 내가 도둑놈 맞네. 가서 뵙고 용서를 빌어야지. 크크크큭!"

"어머머머 이상하게 웃으신다? 아빠가 그렇게 웃는 것 처음 보는 것 같은데요?"

"웅? 미안해서 웃음도 이상하게 나온다. 캑! 험"

"히히힛 딸 도둑이라서 그래요? 키-킥!"

"어 요상하게 웃지마! 나 지금 발이지려서 제대로 걷지도 못하겠구만! 하하하하"

"도둑질은 아무나 하는 게 아니예요. 호호홋!"

"그러게 말이야! 난 도둑님은 못되는 모양이다. 허허"

"에게 도둑놈이지 도둑님도 있어요?"

"어? 갔다 붙이면 되는거지 뭐 사용하기 나름이지 암 그렇지!"

"키키키킥! 도둑님! 도둑님! 딸 도둑님! 딸 주인에게 가시죠. 히힛!"

"이거 걱정이네, 흠? 옳치! 좋은 방법이 있다. 무라크야! 네가 할머니께 잘 말해주럼! 아빠가 엄마를 훔친 것을 용서해 주시라고 말이야. 잘 부탁한다. 무라크야! 너만 믿는다. 알았지?"

"헤헤헤 글쎄요? 세상에 공짜는 없다면서요. 아빠! 저에게 득이 되어야 부탁을 들어드리죠. 에헴!"

"잉? 뭘 원하는데? 어디 말해봐 봐! 아빠가 웬만한 것은 다 들 어줄게. 어때?"

"깔깔깔깔 아이고 배야. 우-헤헤헤헷 키키키킥! 아가야. 너 아 주 살판났다. 조막만 한 게 아빠를 꼼짝 못하게 하네. 히히히힛! 그러면 못써요. 아빠가 곤란해 하시잖아. 키킥!"

"아빠! 엄마를 제일 많이 사랑해주시고요. 그다음에 저요. 많이 많이 사랑해 주시면 되요. 헤헤헤"

"웅 알았어. 지금도 많이많이 사랑하지만 더 많이많이 사랑해 줄게. 알았지? 쪽! 쪽!"

"상단에서도 많이 신경을 써주시고 왕궁에서도 극진히 보살펴 주셔서 건강하시고 행복해 하셔요. 아빠!"

"응 다행이다. 그런데 계속 왕궁에 계시는 것도 그렇잖아. 차라 리 '위드 공작령'에서 생활 하시는 것이 편하지 않을까?"

"아 그러네요. 이참에 말씀 드려봐야지~? 엄마가 맘 편한 쪽으 로 하시게 해야지 그것이 좋겠죠?"

"그러자. 어머님이 결정 하시게 하자. 무라크야 할머님 만나봤니?"

"네 아빠! 할머님도 예뻐요. 엄마처럼 빨강 머리에 아직 젊고요."

"응 아직 젊으시다고?"

"네 아빠 할머니 저 보시면 품에 안고 안 놔주셔서 후 사실 좀 겁나요. 헤헤헤 그래도 좋긴 좋아요. 히"

"하하핫 할머니 좋아하는구나? 그렇지?"

"넹! 할머니 좋아요. 헤헤헤"

그렇게 왕궁에 들려서 어머님께 인사를 드리니 엎드려 펑펑 우신다. 너무나 큰 은혜를 입었다고 눈물이 강을 이룬다. 무라카는 큰절을 올리고 예쁜 딸을 허락도 없이 훔친 죄를 용서해 주십사하고 빌고, 어머님의 손목을 잡고 두루 살펴보니 정말 건강하시고 아직 매우 젊으시고, 예쁘기도 하시다. 알고 보니 레인이 어머님을 닮아서 미인인 것이다. 무라크는 할머니 무릎에서 떨어질 줄을 모른다.

　　그리고 할머니가 아예 놔주질 않기도 하고, 어렵게 위드 공작령으로 옮기실 것을 넌지시 말씀드리니, 당장 그러고 싶어 하신다. 아무래도 왕궁에 계시니, 은근히 부담 서러운 감이 있었던 모양이시다. 그래서 궁에 말씀을 넣어 공작령으로 옮겨 드리고, 제자 위드 공작에게 친 어머니처럼 잘 모시라고하자 위드와 레이스는 엄청 좋아한다. 특히 위드는 사부님이 계속 곁에 계시면 좋겠지만 그러지 못하던 차에 어머님이라도 계신다면 그 보다 좋을 일이 없다. 고아로 자라서 정에 굶주린 것이 '한' 인데 인제는 모실분이 항상 계시니 조석으로 문안인사도 올리고, 사부님 대신에 어른이 계시다는 것만으로도 마음이 넉넉해진다. 정말 친어머니처럼 모셔야지 하고 속으로 마음을 다진다. 사부님께 무공을 하사받으면서 예(禮)에 대한 아름다움을 배운 위드는 이제 진정으로 일가를 이루어도 부족함이 없을 만큼 성장한 것이다.

자이언트 대륙

　이리나 자매가 밤을 밝히고 있다. 이리나 원은 오른쪽 눈동자이고, 이리나 투는 왼쪽 눈동자이다. 살짝 윙크하는 눈! 아니면 기분이 쿨쿨한 날엔 사팔뜨기로 보이는 눈이다. 눈과 얼음으로 하얗게 빛나는 산이 내려다보인다. 80% 이상이 눈과 얼음이다. 북극에 1/3이나 되는 넓은 땅이 속해 있는 자이언트 대륙의 상공이다. 북반구의 최북단에 위치한 대륙이며 넓은 대륙의 남쪽 일부에 사람이 살고 있다. 전체대륙의 30~40%만 사람들이 살아갈 수 있는 환경인 것이다. 그나마 기나긴 겨울이 닥치면 모든 활동이 중단되고 칩거에 들어간다. 자연 환경이 주는 혹독한 추위는 견디기 어려운 것이다. 그래서 동사사고가 종종 발생하는 곳이 자이언트 대륙이다. 사냥을 나갔다가 조난이 되거나 길을 잃어버려서 일어나는 흔한 사고인 것이다. 지금은 여름철인지라 수많은 배들이 고기잡이를 위해서 바다에 떠있다. 짧은 '활동기' 동안에 많은 식량을 확보하지 못하면 겨울에 얼어 죽거나 굶어 죽게 된다. 짧은 4~6개월 동안에 부지런히 움직여서 나머지 기간 동안 먹고살 채비를 해둬야 하는 것이다. 이 삭막한 동토의 땅에는 하나의 제국과 일곱 개의 왕국뿐이다. 모든 생활환경이 열악한 이 땅에 사는 사람들은 생활력이 강하고 다혈질이지만 이웃 간의 우애는 무척 많아서 모두가 서로 도우며 한 가족이 아닐지라도 어려운 이웃을 모른 체하지 않는다. 또한 호승심이 강해서 불의와 타협하지 않으며, 결코 도의에 어긋난 짓은 그냥 넘기지 않는 대단한 단결심이 있는 집단이다. 그런데도 욕심이 많고 남의 것을 빼앗으려는 위정자들이 있는 한 전쟁은 끊이지 않으며 젊은이들을 희생 시킨다. 이곳에 도착한 무라카는 몇 시간 째 20㎞상공에서 초생 달처럼 대륙의 ⅓을 휘감고 있는 산맥을 면밀히 관찰하고 있는 중이다. 그 어떤 생명체도 살아갈 수 없을 것 같은 극한의 산악 지형이지만 그러나 알고 있다. 생명체란 어떤 환경에서도 적응해서 살아가는 종이 반드시 있다는 것을, 심지어 그 뜨거운 화산의 열기 속에도 적응해서 살고 있는 생명체가 있듯이 말이다. 근접 영상으로 산맥 전반에 걸쳐 관측해본 무라카는 직접 몸으로 부딪혀 보기 전에는 도저히 알 수 없는 상황인지라 날이 밝아오면 가장 높은 산에 내려가 보기로 작정한다. 수목이 어느 정도 분포 되어 있는 지역에 안착해서 극지방의 식물 분포나 동물들의 생태 또한 알아보고 싶기 때문이다. 1차적으로 드론5기를 내려 보냈다. 그리고 온도와 습도를 측정해보니, 습도는 정상적인데 온도는 섭씨 영하 70도나 된다. 사람이 견딜 수 있는 온도가 아니다. 아무리 강한 육체를 지녔지만 영하 45도 이하에서는 잠시도 견디기 힘들다. 계절이 여름인데 이 정도라면 다른 계절엔 더 이상 알아본들 어쩔 수 있는 환경이 아니다. 영하 72.3도이면 겨울에는 100도 이하로 떨어질 것이다. 다이야몬드 산의 정상은 14,580m이다. 드론들을 해발 5,000m 이하의 지역으로 이동시켜서 몬스터나 짐승들의 유무와 온도와 습도를 체크 해본다. 그리고 몬스터나 짐승들이 있으면 근접 촬영 영상을 보내도록 입력시키고 모선 코리아로 돌아왔다. 떠난 지 3일 만에 돌아오자 아이들이 좋아한다.

"아빠, 아빠 이제 안 가시는 거예요?"

"아니다. 무라니야 너무 온도가 낮아서 준비를 더 해야 할 것들이 있어서 온 거란다."

"에-잉 아빠랑 놀고 싶은데 힝!"

"아니 동생들과 놀면 되잖아. 무투랑 무라크는 어디 있니?"

"지금도 공부하고 있을 걸요? 들이서만 놀아요. 아빠 난 안 껴주고 남자 아이들끼리만 할 게 있다나 뭐라나 하면서용! 히힝 씨"

"어? 그래? 이놈들 허허허 무라니가 그래서 섭섭한 게로구나. 자 이리 온 아빠가 안아줄게. 어이구 이쁜 무라니 쪽! 엄마는?"

"네 아빠 작은 엄마들이랑 갑옷 만들고 있어요. 번쩍번쩍 하는 옷 말이에요. 저쪽 S-3호 선실에 계세요."

사왕 가죽으로 옷을 제작하고 있는데 꿰맬 방법이 없어서 고민하고 있단다. 비늘이 큰 부분은 가슴과 등 부위를 감싸게 하는 단조로운 갑옷 형식인데 팔과 다리 부분이 어렵다.

"아빠 이것 통으로 갑옷은 되는데 꿰맬 수가 없어요. 또 비늘은 구멍도 못 뚫어요. 헤헤헤"

"웅 이 심줄로 꿰매는 것인가?"

"네 아빠 안젤리나 동생이 그러던데 아빠는 할 수 있다면서요. 신고 있는 신발도 그렇게 만들었다면서요."

"웅 그래 어디보자. 모두 몇 벌이나 만들려고?"

"우선 8벌이고요. 신발도 비늘 떼내고 세 켤레 만들어서 우리도 아빠 신고 있는 것처럼 신어보고 싶어요."

"알았어. 잠깐 기다려 그런데 무투랑, 무라크는 어디 갔나?"

"아! 녀석은 공부하는 중이예요. 우주선 설계도 말이에요."

순식간에 옷이랑 신발 세 켤레가 만들어졌다. 아빠의 기(氣)를 이용한 바느질이 빈틈없이 착착 진행되어 한 벌씩 한 벌씩 쓱싹 꼼꼼히 만들어진다. 그리고 두 시간 정도가 흐르자 모두 완성되었다. 완성품을 입어보니 정말 아름답다. 조명에 반사되어 오색 영롱한 빛이 반사되는데 세상에 이정도 일 줄이야. 무슨 무도복도 아니고, 갑옷이 이 정도라니, 움직이기에도 전혀 불편함이 없다. 디자인이 그 만큼 섬세하게 잘 되었다는 뜻이다.

"이야! 이거 진짜 물건이네. 그 신발도 한번 신어봐!"

"네." "넵!"

완전히 선녀들이 3명이 똑 같은 옷을 입고 나란히 서있는 듯! 휘황 찬란한 모습이다.

"하하하 멋지네. 이것으로 내 코트도 한 벌 디자인 해봐! 내가 벗어 놓은 것과 같은 사이즈로 말이야."

"네 아빠 조금만 기다려 봐요. 아직 가죽이 남은 것이 더 많으니까. 어디 우리 아기들 것도 만들어야 하겠다. 안젤리나 동생이 디자인 솜씨가 뛰어나요. 많이 해본 솜씨라서 우리는 그냥 잡아주기만 하면 척척 이에요. 광선검이 아니면 잘리지도 않아요. 아빠 아마도 발리스타 아니면 이 가죽은 뚫리지 않을 거예요."

"우와! 그 정도야?"

"네 시험은 안 해봤는데 일반 검으로는 자를 수가 없더라고요. 강기로는 모르겠지만요."

"하하하 사왕을 몇 마리 더 잡아야겠구나. 자이언트 대륙에도 있을까?"

"다이야몬드 산에는 있을 거예요. 추운 곳에서 산다면서요."

"웅 그래 눈이나 얼음이 있는 곳에서만 산다고 하더라고. 냉혈동물이라서 그런 것 같지?"

"아! 진짜 아름다운 옷이에요. 신발은 비늘을 떼어 내어서 아니지만 목 부분의 비늘이 작아서 그 부분을 이용해서 팔과 다리 부분을 만들었거든요. 너무 재료가 적어서 더 고생 했어요. 아빠! 아빠! 몇 마리 더 잡아와요. 꼭요."

"그래 나도 이 옷 입어보니 베리-굿이다. 보이는 쪽쪽 잡아 와야지 후후후!"

"언니 아기들 옷은 목 부분의 비늘이 촘촘한 부분이라야 가능하겠어요. 몇 마리 더 잡아오면 그때 만들어요."

"응 그러네 참! 비늘이 있어야 방어 효과가 뛰어 날 텐데 말이야."

그렇게 해서 새로운 옷이 만들어 졌다. 보온 효과도 와이번 가죽보다 더 뛰어나고 통기성도 좋다. 파충류의 가죽이라서 질감 자체가 부드럽고 가벼우면서 비늘이 방탄 효과뿐이 아니고 거의 무적의 갑옷인 셈이다. 부분적으로 비늘의 크기가 다르니 독특하게 아름다운 모양이다. 빛의 반사각에 따라서 색깔 자체가 변화를 일으키니 여러 가지 색색이 나타나고 바뀌면서 찬란하다. 너무 찬란하니까 위장 효과는 제로이다. 그래도 한번 입고 보니 벗기가 싫어진다.

"무라니야 어때? 아빠랑 엄마들이 입고 있는 옷이 예쁘지?"

"넵 우와 너무너무 예뻐요. 히힝 내 것도 만들어 줘-용! 아빠!"

"오냐 오냐 물론이지. 아빠가 몇 마리 더 잡아서 우리 무라니랑 무투 무라크 것도 다 만들 거야. 하하하하"

"네 아이 좋아 진짜! 진짜! 예쁘다. 엄마랑 작은 엄마랑 다른 사람 된 것 같아요."

"요 조그만 우리 공주 눈에도 그렇게 보여?"

"네 작은 엄마 훨씬 더 예뻐졌어요. 헤"

"자 무라니야 아빠는 사왕 잡아 올 테니 동생들 잘 챙겨라. 볼리아 안젤리나, 레인아 다녀올게. 쪽! 쪽! 쪽!"

다시 자이언트 대륙으로 이동해서 5부 능선 아래로 이동해서 저지대에서 조사한 자료를 검토해 본다. 5부 능선 이하에도 영하 30도에 가깝다. 고도 100m에 2.3도를 계산하니 비슷하게 맞아 떨어진다. 지구에서의 고도에 따른 온도 변화를 기억해낸 것이다. 그렇다면 현재 온도가 영하 31.5도 이니 4부 능선 정도 내려가야 짐승들이 생존 가능한 온도가 될 것이다. 그러나 영하 30도에서도 즉응해서 사는 생명체가 없다고 속단 할 수는 없다. 왜냐하면 이곳의 몬스터들은 이 온도보다 더 낮은 곳에서 살아가는 사왕과 같은 종도 있으니 말이다. 여기서부터 몸으로 답사를 해봐야 사왕이라도 잡을 수 있을 것 같다. 다이야몬드 산의 한 줄기인 셈인데 점프로 안착을 하고 보니 돌탑을 닮은 나무들이 골짜기 안쪽으로 바람이 심하지 않는 곳에 분포되어 있다. 분명히 나무인 것이 맞는데 자세히 보고 손으로 만져 봐도 가지나 잎은 없고, 줄기만이 자라나 보다. 그래도 바람의 영향이 적은 곳에 남쪽으로 탁 터여서 일조량이 많은 곳에만 돌탑 나무가 자라고 있다. 눈을 머리에 이고서 말이다. 꼭 삿갓을 덮어쓰고 있는 돌탑 모양이다. 키가 3~5m 정도의 군락지가 종종 눈에 띈다. 저지대로 이동을 하면서 기를 널리 퍼트려서 생명체 유무를 확인하며 속도를 높인다. 스키를 타고 내리막 경사지를 달려가는 듯한 속도를 유지한다. 흰색의 눈 위에 까만 그림자 하나가 손살같이 미끄러져 내리는 광경이다. 그러나 지나온 눈 위에는 아무런 흔적도 남지 않는다. '무흔경공'을 12성 경지로 펼치기 때문에 일어나는 현상이다. 15㎞ 반경까지 천리안을 펼쳐도 잡히는 생명체는 없다. 5부 능선이 이러한데 고산지대는 생각할 필요성도 없다. 즉 생명체가 없다는 뜻이다. 하얗게 반짝이는 낮은 봉우리들이 눈 아래로 수도 없이 많이 보인다. 저 많은 봉우리들이 모두 다이야몬드 산의 일부들이다. 저 어느 봉우리에는 반드시 사왕이 살고 있을 것이다. 그래서 더욱 다른 몬스터들이 없는 것이다. 잠시 서성이다가 다시 저지대를 향하여 쏟아져 내려간다. 능선을 거치고, 계곡을 지나서 다시 돌탑을 닮은 아니 바다 속의 산호를 닮은 나무들의 군락지를 관통하면서 고속 질주를 한다. 천리안을 계속 펼치면서 계속 내려간다. 내려 갈수록 온도는 조금씩 상승한다. 하루 종일 달려도 똑같은 지형들만 보인다. 이런 곳에서는 야숙을 할 수 없다. 얼어 죽기 십상이니까. 아니면 저체온으로 인해 문제가 생길 수도 있는 것이니까 오늘은 어쩔 수 없이 셔틀에서 숙면을 취해야 할 것 같다.

같은 방법으로 10일간을 내려왔다. 아직 살아있는 생명체를 만나지 못했다. 이제는 기온도 상당히 올라서 정상이다. 일반적인 겨울의 기온이다. 그러나 아직 눈으로부터 벗어나질 못했다. 얼음은 사라지고 만년설이 가득한 온통 하얀 산악지대에 가끔씩 정상적인 나무와 마른 풀들이 보인다. 드론도 모두 회수해서 셔틀에 두고 좀 더 저지대로 셔틀을 저공비행모드로 움직이는데 무언가 움직이는 물체를 만났다. 자세히 보지 않으면 알아차릴 수 없는 하얀색의 사왕 한 마리가 눈 위를 미끄러져 내린다. 놈이 움직이지 않았다면 모르고 지나칠 뻔 했다. 눈 속에 있으면 도저히 구분이 안 될 정도의 보호색이다. 셔틀에서 점프해서 놈보다 고지대에 안착 했다. 비늘이 반짝이는 것이 땅위에 내려서니 보인다. 몸체 길이가 30m에 육박하는 것이 엄청나게 오랜 세월을 이곳 산의 왕으로 군림해 온 놈이다. 대가리가 육각형으로 맹독까지 지닌 놈인 것이다. 두 눈은 다이야 몬드처럼 빛이 난다. 2,000년 이상을 살아온 놈일 것이다. 아직 나를 발견하지 못했는지 저지대를 향하여 미끄러져 내리고 있다. 놀라운 속도이다. 저렇게 큰 동체가 가속도까지 더해져서 미끄러지는데 바위나 나무 등은 교묘히 피해간다. 그만큼 방향 전환이 빠르고 기민하다. 두 다리로 눈을 찍으면서 머리를 이리저리 흔들면서 방향을 콘트롤하는 모습이 놀라울 정도이다. 계속 놈의 꼬리 바로 뒤에서 따라 내려가면서 관찰해보니 무엇인가를 사냥하기 위해서 급속도로 이동하고 있는 중이다. 500m쯤 아래에 덩치가 큰 짐승의 무리가 있다. 저것을 그 위쪽에서 느꼈다는 것인데 땅의 진동으로 알았을까? 과연 어떤 방법으로 사냥을 하는지 관찰할 기회가 온 것이다. R-2에게 근접 촬영을 하라고 지시하고 계속 놈의 뒤 300m 후미에서 뛰 따르면서 관찰한다. 놀라운 일은 삽시간에 일어났다. 놈이 미끄러지는 관성속도 그대로 그 큰 몸을 공중으로 띄우는 것이 아닌가? 상대는 흰색의 성성이 들이다. 수백 마리가 경계심을 잔뜩 품은 채 나무 위에서 사왕과 대치하는 국면인데 공중에 몸을 띄운 사왕은 그 성성이 무리위에 몸을 빙그르 회전시키면서 꼬리치기를 가한다. 대형 악어가 사냥을 할 때 저런 식으로 공격하는 것을 다큐에서 본 적이 있다.

　"슈-익! 콰르르릉! 쾅! 휙!"

그 한방으로 2~30마리의 '우랑우탕'들이 공중으로 비산한다. 꼬리치기에 맞은 거목은 부숴져 버렸다. 지름이 0.5m는 족히 될 것 같은 키 작은 나무이지만 단 한 번의 공격에 풍지박살이 나 버렸다. 어마어마한 속도에 엄청난 괴력이다. 그대로 두면 성성이들이 많이 당할 것 같아 번개 같이 몸을 띄우고 놈의 대가리 정면으로 접근한다. 성성이들은 혼비백산이다. 다행이 직격탄을 맞은 놈은 없는 것 같다. 놈과 10m의 거리를 두고 눈을 맞춘다. 싸늘한 살기를 뿌리는 냉혹한 눈빛이다. 좀 더 접근하자 또 다시 꼬리를 휘둘러 온다. 그러나 가속도가 없는 상태에서 몸을 비틀자니, 두 다리의 힘을 이용해야 하는데 아까처럼 위력적이지 않다. 몸을 공중으로 높이 띄우는 것으로 피해 버리자 놈이 긴 혀를 내어 밀어 공기 중의 냄새를 분석하는 모양이다. 좀 더 가까이 바짝 다가가자. 5m 쯤 되는 긴 혓바닥이 몸에 닿을 듯이 날아온다. 독으로 공격하려는 것일까?

번개같이 강기로 혓바닥을 중간쯤에 잘라 버리자. 고통에 입을 쫙 벌린다. 그것으로 끝이다. 입천장을 관통해서 두 눈 사이로 뚫어버린 환이 허공으로 날아가다가 흩어진다. 빛의 속도를 방불케 하는 속도에 보이지도 않는 탁구공만한 강환 한방으로 놈의 대가리가 땅위에 '쿵' 하고 떨어진다.

"꾸-엑! 와르를-륵! 컥 캑 꾸이꾸이 뿌이뿌이 와그르르르르!"

사방으로 튕겨지듯이 달아나든 성성이들이 어느새 몰려들었다. 500마리가 넘을 것 같은 숫자이다. 그리고 주변의 나무위에서 괴상한 소리를 지르면서 꽥꽥거린다. 기뻐하는 모양새다. 표정들이나 두 팔을 위를 향해서 뻗치고 흔드는 것을 보니까 말이다. 사람을 적대시 하지도 않고 아주 가까이 까지 다가와서 무어라 말을 하는데 알아들을 수가 있나? 하얀 빛깔의 털이 온몸을 감싸고 있어 귀엽기도 하고 예쁘기도 하다. 그중에 덩치가 좀 크고 늙은 놈이 대장인 모양이다. 내가 다가가서 놈의 어깨를 두드려 주면서 왼손으로 머리를 쓰다듬자 놈이 고개를 꾸뻑거린다. 사람을 아는 것이다. 신장은 2.5m 정도인데 다른 대륙의 성성이들보다 좀 곱게 생겼다. 얼굴이 앙증맞게 생겨서 귀여워 보인다.

"나 무라카! 무라카! 무라카!" 가슴을 손으로 툭툭 치면서 반복하자. 놈은 자기 가슴을 쿵쿵 치면서 크게 소리친다.

"뿌이! 뿌이! 뿌이!"

"아~ 뿌이 괜찮다. 이제는 괜찮다."

"뿌이 괜찮다. 뿌이 괜찮다." 금방 말을 따라한다. 구강의 모양도 사람과 아주 닮아 있어서 말을 가르치면 금방 배울 것 같다.

"그래 다행이다. 다친 뿌이 없나?"

아까 나무가 부숴 질 때 튕겨진 성성이를 둘러본다. 그런데 다친 성성이는 없는 모양이다. 워낙 날렵하고 나무위에서만 생활해 온 상태라 튕겨지는 정도로는 다치지 않을 만큼 빠른 것이다.

어느새 1,000마리도 넘는 우랑우탕 들이 몰려와 있다. 사왕의 시체를 보니 진짜 엄청난 놈이다. 덩치도 덩치지만 길이가 엄청나다. 몸통의 굵기도 그렇고, 광선검을 키고는 한자 정도로 길이를 조정해서 사왕의 대가리부터 가죽을 벗긴다. 입을 중심으로 가죽을 단 한 번의 칼질로 벗겨 나가자 옆에서 보고 있던 우라우탕 대장이 대가리를 잡아준다. 그러자 너도나도 모두들 가죽을 벗기는 작업을 돕는다. 30m 짜리 뱀을 한 번에 쫙 가죽을 벗겨서 나무위에다 쭉 펼쳐 놓으니 장관이다. 하루 정도는 말려야 좀 꾸들꾸들 해질 것이다. 그리고는 몸통을 토막을 쳐서 우랑우탕

들이 들고 갈 수 있는 크기로 토막을 내어주자 매우 좋아한다. 대장 뿌이에게 손짓 발짓으로 이것을 옮겨서 구워 먹자니까. 입이 함지박 같이 벌어진다. "뿌이 간다. 뿌이 간다!"

노래를 부르면서 앞장선다. 집으로 가는 모양이다. 뒤를 따라가니 커다란 얼음 동굴이 이들의 집이다. 수천마리가 이 동굴에서 집단생활을 하는 모양이다. 그리고 역시 후아주도 있다. 동굴 맨 안쪽에 연못이 만들어져 있다. 후아주 발효장인 것이다. 사왕을 구워 줬더니 한 덩어리씩 무리 전체에게 나누어 준다. 어린 새끼들도 물론이고 모든 우랑우탕 들이 다 먹고도 남을 양이니까. 배가 터지도록 먹고 마시고 그리고 춤을 춘다. 원을 그리면서 빙글빙글 돌면서 두 손을 마주쳐서 소리를 내면서 춤을 주는데 즐거운 춤이 아니다. 엄숙한 표정으로 추는 사왕에게 희생된 동료들에게 고하는 의식인 모양이다. 모든 어린 아이들까지 몇 바퀴를 돌면서 춤을 추는 의식은 계속된다. 많은 동료들이, 어미들이, 잡아 먹혔을 것이다. 수많은 세월동안 말이다. 묘하게도 이 곳 흰 성성이들은 대장이 암놈이다. 나이 많은 암놈인데 새끼를 가진 것 같다. 배가 부른 것을 보니깐. 그래서 놈을 손짓으로 불러서 손을 아랫배에 대어보니 새끼가 불안정하다 놀라서 그런 모양이다. 경끼를 일어 키듯이 뱃속에서 떨고 있다. 아까 사왕의 최초 공격 때에 대장 뿌이도 튕겨진 모양이다.

"뿌이 배 아프지 않나?"

뿌이의 배를 쓰다듬어 주면서 물어 본다. 그러자 표정이 어둡다. 아마도 느끼고 있는가 보다. 새끼가 너무 놀라서 이상이 있다는 것을 아는 모양이다. 뿌이를 바닥에 눕혔다. 그리고 뿌이의 배에 손을 올려놓고 마나를 흘려 넣어서 새끼를 '쓰담쓰담'해준다. 약 10분정도 지나자 놈이 안정이 되었는지 잠이 들었다. 어미와 새끼까지 온몸을 통과해 지나가는 빛을 본 성성이는 없었다. 치료 마법을 발현해서 깨끗이 작은 이상까지 모두 치료한 것이다. 뿌이는 눈이 휘둥그래진다. 분명히 하얀 빛이 자신의 몸을 휘감고 지나는 것을 본 것이다. 그리고 뱃속의 새끼도 조용해 졌고, 자신의 몸도 날아 갈듯이 상쾌하다. 벌떡 일어난 뿌이는 납작 엎드려서 나의 발등에 수도 없이 많이 입술을 댄다. 즉 감사 키스를 발에 하는 것이다. 이런 것은 누구에게 배운 것일까? 나는 뿌이의 머리를 쓰다듬어주고 후아주를 몇 잔 더 마시고는 잠이 들었다. 술맛이 아주 독특하면서 찐한 향에 홀딱 빠지게 하는 명주중의 명주인 것이다. 추운 지역에서 자란 과일도 그 맛이 일품이겠지만 얼음 동굴 속에서 발효된 술이야 말로 두말하면 잔소리가 될 것이다. 그것도 수백 년 아니 어쩌면 수천 년을 발효되었으니, 그래서 몇 잔 만 더 마신다는 것이 술이 과했나 보다. 독주를 얼마나 마셨는지 기억이 없을 만큼 마셨으니 말이다. 후아주는 녀석들의 조상 때부터 계속 대물림 된 것일 터이다. 과일을 먹고 남은 찌꺼기를 한곳에 버리다 보니 이상한 향이 나는 물이 생겼을 것이고, 그로부터 후아주가 생겨났을 것이다. 이곳의 후아주 연못도 축구장 크기의 반 정도는 된다. 그러니 저 양이 모두 얼마나 많을까? 동굴 밖으로 나오니 벌써 태양은 하늘 중간에 있다. 그러니 얼마나 늦잠을 잤을까? 세상에 무라카가 10시간 정도 잠을 잤다? 있을 수 없는 일이다. 자지 않거나 많이 자야 1시간 반 정도 자는데 무려 10시간을 자다니 후아주의 위력을 새삼 인정할 수밖에 없다. 사왕 가죽도 제대로 건조가 되어서 둘둘 말아서는 폰 프린스에 싣는다. 이를 보고 있던 뿌이가 무어라 지시를 하자 후아주 통을 들고 오는데, 나무를 짤라서 통으로 판 것과 나무 열매로 된 것 등 여러 가지 통들이 있는데, 그 만든 솜씨가 심상치 않다. 틀림없이 사람이 만든 것이다. 얼마나 오래 사용을 했는지 반질반질 하게 닳아서 마치 옻칠을 한 것 같다.

나무 열매껍질로 된 것은 작아서 1리터 정도 들어가는 반면 나무통은 거의 20리터는 족히 들어갈 것이다. 그런 나무통을 100개정도 싣고 나무 열매 통은 300개 정도를 폰 프린스 무기고에 싣고 이륙시켰다. 뿌이의 머리를 쓰다듬어 주면서 고개를 끄덕여 주니 매우 좋아한다. 뿌이의 배를 쓰다듬어 주면서 인제는 안심해도 된다고 고개를 끄덕여 주고 모든 성성이들이 보는 가운데 손을 흔들어 주고는 산 아래로 떠났다. 과일 나무들이 분포된 끝자락까지 따라오면서 배웅을 하는 성성이들을 보면서 언제 시간이 나면 다시 들려서 녀석들에게 말을 가르쳐야겠다고 생각을 해본다. 열대우림의 후아주와 이곳 북극지역의 후아주의 차이라면 약효의 차이는 낑까족이 최고 이지만 맛과 향은 이곳 뿌이족 후아주가 단연 최고이다. 그래서 취하는 줄도 모르고 과음을 했으니 말이다. 우랑탕족의 후아주는 양쪽의 장점들을 골고루 갖추었다고나 할까? 알콜 농도가 80%를 넘을 것 같은 독주가 이곳 극지방 뿌이족이 만드는 후아주이다. 열매껍질로 된 통 다섯 개를 배낭 뒤에 메어달고 뿌이족이 사는 지역을 벗어나서 해발 2,000m 정도의 저지대로 내려오는 동안 사왕 두 마리를 더 잡았다. 저지대에 사는 놈들은 크기가 작다.

그래도 20m는 더 된다. 색은 역시 흰색이다. 뽀얀 비늘이 독특하게 아름다운 이곳의 사왕은 아마도 저지대엔 내려가지 않고 눈속 산에서만 사는 놈들인 모양이다. 언젠가 악마라고 불리든 사왕의 새끼들을 33마리나 잡았던 것이 기억나지만 같은 종은 맞는데 그 살아가는 환경에 의해서 가죽의 강도나 비늘의 크기도 다르고 강도 역시 큰 차이가 있다. 그것들은 안젤리나가 상단에서 고위 귀족들에게 높은 가격으로 처분 했는데, 현재 이 사왕의 가죽에 비하면 최하품들이다. 세 마리를 잡고 나니 더 이상은 없다. 2,000m 정도의 각 봉우리를 다 돌아다녀 봐도 없다. 영원히 멸종 시킨 것은 아닌지 모르겠다. 멸종 시키면 안 되는데 말이다. 무라카는 점점 저지대를 향한 발걸음을 빨리한다. 이제는 짐승들도 많고 식물들도 점점 잎들이 크고 넓은 것들이 보인다. 식물도 이곳엔 독특한 것들이 많아서 그 종을 알아볼 수가 없다. 이틀간을 더 내려오니 순록들도 보인다. 그리고 돼지들도 간혹 보인다. 그리고 곰도 보인다. 흰색 털을 가진 큰 덩치의 불곰이려나? 지구의 곰 보다는 두 배는 더 크다. 그런데도 몸놀림이 빠르고 달아나는 속도가 엄청나다. 사람을 처음 보면 달려 들 텐데 이놈들은 도망치기 바쁘다. 아마도 몬스터 토벌을 경험한 것이리라. 그런데 새끼를 세 마리나 거느린 암놈은 끈질기게 쫓아오는 통에 두 시간이 넘게 도망쳤다. 너 이자식 새끼만 아니면 벌써 죽었을 텐데 그 모성애를 생각하고 새끼 세 마리를 생각하니 내가 도망칠 수밖에 없었다. 아 그놈의 끈질긴 추적에 은근히 존경심이 다 생긴다. 모성애는 그런 것이다. 그리고 다른 대륙에서는 보지 못한 움직이는 식물이 이곳에는 있다. 무심코 발로 밟았다가 그 촉수가 감아오는 통에 어쩔 수없이 광선검으로 베어 버렸는데, 자세히 보니 넝쿨종류인데 넝쿨의 끝부분인 가느다란 촉수만 움직인다. 이놈들이 짐승들도 감아서 빨아 먹는 모양이다. 개

활지를 횡단하다가 이 넝쿨이 늘린 곳을 지나게 되었는데 한동안 바빴다. 칼질 하느라 말이다. 300m 정도를 통과 하는데 수백번 잘랐을 것이다. 이것들은 통증을 못 느끼는지 겁도 없이 계속 감아오는 통에 그 지대를 벗어 날 때까지 계속 칼을 휘둘러야 했다. 그래서 그 일대에는 짐승들도 다니지 않나보다. 20여일이 걸려서야 마을이 있는 지역에 당도 했다.

해안 몬스터 큐리

마을은 목책도 없고 평화롭다. 한마디로 치안 상 아무런 문제도 없다는 뜻이다. 느낌이 그렇다. 산맥 쪽이 이렇게 허술한데 몬스터들의 침입이 전혀 없다는 것이 정답일 것이다. 또 다른 이유가 있든지 하여간 평화로운 것은 그만큼 좋은 일이다. 일반 백성들이 마음놓고 살 수 있는 곳은 이 행성에서는 축복이다. 그래서 노인 한분을 통해서 몇 가지 여쭈어 본다. 노인의 얘기에 따르면 지금 이곳은 자이언트 대륙의 최북단 지역으로 사모스 발트 왕국의 땅이며 다이야몬드 산맥의 끝자락인 크린 산줄기의 끝에 있는 지역이란다.

산악 쪽은 해마다 몬스터 토벌을 실시해서 거의 지상 몬스터의 피해는 입지 않는 반면 해상 몬스터의 피해는 갈수록 심화되어 가고 있단다. 해상 몬스터? 해상 몬스터라 부르는 이것은 수중 몬스터가 아니라 바닷가 해안지역에 사는 몬스터로서 크고 사나우면서 네발로 뛰어 다니기도 하고 두발로 일어서서 뛰어 다니기도 하는 몬스터로 발가락 사이에 물갈퀴가 달려 있어서 수영도 엄청난 속도를 낼 수 있고 지상에서도 말 만큼이나 빠르게 달릴 수 있단다. 무서운 점은 힘이 워낙 강해서 사람이 잡히기만 해도 찢어버릴 정도란다. 수륙양용 몬스터인 것이다. 살다

보니 별 해괴한 것들도 있다. 공기 호흡을 하면서 물에서 산다? 떠오르는 생각은 물개? 아니면 바다표범? 그런데 그놈들은 지상에 나오면 굼벵이 인데 이놈들은 말만큼이나 빠르단다. 개체수가 엄청나서 대부대가 투입되어도 감당이 안 될 정도이고 번식력이 뛰어나서 1년이면 배로 불어난다니 골치 아픈 종이다. 또 발톱이 날카롭고 길어서 작은 어선은 한방에 찢겨질 정도라니 어부들의 생사가 걸린 문제인 것이다. 흠! 이런 종은 정말 보기 드문 종인데 민생에 해가 된다니 그냥 보고 지나칠 수도 없는 문제이다. 멸종을 시킬 수야 없지만 민생에 해가 안 되도록은 해야 할 것 같다. 바닷가의 물이 얼어 붙어버리는 겨울에는 육지로 기어 나와서 도시나 농촌을 초토화 시킨다니, 그래서 산악 쪽보다 해안 쪽으로 더 방책을 두르고 병력을 투입 하는가 보다. 해안가를 돌아보니 정말 목책과 초소로 연결되어 있다. 그리고 병사들의 무기도 작살을 변형해서 만든 긴 창을 들고서 경계를 서고 있다. 창의 끝은 미늘이 날카롭게 달려있다. 저것을 보아도 이놈들은 두터운 지방으로 몸이 덮여 있는 물개를 닮은 종인 모양이다. 어디 한번 관측을 해봐야 답이 나오겠다. 그래서 초병들에게 다가가서 물어보니 신분도 확인도 안하고 잘도 설명해준다. 가까이 접근은 하지 말고 멀리서 보기만 하라면서 저쪽 바위가 많은 지대에 가면 수백 마리가 있을 거란다. 천천히 걸어서 그 병사가 알려준 곳으로 이동을 한다. 말대로 암석지대에는 새까맣게 놈들이 올라와서 몸을 말리는지 새끼를 돌보는지 들어 누워서 사람이 다가가도 전혀 신경도 안 쓴다. 그만큼 자신이 있다는 것이겠지. 자세히 보니 바다표범과 비슷하게 생겼는데 덩치가 지구의 바다표범과는 비교가 안 될 정도로 크고 다리가 잘 발달되어 있다. 즉 그 큰 몸으로도 움직임이 자연스럽고 빠르다. 배를 땅에 붙이지도 않고 두발로도 거뜬히 서서 움직인다. 물속에서는 그야 말로 물고기나 같은 움직임이다. 분명히 바다표범과 같은 과에 속한 것으로 보이는데 진화를 어떻게 했는지 수륙 양용으로 그 기에 다가 저 비대한 기름 덩어리는 영하 50도 이하에서도 끄떡 없을 것 같다. 저놈들이 1년에 두세 마리의 새끼를 낳는다면 감당이 안 될 것은 자명한 일이다. 얼마나 많이 먹어야 저렇게 비대하고 커질까? 상상만 해도 답이 나온다. 하루에 자신의 몸무게의 반은 먹어야 살아갈 수 있을 것이다. 이곳 바다는 그만큼 물속에도 먹 거리가 많다는 뜻이다. 깊은 바다로는 못나가는 이유가 대형 몬스터가 있기 때문일 테고 그래서 바다가 얼어붙으면 육지로 기어 올라와서 먹거리를 찾을 것이다. 다시 이동을 해서 항구로 가본다. 뱃사람들은 저 몬스터로부터 어떻게 방어를 하는지 궁금한 것이다. 많은 배들이 정박해 있는 포구에는 지금 막 고기잡이를 마치고 돌아온 작은 어선에서 어부들이 잡은 고기들을 나르고 있다. 천천히 다가가서 몇 마디 말을 건네 보니 씩씩하게 알려준다. 병사들이 들고 있던 창과 똑같은 창이 배의 갑판 한쪽에 20여 자루나 빼꼭히 세워져 있다. 그리고 각창마다 자루의 끝에는 고리가 달려 있고 그 고리에 밧줄이 묶여 있다. 즉 작살로 꽂으면 여러 명이 한꺼번에 줄을 당겨서 끌어올린다는 것이다. 또 물고기를 잡는 것 보다 큐리를 잡는 것이 더 짭짤하다는 것이다. 대가리 하나에 10골드씩 현상금이 걸려있고 또 그 고기는 물고기보다 더 맛도 좋고 비싸단다. 그래서 한 마리 잡으면 다 큰 딸 시집도 보낼 수 있을 정도란다. 그러나 그만큼 위험하기 때문에 함부로 사냥은 절대 못한단다. 고립되어 있는 놈을 만나면 간혹 잡을 수도 있을 정도이고 큰놈을 잘못 건드리면 배도 박살나고 사람도 다 죽는 일이 허다하단다. 그래서 한 마리의 고기값은 어느 정도 인지를 물었더니 물끄러미 한참을 바라보더니 고개를 쩔래쩔래 흔들면서 대답도 않고 돌아서 가버린다. 왠 미친놈이 죽으려고 환장을 해서는 '큐리'를 잡으려 한다고 생각하는 모양이다. 어부들의 얘기를 종합해 보면 큐리는 물속에서는 더욱 당할 것이 없고, 주로 떼를 지어서 사냥을 하기 때문에 잘못 걸리면 그대로 배와 함께 수장되기 딱 좋은 것이란다. 왠 만하면 이놈들 눈에 안 띄고 조용히 돌아서 사라지는 것이 제일 안전한 방법이고 그렇지 않으면 주위의 여러 배들이 함께 힘을 모아서 대항을 해야 살아남을 수 있을 확률이 높아진단다. 큐리는 껍질 밑에 두터운 지방층이 있어서 영하 70도의 물속에서도 견딜 수 있을 정도라니 무서운 종인 것이다. 그런 놈들이 해안가의 암석지대에 군데군데 떼를 지어서 살고 있다?

보통 심각한 문제가 아니다. 우선 한 마리 잡아서 구워 먹어보고 앞으로 행동을 어떻게 할 것인지 계획을 짜야 할 것 같다.

"R-2 지금 현재 내가 있는 곳은 완전히 바닷가인가? 아니면 내륙으로 깊숙이 들어온 바다와 강이 연결된 곳인가?"

"네 사령관님 현재 위치는 바다가 아닙니다. 강의 하류인 셈인데 바닷물이 역류해서 내륙 깊숙이 들어온 부분인 것이죠. 바다는 이곳에서 북쪽으로 산맥 허리를 넘어야 있습니다. 가는 방법은 강으로 배를 타고 휘돌아서 가는 방법과 산맥 허리를 넘어서 가는 방법 두 가지가 있습니다. 영상을 보시죠. 001 영상을 올려라."

"흠 바다도 아닌데 큐리가 저 정도로 많이 있다? 이놈들 완전히 내륙 깊숙이 들어와 있잖아. 그래서 초소도 많고 병력도 많은 것이로군. 진짜 바닷가에는 가보기 전에는 상상이 안 되는구나. R-2 이곳의 큐리를 정리하고 북쪽으로 갈 것이다. 그렇게 알고 있도록 끝"

"넵 사령관님! 항상 상공 2㎞에서 대기 하겠습니다. 아웃"

넓은 강의 하류에서 어두워지기를 기다렸다가 놈들을 몰살 시키려고 대기 하고 있다. 그런데 하필이면 바위 옆에 기대고 앉아 있는 곳으로 큐리 한 마리가 기어올라 왔다. 뭔가가 있는 것을 본 한놈이 궁금증에 올라온 모양이다. 그 호기심이 제일 먼저 내 밥이 되는 영광을 맞을 줄은 몰랐겠지. 크크크! 돌로 쌓은 성벽의 바깥쪽이다 보니 사람들의 이목을 끌 일은 추호도 없다. 소리도 없이 머리에 구멍이 뻥 뚫린 놈은 바위위에 고개를 꺾어 쿵 소리를 내면서 엎어진다. 역시 덩치는 크다. 광선검으로 다듬어 보니 역시 비계 즉 기름덩어리가 만만치 않다. 가죽도 미끈거리면서도 질기다. 꼭 고무 같은 질감이다. 그것뿐이 아니고 기름살의 두께가 근육을 감싸고 있어서 근육 두께보다 더 두텁다. 이놈들의 비계로 비누를 만들 수만 있다면 대박이겠다. 아니면 양초를 만들어도 그렇고 그냥 심지만 만들어 박으면 계속 불이 꺼지지 않을 것 아닌가? 그렇다면 이곳의 불을 밝히는 연료로 사용하면 되겠다. 한 마리의 무게가 1톤은 넘을 것 같다. 이놈은 다자란 놈이 아니라 아직 어린 놈 같은데 말이다. 비계를 가르고 속살을 큼지막하게 잘라서 양쪽 초소의 사각지대에 불을 피우고 굽는다. 구수한 냄새가 솔솔 피어나서 큐리가 모여 있는 쪽으로 퍼져나간다. 웬 만큼 익어서 한 조각을 씹어보니 역시 맛이 끝내준다. 그래서 비계도 한 조각 구워본다. 이것은 맛이 더 기가 막힌다. 비계가 훨씬 더 맛이 좋다. 어류를 먹고 자라서 그런가? 한참 맛있게 먹고 있는데 큐리가 떼를 지어 올라온다. 한 200~300마리 정도가 냄새를 맡고는 침을 질질 흘리면서 바위를 건너뛰면서 올라오고 있다. 완전히 바위지대를 벗어나서 내가 있는 곳까지 올라와 주어야 내가 바라는 바대로 되는 것이다. 좌우측 손에 30개씩 아주 작은 구슬을 만들어서 허공에 띄우고 기다린다. 후라이-팬 위의 기름방울처럼 아주 작은 알갱이로 압축 시켜서 허공을 맴을 돈다. 그리고 소리도 없이 튕겨진 60개의 탄알이 종으로 횡으로 허공을 가르면서 큐리의 대가리를 뚫고 또 뚫는다. 300마리면 어떻고 500마리면 어떨까? 소리는 다만 쓰러지는 소리 밖에는 아무소리도 나지 않는다. 불과 5분도 안 되는 순간에 서있는 큐리는 한 마리도 없다. 아직 강의 가장자리 바위 주변에는 올라온 숫자보다 더 많은 놈들이 있다. 어둠이 서서히 내려앉아 가는 암석지대에는 죽어 엎어진 큐리의 시체들만 가득하다. 새끼들까지 1,000마리가 넘는 숫자이다. 단 한 마리도 살려두지 않은 것이다. 이런 놈들이 수백만 마리가 있다는데 도저히 간과할 수가 없는 것이다. 눈에 띄는 족족 몰살을 시켜야지 말이다. 고기 맛도 끝내주니까. 농촌 사람들의 배나 실컷 불리게 해줘야지. 이튿날 새벽! 이작은 마을엔 난리가 났다. 마을 앞 공터에 큐리의 시체가 지천으로 쌓여 있다. 작은 동산 만 하다. 그리고 말뚝에 이런 내용의 글이 붙어있다.

　[이 잡은 큐리는 작은 마을 사람들에게 선물로 주는 것이다. 누구든지 돈이 탐이 나서 이것을 자기가 잡았다 거짓말하면 내가 다시 돌아가는 길에 들러서 그런 자는 큐리와 같은 신세가 될 것이다. 명심하도록. 지

정북을 향해서 달린다. 아니 날아간다. 그냥 날아가는 것이 아니라 총구를 떠난 총알처럼 날아간다. 숲을 지나고 강을 건너뛰면서 그렇게 날아간다. 무흔(無痕)경공으로 말이다. 한 호흡에 4~5백보씩 나아가니 날아간다는 표현이 가장 적절하리라. 그렇게 북으로, 북쪽으로 한참을 달렸다. 그런데 이상하다? 서산마루에 걸린 태양이 요지부동이다. 달려온 거리를 생각하면 엄청나게 오랜 시간이 흘렀어야 맞는데 그 시간 그대로이다. 금방 서쪽 산으로 떨어져야 정상인데 시간이 정지해 버렸다. 그래서 잠시 개울도 있고 해서 몸도 씻고 식사도 해야 하므로 기감을 펼쳐서 사냥감을 잡아서 굽고 있는데 한 가지 생각이 번쩍 든다. 백야! 그렇다 극 지점에 가까이 가면 6개월이 낮이고 6개월이 밤이 되는 현상! 이곳도 극지점이 멀지 않는 곳이다. 그러니 백야인 것도 모른 채 계속 달려온 것이다.

"R-2 나다. 내가 지금 며칠이나 달려온 것이냐? 산맥은 넘었는가?"

"넵 사령관님 5일간 쉬지도 않고 달리기만 하시기에 무슨 일인가 했습니다. 이제 3일 정도만 가시면 바다입니다. 산맥은 2일전에 넘었죠. 오버"

"음 그래 다 왔다 이거지. 5일간을 먹지도 자지도 않고 달려왔다니 나 참! 하하하하 어처구니가 없네. 그래 알았다. 그런데 북극의 밤은 언제 오는가? 오버"

"넵 사령관님 깜깜한 밤은 오지 않습니다. 극지방은 조금 어두워지거나 밝아지는 현상 밖에는 없습니다. 오버"

"알았다 교신 끝"

"무운을 빕니다. 아웃!"

그렇군. 그렇다면 사물을 분간할 수 없을 정도의 어둠은 없다는 뜻이다. 현재의 남극이 아닌 다음에는 말이다. 에-공 바보같이 오늘은 좀 쉬자. 로봇처럼 된 인간인가? 어째 피로한 것을 못 느끼는 것일까? 경지가 오르고 난 뒤에는 그런 느낌이 전혀 없다. 지난날들의 관성적인 기억에 의해서 밤엔 좀 자고, 식사시간에는 좀 먹고 그리고 뭔가를 하다가 또 같은 반복을 하고, 요즈음 뭔가 달라진 것이 있는데 그것이 무엇인지 모르겠다. 감정이 메말라서 사라져 버린 것 같은 느낌! 나란 존재는 무얼까? 살아 있는 것은 맞는데 진아(眞我)는 객관적인 입장이 되어 버린 듯하다. 이것을 저렇게 해야겠는데 란 생각을 했는데, 뭐 하지 않아도 그만. 해도 그만. 이런 식이다. 결과는 뻔히 정해져 있는데 내가 나서서 간섭을 해도 별로 크게 바뀌지 않을 텐데 뭐 하러 간섭을 해야 할까? 이런 생각이 압도적으로 생겨난다. 지구를 한번 다녀올까? 하는 생각도 자꾸 일어난다. 지구에 내가 필요한 뭔가가 아직 남아 있는가? 없다. 그런데 초자아가 간혹 지구에 다녀오라고 한다. 이미 육체는 사라지고 아니 썩어서 백골이 되었을 텐데 말이다. 구운 자고새 고기를 뜯으면서 후아주를 홀짝홀짝 마신다. 이 맛은 정말 마실수록 더욱 땡긴다. 어떻게 술맛이 이럴 수가 있을까? 한통을 낼름 다 비워 버렸다. 새로 한통을 또 뜨면 분명 또 다 마셔 버릴 것이다. 마시고, 마시고 죽는 날까지 마셔도 남을 테지만 어찌 입이 원한다고 계속 마신다면 짐승이나 아니 짐승도 먹는데 그렇게 목숨 걸지 않는다. 배부르면 딱 멈춘다. 배가 터져도 계속 마시는 것은 아귀뿐이다. 사람들이 지어낸 아귀! 절제를 몰라서 죽음에 이르는 본능을 일컫는 말이다. 지구에는 수많은 아귀들이 실재한다. 그들은 자신이 아귀인줄도 모른다. 그리고 그것을 알아챘을 땐 이미 죽음 앞에서 벗어날 수 없을 때이다. 죽음 직전의 순간에 비로소 자신이 아귀가 되어 일생을 낭비해 버린 것을 깨닫지만 이미 늦어버린 것을! 영혼도 생기지 못하고 영영 떠나는 것이다. 없어지는 것이다. 자유로운 영혼이 되려면 입신의 경지를 밟아야 한다. 이제 이곳까지 왔는데 초자아는 지구엘 다녀오란다. 미숙한 '유체이탈 술'로 얼마나 많은 헛 시간을 보냈던가? 아닌가? 여기로 올 수 있었으니, 헛 시간을 보낸 것은 아니다. 결코! 혼자 하는 여행은 좀 지루하다. 누워서 하늘을 보니 볼리아 얼굴도 보이고, 안젤리나 얼굴도 보이고, 레인 얼굴도 보이고, 무라니, 무투, 무라크 녀석들의 얼굴도 보인다. 에이스터 제국의 사브리나 공주는 또 어떻게 되었을까? 벌써 몇 개월이 지나지도 않았는데 완전히 잊어버렸다. 그래 잊어버리자. 그렇게 잠이 들었다. 후아주 뚜껑도 닫지 않고 말이다. 숙면 속에 있는데 무언가 다가온다. 천리안을 사용해서 살피자 두 사람이 다가오는 중이다. 일남 일녀이다. 그런데 언어가 영 다르다. 이곳의 공용어가 아니다. 자이언트 대륙의 공용어 밖에 모르는데? 30m 이내로 들어오자 일어나 앉았다. 그리고 쳐다보니 노인 한 분과 그의 딸이나 아니면 며느리로 보이는 젊은 여자. 이렇게 두 사람이 뭔가를 짊어지고 집으로 돌아가는 길인지 멀거니 서서는 쳐다본다.

"안녕하세요. 두 분 집으로 가시는 길인가요?"

"ﺳﻤﺼﺺ ㄱ @ ﻣ

"아 공용어를 모르시나요?"

"여행자신가요?"

"아 네 해안가로 가는 나그네입니다. 아버님 되시는가요? 저분은?"

"네 그래요. 저희들은 봇짐 장사꾼 즉 상인입니다. 겨울용 옷을 팔려고 다마크루스 항구로 가는 길입니다."

"다마크루스 항구가 발트왕국의 최북단 도시인가요?"

"네 그런데 그곳으로 가는 길이 아니신가요?"

"아 초행이라서 지명을 잘 모릅니다. 여기서 먼가요?"

"네 아직 10일 정도는 가야하는 길이죠. 우리도 잠시 쉬려는 참인데 여기서 쉬어도 괜찮을까요?"

"그러세요. 동행이 있으면 서로가 좋지요. 허허"

전혀 알아들을 수 없는 말로 노인과 대화를 하더니 짐을 내린다. 벌떡 일어나서 받아 주면서 보니까 무게가 꽤 무겁다. 여자 몸으로 그렇게 먼 길을 가기엔 부담이 되는 무게이다. 가난해서 그러는지 아니면 원래 두 다리로 다니는 보부상인 인지 하긴 마차가 다닐 수 있는 길도 없다. 길이 없으니 등짐을 지고 다니나 보다.

"감사합니다."

"아이고 꽤 무거운데 아녀자가 지고 가기엔 말입니다."

"네 호호 어렸을 때부터 단련이 되어서 별로 무겁지 않아요. 아버지가 저보다 훨씬 무겁죠."

"그러네요. 어르신 무게는 상당한 무게로군요. 이런 짐을 지고 며칠간이나 걸어간다면 지치실 텐데 대단하네요. 허허"

"일 년에 한번이나 두 번 인 것을요. 겨울이 오기 전에 준비를 하는 거죠. 군인들은 배로 운송을 하지만 그래도 속에 따뜻하게 입고 신을 것은 필요하지요."

"혹시 이렇게 다니시다 보면 몬스터나 산적이 있을 텐데. 위험하지는 않나요?"

"몬스터는 본적이 없고요. 7일 쯤 가면 산채가 있는 고개를 넘어야 해요. 작년에는 통행세를 내고 넘어 갔는데 올해는 모르겠네요. 그곳 두령이 그래도 양심이 있는 분이라, 그분 나이가 꽤 많았는데 아직 그분이 있을지 어떨지 걱정이 되네요."

"그 두령이 없으면 다른 것을 요구하던지 아니면 죽이기도 하나보지요?"

"산적들이 다 그렇지요. 몸을 요구하던지 아니면 가진 것을 다 뺏고 죽이던지 하겠죠."

"아니 그런 놈들을 그냥 둡니까? 왕국에서 척결을 해야지요."

"산적 토벌은 정말 어려운가 봐요. 휴면기 끝나고 몬스터 토벌 끝나고 난후에 산적 토벌 하러 갔다가 오히려 당했답니다. 기사들도 많이 전사하고 병사들도 수천 명이 희생되었다는 소문이 있었어요."

"으음 그냥 두면 안 되겠군. 이놈들 아! 아줌마 저기 고기 구워 놨으니 아버님과 나눠드시고 이것 술도 있는데 한잔씩 하시겠소?"

"호호 저 아줌마 아니에요. 이제 22세 처녀인데 키키킥 감사히 먹겠습니다."

"아! 이거 큰 실례를 저 아버님께 술 한 잔 하시라고 전해주시죠."

두 부녀가 뭐라 뭐라 하더니 영감님이 다가앉는다. 후아주를 단지 째 주자 아가씨가 봇짐 속에서 나무잔을 꺼낸다. 그래서 한잔씩 따라주고 한잔을 홀짝 마신다. 크 후-아 컥! 역시 이 맛이야.

주향이 쏴 하고 퍼져 나간다. 영감이 한잔을 입안에 털어 넣더니

"캑캑 후-우-아! 컥!"

무어라고 손을 흔들면서 얘길 하는데 아가씨가 눈이 똥그래진다.

"저 이게 무슨 술이냐고 물어보시는데요?"

"아! 고산지대의 과일로 담근 '후아주'라는 술입니다. 세상에는 없는 술이죠. 맛이 죽입니다. 아가씨도 마셔 봐요. 하하하 이런 기회 아니면 맛보기 어렵죠. 허허"

두 부녀가 몇 마디 얘기를 나누더니 아가씨도 술잔을 들고 향기를 맡아보더니 조금 입에 머금어 본다.

"캑 캑 우-앗! 후-아-아-앗! 컥컥!"

"탁 목구멍에 털어 넣어야지 그렇게 하면 못 마셔요. 허허허"

노인장에게 한잔 따라주고 다시 나도 한잔 마신다. 목구멍이 불붙는 느낌이 온몸으로 퍼져간다. 향이 뼈 속까지 스며드는 느낌이다.

"후아주요? 그럼 그 전설의 흰 성성이들이 얼음산에서 담근다는 그 술인가요?"

"그런 전설도 있나요? 흰 성성이가 담근 술인 것은 맞아요."

"어-맛! 이건 부르는 것이 값인데 이 귀한 술을 와 이것 어디서 구했어요?"

"어디서는요. 전설에 나오는 성성이들에게 선물로 받았죠. 허허"

"우와 그 성성이들 얼마나 사나운데 그리고 그 산에까지 사람이 들어갔다는 말은 처음 듣네요."

"글쎄요. 그 뿌-이족들 나하고는 친구 사이라서 선물로 주는 것을 받아 왔지요."

"네? 뿌이 족? 그 흰 성성이들이 뿌이 족 이예요? 어머나?????"

새삼스런 눈으로 꼼꼼히 살펴본다. 진짜 이 남자가 좀 이상해

보이긴 했다. 처음부터, 그리고 코트 안에 살짝 드러난 옷이 예-
삿 옷이 아니다. 갑자기 눈치가 이상해지자 코트 깃을 여민다.
사왕갑옷이 보이면 이상해지기 쉽다. 그런 화려한 옷 입고 여행
하는 여행자는 이 땅위엔 없을 테니까. 점점 아가씨의 눈과 영감
님의 눈이 커진다. 아무리 코트 깃을 여미어도 바지 끝자락은 덮
을 수 없으니 말이다.

"저 혹시 입고 있으신 옷이 사왕의 가죽으로 만든 옷인가요?"

"------"

대답을 할 수 없으니 눈만 껌뻑 거릴 수밖에 없다.

"어머나 세상에 맞는 모양이네요. 여행자가 아니라 신선이 내
려오신 건가요?"

"아 아니요 아가씨 그냥 산에서 내려오다 성성이를 잡아먹는
못돼먹은 뱀이 있길래 잡았지요. 그래서 그 성성이들과 친구가
된 것이고요. 그래서 잡은 김에 심줄까지 뽑아서 옷 만든 거요.
신발도 만들고 말이요. 하하하"

"컥 죄송합니다. 신선님을 몰라 뵙고!!"

벌떡 무릎을 꿇고 고개를 숙인다. 영감도 벌벌 떨면서 엎어진다.

"아! 왜들 이러십니까. 신선아니요. 그냥 산에 살다가 세상구경
내려온 여행객이요. 아가씨 아버님께도 그렇게 얘기 하세요. 험
험"

잡아서 일으켜주니 영감이 빤히 쳐다본다. 손으로 휘휘 저어면
서 고개를 좌우로 흔드니까 그제서야 자리에 앉는다. 술을 따라
마시면서 긴장들이 풀리도록 기다려도 아무런 말이 없다.

"흠흠 아가씨 아버님께 자세히 설명 좀 드려요. 그냥 여행하는
나그네요. 다마크루스 항구로 가는 것도 그 쪽에 사는 사람들은

어떻게 사나 궁금해서 가는 거요. 흠흠!"

"그래도 그 높은 산에서 사왕을 잡는 사람이라면 우리들 천민들과는 차원이 다른 사람이지요."

"아 글쎄 길도 몰라서 아가씨와 동행하려는 것 보면 몰라요?"

둘이서 뭐라고 얘기를 한참동안 한다. 마법으로 알아들을 수야 있지만 구태여 그러고 싶지는 않고 그냥 술만 홀짝 홀짝 마신다. 그러다 보니 좀 과음 했나? 어질어질하니 취한다.

"아! 나 좀 잘 테니 길 떠날 때 좀 깨워주시오. 아가씨! 쿨쿨!"

진짜 잠들어 버렸다. 말이 끝나자마자 곯아 떨어져 버렸다.

산적을 토벌하다.

　한숨 푹 자고 일어나니 두 부녀도 가까이서 잠들어 있다. 피곤했던 모양이다. 살며시 일어나서 다시 불을 피우고 그리고 남은 고기를 훈제를 만든다. 다 만들어 갈 때 쯤 두 부녀도 깨어난다. 마시다가 남은 술통을 챙겨서 배낭에 넣고 훈제 고기를 배낭에 차곡차곡 챙겨 넣는다. 그런데 반 이상이 남는다. 그래서 아가씨에게 챙겨 넣으라니깐 자기들도 먹을 것이 있단다. 그래도 억지로 챙겨 넣게 하고는 일어섰다. 영감이 하도 불쌍해 보여서 경량화 마법으로 무게를 1/10로 줄여주고 아가씨 역시 봇짐 무게를 1/10로 줄여 줬다. 갑자기 봇짐이 가벼워지니 이상한 눈으로 돌아본다. 나는 시선을 엉뚱한 곳에 두고 터덜터덜 뒤 따른다. 아무래도 이상한지 영감이 봇짐을 벗어서 살핀다. 그리고 둘이 속닥속닥 무슨 얘기를 하는지? 그러거나 말거나 무라카는 앞장서서 터벅터벅 걸어간다. 서로 간에 말이 끊어져 버렸다. 그리고 영감의 표정은 한없는 존경의 시선을 보낸다. 아무래도 맹신도 하나 생긴 것 같다. 아니 둘이다. 아가씨도 역시 태도가 싹 바뀌었다. 그렇게 7일째 되는 날. 드디어 크린산의 한 지류인 낮은 고개에 들어서게 되었다.

　"게 섰거라! 이놈들 가진 것 몽땅 내려놓고 도망치던지 아니면 어? 저거 이쁜 처녀네. 저년 잡아와 오랜만에 계집 속살 맛 좀 보자."

"여보쇼. 산군님들 전에 두령님은 통행세 받고 보내 주시던데 왜? 이러십니까? 저희들 봇짐 장사꾼입니다요. 네?"

"크하하하하! 그 영감 죽은지가 언제인데 햐 고년 방뎅이가 빵빵 한 것이 맛있겠는데 그래 저년만 사로잡고 둘은 죽여."

"내가 충고 한마디 하지 살고 싶으면 어르신께 잘못했다고 빌고 그냥 가거라. 아니면 너희들 오늘 전부 사라지게 될 것이다."

"뭐-앗! 저 새끼 저것부터 큭! 쿵!" 쿵 소리는 심장이 뚫려서 쓰러지는 소리다. 두목이라는 놈이 꽥꽥거리다가 제일 먼저 엎어졌다. 언제 공격 한지도 보이지도 않았을 뿐 아니라. 두목과 은발의 사내와는 거리가 15m는 족히 되리라. 그런데?

"자 다시 한 번 기회를 준다. 살고 싶으면 저 어르신께 잘못했다고 빌어라. 무릎을 꿇고 비는 놈은 살 수 있다. 셋 을 세는 동안 시간을 주지 그 외는 살아갈 생각을 말도록. 하나, 둘, 셋!"

어안이 벙벙한지 모두 눈동자만 굴리고 있다. 그때 또다시 맨 앞줄의 12명이 픽픽 쓰러진다. 뒤쪽의 20여명이 그것을 보고는 산 쪽으로 냅다 뛴다. 그런데 열 발짝도 못가고 모조리 픽픽 다 나뒹군다.

모두 머리가 뻥뻥 뚫려서 그 구멍으로 피가 콸콸 쏟아진다. 그 모습을 본 나머지 200여명이 일제히 무릎을 꿇고 칼 활 창 등은 모두 땅에 던져 버리고 두 손을 높이 들고는 싹싹 빈다.

"사 살려주십쇼. 우리는 굶어 죽지 못해 산에 들어온 촌부들입니다" "으-악! 살려주십시오. 처자식이 있습니다. 제발!"

"아가씨 영감님께 물어봐요. 저들 어떻게 할 것인지 깡그리 다 죽이고 싶은데 어르신이 하자는 데로 할 테니 물어보세요."

영감도 아가씨도 본정신이 아니다. 이 사람은 제자리에서 움직이지도 않았는데 그런데 30여명의 산적들이 죽어 자빠졌다. 아무소리도 들리지도 않았는데 말이다. 아가씨가 아버지께 뭐라고 얘기한다. 그러자 영감이 비로소 고개를 들고 무라카를 바라본다. 그리고 고개를 좌우로 흔든다. 죽이지 말란 뜻이다.

"너희들 운 좋은 줄 알아라. 여기 영감님이 너희들 살렸다. 앞으로 또다시 그따위 산적 질이나 하면 내가 용서치 않는다. 나는 하늘에서 너희들 무슨 짓거리 하는지 일거수일투족 내려다보고 있을 것이다. 산채에 가족들이 있는 놈들은 가족을 데리고 한 시간 내에 떠나라. 정확히 한 시간 후에 산채가 사라질 것이다. 알겠느냐?"

"네 넵! 넵! 감사합니다. 가자!" 후다닥 살겠다고 달아나는 것 하나는 엄청 빠르다. 기를 퍼뜨려서 살펴보니 500m 산위에 산채가 있다. 순식간에 그곳으로 달려간 100여명은 급하게 짐을 챙겨서 떠나고 일단 살았다는 안도감에 느릿느릿 올라간 100여명은 저희들끼리 무슨 짓거리를 하는지 움직일 생각이 없는 모양이다. 조금 계곡 쪽 개울로 걸어 들어가서 손을 씻으면서 R-2에게 명령을 내렸다. 산채를 먼지로 만들어 버리라고, 슬금슬금 길로 걸어 나와서 출발 하자고 고개를 끄떡이는데 산이 진동하는 소리가 들려온다. 그리고 흙먼지가 피어오르는 것이 보인다. '쿠르르릉!' 산골짜기가 울린다.

땅이 흔들리는 소리가!

"갑시다. 아가씨! 다마크루스 항구로요."

"저 산채가 없어진 건가요?"

"네 그래요. 100여명은 내말을 믿었기에 가족을 데리고 떠났고요. 나머지 100여명은 산채와 함께 먼지가 되어 사라졌습니다. 이제 이곳에 산적 질 할 간 큰 놈은 없을 거요. 앞으로도 말입니다."

"힉! 혹시 천인이신가요?"

"천인도 사람입니다. 아가씨 착한 사람은 천인이라고 무서워할 필요 없어요. 저기 보이는 곳이 다마트루소 항구입니까?"

"네 그래요. 감사합니다. 너무 감사합니다. 천인님!"

"나도 고맙습니다. 길도 알려주시고 즐거운 여행이었습니다. 그럼"

부녀가 처다보고 있는데 픽 사라져 버렸다. 꺼진 것도 아니고 날아간 것도 아니고 그냥 픽 없어져 버렸다. 두 부녀는 사라져 버린 그 자리를 보고 수도 없이 절을 한다. 항구가 바로 코앞에 보이는 언덕위에 무라카는 점프를 해 와서는 쭉 해안가를 살펴본다. 저쪽에 보이는 바위가 많은 절벽이 있는 해안가에 새까만 털을 반들거리면서 물속에 들락날락 거리는 짐승들이 보인다. 물개처럼 반들반들한 몸통에 커다란 덩치와 입가에 튀어나와 있는 송곳니는 수륙 양용 몬스터 큐리가 분명하다. 저 정도 덩치면 해안선에 설치되어 있는 저 빈약한 목책으로는 버티어 낼 수 없을 것 같다. 지금 저곳 한곳에 있는 수만 해도 500마리는 넘을 것 같은데 말이다. 해안선을 따라서 군데군데 마다 저런 무리들이 있을 것 아닌가? 캬! 정말 심각한 문제이다. 저 많은 수가 한해에 한 마리씩만 새끼를 낳아도 어마어마한 수가 불어난다. 바다가 얼어 붙어버리면 저놈들 극지방에서 얼음을 따라 이동을 하면 될 텐데 수심이 깊은 곳에는 '클로'라는 괴물들이 살고 있으니, 심해로는 진출을 못하나보다. 그래서 내륙으로 들어오는 것일 게다. 이 싸이클은 어쩔 수 없는 자연의 섭리인 것이다. 인류의 개체수를 줄여 나아가려는? 간섭을 해야 할까? 말아야 할까? 고민을 해봐야 할 것 같다. 일단은 배도 고픈데 한 마리 잡아서 배나 채우자. 이놈들은 보통 무게가 톤 단위이다. 경량화 마법을 걸었는데도 미끈거리는 껍데기 때문에 들고 가기가 곤란할 지경이다. 중급으로 잡을 것을 대형을 잡았더니 코트가 엉망이다. 제법 높은 산 중턱에다가 노숙 자리를 마련하고는 해체 작업을 한다. 비계가 반 이상이다. 이렇게 비계를 널려야 낮은 수온에서 견딜 수 있으니 무조건 많이 먹어야 하는 것이다. 빨간 속살과 비계 덩어리를 구분해서 구워보니 냄새가 온산으로 퍼져나간다. 이놈들은 몬스터가 아니라 포유류이고 바다표범이나 바다사자를 안 먹어 봤으니 모르지만 고기 맛이 기가 막힌다. 특히 비계는 구워지면서 기름이 어느 정도 흘러버리니까 그 맛이 고소하고 질감이 아주 좋다. 한 마리면 500명은 실컷 먹고도 남을 것 같다. 회로 먹어도 좋을 것 같은 생각이 든다. 각 부위별로 도시락 크기로 썰어놓고 바위 위에다가 차곡차곡 쌓아 놓으니 스테이크로 요리를 해도 양고기나 소고기 보다 훨씬 좋을 것 같다. 가죽도 아주 질긴 것이 특수 장갑을 만들어도 좋을 것 같고 말이다. 개체수가 너무 많으니 인간들에겐 위협이 되고도 남는다. 덩치와 힘이 너무 막강하니 대부대가 전멸하는 일이 다반사로 일어날 수밖에 없다. 비계 층이 워낙 두꺼우니까 웬만한 칼질로는 치명상을 입힐 수 없다. 큐리 고기로 배를 채우고 후아주를 마시면서 깊은 생각을 해본다. 그리고 결론을 내린다. 이놈들은 몬스터가 아니다. 그러므로 간섭할 이유가 부족하다. 개체수가 과포화 상태가 되면 자연의 섭리에 의해서 자연적으로 조절이 될 것이다.

질병이 일어난다든가 아니면 천재지변이 일어나서 이놈들의 개체수를 조절 할 것이다. 모든 환경을 인간중심으로만 본다면 그것만큼 어리석고 아집에 꽉 찬 오류를 일으키는 일도 없다. 지구에서도 그렇게 생각해서 얼마나 환경을 파괴 시켰는가? 오로지 인간만의 것으로 자연을 오판해서는 절대 안 된다. 세상 모든 만물을 인간들이 다스릴 권한을 신이 줬다는 식으로 생각하는 어리석음으로 인해서 창조론 따위가 판을 치고 심지어는 태양이 인간을 위해서 하루에 한 번씩 떠오른다는 생각을 할 정도였으니, 그 수치심은 아직도 가슴에 남아서 부글거린다. 종교가 그렇게 생각하도록 부채질을 했다. 중세까지만 해도 그렇게 생각을 하지 않으면 엄벌에 처했으니 말도 안 되는 코미디다! 그 자체가 어느 종교의 작태였다. 그런데 아직도 그런 사기행각을 하고 있으리라. 그렇거나 말거나 나는 자이언트 대륙에서 문화 탐방이나 하면서 여행을 즐겨 보기로 하자. 오늘은 산에서 좀 쉬고 난후에 다마크루스 항구에서 시계방향으로 해안선을 따라 이동하면서 각 왕국을 둘러보자. 그러자면 말이 한필 필요 하겠군. 돈을 가지고 오지 않았으니 큐리를 잡아서 보상을 받아서 말을 구입해야겠다. 그렇게 작정하고 와이번 코트를 이불삼아서 숙면에 들어간다.

다마크루스 항구

항구 도시는 역시 다르다. 특히나 밤이 없는 계절이라서 그런가? 군기가 바짝 든 기사들이 도시거리를 활보하고 있는데도 술에 취한 어부들이 패싸움을 하고 골목마다 왁자지껄 하면서 돌아다닌다. 벌써부터 얼굴이 술로 인해서 빨갛게 익은 아가씨들이 삼삼오오 무리를 지어서 거리를 활보한다. 생동감이 넘치는 거리마다 고함소리 싸움박질 소리 등등 사람 살아가는 소리가 요란하다. 이 골목 저 골목 구경꾼들이 더욱 즐겁다. 눈요기꺼리가 많은 것이다. 그런데 독특한 것이 싸움을 하면 당연하게 기사들이 말리든가 연행을 해야 하는데 본체만체 그냥 신경도 안 쓴다. 죽기라도 하면 물론 개입을 하겠지만 말이다. 싸움이 무슨 구경꾼들을 위한 쇼 인 것처럼 생각을 하는 모양이다. 그런데 진짜 싸움이 엉뚱한 일로 벌어졌다. 즉 소드를 뽑아든 생사투가 벌어진 것이다. 이곳의 주민들보다 더 많은 기사와 병사들이 자기들끼리 편을 갈랐는지 단체전이 벌어진 것이다. 한 병사는 지금 심각한 상처를 입고 그의 친구들이 나서서 부대 간의 전투 양상으로 치닫고 있는 모양인데, 그때 마침 지나던 기사들에게 체포되었다. 30여명의 병사들이 6명의 기사들에게 반항 한번 못해보고 무장해제를 당했다. 싸움의 발단은 큐리의 대가리 때문에 일어났다. 그것도 무라카가 잡아서 골짜기에 던져 버린 그 큐리의 대가리를 한 병사가 주우면서 시작된 것이다. 큐리의 대가리는 개당 10골이다. 그 병사는 횡재한 것이다. 그런데 그것을 줍는 광경을 본 고참병이 포상을 받아서 반씩 나누자고 억지를 부리는 바람에 싸움이 벌어지고 고참병이 휘두른 칼에 큐리 대가리를 주운 병사가 다치게 되자. 그 다친 병사의 친구들이 나선 것이다. 어처구니없는 고참병사의 횡포임을 아는데 가만히 두고 볼 수 없었던 것이다. 옆에서 보고 있는 무라카의 생각에도 억지를 부린 고참병의 잘못이 크다. 그 결과가 명백해진 것이다. 그러나 상명하복의 원칙은 지켜져야 함으로써 그것에 대한 벌은 피할 수가 없다. 고참병은 그 즉시 강탈죄 즉 강도짓한 죄로 포박되어 끌려갔고, 하급 병사는 주동자를 위시해서 몽땅 감방으로 들어가서 해당 죄의 값을 치러야 하게 되었다. 군법이 적용되겠지 잘못하면 처형을 당할지도 모른다. 무심코 버린 큐리 대가리 하나로 인해서 여러 사람이 피해를 입었다. 10골드면 기사들 1년치 녹봉과 맞먹는 큰돈인 것이다.

"저기 기사님 질문이 있는데요. 큐리 대가리만 가져다주면 무조건 포상이 나오는 겁니까?"

"네 물론이죠. 대륙 어느 왕국이라도 마찬가지입니다."

"아 그래요? 난 그런 줄도 모르고 그놈의 대가리를 버렸네. 쓰읍!"

"네? 큐리의 대가리를 버렸다고요? 어디서 오신 분인가요?"

"아 어디서 왔다기보다. 그냥 대륙을 떠도는 용병이지요. 허허"

"그럼 용병 패를 가지고 계신가요?"

"네 여기요."

"헉 슈퍼용병 패? 이거 실례가 안 되었는지 모르겠네요. 척!"

기사가 정식으로 경례를 한다. 한쪽 무릎을 꿇고 말이다.

"아 신경쓰지 마세요. 아참 말을 구하려면 어디로 가야 합니까?"

"네 마방은 저쪽 골목 끝에 있습니다. 술집이 많은 골목 끝에 있습니다. 제가 안내를 하지요."

"아! 그 정도면 알겠습니다. 고맙습니다. 기사님!"

일단은 돈을 만들어야 하니까. 큐리를 잡으러 가야겠다. 마리 당 10골이면 200마리면 2,000골드라. 우선 이백 마리만 잡아주고 이 항구를 떠나야지. 그런데 어떻게 가지고 오지? 밤이 있으면 마법으로 가능하지만 항상 밝으니 보는 눈이 있어서 마법은 못 쓴다. 그렇다면 잡아 놓고 기사들을 데리고 가서 확인 시키는 방법밖에 없다.

"어이 기사양반 나 좀 봅시다."

"네? 저 말인가요?"

"그래요. 내가 지금 큐리를 잡으러 갈 텐데 잡아놓고 옮기지 않아도 마리 수만 확인하면 포상을 받을 수 있소?"

"넵 기사 3명만 확인하면 바로 지급됩니다."

"그래요? 그럼 기사 세분을 데리고 가야 하는데 저 따라갈 분 두 분 더 모셔오세요."

"지금 말입니까?"

"네 그래요. 한 200마리 정도 잡을 건데 구경도 하고 따라 오세요."

"힉! 200마리?"

기사가 입을 딱 벌리고는 쳐다본다. 거짓말 하지는 않을 사람이고, 슈퍼급 용병이니 정말 그렇게 잡을 기세다.

"넵 잠깐만요. 제 동료들을 데리고 금방 오겠습니다."

고개를 끄덕여주자 후다닥 뛰어 간다. 그리고 5분도 안 되어서 두명의 기사를 대동하고 달려온다.

"자 지금부터 내 뒤만 따라오세요. 여러분들 안전은 내가 책임질테니까. 아무 걱정 하지 말고요."

"넵!"

그렇게 해서 기사 3명을 대동하고 어제 보아 두었던 바위 절벽이 있는 곳으로 향했다. 물론 기사들의 말 한필을 빌려 타고서 말이다. 혼자라면 금방 도착할 거리지만 기사들이 있으니 말로 이동을 하는데도 시간이 꽤 걸린다. 기사들 삼명을 목책 뒤에 말과 함께 세워두고 목책을 훌쩍 뛰어넘어서 절벽으로 다가간다. 큐리들이 바위 위에서 들어 누워서 휴식을 하는 놈 새끼 젓을 먹이는 놈 하여간 500마리는 충분히 되고도 남을 수가 모여 있다. 절벽의 높이가 40m 정도 되는데 망설임 없이 훌쩍 뛰어 내리면서 60개의 강환을 콩 볶듯이 쏘아 보내어 바위위에 있는 놈들을 깡그리 관통시킨다. 그것도 하나같이 모두 대가리를 관통시키니까 소리도 없이 순식간에 100여 마리씩 움직임이 없어져 버린다. 누운 놈은 누운 그 자세 데로 또 막 바위위로 돌아오던 놈들까지 모조리 다 잡아 버렸다. 말대로 200마리만 잡을까 하다가 보니 도망치는 놈이 한 마리도 없다. 오히려 바위위로 기어오르는 놈만 더 많아지는 형국이다. 이제 물에 들어가 있는 놈들만 살아서 자맥질을 하고 있다.

"어이 기사님들 이리로 내려와서 확인해! 326마리야. 다 잡았어. 물에 있는 놈들은 빼고 말이야."

"헉! 30분도 안 되었는데 벌써요?"

"우와! 칼을 휘두러지도 않고? 이상한 분이네, 가보자. 저쪽으로 돌아야 되는구나. 이 높은 곳을 그냥 뛰어내려?"

"이야 정말 소드 마스터인가 보다."

세 명의 기사들이 겁을 잔뜩 먹은 얼굴로 내려와서는 죽어 있는 큐리의 수를 센다. 그리고 세 명 모두 입을 딱 벌린 체 무라카의 얼굴만 바라본다.

"확인 되었죠? 326마리!"

"힉! 넵! 326마리 맞습니다. 제가 본대에 달려가서 카리반 남작님을 모셔 오겠습니다. 그분이 포상 책임자이거든요. 그때까지 더 잡고 계십시오. 400마리정도 좀 잡아 주십시오. 그러면 보너스도 있습니다. 우리는 왕국에서 1등해서 좋고 마스터님은 보너스도 챙겨서 더욱 좋죠. 얼른 달려서 모시고 오겠습니다. 충성!"

녀석이 신이 났는지 번개같이 바위언덕을 오르더니 말을 타고 달려간다. 그사이에 사람들이 보이자 물속에 있던 놈들이 슬슬 올라온다. 이놈들은 지금 자기들 동료들이 다 죽은 것도 모르는 모양이다. 올라오는 쪽쪽 픽픽 쓰러진다. 머리가 뻥 뚫리면서 말이다. 두명의 기사는 지금 어떤 방법으로 큐리를 죽이는지 그것이 궁금해서 미칠 지경이다. 칼도 없고 그렇다고 손을 움직이는 것도 아니고 말이다. 가만히 쳐다보기만 하는데 큐리가 다가오다가 픽 쓰러진다.

399, 400, 401, 402, 403 --- 계속 쓰러지는 숫자만 세고 있다. 이제는 더 이상 물속에도 큐리가 없는 모양인지 안 나온다. 그때쯤 카리반 남작과 기사 7명이 말을 타고 도착했다.

"충성! 현재까지 몇 마리 잡았습니까?"

"512마리 잡았습니다."

"컥! 꼴까닥!"

카리반 남작이 기절해서 넘어가는 소리다. 뒤에 따라오던 기사가 다행히 안아 드는 바람에 머리가 바위에 부딪치는 참사는 면했다. 다마크루스 항구 역사상 최고로 많은 큐리를 잡은 날이 된 것이다. 카리반 남작은 그 일로 인해서 백작으로 승작이 되는 영광을 안았고 무라카의 부탁으로 한 사람이 다 잡았다고 하지 말고, 소문 내지 않도록 해달라는 부탁에 허리를 직각으로 굽히는 최고의 경의를 표하면서 포상금 및 보너스까지 해서 6,000골드를 지급했다. 회식도 시켜 준다는 것을 사양하고 무라카는 항구의 마방으로 향했다. 10골에서 120골까지 다양하다. 종류가 다른 것이 아니라 그만큼 관록이 있다는 뜻이다. 120골드짜리 말은 확실히 다리가 곧고 길다. 체형도 날씬하면서 손길이 많이 간 것이 눈에 보인다. 그놈을 살까하고 자세히 관찰하는데 저쪽 끝에 별도로 고삐를 세 개나 달고 있는 말이 눈에 들어온다. 120골드짜리보다 키도 더 크고 털이 완전히 눈빛처럼 새하얗다. 그냥 백마가 아니라 은빛털이 손질이 하나도 안 되어 있어서 마치 갓 잡아온 야생마 같다. 목 부분의 털이 엉키어 있고 긴 꼬리의 털은 약간 황금빛을 띤다. 야생에서 말들 무리의 대장 말이었던 모양이다. 콧김을 팍팍 뿜어내면서 사납게 움직이는데 어깨의 근육들이 잘 발달되어 있음이 보인다. 그리고 부근의 말들이 겁을 먹고 뚝 떨어져 있다. 사람들도 쉽게 접근을 못하게 하는 사나운 놈이다. 무라카와 눈이 마주치자 앞발을 들어 올리면서 사납게 운다.

"히히히히힝! 푸르르릉!"

"허허허 이 녀석이 꽤 신경질이 나는 모양이로군. 그래"

이놈이 마음에 쏙 들어온다.

"이말 주인이 누구요?"

"네 접니다. 그 말 사시게요? 아직 길이 안 들어서 그렇지 다리 한번 보세요. 잘 달리게 생겼죠? 이놈이 대장 야생마인데 잡으려다가 죽을 뻔 했지요. 하하하"

"파시겠소?"

"길을 들이면 비쌀 텐데 그럴 자신이 없소이다. 3골만 주시오."

"여기 있소. 3골이요."

"손님 횡재 하셨소. 길만 들인다면 100골도 더 받을 수 있는 놈이라오."

그 친구는 보니까 오른팔이 부러졌는지 목에 끈으로 메어달고 있다. 아무래도 이놈 끌고 오느라 다친 모양이다. 말에게 다가가서 눈을 맞추고 머리를 쓰다듬는다. 기를 말의 몸속에 넣어 퍼뜨리며 몸 상태를 살피는 것이다. 아무런 이상이 없다. 녀석이 갑자기 얌전해진 모습에 주변 사람들이 놀란다. 그 사납던 놈이 머리를 낮추며 무라카의 다리에 부비부비를 하면서 애교를 부리자 놀란 것이다. 말의 목을 쓰다듬어 주면서 흐뭇하게 바라본다.

"이놈아 너의 이름은 '브링크'다. 브링크! 알겠지? 오늘부터 나의 친구가 된 것이다. 브링크 자 가자. 안장을 올려야지 저 말안장은 어디 가면 있습니까?"

"아 저쪽에 건물 보이시죠? 석재로 지은 건물 그곳에 고급 안장들 다 있소. 그리로 가보세요."

"감사합니다. 꾸벅!"

말고삐 두 개를 풀어서 원래 주인에게 돌려주고 남은 하나를 잡고 말안장 집으로 향한다. 원래 말의 주인이었던 그 우락부락

한 사내 옆으로 비슷한 복장의 사내들 네 명이 다가온다.

"배낭에서 돈을 꺼냈는데 배낭에 엄청난 양의 돈이 보였어. 수천 냥은 될 것 같던데"

"좋아 애들에게 연락해 항구 외곽지에서 털자."

"끄떡끄떡!"

한 녀석이 어딘가로 급히 달려간다. 그때 무라카는 최고급 안장을 브링크 등에 단단히 묶고 말 등에 홀쩍 오른다.

"허허허 녀석 브링크야. 도시를 벗어나야 마음껏 달릴 수 있지. 여기선 천천히 걸어가야지. 가자 이랴!"

"히히히힝! 푸르르 킹!"

마치 말을 알아들었다는 듯이 따각따각 걸어간다. 신기한 듯이 그런 모습을 쳐다보는 사람이 한둘이 아니다. 이 말이 온 이후로 단 한순간도 조용한 적이 없었던 마시장이였으니 모르는 사람이 없을 정도로 사납기로 소문난 야생마였던 말이 갑자기 말까지 알아듣는 명마가 된 것이다. 그러니 놀랄 수밖에. 그러거나 말거나 무라카는 벌써 그곳을 벗어나 항구도시 외곽으로 나아가고 있다. 물론 그 뒤를 쫓는 30여명의 일단의 무리도 말을 타고는 바쁘게 움직이고 있다. 시가지를 벗어나자 브링크는 속도를 내기 시작한다. 마치 고향으로 돌아온 듯이 신나게 달려 나가기 시작한다. 뒤를 쫓는 무리들과의 거리는 금방 까마득하게 멀어진다. 그리고 채 10분도 되지 않아서 까만 점이되어 사라져 간다. 낮은 구릉지를 휘돌아 바다가 보이는 해안선을 따라서 하얀 먼지를 일으키면서, 4시간쯤 달리니 저 멀리에 목책이 보이면서 커다란 석조건물이 보인다. 병사들이 넓은 해안가에서 훈련하는 모습이 보이고 그곳으로 이어진 목책 주변에는 한창 목책 보수 작업이 이루어지고 있다. 브링크는 지치지도 않는지 일정한 숨소리를 내면서 계속 좁은 길을 따라서 달려 나간다. 목도 마르고 배도 고플 텐데 녀석!

"브링크야 좀 쉬었다가 가자. 물도 마시고 배도 채워야지 허허"

말 등에서 내려서 고삐를 풀어 주니 신이 났는지 녀석이 작은 개울로 달려가 물을 마신다. 그리고 주변의 풀을 천천히 뜯는다.

"저 말 좀 물읍시다. 이 길이 해안선을 따라서 쭉 이어져 있습니까?"

"네 그래요. 타이론 왕국도 마찬가지 일겁니다. 다른 인근 왕국까지 쭉 이어져 있죠. 어디로 가시는 길입니까?"

"아 몬스터 잡이 사냥꾼입니다. 해안에 큐리가 많다기에 해안선을 따라서 이동 중이죠."

"아니 혼자서 큐리를 잡는다고요? 죽으려고 환장하지 않고서야."

"하하하 벌써 몇 마리 잡아 봤지요. 다마크루스에서 말입니다. 별거 아니던데요. 운반하기가 좀 힘들어서 그렇지. 허허허"

"우와 실력이 보통이 아닌 모양이죠? 저기 보이는 바위 언덕 보이시죠? 저기에도 한 500마리 살고 있어요. 잡아오시면 포상금은 물론 고기값도 쳐 드립니다. 우리 부대장이 큐리 고기를 무척 좋아 하시죠. 잡아오세요. 술은 공짜로 드리죠. 헤헤헤"

"초소라고 하기엔 병력이 많은데 무슨 부대인가요?"

"인근 10㎞를 담당하는 3연대 소속 부대이지요. 안 그래도 요즘 실적이 없어서 저렇게 훈련만 시키고 있지요. 고기값을 다른 곳보다 후하게 쳐 드릴 테니 한 마리만 잡아와 보십시오. 그러면 장기 투숙도 해드리죠. 네"

"실적 따지는 것 보니까 부대별로 경쟁이라도 하는 모양이지요?"

"네 말도 마십시오. 경쟁이 얼마나 심한지 진급에도 영향이 있을 정도죠."

"아 그럼 한 마리에 얼마씩 쳐 주는 거요?"

"마리당 크기에 따라서 조금 차이는 있지만 대략 50골드 정도죠. 큰놈은 100골드 짜리도 있어요."

"알았-수! 기다려요. 한 시간 내에 한 마리 잡아올 테니. 삐! 호르렐리오♪♪ ♪♪~!"

휘파람을 불자 브링크가 '히히히힝!' 응답을 하며 달려온다. 녀석 역시 명마답다. 눈치가 100단인 것이다. 갈퀴를 쓰다듬어 주면서 마나를 살짝 흘려 넣어주자. 기분이 좋은지 투레질을 한다.

"자! 브링크야 큐리 잡으러 가자. 이-럇!"

병사가 일러준 바위 언덕에 접근해 보니 큐리 떼가 바위위에 곳곳에 들어 누워서 일광욕을 즐기고 있다. 500마리 정도는 충분히 된다. 말발굽 소리가 들리는데도 전혀 신경을 안 쓴다. 자고 있는 놈들도 꽤 많다. 100m까지 접근을 해도 그대로다. 왠간 큰 인간이냐? 하는 식으로 한번 씩 쳐다보기만 할 뿐 곧 관심도 없다는 듯이 고개를 돌린다. 관찰해 보니 중앙부분에 넓은 바위위에 누워서 하품을 하고 있는 놈이 대장 인 듯 다른 놈들보다 1.5배는 더 덩치가 크다. 10개의 강환(罡環)을 콩알만 하게 띄워서 대장과 그 주변의 덩치들을 목표로 날린다. 소리도 없이 날아간 콩알만 한 강환이 놈들의 머리를 관통하고 바위까지 구멍을 내자. 갑자기 100여 마리의 큐리들이 긴장을 한다. 그리고 푸들거리는 시체들 속에는 대장도 있다. 흘러내리는 피가 바위에 넓게 번지자. 그때서야 심상찮은 일이 벌어진 것을 눈치 챈 몇 마리가 물속에 뛰어든다. 그때 다시 20개의 강환을 더 날려서

20마리의 큐리를 시체로 만들자. 와르르 물속으로 뛰어 들어서 잠수를 한다. 한순간에 바위 위에는 살아 있는 큐리는 한 마리도 없이 다 물속으로 도망쳐 버렸다. 큰 덩치인데도 동작이 빠르다. 조금 기다리자 몇 마리가 물위로 떠올라 고개를 내어민다. 그 순간이 그놈들의 최후가 된다. 대가리가 그대로 뻥 뚫려서 물위에 둥둥 뜬다. 놈들은 비계 때문에 가라앉지 않는 것이다. 여섯 마리의 시체가 파도에 밀려서 바위 쪽으로 밀려온다. 목책을 뛰어 넘어서 36마리 큐리의 시체를 모두 목책 밖의 모래사장에 옮겨 놓고 브링크를 타고 막사가 있는 곳으로 달려왔다.

"어이 그기 기사님! 저 좀 보죠."

"네? 무슨 일로?"

"큐리를 잡았는데 여기까지 가져오기엔 양이 좀 많아서 말이요."

"네? 몇 마리나 잡았는데요?"

"무리의 대장을 포함해서 36마리요."

"힉! 36마리요? 혼자서 다잡은 건가요?"

"그렇소! 크기에 따라서 돈도 다르다면서요. 모두 큰 놈들만 잡았으니 이곳 부대장에게 보고하는 것이 좋을 거요."

"네 넵 바로 보고 드리지요. 여기서 잠시만 기다려 주십시오."

잠시 후 부대장인지 뭔지 덩치도 볼품없는 비실비실 한 놈이 수염도 더부룩한 채로 그 기사와 달려온다.

"저 큐리를 잡았다는 분이 당신인가요?"

"그렇소. 내 신분은 이 용병 패를 보면 알 것이요."

"헉! 슈퍼급 용병 패! 역시 36마리나 잡았다기에 믿지 못해 거짓말을 하느냐고 했는데 이거 실례가 많았습니다. 당장 병력을 소집해서오지요 충성!"

깍듯이 군례를 올린다. 귀족인 듯한데 S급 용병 패 앞에선 쥐새끼처럼 벌벌 긴다. 36마리의 큐리 시체를 옮기는데 무려 6시간이나 걸렸다. 그리고 1,500명이나 되는 병력이 모두 투입된 것은 말할 것도 없다. 부대 연병장에 옮겨놓고 보니 장관이다. 전령 한명이 말을 타고서 왕국으로 보고하러 떠나고 조그만 새 한 마리가 급히 날아가는 것도 다 보고 있다. 전서구인 모양이다. 다리에 메어단 조그만 대롱이 있는 것을 보니 말이다. 크레인 남작이라는 작자는 큐리의 시체를 다 옮겨 놓자 부하를 시켜서 외따로 떨어진 막사에서 기다려 달라는 통보만 하고는 코빼기도 안 보인다. 기를 퍼트려서 무슨 작당을 하는지 살펴본다. 기사들을 모아 놓고 회의를 하는 모양이다.

"남작님 그건 절대 있을 수 없는 짓입니다. 어떻게 슈퍼급 용병을 우리 병력으로 제압을 한단 말입니까? 어림도 없습니다. 그리고 당하지도 않을뿐더러 그런 터무니없는 짓은 절대 따를 수 없습니다."

"야! 제임스 너 많이 컸다? 부대장의 명령도 따르지 않고 항명하는 것을 보니 말이야. 반대하는 자 또 누구냐? 이번 일에서 빠져도 좋다."

"남작님 저도 이 일은 절대 반대입니다. 우리 조원들 역시 마찬가지이고요. 큐리를 한 마리도 아니고 36마리를 잡은 실력자입니다. 그기에 다가 목책 안에까지 옮겨 놓은 것 보셨잖습니까? 무서워서가 아니라 이것은 부당한 짓입니다. 다시 한 번 생각해 보시기 바랍니다."

"좋아 에미레 기사! 자네도 빠지겠다고? 또 없냐? 반대하는 자는 저쪽으로 가라. 그리고 나를 따르는 자들은 그대로 있도록!"

그러자 부산한 움직임이 일고 잠시 후 두 패로 갈린 기사들이 다시 자리를 잡고 앉는 모양이다.

"좋다 반대하는 자는 기밀을 유지하기 위해서 왕국에서 병력이 올 때까지 감금한다. 물론 차고 있는 소드는 다 끌러서 내려놓을 것. 어이 크링턴 단장 이자들 당분간 지하에 감금 하도록!"

"넵 남작님 자 모두 그 자리에 소드 내려놓고 나를 따라 오도록!"

"꼭 이래야 되겠습니까? 단장님도 아시잖습니까? 기사도가 무엇인지? 상관이 잘못된 결정을 내리면 말릴 줄도 알아야지 억! 쿵!"

"제임스 이 자식 언제부터 이렇게 말이 많아졌지? 그-기 덩치이 자식 들춰 메고 따라오너라."

우루루 움직이는 소리가 지하 감방에 반대파를 모두 감금한 모양이다. 어처구니없게도 잡아다놓은 큐리를 보고 욕심이 생긴 모양이다.

또 어떤 음모를 꾸미는지 가만히 기다려 본다, 아니나 다를까 음식에 마취약을 잔뜩 넣어서 가져다주라는 크레인 남작의 지시 내용까지 다 듣고는 잠이 든 척 하고 누워 있다. 잠시 후에 음식을 들고 온 두 명의 병사들이 방으로 들어온다.

"저 사냥꾼님! 식사 가져왔습니다."

"아 그래요 마침 배가 고프던 참인데 잘 되었군요. 고맙소,"

"네 그럼."

녀석들이 물러가자 마법으로 음식을 깨끗이 없애버렸다. 그리고 배낭속의 큐리 고기를 꺼내어서 맛있게 먹고 후아주도 한잔 마시고 진짜로 잠이 들었다. 어차피 기다려야 하는 참이니 쉴 수 있을 때 충분히 쉬어 두는 것도 필요하니까. 20분 쯤 지나자 우루루 몰려오는 소리에 눈을 뜬다. 병사들과 기사들이 외딴 막사를 포위하고 기사 두 명을 방안으로 들여보낸다. 자고 있는 모습을 보고는 나가서 그대로 보고를 한다. 그러자 크레인 남작이 소드를 뽑아들고 방으로 들어온다. 단칼에 목을 잘라버릴 심산인지 곧 바로 침상으로 다가와 검기를 두른 소드로 내려친다. "어!!" 검기가 아지랑이처럼 피어오르는 칼날을 왼쪽 두 손가락으로 잡고 일어나는 무라카!

"너 같은 놈은 왕국을 좀먹는 벌레보다 못한 인간이야. 무사가 칼을 뽑았으니 죽음을 각오했겠지?"

"컥! 저저 쿠당탕! 캑!"

소드를 놓고 뒷걸음질 치다가 밥상에 걸려서 넘어지는 소리다. 뒤로 엉덩방아를 찧으며 넘어지는 순간 두 다리가 잘려서 밥상 위에 떨어진다.

"크-악! 내 다리 내 다리 으-아 악!"

비명 소리에 기사 두 명이 뛰어 들어온다. 잘려서 꿈틀거리고 있는 다리 두 개가 밥상위에 놓여있다. 그 광경에 놀라서 입을 벌리고 부릅뜬 눈이 곧 튀어 나올 것 같다.

"너희들 같은 벌레들은 나라를 썩어 문들어지게 만들지 살려줄 이유가 한 가지라도 있으면 말해봐!"

"컥컥! 저희들은 명령에 따를 뿐! 캑!"

두 기사 역시 두 다리가 잘려서 방바닥에 엎어진다.

"으-아-악! 살려주시오. 우리는 명령에 따른 것 뿐! 캑!"

두 기사의 목이 뎅겅 잘려서 공중으로 튀어 오른다. 방문 밖으로 걸어 나온 무라카의 뒤쪽 허공에는 기절한 크레인의 몸이 공중에 둥둥 떠올라서는 무라카를 따라 나온다. 잘려진 두 다리에는 아직도 피가 콸콸 흐른다. 방문 앞에 서 있는 6명의 기사들은 이미 제정신이 외출해 버린 상태이다. 두 명이 철퍼덕 쓰러진다. 완전히 기절해 버린 것이다. 그리고 나머지 네놈의 목이 또르르 굴러 떨어진다. 포위를 한 병사들은 절반은 그 자리에 무릎을 꿇고 살려달라고 빌고 있고 나머지 절반은 달아나려다가 머리를 관통당해서 시체가 되어서 나뒹군다. 순식간에 아수라장이 되어버린 연병장! 기절한 두 명의 기사에게 다가간 무라카는 옆구리를 발로 걷어차서 깨운다.

"너희 두 명 지하 감방에 가둬둔 기사들 모두 데리고 오도록."

"네 넵!" 후다닥 달려가는 두 놈의 기사도 아랫도리가 다 젖어 있다. 그때 공중에 떠 있는 크레인이 깨어났는지 신음 소리를 내고 있다.

"으-아-악 제발 살려주시오 제발!"

"너 같은 벌레는 죽일 필요도 없어 가만히 두면 죽을 것을 뭐하러 칼질을 더해? 잘 봐둬라 세상이 그렇게 호락호락 한 것이 아니란 것을 알고 뒈져야지. 안 그래?"

"헉헉 귀족을 죽이면 너도 무사하지 못 할 걸 캑!"

"너희 사로스 발트 왕국이 오늘 중으로 사라지느냐 마느냐는 곧 날아올 전서구 내용여부로 결정 하겠다. 잘 보면서 뒈져라 벌레야"

그때서야 자신의 몸이 공중에 떠 있는 것을 느낀 크레인은 절망한다. 사람이 다른 사람의 몸을 공중에 띄워서 데리고 다닐 수 있을까? 그것도 손도 대지 않은 채 말이다. 우루루 달려온 기사들 감방에 갇혀 있던 기사들이다. 그리고 그 뒤에 터벅터벅 따라오는 두 명의 기사가 갑자기 두 다리가 잘리고 몸이 앞으로 기울더니 쿵 소리를 내면서 땅에 곤두 박힌다.

"기사가 '기사도'가 없으니 그것은 병사보다도 못하지, 그대로 있다가 이놈 남작과 같이 죽어라. 쓰레기 같은 것들이 기사라고 거들먹 거리며 걸어 다니면 왕국이 망하지 망해! 그리고 너희 왕국을 이참에 아예 땅위에서 지워버려야겠다. 너 같은 벌레를 귀족으로 인정 했으니, 그 죄를 물어야겠다. 하루 밤이면 너희 왕국이 사라질 것이다."

그것을 보고 있던 감방에서 나온 기사들이 모두 무릎을 꿇는다.

"제임스와 에미레 기사 앞으로 나오도록!"

"넵 제가 제임스입니다."

"제가 에미레입니다."

"그래 그대들 둘은 진정한 기사 자격을 갖춘 기사들이군! 지금부터 이곳 병사들은 제임스가 단장으로 에미레가 부단장으로 단장을 보좌하기 바란다. 그리고 왕국에서 곧 전서구가 날아올 것이다. 그 전서를 나한테 가져 오도록!"

"넵 알겠습니다. 그런데 무어라 불러야 할까요?"

"나는 구루 무라카 세바스찬이다. 대륙을 여행하는 여행자이지 큐리 36마리에 대한 포상금을 가져다주기 바란다."

"네-넵! 물론입니다. 구루 무라카 세바스찬님! 바로 시행 하겠습니다. 척 충성!"

가지고 온 전서의 내용을 읽어보니 그 정도 실력자이면 왕국에 꼭 필요한 인재이니 왕국에서 보블 후작이 도착 할 때까지 잘 모시고 있으라는 내용과 국왕의 직인이 찍혀 있다. 즉 국왕에게 바로 보고가 된 것이다. 사라질 뻔 했던 사로스 발트 왕국이 그 내용 때문에 존속하게 되었다. 포상금 1,950골드를 챙긴 무라카는 국왕에게 서신 한 장만 남겨 놓고 브링크를 타고 길을 나

섰다. 서신의 내용은 제임스와 에미래가 진정한 충신이며 왕국을
이끌어갈 든든한 제목이라는 것과 크레인과 몇몇 기사들은 자신
을 독으로 제거하려 했다는 사실과 그래서 즉결심판으로 목을
베어 버렸으니, 앞으로 왕국을 똑바로 다스리라는 경고! 그리고
이 서신 내용을 공개하면 그 즉시 왕국 자체를 지워 버리겠다는
말로 끝나 있었다.

북극의 겨울

보블 후작이 10일후에 군사를 이끌고 도착해보니 이미 모든 것이 정리가 되어있고 남은 기사들에게 전말을 듣고는 땅을 치며 통곡했다는 후문이 있었다. 그때 이미 무라카는 발트왕국 국경을 지나 타이론 왕국의 영토로 넘어간 후였다. 태양이 지평선 너머로 그 모습을 감추고 드디어 휴면기가 시작된 것이다. 말 그대로 어둡지도 않고 그렇다고 환하게 밝은 것도 아닌 백야의 시기인 것이다. 이때부터 해안가는 서서히 얼어붙기 시작하고, 눈발이 흩날리기도 하면서 기온은 점차 낮아져서 영하 30도 아래로 떨어지기 시작하는 것이다. 고산지대는 이미 빙산으로 바뀌어 있고 먼 바다에 나아가 고기잡이를 하던 배들도 항구로 돌아오는 시기인 것이다. 타이론 왕국의 해안가를 따라서 이동하면서 점차 기온이 급강하하는 것을 피부로 느끼고 있다. 해안의 큐리들도 이젠 어디로 숨었는지 간혹 덩치가 큰놈들만 보이고 무리를 이룬 모습은 보이지 않는다. 타이론 왕국의 해안은 석벽으로 5m 높이로 쌓아서 축성을 만들었다. 방어벽이 탄탄하게 그 끝이 안 보이는 곳으로 연결되어 있다. 그 만큼 오랜 세월 동안 철저히 큐리로 부터 보호받기 위해서 시간과 재료와 노동력을 투자 했다는 증거이다. 또한 왕국의 치안도 다른 왕국에 비해서 탄탄하게 잘 관리되고 있는 모습이 보인다. 국민들이 그만큼 안정된 생활을 영위하고 있다는 것이 드러난다. 성벽을 기점으로 요소요소에 배치된 병사들도 군기가 살아 있어 해안을 따라 이동하는 동안 수많은 검문을 당해야 했다. 10여일을 이동해서 조금 고지대에 위치한 한 도시에 들어선다.

"어디서 오시는 길인가요?"

"지금은 여행을 즐기는 용병이지요. 자 여기!"

"헉 슈퍼 급 용병! 와 대단한 분이시네요. 제 머리에 털 나고 슈퍼 급 용병은 처음입니다. 영광입니다. 그리고 환영 합니다. 바이젼트에 오신 것을요. 들어가십시오."

"네 수고 하십시오. 그럼"

저 지대 선착장에는 수백 척의 배들이 꽁꽁 얼어붙어있다. 도심에는 주로 술집과 쉼터 그리고 주거를 위한 목재 건물이 많고 길거리엔 술 취한 취객들이 몰려다니고 있다. 활동기 동안 잡아들인 수산물로 이제는 먹고 마시며 즐기는 것이다. '철새들의 보금자리'라는 제법 큰 쉼터에 들어서니 조그만 소녀가 뛰어나와서 브링크의 고삐를 받아든다.

"아가야! 좋은 먹이를 충분히 주도록 하여라. 자 팁이다."

"감사합니다. 고급 먹이를 마음껏 먹이도록 하겠습니다. 헤헤헤"

팁으로 은자를 주는 손님은 특급인 것이다. 잘 모시면 또 은자 팁을 받을 수 있는 기회가 생기게 될 것이다. 문을 열고 안으로 들어서니 1층 식당엔 벌써 손님들이 꽤 많이 앉아 있다. 모두 투숙객은 아니고 술을 마시러 온 손님이 대부분인 것 같다. 쪼르르 달려온 소년이 꾸뻑 인사를 하면서 식사를 할 것인지 묻는다.

"응 식사는 좀 있다가 할 것이고 쉴 방부터 안내를 하여라. 밝고 큰 방이라야 된다."

"넵 절 따라 오십시오. 3층에서 제일 큰방으로 모시겠습니다."

외부에서 보기보다 방은 넓고 깨끗하다. 창문도 크게 만들어서 불을 켜지 않아도 어둡지 않다. 화장실을 들여다보니 역시 커다란 목간통이 놓여 있다. 아직 수도 시설은 없는 것이다.

"목욕하시게요? 잠시만 기다리면 따뜻한 물로 채워 드리겠습니다."

"응 그래 좀 씻고 식사 할 거야. 자 꼬맹아 며칠 쉬었다가 갈 테니 그 동안 잘 부탁한다."

"힉 넵 편안히 모시도록 하지요. 식사도 최고급으로 준비시켜 놓겠습니다. 꾸뻑!"

목간통 하나 채우는 것은 순식간이다. 항시 따뜻한 물을 준비 하고 있나보다. 느긋하게 목욕을 하고 1층으로 내려오니 술을 마시고 있던 수많은 눈동자가 모두 무라카를 바라본다. 들어올 땐 후줄근한 코트 차림 이였는데, 지금은 수염도 싹 밀고 머리도 어깨 위로 찰랑거릴 정도로 짧게 정리를 하고 그리고 저 찬란한 옷은 식당 전체를 번쩍거리게 만들고도 남을 정도로 오색이 찬연하다. 등잔불에 반사되어 일렁이는 빛이 반사각도에 따라서 색색이 바뀐다. 모두들 놀라서 커다랗게 뜬눈으로 바라본다. 코트를 빨아서 목간통에 걸어둔 것이다. 1/3가량의 여자 손님들 입에서는 탄성이 터져 나온다.

"우-와! 세상에 저렇게 아름다운 옷이 있다니!"

"히야! 저거 사왕 가죽 아냐?"

"아! 그렇네. 그런데 우리 대륙의 사왕은 하얀색이라던데 저것은 파랑 보라 아니 각양각색이 다 있네."

이런 그 생각을 못했네. 이 옷이 눈에 띈다는. 후후후 귀찮은 일이 생기겠군. 그때 빨강머리의 한 소녀가 폴짝 폴짝 뛰어 오더니 손으로 만져 보려고 손을 내민다. 급히 강기(罡氣)를 쳐서 손이 옷에 닿지 못 하도록 하면서 눈을 부라린다.

"어이 꼬맹이 손가락 잘리고 싶어? 그거 만지다가 손가락 잘린 사람 한둘이 아니란다. 조심해야지. 야! 그기 꼬마 웨이트. 내 식사는 방으로 가져 오도록 알았지?"

돌아서서 계단을 올라가는데 빨강머리가 계속 손을 뻗치지만 어떤 벽이 있어서 손이 닿지를 않는다. 의아한 표정으로 등만 바라보다가 눈물을 글썽이며 돌아선다.

"우와! 예쁜데 한번 만져 보고 싶은데 히힝!"

"어이 젊은이 그기 잠깐 서시게. 크흠"

뒤돌아보니 나이가 지긋한 노인이 빨강머리 소녀를 품에 안고서 싸늘한 눈초리로 쳐다보고 있다.

"나 말이오?"

"그래 내 손녀가 만져보고 싶은데 한번만 만져보게 하면 안 되겠는가?"

"안 될거야 없지만 다쳐도 상관없다면 모를까 정말 손가락이 잘릴 수도 있다오. 어르신 그러니 안만지는 게 좋겠지."

더 이상 할 말이 없다는 듯이 돌아서서 계단을 올라간다.

"네 이놈 젊은 놈이 버릇이 없구만. 좋은 말로 타이르는데도 거절이라니 혼이 나야 캑! 털썩!" 이 소리는 노인이 주저앉는 소리다.

"노인장 보아하니 귀족에 검술도 조금 익힌듯한데 당신정도 되는 나이는 내게는 어린애 수준도 안 돼. 겉모습만 보고 그렇게 까불면 사라지는 수가 있어 조심해."

그때 그 노인은 피를 한사발이나 토하며 스르르 들어 눕고 만다. 타이론 왕국의 공작이며 북해의 최강자로 불리는 '로저무어'는 숨도 제대로 쉬지 못하고 기절해 버렸다. 그것도 무형의 기에 부딪힌 것 밖에는 없는데 말이다. 자이언트 대륙의 최강자인 로저무어 공작은 소드 마스터이고 여지껏 적수를 만난 적이 없는 강자인 것이다. 그런데 손녀 마랄린이 볼 때 그 잘생긴 남자는 손을 쓰지도 않았고 그냥 쳐다보기만 했을 뿐이다. 그런데 무적의 할아버지가 기절해 버렸다. 그리고 입과 옷이 피로 범벅이 되었다. 급하게 떠온 물로 얼굴을 씻겨 드리고 옷에 묻은 피도 잘 닦은 후에 호위 기사들을 시켜서 마차에 싣고 급히 영주성으로 달려간다. 한편 방으로 돌아온 무라카는 가져온 식사를 하면서 느긋하게 그 영감을 생각해본다. 이곳 자이언터에도 소드 마스터가 있기는 하군. 그놈 한 달은 족히 정양을 해야 할 것이다. 빙그레 미소 짓는 얼굴표정이 조금 비웃음이 번진다. 어떻게 된 것들이 소드 마스터 초급인 것들이 저렇게 오만에 빠져서 자기보다 고수는 없다고 생각하는지 웃기는 것이다. 더 웃긴 건 그런 것들이 공작이거나 후작인 것이다. 즉 귀족이라는 자만이 더 짙게 깔려 있어서 더 이상 진전이 이루어질 수 없게 되는 것이다. 그 수준까지의 경지 즉 칼을 겨우 잡을 줄 아는 수준 그것이 끝인 것이다. 하긴 그보다 더 고수는 없으니까 더 이상의 수련도 필요 없겠지. 공작 호위 기사들에 의해서 그날 그곳의 모든 사람들의 입이 봉해졌다. 절대 본 것을 소문내지 못하도록 조치를 한 것이다. 대 공작가의 기사들이 엄포를 놓으니 모두 입을 다물 수밖에. 그러나 알게 모르게 소문은 암암리에 퍼져 나갔다. 쓰러진 영감이 그 유명한 소드 마스터 로저무어 공작인 것이 알려지자 오히려 엄포를 놓은 것이 빌미가 되어 타이론 왕국에는 불과 몇 일만에 소드 마스터가 쳐다보는 것만으로 피를 한사발이나 토하며 쓰러졌다는 소문이 쫙 퍼져 나갔다. 무라카는 하는 수 없이 와이번 가죽 옷으로 갈아입었다. 그리고 가죽 코트도 그 위에 덮어 입고 사왕의 갑옷은 배낭에 넣어두는 수밖에 없다. 입고 다니면 당장 눈에 띄니까 말이다. 그리고 충분히 쉬고 난 뒤에 조용히 철새들의 보금자리를 나왔다. 수많은 사람들이 찾아오니 도피할 수밖에 없는 것이다. 브링크를 타고 항구를 벗어나려는데 수많은 기사들의 집단이 앞을 가로 막는다. 500명은 될 것 같은 수의 기마 기사들이다. 그것도 갑옷으로 중무장한 기사들이다. 공작이 사로잡던지 죽이라는 명령을 내린 것이다. 세상살이 싫다는데 그냥 두고갈 무라카가 아니다.

"너희 공작의 명령이냐?"

"그렇소. 이 자리에서 빠져나가지 못할 것이오. 자결을 하시오. 그러면 같은 무인의 일원으로서 명예는 존중하리다."

"불쌍한 인생들이군. 너희는 로저무어 라는 주인을 잘못만난 죄 밖엔 없군. 죽어도 억울해 하지는 말거라. 곧 너희 주인도 따라 죽을 테니까. 로저 라는 성씨는 이제 이 땅위에서 없어진다. 지금이라도 살고 싶은 자는 도망쳐라. 도망치는 자는 죽이지 않겠다."

"뭐? 캑!"

기사단장의 목이 떨어지는 것을 시작으로 칼을 뽑아든 자들은 모두 삽시간에 목이 떨어진다. 한 호흡이 끝날 즈음 200명이 넘는 기사들의 목이 사라졌다. 백마위에 앉아서 당사자는 움직이지도 않는데 말이다. 후미에서 그것을 바라보던 기사들은 손에 들고 있던 칼을 팽개치고 뒤로 달아난다. 200여명은 그렇게 죽지 않고 달아났다. 도망치면 죽이지 않겠다고 했으니까. 그리고 아직도 말위에서 오줌을 지리고 정신을 못 차리고 있는 기사 한 놈을 앞장세우고 로저무어 공작 성으로 천천히 다가간다. 정문에 당도한 그 기사는 반쯤 혼이 나간 모습으로 문을 열라고 손짓한다. 정문의 병사들이 문을 열자. 아무런 말도 없이 안으로 들어간다. 그리고 공작이 있는 건물에 당도하자 기사를 턱짓으로 들어가라고 명령한다.

부들부들 떨리는 다리로 겨우 말에서 내려 공작이 머무는 방 앞으로 다가가자 호위 기사들이 막아선다. 그런데 다음 동작을 취하지도 못하고 후두둑 머리통들이 굴러 떨어진다. 뒤를 따라 몸통들이 쿵쿵 쓰러진다. 한마디 말도 없다. 방문이 스스스 잘게 조각이 되어 쏟아진다.

"고-고-고, 공작님! 그분이 꼬르르륵!" 땍 떼구르르 머리가 공작의 침상 쪽으로 굴러간다.

"로저무어라고 불린다지? 너는 스스로가 귀족이 될 수 있는 자격이 있다고 생각하느냐?"

"크-컥! 울컥울컥! 우-웨-액!"

"너는 벌레보다 못한 놈이다. 그래서 너의 성을 가진 놈들은 오늘부로 사라진다. 영원히!"

"처 처 천인?"

똑 또 구-르르르 파직! 대가리가 밟혀서 부숴지는 소리다.

"으-아-악 캑!"

그곳에 살아남은 자들은 시녀들과 허드렛일 하는 천민들 그리고 아무것도 모르는 병사들 뿐이다.

그리고 공작의 집무실 책상위에는 한 장의 서신이 있는데 그기에 이런 문구가 적혀 있었다 한다.

[노예든지, 천민이든지, 평민이든지 간에 사람을 업신여기는 자는 땅에서 살아갈 권리를 포기한 것으로 간주한다. 그래서 그 표본으로 '로저' 라는 성을 쓰는 자들을 모두 지웠다. 타이론 국왕은 명심하라. 天]

그 내용이 왕에게 전해진 것은 그 일이 있은 후 한 시간도 안되어서였다. 국왕 알기를 발가락에 때만큼도 생각지 않던 공작집은 성씨와 함께 그렇게 사라져 갔다. 타이론 왕국에서 막무가내였던 공작의 횡포가 그 막을 내린 것이다. 호주머니 속의 송곳 같았던 공작이 떼 몰살을 당했다는 소문은 온 왕국에 퍼져 나갔다. 온갖 행패를 알게 모르게 저질러온 권력자의 최후치고는 지저분한 것이었다. 그러나 타이론 국왕은 온 몸이 떨리는 두려움에 한동안 바짝 긴장한 가운데 국정을 살피는 조심스러움이 계속되었다. 그러거나 말거나 만정이 다 달아나버린 무라카는 폰프린스에 올라 모선 코리아호로 돌아왔다. 더 이상 자이언트 대륙에 있고 싶지 않은 것이다. 세 여인과 세 아이들은 기뻐서 난리가 났다. 너무 오랜만에 돌아온 아빠 때문이다. 품이 더 넓지 않은 것이 다행이랄까? 서로 안기려고 달려더니 뒤로 넘어진 아빠의 배위에 세 아이들이 팔짝팔짝 뛴다.

"아이고 이 녀석들아 아빠가 무슨 말이냐? 그렇게 뛰면 아프잖아. 아얏! 아얏! 아얏!"

"아빠는 초인이라서 안 아프잖아요. 헤헤헤"-무라니

"아빠는 위대 하셔서 하나도 안 아프죠? 히히힛"-무투

"히히힛! 아빠! 아빠 배 아파요? 그럼 무라크 안아줘-용 헤헤헤"

"알았다. 알았어. 요녀석들 그새 많이 컷네. 무라크야 너 이제 엄마 젓 안 먹지?"

"네 아빠 히 저 이빨 봐요. 고기도 잘 먹어요. 이제."

"오오 그래 그새 이렇게 컷 구나. 무라니도 많이 크고 무투! 이녀석 이제 힘도 제법 세어졌네. 하하하"

"네 아빠! 이젠 마나도 제법 많아졌어요. 저 무흔경공도 완전히 펼칠 줄 알아요."

"오 그래? 무라니 누나는 어디보자. 오 그동안 열심히 수련했 구나. 허허허"

"아빠 뽀! 아빠 뽀 해줘요. 무라니 열심히 한 상 주셔야죠."

"그래그래 쪽! 쪽! 쪽! 자 이제 또 공부 하러 가야지? 자 너희 들끼리 나가서 놀아라. 어험!"

"네, 넵! 넵! 우리 수련하러 갈게요."

"오냐 그래야 착하지 너희들만 아빠 차지하면 우리는 어쩌냐 그래"

"가요. 아빠 제 방으로요. 동생들아 기다려라."

그렇게 한 달 동안 아이들의 검술지도 그리고 세 부인들의 무 공수위와 마법도 손봐주면서 지냈다. 세상은 가만히 두어도 잘 돌아가고 있는 것이다. 괜히 간섭하면 한도 끝도 없는 것이고, 이젠 남반구의 세 대륙이나 돌아볼까 하고 세분화 촬영된 영상 들을 보면서 시간을 보내고 있다. 저 먼 행성 여행이라도 한번 떠나 볼까? 하는 생각도 해보면서 언제 보아도 그린레인은 이제 농염한 귀부인 티가 난다. 아이까지 낳은 아줌마인데도 정열적인 빨강머리 때문일까? 그기에 다가 애교가 얼마나 많은지 한 달 동안 모선에 있다 보니 아빠 옆에서 좀처럼 떨어지지 않으려 한다. 또 아이가 생기면 곤란해지니까. 무라카는 천사에게 비밀 명령을 내렸다. 절대 임신이 되지 않도록 하라고 말이다. 당분간은 절대 가임은 노우! 그러자 천사 왈 사령관님의 몸에 조금만 손보면 임신이 안 되게 되니까. 그렇게 하란다. 예스! 그래서 이젠 안심이다. 이젠 당분간 씨 없는 수박이 된 것이다.

[스승님 저 셋이나 아니 넷이나 만들었으니 천족의 혈통은 이어지게 한 겁니다. 저 이제 과제 모두 완료 한 것입니다.]

편히 쉬십시오. 속으로 혼자 중얼거린 무라니 아빠는 오늘 저녁은 레인의 방에 들어갈 차례인 것이다. 레인도 이제 절정에 오른 상태이고 마법도 중급 정도는 펼치는 수준이다.

"아빠 우리 무라크 볼수록 잘생겼죠? 저 녀석 요즈음 우주선 공부에 재미가 붙었는지 엄마 얼굴도 잘 안 봐요. 벌써부터 저러니깐 좀 더 나이 먹으면 엄마는 뒷전일거 같아요. 흐잉! 제겐 아들보다 아빠가 더 소중해용!"

"그래그래 사내애들은 크면 다 그런거야. 섭섭해 하지마. 그래도 엄마가 얼마나 소중한 존재인지는 알고 있을 테니 말이야. 허허허 어디보자. 우리 레인 엉덩이에 꼬리가 얼마나 자랐는지 한번 볼까?"

"에 헤헤 아이 좋아라. 아빠 사랑해요. 감사해요. 쪽쪽!"

이젠 더욱 능숙해지고 더욱 애교가 넘치는 엄마 초년생이다. 그렇게 모선의 밤은 깊어만 간다. 다음날 식사시간에 모두 한자리에 모였다.

"북극에서 잡아온 사왕 가죽으로 옷은 다 만든 거야?"

"바느질 아빠가 해주셔야죠. 재단은 벌써 다 해 놓았죠. 백설처럼 흰색이 너무 아름답다요. 크기가 저번 것 보다 한배 반이나 더 커서 아이들 옷도 다 만들고 아빠 코트도 한 벌 해놨어요. 그리고 지난번 것하고 섞어서 저희들 코트도 다 재단되어 있어요. 오늘 바느질 해줘요. 두 가지 색상이 섞인 디자인은 기가 막힐 거예요."

"응 그래 안젤리나야. 식사 끝나면 가지고 와 바느질 싹 다 해 줄게."

"네 알았어요. 빨리 입어보고 싶어요. 얼마나 잘 어울릴지?"

"그래 그리고 볼리아야 이번 남반구 Ａ대륙은 나랑 동행하자 어때?"

"우와! 정말요? 좋아요. 무라니 이제 곧 다섯 살이니 신경 안 써도 되요. 얌전하고 숙녀다워지기 교육 많이 했거든요. 호호호"

"큰 언니 좋겠다. 부러워요."

"히힝! 전 언제 여행에 끼워 주실 거죠? 저만 혼자 여행에 못 따라 갔잖아요."

"아 안젤리나야 다음 대륙 갈 때 같이 가자. 꼭 데려갈게 알았지?"

"넵 아빠! 기다릴게요."

그렇게 해서 새로운 옷과 새로운 코트가 만들어졌다. 신발도 여러 개 만들고 아이들 부츠도 여러 개 만들었다. 다들 조금씩 크게 만들었는데 아이들이 10년씩 자라도 입고 신을 수 있게 만든 것이다.

완전 천족 특제 옷과 신발 세트다. 모선에는 안젤리나 만 남기고 그린 위드에게 들리려고 무라크를 안고 내려왔다. 그린위드 공작령에 바로 내려오니 레인의 어머님이 제일 좋아하신다. 무라크를 안고는 볼을 비비고 놔 주질 않는다.

"엄마! 별일 없으시죠? 심심하지는 않나요?"

"심심할 새가 있겠느냐. 아들 공작도 있고 레이스공주 며느리도 있는데 호호호 이제 무라크도 왔으니, 아이고 내 새끼 흰옷을 입고 있으니 아기천사 같구나!"

"어머님 공작령이 생활하시기는 편하시지요?"

"네 그래요. 아침저녁 공작과 공주가 문안인사 꼭꼭 챙기니까 진짜 아들과 며느리 얻은 기분이 들어요. 호호호 천인께서 제자를 너무너무 잘 가르쳤어요. 예의가 얼마나 바른지 이제 저는 여한이 없어요. 이보다 행복 할 수는 없을걸요. 호호호"

"휴 녀석들이 잘하고 있어 다행이네요. 어머님 친 아들이라 생각하시고 잘 대해주세요. 위드 공작이랑 레이스 공주 말입니다."

"네 물론이죠."

그때 위드랑 레이스가 우당탕 들어온다. 그리고 사부님께 절을 올린다. 항상 큰절을 올리는 것이다. 지구의 동양예절인 것이다.

"사부님 그동안 강녕 하셨는지요?"

"오냐 그래 이젠 관록이 보이는구나. 장하다. 공주도 점점 예뻐지는구나. 보기가 좋구나. 어서 일어나거라."

"우와! 무라크야 나도 한번 안아보자. 이야 금발머리에 흰옷이 너무 잘 어울리네. 무라크야 너 천사같이 보인다. 이 누나에게 와봐! 이크! 많이 커졌네 무라크!"

"히히힛 누나 오늘도 얼굴에 흙 묻었네. 요즈음도 뒹구는 거야?"

"억! 아아아냐 이젠 안 뒹구는데 어디? 어디 묻은 거야?"

"히히히힛! 속았지롱! 누나 놀려먹었네. 헤헤헷"

"와하하하"

"호호호호" "깔깔깔깔"

온 성안에 웃음소리가 넘친다. 모두들 기분이 그만큼 좋아진 것이다. 볼리아는 그런 모습을 보면서 미소가 피어난다. 레인과 무라크를 남겨두고 폰 프린스로 올랐다. 남반구에 있는 적도에 가장 가까이 있는 크로스 아르메니아 대륙과 가장 가까운 상공으로 이동한다. 아직 대륙의 이름도 모르지만 지상에 내려가면 알게 되겠지.

적도의 대륙 아트라스

생동감 넘치는 땅 아트라스 대륙이다. 적도 바로아래 크로스 아르메니아 대양의 동쪽에 위치한 땅이다. 바나 행성에서 가장 다양한 동식물이 살아가는 땅! 아울러 가장 위험한 몬스터들의 천국이기도 한 아트라스 대륙이다. 북쪽 절반이 밀림지역이며 산맥 지역이다. 이곳의 첫발은 도시 인근지역에서 여행하기 위해서 적당한 도시를 찾다보니 대륙의 중앙지역에 안착했다. 간단한 배낭을 하나씩 멘 단출한 복장이다. 와이번 가죽옷과 코트를 휴대한 복장 그리고 볼리아도 역시 마찬가지 샷-건은 배낭 속에 넣고, 외부온도가 30도를 넘는 탓에 코트도 배낭에다가 넣었다. 도시인근의 야산에 내려서 도시를 향해 다가간다.

"아빠 북극에선 왜 그렇게 일찍 돌아오셨어요?"

"뭐 그런 일이 있었어. 병신 같은 공작이 한명이 있어서 깡그리 그 일족을 지워버렸지. 어휴 생각하기도 싫어 소드 마스터가 무슨 무적이라도 되는 양 설치는 놈이야. 그래서 깡그리 없애 버렸지."

"후후 저도 그땐 그렇게 생각한걸요."

"지금은 아니잖나? 소드 마스터는 칼 잡는 법을 겨우 아는 초자야. 그렇지?"

"넹 맞아요. 그것이 딱 맞는 말이에요. 호호호"

"이 검이 어느 정도 날카로운지, 무엇을 자를 수 있는지, 그리고 어느 정도 힘으로 잘라야 가장 효율적인지, 등을 조금 알게 된 단계 그것이 절정이거든."

도시로 들어가는 커다란 다리가 보인다. 그 다리 아래로는 넓은 강이 흐른다. 어느 도시 이던지 강이 없는 도시는 없다. 즉 물이 없는 곳에는 도시가 형성될 수가 없는 것이다. 인간이 살아가는데 꼭 필요한 것이 바로 물이다. 사실 '물이 생명의 원천이다'라는 말이 정답이다. 그 어떤 생명체이던지 물이 없이는 생존할 수가 없으니까. 긴 목재로 된 다리가 위태롭게 강위로 설치되어 있다. 걸어서 건너보니 삐꺽거리는 소리가 요란하다. 마차는 통행이 불가능한 교량이다. 언제 보수를 하였는지 다리를 받치고 있는 기둥이 다 상해서 곧 붕괴 될 것 같은 위험한 교량이다. 아마도 잘 사용을 하지 않는 교량인 모양이다. 그래서 경계 초소도 없는 모양이다. 다리를 지나서 빠른 걸음으로(말이 달리는 속도 정도)한 시간 정도를 이동하니까. 도시로 이어진 도로위에 병사들이 기거하는 건물이 보인다.

강가 조금 높은 고지대에 세워진 목조 건물이다. 복장이 모두 반팔에 반바지 차림인 병사들이 소드를 차고서 훈련 중인 것이 보인다.

건물은 낡았지만 규모가 꽤 큰데 병사들은 1개 소대 규모이다. 40명 정도이다. 대부분 피부가 검은 흑인들이다. 열대 지방이다 보니까 흑인들이 많은 모양이다. 오랜 옛날에는 멜라닌 색소가 부족한 백인들은 생존을 위하여 극지방으로 이동을 했을 것이고 적도에 가까운 지역에는 흑인들만이 최적의 신체적 조건을 갖춘 종인 것이다. 태양은 뜨겁고 자외선도 강하지만 이들은 강한 피부를 가지고 태어나기 때문에 쉽게 적응 할 수 있었으리라.

"어디서 오는 분들입니까?"

"대륙 여행자입니다. 용병이기도 하고요. 이곳은 초행인데 도시의 이름이 무엇입니까?"

"아트라스 대륙의 아트란 시 이지요. 물론 아트라스 제국의 땅이고요. 신분을 증명할 용병 패라도 있으신지요?"

"네 여기요. 도시가 꽤 커 보이는데 인구가 얼마나 되나요?"

"어? 슈퍼-급이시네요. 시내에 가시면 용병 등록소가 있어요. 여기 대륙분이 아니시네요. 용병 길드에 가시면 새로운 용병 패를 발급해 줄 것입니다. 실력이 뛰어난 분들이시니 대 환영입니다. 몬스터가 하도 많아서 문제가 심각 하거든요. 아트란 시민은 120만을 조금 상회 합니다. 유동인구가 많아서 정확한 수치는 아니지요. 자 들어가셔도 좋습니다. 환영합니다. 두 분!"

"네 감사합니다. 친절하시군요. 수고 하세요."

흑인이고 덩치도 크고, 말씨도 대단히 매끄럽고 상냥하기도 하다. 역시 여행객이 많은가 보다. 그래서 수많은 사람을 접해본 노련함이 보인다. 시내로 들어오니 흑인이 90%정도 되는 것 같다. 눈에 띄는 사람은 모두 흑인이다. 키도 늘씬하게 크고 가는 허리에 근육이 잘 발달된 몸을 가진 흑인들은 행동 자체도 가볍고 날렵하다. 신체적으로는 백인들보다 더 진화된 신체적 능력을 가진 민족이다. 보드라운 피부에 흐르는 윤기 그리고 아가씨들은 그야말로 너무나 미려한 몸을 가진 관계로 걸음걸이마저도 가볍고 박력이 넘친다. 그 만큼 먹 거리도 많고 동물들도 많으니 크게 노력하지 않아도 굶어 죽는 일은 없을 것이다. 축복받은 땅인 것이다. 뚱보들은 눈에 띄지 않는 것으로 보아 선천적으로 부지런한 사람들이 많은가 보다. 아무리 식탐이 강해도 부지런히 움직이는 사람은 뚱보가 될 수가 없다. 하루 종일 먹는다 해도 계속 움직이면서 먹는다면 근육이 되지 비계가 되지는 않는다. 게을러서 욕심이 많은 사람이 뚱보가 된다. 체질이 뚱보가 되는 체질은 없다. 게을러서 뚱보가 되는 것이다. 21C 지구에서도 그대로 적용되는 진리인 것이다. 원인 없는 결과는 없다. 아무리 단백질이 많은 음식을 폭식을 한다 해도 계속 움직이는 사람은 그것이 에너지가 되어 근육이 발달하게 되지 결코 비계가 늘어서 뚱보가 되지는 않는다는 사실은 진리다. 정답인 것이다. 자신의 인생 반려자를 선택을 할 때 게을러서 소극적이면서 욕심이 많다면 누가 그런 사람을 좋아할까? 그런 사람은 분명히 뚱뚱한 뚱보일 것이다. 안 봐도 아는 정답인 것이다. 아트란 시내에서 뚱보는 단 한사람도 보이지 않는다. 그런데 시선이 자꾸 쏠리는 광경 때문에 볼리아에게 계속 꼬집 신공의 공격을 받고 있다. 아가씨들의 복장이 너무 노골적이고 야하다. 한마디로 시선을 어디에 둬야할지 황당한 경우가 매우 많다. 브라자가 없는 세상인 것은 알지만 이건 아예 얇은 천하나로 그 볼륨이 넘치는 몸을 가린다는 자체가 불가능한 것을? 꼭지가 보이는 것은 보통이고 여인의 비소가 적라라하게 표면적으로 들어나는 손바닥 반만한 천 쪼가리는 차라리 더욱 자극적이다. 그런 복장을 하고 다니는 아가씨들이 지천으로 깔렸다. 그래서 시선이 그 부분에 꽂히면 꼬집 신공이 옆구리에 터진다. 아-놔! 날더러 어쩌라고? 아무리 노인이라지만 눈을 감을 수도 없고, 시선이 가는 곳에는 다 어여쁜 아가씨들의 엉덩이가 있는 것을 쯔쯔쯧!

(볼리아야 꼬집 신공 그만해라. 내가 눈을 감고 다닐 테니깐.)

[호호호 네 저 이제 그만 할래요. 그렇다고 눈은 감지마세요. 아빠! 어떻게 된 세상이 나이 어린 아가씨들도 아니고 모든 아가씨들이 복장이 다 그런 것을 어떻게 해요. 차라리 제가 참아야죠. 호호]

(그렇지? 시선을 어디에 둬야 할지 당황스럽다. 쩝!)

복장만 그런 것이 아니다. 보아하니 사람들이 많은 곳에서도 청춘 남녀가 스킨-쉽이 요란하다. 저런 것도 보통인 것을 보니 이곳의 성 문화는 상당히 개방적인 모양이다. 깊은 키스는 길거리에서도 많이 행해지고 있고, 남자의 손이 아가씨의 깊은 곳에 들어가 있는 모습도 종종 눈에 띈다. 차라리 홀딱 벗고 다니던지 말이야. 쌍!

풍기 문란이 없는 곳인가? 얇은 민둥(소매가 없는) 티 하나가 상의의 전부이고 삼각팬티 한 장이 하의의 전부이니, 그것도 팬티는 작을수록 더욱 인기가 있는지 어떻게 하면 작고, 좁고, 많이 노출이 되도록 만드느냐가 성공의 비결인 모양이다. 볼일을 보고 덜 닦았는지 물기가 남아서 계곡의 비소가 다 보이는 그런 아가씨들도 수두룩하다. 일부러 그렇게 하고 다니는 모양이다. 그래야 향기 많은 꽃처럼 남자가 달려들 확률이 높아지나 보다. 그래서 시선두기가 민망해지는 경우가 많다. 흑인 여인들의 몸매는 개미허리에 가슴과 궁둥이는 얼마나 잘 발달되어 있는지 백인들보다 더 진화된 신체를 지녔다는 표현이 적절할 것이다. 피부의 검은 강도는 제각각 다른데 완전한 검은 색도 있지만 대부분은 황인종을 태양빛에 조금 태운 색깔 정도인데 그것이 묘한 매력을 발산한다. 쌍꺼풀진 눈에 오똑한 콧날 그리고 조밀한 얼굴 생김새에다가 머리의 색은 각양각색이다. 검기도 하고 빨강머리도 있고 초록, 파랑, 노랑, 황금색 금발 등등 그리고 키는 평균적으로 큰 편인데 170~180㎝ 정도이고 그보다 작은 쪽도 많다. 작은 키가 더 앙증맞고 귀엽다. 150~160 정도의 작은 부류도 많다. 분명 어린아이는 아닌데 신장이 다양하다. 키가 작으면서 몸은 볼륨이 넘쳐나서 터질 것 같으니 그 매력이 묘하다. 끼가 발산된다고 해야 할까? 길거리를 다니는 남자들을 관찰해보니 시선이 투시를 하듯이 아가씨들의 주요 부위를 쏘아 본다. 아마 보이는 것일까? 그렇게 해서 짝을 찾는 것일까?

우리는 마시장을 들려서 말 두필을 구했다. 그리고 여행에 필요한 식품도 구하고 늦은 오후에 쉼터를 찾아들었다. '바울의 옆집'이 쉼터의 이름이다. 상당히 친근감이 드는 이름이다. 누구의 옆집 하면 정감이 간다. 아담한 동네를 떠올릴 테고 떠나온 고향을 생각하게 하는 이름이다. 귀빈들이 많이 애용하는 곳이란다. 1층 식당도 깨끗하고 방도 생각보다 넓다. 낡아 보인 외관과는 다르게 내부는 알찬 내용으로 채워져 있다. 커다란 창틀하며 침대도 아주 대형이다. 다만 씻는 곳이 1층에 따로 되어 있단다. 짐을 방에 두고서 일단 씻으러 내려가니 남자용, 여자용이 따로 되어 있다. 흐르는 개울을 이용한 개천 목욕탕인 셈인데 남녀 사이에는 그냥 얇은 칸막이로만 구분이 되어 있고 한 뼘 정도 물 위에 떠 있어서 서로 다 보이는 구조이다. 이게 뭐야? 남녀 혼탕도 아니고 말이야.

"아빠! 여자들 씻는 거 훔쳐보면 싫어요. 호호호"

"그러게 말이야. 이것이 뭐야? 서로 다 보이잖아. 차라리 혼탕이 낫겠다. 쳇!"

"힝! 그래서 다 보셨어요?"

"뭐? 내가? 다음엔 흑인 여자들 그건 어떻게 생겼나 한번 봐야 되겠군. 흠!"

"어머머멋 아빠! 그건 반칙이야. 보지 마-욧! 힝!"

"보려고 해도 안 보일걸! 까매서 보이려나? 구분이나 될까? 몰라 다 검은데?"

"호호호 웃겨요. 아빠도 참! 안아줘요-잉!"

"예쁜 여자가 셋이나 있는데 내가 그런 것 볼 것 같아? 요 여우 억! 그걸 그렇게 세게 잡으면 안 돼! 이런 허허허"

"이건 내꺼 야-아-얌! 으 추-릅!"

두 손으로 꽉 움켜쥐고 있으니 아빠는 꼼짝 마라이다. 그랜드 마스터가 검 자루를 움켜잡았으니 쯔-쯔-쭛 불쌍한 아빠신세!

"볼리아야! 그것 빠져 버리면 다시는 사용 불가 되어버린다. 알고나 있어."

"캑! 억! 저-엉 말-요?"

"그럼 그렇게 세게 잡는데 성하게 붙어 있겠어?"

"어-맛! 아빠 아파요?"

"어이구 요 여우 알면서 내숭은 이리와 서둔다고 좋을 것 없지 애기 다루듯이 무라니 어릴 때 만지듯이 그렇게 만져야지 무슨 칼자루 잡듯이 그러면 당연히 안 되지 요것이 이제 불여시가 다 되었나 보다. 어디보자 엉덩이에 꼬리가 얼마나 자랐는지?"

"히히힛! 아홉 개 나와 버려라! 씽!"

"억! 캑! 지-진짜 아홉 개나 나오고 있다. 이-크 이런?"

"어머머머멋! 아빠아빠 진짜예요?"

"진짜는 아니고 가짜는 반이다. 후후후 요 새끼 여우같은 읍!"

"아-빵! 놀리지 마요. 진짜 나와 버리면 어떻게 해. 힝!"

"하하하하 사람이 꼬리가 나올까? 그냥 농담 해본거지 어이구 예쁘라 우리 볼리아! 엉덩이가 이렇게 예쁜 줄 이제 알았네. 허허"

"아빠! 힝 빨리 해줘-용! 네?"

그렇게 다시 신혼이 된 두 사람의 밤은 깊어만 간다. 600살이 휠 넘은 두 할아버지 할머니가 좀 심하다. 그렇죠? 대답이 있을 리 없지 참! 볼리아를 쓰담쓰담으로 재워 놓고 시원한 바람이라도 좀 마셔볼까 하고 지붕으로 올라와 봐도 그저 텁텁한 공기만 주변을 맴돈다. 어째 바람도 없다. 하늘은 맑고 깨끗한데 이리나 자매는 윙크를 하는 듯 왼쪽 눈을 살짝 감으려 하고 있다. 아트라스! 축복의 대륙! 별들도 참 많이도 온 하늘을 수놓고 있다. 징글징글한 별들! 지금 보이는 수는 별것도 아니다. 실재로 저것들을 다 돌아봐봐 징글징글 하지 식은 것. 아직 타오르는 중인 것. 불덩어리 그자체인 것. 또는 검은 구체 형식이라 아주 접근 하지 않은 한 있는지 없는지 잘 안 보이는 것도 있고, 무지무지 많다. 시각으로 보이는 것보다 배는 많다. 아니 세배는 많다. 같은 각도의 공간속에도 말이다. 이곳 바나 행성처럼 많은 행성에서 지성 체들이 살아가고 있을 것이다. 지구도 마찬가지고 말이다. 그 좁은 지구에서 서로 아옹다옹 싸워온 역사를 보면 기가 막히는 일이다. 물론 그렇게 해서 발전이야 하지만 말이다. 그래봐야 도토리 키 재기인 것을 또 그 속에서 얼마나 서로 잘났다고 우기는지 아직도 그러고 있을 것이다. 그 조그만 땅위에서 100억 가까운 사람들이 살고 있으니 자연은 조만간 인간의 개체수를 조율하는 대 참사를 일으킬 것이다. 스승님! 어디 계신지요? 저를 보고 계시다면 보고 드립니다. 스승님의 유지를 받들어서 저에게 주어진 과제를 모두 완수 했습니다. 제 영혼이 자유로워지면 그때 찾아뵙겠습니다. 크나큰 은혜를 주셔서 감사합니다. 모든 것 주셨듯이 저 역시도 모든 것 후손에게 다주고 자유로워지겠습니다. 그때까지 평안히 계십시오. 천족의 씨도 훌륭하게 뿌려 뒀으니, 그 점도 염려 붙들어 매십시오. 그럼! 벌써 날이 밝아오고 있다. 새로운 날에는 아트란 시에서 좀 더 직접 체험을 해보고 도시 순회를 마치면 그때부터 다시 시계 방향으로 돌던지 아니면 무작위로 발길 가는 데로 돌아다녀 볼 것이다. 아트라스 대륙엔 뭔가 색다른 세계가 있을 것 같은 예감이 든다.

행성의 낙원 아트라스

오랜만에 명상의 시간도 가져보고 고요한 도시의 밤을 지붕위에서 보냈다. 그리고 새날을 맞이하고 있다.

[아빠! 아빠! 어디 계세요? 음 아잉! 저 혼자 두고 어디 아-함!]

(응! 볼리아야! 일어났니? 아빠 지붕에 있어 금방 갈게.)

방으로 내려오니 눈만 뜨고 있는 볼리아! 부스스 일어난다. 그리고 안아 달라는 듯이 양팔을 내어 민다.

"어이구 우리 큰 애기 일어나야지. 옷 입고 씻으러 가자 쪽!"

"주무시지 않은 거예요? 쪽!"

"웅 관계없잖아. 잘 알면서 도시의 아침인데 싱그러운 쾌청한 날씨야. 충분히 잔거야?"

"음 하~ 몸이 개운해요. 아빠랑 자고나면 몸이 날아갈 것 같아요."

"그래 그것 좋은 것이지. 자 씻으러 가자. 오늘은 일찍 움직여 볼까? 시내 구경도 하고 영주성도 한번 가보고 도서관이 어딘지 한번 들려 봐야겠어."

"가요 아빠 씻고 식사하고 그리고 나가요."

배낭을 메고 말도 끌고서 바울의 옆집을 벗어났다. 소년이 가르쳐 준 대로 큰 대로를 한참을 가니 광장이 나타난다. 이른 시간인데도 벌써 상당수의 사람들이 거리를 활보한다. 용병 길드 사무실에 들러보니 벌써 출근을 해서 청소를 하고 있다. 바젤란 대륙에서 받은 용병 패를 접수하고 기다리자. 20분도 안되어서 새로운 황금 패를 찍어서 가지고 온다.

"저 혹시 이곳에서 의뢰 건을 수행을 하시겠습니까?"

"네? 그게 무슨?"

"아 우리 레이양이 설명을 않던가요? 기본적으로 슈퍼 급이시더라도 한건은 의뢰 건을 수행을 해주셔야 합니다. 1등급 이상의 의뢰 건을 해결해 주시는 것은 의무 사항이죠."

"아 그렇습니까? 1등급이라면 어떤 것을 의미하는지요?"

"요즈음 들어서 부쩍 몬스터들이 활동량이 많아지고 있습니다. 잠시만 기다려 주십시오."

서류철을 한권을 뽑아서 가져온 체격이 우람한 사내는 서류철을 뒤적이더니 내어민다.

"여기 이 서류를 보십시오. 데스-킬 계곡에 종종 나타나는 오우거가 있습니다. 벌써 세 차례나 도시 인근까지 내려와서 기사 12명 병사 34명을 해치웠군요. 이놈을 잡으면 포상이 200골이고 1등급 의뢰 건이 완수 됩니다."

"그럼 특급 의뢰는 어떤 것이 있나요?"

"도시 외곽 남쪽으로 100캐일 정도 가면 크라이 사막이 나오는데 그 곳이 활동지역인 래드 와이번이 있습니다. 정확히 몇 마리가 살고 있는지는 밝혀진 것이 없지만 래드 와이번 한 마리이상 잡는 것이 특급 의뢰 건을 완료하는 것입니다. 포상금은 1,000골이고 와이번 가격은 별도로 지급 됩니다."

"아-그래요? 그러면 안내인을 붙여 주실 수 있나요? 그러면 두 가지 다 해결해 드리지요. 지금 이 사람이 내 아내인데 이 사람에게도 용병 패를 발급해 주시고요."

"넷! 두가지다요? 넵 감사합니다. 여자분 등급은 어떻게 할까요? 그리고 여기 잠시 기다리시면 안내할 기사를 데리고 오지요."

"아 물론 나와 같은 등급이지요. 볼리아 인적 사항 적어드려."

볼리아가 인적 사항을 적어주자 받아들고는 후다닥 뛰어 간다. 여지껏 해결이 안 되어서 골치께나 아팠던 모양이다.

20분 정도 기다리자 바깥이 소란스러워 진다. 그리고 기사들이 우루루 들어온다.

"저 어느 분이 슈퍼 용병이신가요?"

"우리 둘 다 슈퍼 급 용병이요. 저는 무라카입니다."

"네 저는 볼리아입니다."

"충성! 저는 크리스 후작성의 부단장 오린입니다. 저희 영주성으로 모시겠습니다. 크리스 후작님께서 뵙고 싶어 하십니다. 물론 길안내는 저의 기사단에서 맡을 겁니다."

"아 그래요 좋습니다. 가시죠."

그때 아까 그 우람한 길드 사무실의 사나이가 황금 패를 들고 달려와서 볼리아에게 공손히 내어 민다. 볼리아가 고개를 끄떡이면서 패를 받아서 목에 걸고 일어선다. 기사를 따라서 후작성에 도착하니 크리스 후작이 미리 기다리고 있었나 보다. 영주성 정문에까지 나와서 맞이한다. 열 명이 넘는 기사들이 쭉 도열해 있고 체구가 좀 작아서 나이가 분별이 잘 안 되는 흑인이 앞으로 다가오면서 깍듯이 허리를 90도로 숙이면서 인사를 해온다.

"제가 존 크리스 후작입니다. 이렇게 말로만 듣던 슈퍼 용병님을 뵙게 되어 영광입니다."

"무라카 세바스찬입니다. 반갑습니다."

"볼리아 세바스찬입니다. 반갑습니다."

"잠시 안으로 드시지요. 차나 한잔 하시면서 자세한 정보를 설명 드리겠습니다."

"그러시지요."

"지난 2년간 저희 기사단의 반을 잃었지요. 병사들도 3,000명 가까이 전멸을 당했습니다. 래드 와이번이 두 마리인데 울크 산에서 삽니다. 울크 산이 완전 바위산입니다. 그곳이 래드 와이번 서식지 인 것 같습니다. 정확한 정찰은 해보지도 못했고요. 브래스 한방에 3,200명이 흔적도 없이 녹아 버렸죠. 그 후로는 크라이 사막 일대를 접근 금지 구역으로 선포하고 아직까지 사람의 발길이 닿지 않고 있지요."

"래드 와이번 두 마리라? 아마 새끼도 있을 것 같군요. 좋습니다. 두건 다 처리해 드리지요. 우선 데스-킬 산의 오우거부터 잡죠. 병력은 필요 없고, 안내할 최소 인원만 붙여 주시면 됩니다."

"그것이 그렇게 쉬운 상대가 아닙니다. 오우거가 한 마리 뿐인 것도 아니고요. 저희 기사단장과 기사단 전체가 같이 움직이겠습니다."

"아 그러지 마시고 저기 부단장님 한분만 가시죠. 오우거는 몇 마리가 있던지 다잡아 올 테니 싣고 올 짐마차와 마차를 몰 마부만 있으면 됩니다."

"넵 알겠습니다. 그럼 바로 준비 시키겠습니다. 오린 경 마차 3대와 기사 20명만 일단 무라카님을 따르도록 하게 그리고 슐츠 단장은 전 기사들을 모아서 와이번 제거 작전에 안내 겸 호위할 특전대를 편성하도록 하게."

"넵 후작님 바로 전달하고 오겠습니다."

갑자기 후작성이 바쁘게 돌아가기 시작했다. 왕국에서도 어쩌지 못해서 답답해하던 일을 해결해 주겠다는 용병이 나타났으니 그럴 수 밖에 세대의 마차와 20명의 기사가 준비되고 데스-킬 산으로 출발했다. 무라카와 볼리아는 무슨 얘기를 나누는지 연신 볼리아의 카랑카랑한 웃음소리가 끊이지 않는다. 전혀 긴장도 안 되는지 두 사람은 재미있게 얘기를 나누면서 기사들을 따라간다. 하루를 꼬박 이동해서야 데스-킬 산 인근의 기슭에 당도했다. 완전히 부수어진마을이 산기슭에 보이고 사람은 그림자도 없다. 말고삐를 볼리아에게 맡기고 마을 부근을 이곳저곳 조사해 본다. 역시 한 마리가 아니다. 최소 3마리 이상이 공격한 흔적이 남아 있다. 모두 잡아먹힌 모양이다. 목재로 만든 집이 두 동강 난 것으로 보아서 상당히 몸집이 큰놈이 한 마리 있다. 한 번의 몽둥이질로 집을 두 동강을 낸다? 기를 퍼트려서 산의 깊은 곳까지 살펴본다. 그런데 한 무리의 오우거가 지금 전 속력으로 달려 내려오고 있는 것이 아닌가? 그러니 산봉우리에서 우리의 접근을 보고 있었다는 것이 된다.

"모두 단단히 방어 준비를 하고 이곳에서 흩어지지 마세요. 볼리아야 이분들 지켜라. 지금 20마리 이상이 달려 내려오고 있다."

"넵 아빠! 조심하세요. 이분들은 걱정 말고요. 여기까지 한 마리도 못 오겠죠?"

"그래 여기 도착 전에 다 잡을께. 간다!"

그 순간 산봉우리를 향해서 시위를 떠난 화살처럼 쏘아져간다. 그 모습을 보고 있는 기사들은 입이 쩍 벌어지면서 침을 줄줄 흘린다. 지금의 상황도 잊고 말이다. 잠시 후 하얀 빛이 번쩍이는 것이 능선위에 보인다. 몇 번 번쩍이는가 하더니 금방 조용해진다. 10초도 안 되는 짧은 시간이다.

"어이 그기에 기사 분들 이제 다잡았으니 오우거 시체 가져갑시다."

"네? 넵! 우와!"

23명이 마차는 그대로 내 팽개치고 능선을 향하여 달려간다. 헥헥 거리면서 말이다. 능선에 올라서자 오우거시체가 여기저기 늘려있다. 대부분 목이 잘렸고, 여덟 마리는 이마가 뻥 뚫려있다. 모두 열 여덟 마리인 것이다. 10초도 안 되는 반 호흡의 순간에 열하고도 여덟 마리나 베어버렸다. 그중에 여덟 마리는 머리가 뻥 뚫려있다. 도대체 어느 정도의 고수일까? 마차 세대에 열여덟 마리를 다 실을 수는 없고, 대가리와 가죽 그리고 쓸 만한 뼈만 추리는데 두 시간이나 걸렸다. 모두 기사들이라 제법 마나를 다룰 줄 아는데도 그렇다. 오린 부단장은 얼굴이 벌겋게 달아올라 있다. 잡는데 10초도 안 걸렸는데 가죽 벗기는데 두 시간이나 걸리다니 큼 창피! 이미 어두워진지 오래 되었고 기사들은 지쳐 있다.

"저 무라카님 준비 다 되었습니다. 죄송합니다. 기다리게 해서요."

"아 수고들 하셨습니다. 오우거 무두질이 쉬운 것이 아닌데 빨리 끝마쳤군요. 자 출발합시다. 기사 분들 지쳤을 텐데 오늘은 부단장님이 도착하면 기사 분들에게 술 좀 사주셔야 합니다. 허허"

"넵 물론이죠. 자 출발!"

상당히 지쳤을 터인데 그래도 모두 얼굴이 밝다. 돌아오는 길에 기사들이 궁금증이 많을 텐데도 아무도 선뜻 질문을 못한다. 자기들끼리 속닥속닥 거릴 뿐이다. 감히 무서워서 질문도 못하는 것이다. 영주관 앞에 도착했을 때는 이미 새벽이 되어 동쪽이 밝아 오고 있다. 걱정이 되었는지 존 크리스 후작이 밤을 새웠는지 까칠한 얼굴로 달려온다.

"어떻게 되었는가? 오린 경!"

"넷 각하 18마리나 있었습니다. 무라카님께서 10초도 안 걸려서 다 잡아 버렸습니다. 그래서 대가리와 가죽 뼈만 추려서오느라 늦었습니다. 주무시지도 않고 기다리신 겁니까? 각하?"

"뭣! 10초? 우-왓! 그 까짓 잠이야 언제든지 자면 되지. 어디 다치신 데는 없으신 겁니까? 무라카님?"

"허허허 그 까짓 오우거야. 뭐 대수라고 피도 한 방울 안 튀었으니까 걱정 마시고 쉬세요. 식사 후에 바로 와이번 잡으러 갑시다. 후작님께선 쉬고 계세요. 짐마차는 30대 정도 필요 하겠네요. 래드 와이번이 최소 다섯 마리로 보면 되니까요."

"헉 다섯 마리 인 것을 어떻게 아십니까?"

"아 척 보면 알지요. 어미 두 마리에 새끼 세 마리죠. 답은 나와 있어요. 보나마나."

"네 넵 준비 시켜 놓겠습니다. 식사하러 가시죠. 네"

식사 준비는 영주관에 되어있다. 미리 준비해놓고 기다린 모양이다. 식탁위에 세팅된 음식들이 가득하다. 처음 보는 음식들이 대다수이다. 고약한 냄새가 나는 것이 볼리아는 선뜻 먹을 엄두를 못 낸다.

"허허허 볼리아야. 열대 지방엔 음식이 상하지 않게 넣는 독특한 향신료가 있단다. 먹어봐 금방 익숙해 질 테니까."

"어머 아빠는 그것을 어떻게 아시죠?"

"쩝쩝 움 그래 다 아는수가 있지 맛있네. 어서 먹어."

"히힝! 냄새가 이상해요."

"처음엔 그래 먹어봐! 금방 괜찮아진다니까. 냠냠 쩝쩝!"

한두 번 정도 망설이는듯하더니 일단 먹어보니 그 향이 오히려 입맛을 업 시키는 역할을 한다는 것을 알게 된다. 파리나 벌레의 접근을 방지하는 역할도하는 향신료 때문에 나는 냄새인 것이다.

"아! 맛있네요. 향신료요? 처음 들어보네요."

"네 아가씨! 이 향신료 때문에 음식이 쉬 상하지도 않고요. 그리고 모기나 파리 같은 벌레들이 못 들어와요. 호호 많이 드세요. 아름다운 아가씨!"

"네 감사해요. 사모님! 이렇게 좋은 음식을 대접해 주셔서요."

"당연히 해 드려야지요. 우리 후작성의 은인이신데요. 래드 와이번은 정말 무섭다던데 조심하셔야 되요. 아가씨! 아가씨는 그냥 성에서 기다리시죠."

"호호호 사모님 걱정 안하셔도 되요. 저의 아빠는 무적이에요. 지금 입고 있는 저 옷도 래드 와이번 가죽이에요. 직접 잡아서 만든 거고요. 흠흠"

"어머나 그래요? 그럼 래드 와이번도 잡아보신?"

"네 오래전의 일이죠."

말문이 트이자 무슨 얘기가 그렇게 많은지 두 여자는 먹는 것은 뒷전이고 얘기 하느라 바쁘다. 주로 볼리아가 아빠 자랑하는 쪽이고 그것을 들으면서 힐끗 힐끗 쳐다보는 눈빛이 호기심 가득한 크리스 후작 부인의 표정이다.

"아가씨라 불렀더니 이런 실수가 그럼 부인이시네요. 호호호 어쩜 이리도 예쁘실까? 아기도 낳으신 분이 아가씨 인줄 알았잖아요. 그리고 아빠라고 하시기에 진짜 따님인줄 알았죠. 호호호호"

죽이 척척 맞는다. 하여간 여자들은 참 편리하다. 서로 대화가 터이기만 하면 저렇게 금방 친해지니 말이다. 묵묵히 얘기를 들으면서 식사를 마친 무라카는 차 한 잔을 마시고 일어난다.

"존 크리스 후작님! 기사들은 필요 없고요. 오린 부단장님과 그리고 짐마차 30대 그리고 마부30명만 있으면 됩니다. 인원 많으면 오히려 위험해 질 수도 있으니 그렇게 아세요. 볼리아 잠깐 씻고 출발하게 씻으러 가자.'

"네 아빠 가요."

별관으로 안내 받아서 들어와 보니 역시 여기도 노천탕이 있다. 물이 많은 동네이니 참 편리하다. 누군지 머리가 아주 뛰어난 사람이 있는 모양이다. 열대 지방이라서 항상 몸을 식혀야하니 이렇게 만든 모양이다. 이거야말로 자연 목욕탕인 것이다. 볼리아의 옷을 벗기고 안고 들어가니 시원하고 기분이 상쾌해진다. 볼리아가 물속에 자맥질을 해서 또 그것을 입에 물고는 쭈쭈바를 한다. 여행을 떠나고 단 하루도 그른 적이 없는데 환한 노천탕에서 또 시작이다.

"볼리아 그 일은 밤에만 해야 되는 거야. 곧 와이번 사냥하러 가야지 볼리아 기절하면 6시간은 있어야 깨어나는데 오늘 사냥은 땡 치라고?"

"힝! 전 지금 하고 싶은데 말이에요."

"안 돼! 지금 밖에 기다리고 있잖아. 착하지? 와이번 잡아주고 해야지. 알았지?"

"이-힝! 싫어, 싫어 지금 해줘-용! 네? 아빠아빠 사랑해용!"

"억! 아가야! 너 기절하면 5~6시간 걸리는데 너 계속 고집 부릴래?"

"캑! 제가요? 제가언제 기절을해요?"

"이런? 할 때마다 기절해서 내가 '쓰담쓰담'으로 몸을 원래대로 돌아오게 하누만! 그것도 몰라?"

"억! 진짜요?"

"햐 아가야! 아빠는 네가 알고 있는 줄 알았더니 그게 아니네? 기절 해버리면 하긴 못 느낄 수도. 음!"

"캑! 제가 할 때마다 기절한다고요?"

"그래 최소 5시간의 시간이 있을 때만 할 수 있다고 요 꼬맹아!"

볼때기를 잡아 당겨서 늘리자. 눈만 대록대록 한다. 아프지도 않나? 아마 지금 심각하게 뭔가를 생각하는 모양이다. 그래서 아픔도 못 느끼는 것이다. 겨우 달래서 머리도 정리해서 땋아주고 나도 수염도 깨끗이 밀고 머리도 정리를 해서 나온다. 그때까지도 볼리아는 생각에 집중해 있다.

벌써 30대의 마차와 100명 정도의 기사들이 슐츠 단장의 지휘 아래 정렬해 있다. 오린 부 단장은 쉬로 들어간 모양이다.

"충성! '로드 슐츠' 라고 합니다. 크리스 성의 단장을 맡고 있습니다. 잘 부탁드립니다."

"아 그래요. 기사들은 필요가 없는데 100명이나 준비 시켰군요. 좋습니다. 제가 잠깐 노파심에서 안전대책을 설명 드리지요. 그래도 되겠습니까?"

"네 넵 물론이죠. 부대 차렷!"

"착 ! 척!"

"말씀 하십시오. 준비 되었습니다."

"네 자 모두 편히쉬어 편한 자세로 제 얘기를 듣고 명심해 주시길 바랍니다."

"부대 편히쉬어!"

"우리가 크라이 사막에 접근하면 래드 와이번 부부가 울크 산에서 즉각 반응을 할 것입니다. 그동안 많이 굶주렸다면 볼 것도 없이 바로 공격을 해올 겁니다. 내 경험에 의하면 고공높이 솟아올라서 날개를 접고 바위가 떨어지듯이 어마어마한 속력으로 공격해 옵니다. 아주 한순간에 이 싸움은 끝이 납니다. 시간으로 따지면 찰라의 순간이죠. 0.5초 이내에 끝나는 싸움입니다. 눈 한번 깜박하는 순간이죠. 그런데 여러분의 안전이 걱정되어서 제가 이렇게 길게 설명을 합니다. 와이번 5마리가 동시에 공격을 해 올 겁니다. 앞에 어미 두 마리 그리고 조금 뒤에 새끼들이 따르죠. 이놈들이 공격해 올 때는 눈에도 잘 안 보이는 고공에서 조그마한 점이 내리꽂이기 때문에 알아차릴 수가 없다는 것이 문제이죠. 그래서 그 순간에 내가 흩어져하고 소리를 치면 그 순간에 내가 있는 곳으로부터 500m까지 흩어져야 합니다. 다시 말해서 1초 만에 말을 몰아서 500m까지 도망을 쳐야 살 수 있어요. 자신 없는 기사 분은 대열에서 빠지셔도 오히려 저를 도와주는 것입니다. 어때요? 자신 없는 자는 지금 빠지세요. 단장님 빠져도 벌을 주거나 하지 마세요."

모두가 눈도 깜박이지 않고 요지부동이다.

"흠흠! 모두 자신이 있다는 것이지요?"

"착 척! 넷 그렇습니다."

"좋습니다. 주의사항 한 가지만 더 말씀드리지요. 흩어질 때 제 뒤쪽으로는 절대 가지 마세요. 무슨 말인가 하면 제가 방향을 갑자기 바꿀 때가 많습니다. 이동 간에 연습을 할 겁니다만 제 등쪽으로 가면 압사 당합니다. 와이번이 보통 몸통이 30미터가 넘습니다. 그런 놈이 눈에 보이지도 않을 속도로 떨어지는데 깔리면 살 수 없겠죠? 알겠습니까?"

"착 척! 넵 명심 하겠습니-닷!"

"이유는 설명을 생략합니다. 제 뒤쪽으로 흩어지는 자는 죽습니다. 순간적으로 제가 방향을 잡는 것을 잘 보시고 움직이세요. 이상 출발!"

"착착! 척척! 출발!"

역시 기사들이다. 그것도 훈련이 아주 잘된 기사들인 것이다. 추리고 가려서 뽑은 최정예 기사들만 100명이 모인 것이리라.

3일이 걸려서 크라이 사막 초입이 보이는 곳에 당도 했다. 저 멀리까지 관측을 해보니 까마득한 지평선 끝에 울크 산이 보인다. 물론 무라카 만이 어렴풋이 보일정도이다. 그리고 광활한 모래바다가 펼쳐져있다. 지금쯤 시력이 뛰어난 와이번은 우리를 발견했을 것이다. 기를 사방으로 퍼트리면서 공중으로도 고공10㎞까지 마나를 공조시키면서 아니 스스로 그 속에 하나가 되어 공조하면서 서서히 나아간다. 기사들이 바짝 긴장이 되는 모양이다.

"모두 나를 기점으로 좌우로 서세요. 마차도 15대씩 나누어서 멀찍이 떨어져서 좌우로 서세요."

신속하게 움직인다. 슐츠 단장의 손짓에 즉각적으로 움직인다. 30분가량을 그대로 전진한다. 그때 다섯 개의 점이 고공으로 솟아오르는 게 느껴진다. 전방 10㎞ 거리이다. 드디어 놈들이 사냥을 나선 것이다.

"볼리아야 조심해라. 너는 기사들이나 보호하면서 내가 어떻게 와이번을 잡는지 구경이나 해라. 10㎞ 전방에 놈들이 떠올랐다."

"네 알았어요. 조심 하세요 아빠!"

"응 그래!"

5km 4km 3 2 1 --- 900, 800, 700, 600, 500, 대포알 같이 떨어지고 있다.

"모두 흩어져-랏!" 400, 300, 200, 점점 확대되어 마차크기만 할 때 동시에 솟아오르며 주먹만한 강환을 마리당 두 개씩 날린다. 소리도 빛도 없는 대포알이 놈들의 심장을 뚫고 지나간다. 하나는 제일 앞쪽의 가장 큰 덩치의 대가리를 부수어 버리고, 두 번째 와이번의 정면으로 날아오른 무라카의 광선검이 번쩍 빛을 뿌린다.

"쾅! 쾅! 콰르르르릉! 쾅 콰콰콰---쾅!!"

다섯 개의 포탄이 땅에 박히면서 모래 먼지를 피워 올린다. 400m가 넘는 긴 자국을 남기면서 굴러간 후 멈춰선 와이번 다섯 마리의 시체! 모래 먼지구름이 버섯처럼 피어오르는 가운데 바람처럼 움직인 무라카는 나머지 세 마리의 목도 잘라버렸다. 뻥 뚫린 가슴에서는 지금도 피가 콸콸 흘러내리고 있다. 기사 단장 슐츠와 상급기사들은 죽음을 각오하고 보았다. 거의 100m나 허공을 솟아오르면서 검을 휘두르는 무라카의 모습을 그리고 두 번째의 와이번 목이 베어지는 모습도 그림자같이 움직이는 그 번개 같은 동작은 사람이라고 보기엔 너무나 경이로운 모습이다. 그리고 그 고공에서 갑자기 사라지더니 모래먼지 안에서 나타났다. 사람이 어찌 저런 속도로 움직일 수 있는지 불가사의한 일이다. 그 장면을 보고난 1/3정도의 기사들은 말 등에서 내려오는 것도 잊은 채 멍한 눈으로 시선들이 풀어진 채 말이 스스로 동료들의 말을 따르는 데로 말의 등에 얹혀서 덜렁덜렁 거리고 있다.

볼리아는 모든 것을 세세히 보았다. 그리고 느끼고 있다. 과연 자신이면 어떻게 했을까를 생각하는 것이다. 한 마리라면 어쩌면 가능할지? 잠시 후 모두가 몰려들었다. 다섯 마리가 그려놓은 그림이 넓다란도로를 닦아놓은 듯하다. 500m 가까운 넓은 도로가 새겨져 있다.

"와! 와! 와! 다섯 마리 다 잡았다.!"

"와글와글 씨끌씨끌!"

"슐츠단장 저것을 해체해본 사람 있나요?"

"헉! 어 없습니다. 있을 리가 있나요? 잡아본 적도 없는 것을요."

"네 그럼 모두 저쪽으로 물리세요. 그리고 마차는 모두 이쪽으로 정열 시키고요."

"네 넵 즉시 시행 하겠습니다."

어쩔 수없이 해체작업을 직접 해야 하겠다. 볼리아도 한 번도 안 해봤으니, 옷이 다 더럽혀질 텐데 시키기도 그렇고 해서 마차를 가까이 정열 시켜 놓고, 광선검으로 무두질이 시작되었다. 기사들과 슐츠 단장의 눈이 화등잔 만 해진다. 허리에 덜렁거리던 것이 검이 아닌가? 그것도 눈부신 빛을 발하는 희한 한 검이다. 그걸로 검날의 길이가 마음대로 조종이 되는지 길어졌다가 짧아지기도 하면서 눈이 부신 동작들이 눈으로 확인이 불가능할 정도로 빠르게 진행이 된다. 눈에도 잘 보이지 않는 칼춤이 벌어지더니, 채 한 시간도 안된 시간에 다섯 마리의 무두질이 다 끝났다. 그렇게 피가 튀고 안개처럼 피가 피어올랐는데 지금 무라카의 모습은 깔끔하다. 피 한 방울 묻지 않았다. 꿈을 꾸고 있는 것 같다. 그래서 일부 기사들은 자신의 **뺨**을 힘 있게 치고서는 눈물을 찔끔거리고 있다. 아파서 말이다.

가죽은 가죽끼리 뼈는 뼈대로 심줄은 심줄대로 분리해서는 마차에 싣게 한다. 30여명의 기사들로는 역부족이라 모두들 달려들어서 싣는다. 고기는 다 버렸는데도 30대의 마차에 가득하다. 워낙 덩치가 큰 어미 두 마리가 그 가죽과 뼈가 엄청난 양인 것이다. 존 크리스 영주성에 돌아오니 온 시내가 난리가 났다. 어느새 그 소문이 퍼진 것이다. 길거리마다 구경꾼들이 몰려나와서 인산인해를 이루고 있다. 마차로 싣고 온 와이번의 부산물들이 영주성 훈련장에 쭉 펼쳐진다. 가죽은 가죽대로 뼈는 뼈대로 심줄은 심줄대로 분리해서 모아놓자 그 부피만도 대단하다. 그리고 제국에서 소식을 듣고 내려온 상단이 열 개나 된다. 5일 만에 열개의 상단이 들어 왔으니, 앞으로 있으면 더욱 번잡해 지리라. 그 뿐만이 아니다 아트라스제국의 명장이라는 쿠웰 영 공작이 찾아 들었다. 황제의 명을 받고 온 것이다. 그러거나 말거나 무라카와 볼리아는 와이번 부산물을 하나하나 경매를 붙이느라 바쁘다. 볼리아가 경매로 처리하기로 해놓고는 한 번도 안 해본 경매 사회를 직접 나서서 해본다. 안젤리나가 하는 것을 한번 보기는 했다.

"자 다음 물건은 와이번 가죽입니다. 모두 다섯 마리인데 가장 큰 수놈 가죽부터 시작합니다. 아시다시피 래드 와이번 가죽은 화살도 뚫지 못합니다. 일반 소드로는 흠집도 생기지 않고요. 자! 그럼 십만 골드부터 시작합니다."

아주 여우는 여우다 한번 본 것을 지금 아주 능숙하게 심리전까지 펼치면서 진행하고 있다. 아마도 안젤리나 와 붙어 지내면서 배운 것일 것이다. 수놈 와이번 가죽이 50만 골드에 낙찰이 되고, 암놈 것이 48만 새끼들 세 마리가 각 25만씩 173만 골드에 와이번 가죽은 끝나고 다음은 와이번 뼈로 넘어간다. 뼈는 크게 그 효용성이 별로 일 것 같은데 아닌 모양이다. 특수무기 재료로 사용된다. 하긴 강도가 무지막지하게 단단하니 말이다. 뼈가 300만 골드나 되고 심줄이 480만 골드나 되었다. 모두 합하니까 천만 골드나 되는 거금이 모였다. 골드의 부피가 박스(1m×1m) 열 개다. 남들이 볼 때 저렇게 많은 돈을 어떻게 운반하려나? 의구심이 들 정도로 많은 금화이지만 단 몇 분도 안 되어서 땅에서 사라져 버렸다. 그 많은 사람들이 보고 있는데도 말이다. 물론 셔틀 폰 프린스에 옮겨 실었으니 땅의 사람들은 아는 사람이 있을 수 없는 일이다.

제국의 명장 쿠엘 영

제국의 명장 쿠웰 영 공작은 존 크리스 후작을 조용히 불러서 무라카와 볼리아를 조용히 독대 할 수 있도록 요청을 한다. 그래서 경매가 완료된 후 크리스 후작이 공손히 그 사실을 알린다.

"아! 그래요? 쿠웰 영 공작이라고요? 만나 보도록 하지요."

"감사합니다. 그랜드 마스터님! 가문의 무한한 영광입니다. 꾸뻑!"

"안내하세요. 곧 떠나야 하니 빨리 만나 보도록 하지요. 험험"

그렇게 후작성 별관에서 쿠웰 영 공작과의 접견이 이루어진다.

"쿠웰 영 이라합니다. 영광입니다."

"아! 반갑습니다. 공작님 저는 무라카 세바스찬입니다."

"안녕하세요. 저는 볼리아 세바스찬입니다. 반갑습니다."

"볼리아 세바스찬? 그 전설의 소드 마스터? 우와 이거 마젤란 제국의 전설이신 볼리아 공작님이 아니십니까? 소문만 들었는데 이런 영광이 정말 아름다운 분이시군요!"

"아니! 이곳에 계신분이 저를 아시나요?"

"알다마다요. 수십 년 전에 소문을 들었죠. 크로스 아르메니아 대륙을 다녀온 상단이 알려주더군요. 이렇게 뵙게 되어 제 소원이 하나 이루어 졌네요. 제가 어렸을 때부터 그 소문을 듣고 살아생전에 꼭 한번 뵙고야 말겠다고 소원을 빌었었는데, 진정으로 존경하는 분을 뵙게 되어 영광입니다."

"호호호 저야 태양앞의 등잔이죠. 저의 아빠에 비하면요. 헤헤헤"

"힉! 그렇습니까? 이거 갑자기 다리가 떨려서 ---후 흡!"

"그래 무슨 일로 아빠를 뵙자고?"

"아-참! 나 이런 혼이 빠져서는 황제께서 급히 만나뵙고 오라는 명이 있어서요. 그런데 이렇게 부녀께서 저의 제국에 오신 이유가 궁금하네요. 사실 황제께선 어떡하던지 두 분을 영입해보라는 명을 하셨지만 이웃대륙의 제국 공작님이시니, 그건 아예 없었던 일로 하시고요. 무슨 특별한 이유라도 있으신지?"

"아빠? 아빠께서 얘기 하셔야겠어요."

"응 그래 알았어. 뭐 다른 이유는 없습니다. 바나 행성에 있는 대륙들이 몬스터 난에 허덕이고 있어서 몬스터들을 좀 정리도 하고 또 자연의 섭리에 어긋나는 종들은 완전히 사라지게 하고, 그리고 극악한 인간들도 좀 정리를 하는 차원에서 각 대륙을 여행하고 있지요. 이제 아트라스 대륙이 여섯 번째인데 아트라스 대륙은 그렇게 심각한 문제는 없는 것 같군요. 에헴!"

"힉! 저희 대륙이 여섯 번째라고요? 그렇다면 이미 다섯 대륙을 거쳤다는 거군요."

"네 그렇죠. 그 중에 네 개의 대륙에서 트윈 몬스터 종이 발견되어 어떤 악마의 소행이 아닌가 하고 조사해 봤더니 역시 엄청난 악마들이 32명이나 현세에 나와서 꾸민 음모이더군요. 그래서 모두 사라지게 했지요. 아직 잔여 세력이 있는지 둘러보는 중입니다. 그런데 사람도 악마 못지않은 놈들이 있더군요. 물론 깨끗이 지웠고요. 나는 천군의 사령관으로서 정식 이름은 구루 무라카 세바스찬입니다. 영 공작님 귀하의 황제에게 전하시기 바랍니다. 살아있는 천군 사령관이 바나행성을 하늘에서 내려다보고 있다는 사실을 그래서 모두가 행복하게 사는 제국이 되도록 정치를 잘하라고 말이오. 천민이나 평민을 못살게 군다던가, 세금을 과중하게 거두어서 일반인들이 고통을 느끼게 한다던가, 아니면 힘이 좀 세다고 남을 핍박 한다던가 하는 일들이 자행되면 제국이라 해도 하룻밤사이에 사라질 수도 있다는 것을 명심하라고요. 아시겠습니까?"

"컥! 헉!헉!헉! 네 넵 명심하겠습니다. 캑! 살려주십시오. 저희 제국은 공명정대한 정치로 관대한 황제아래 모두 잘 살고 있습니다. 요즘 대형 몬스터로 인해서 머리가 좀 아프지만 그 외에는 문제가 없습니다."

털썩! 덜덜덜 주체 할 수없이 온몸이 떨려서 잘못하면 오줌을 지릴 것 같다. 단지 앞에 있는 것만으로도 이럴진대 화를 낸다면 바로 몸이 터져 죽을 것 같은 휴우 덜덜덜!

"좋소. 내가 쭉 둘러볼 것이오. 그리고 몬스터들은 어느 정도 정리를 하고 하늘로 갈 것이니 그렇게 전하시오. 분명히 말하지만 내가 가장 싫어하는 일은 똑같은 사람인데 사람을 업신여기고 핍박하는 것이오. 노예라는 것은 없는 것이오. 사람은 누구나 똑같은 권리를 가지고 태어나는 것이오. 하늘에서는 여러분들의 말 한마디 행동하나도 모두 촬영해서 보관하고 있소. 영 공작이 10년 전에 행한 일들도 지금 볼 수 있다는 것이오. 특히 권력을 휘두르는 자들의 것은 모두다 특별히 기록해두고 있소. 심판하는 날에 내가 모두 보여 줄 것이오. 무슨 말인지 알겠소?"

"넵 헉! 넵 떨-떨려서 죄 죄송 황송합니다. 컥컥!"

갑자기 마주앉아 있던 두 사람이 사라져 버렸다. 눈이 아니 눈알이 금방이라도 쏟아질 듯이 커진다.

점프로 이동한 무라카와 볼리아는 말과 함께 조용히 사라져 갔다. 챙길 것 다 챙겼으니 더 남아 있을 이유가 없다. 시 외곽으로 점프 한 후 천천히 남쪽으로 움직인다.

한편 쿠웰 영 공작은 존 크리스 후작에게 자기가 들은 말을 모두 전하고 부랴부랴 제국으로 달려간다. 빨리 전해야 하는 것이다. 그리고 전 제국의 각 영지로 통지를 해야 사라지는 일이 일어나서는 안 될 것이다. '천군 사령관'이라니 그것도 앞에서 보고 있는데 사라져 버렸다. 그런 일은 사람이 할 수 있는 것이 아니다. 볼리아 공작도 그렇다. 전설이 아니라 현실인 것이다. 인간들도 나쁜 짓을 하면 가차 없이 먼지가 될 판이다. 그러거나 말거나 둘은 재미있게 얘기하면서 남쪽으로 이동 중이다. 어쩌면 제국의 수도가 앞에 있을 수도 있는 방향이다.

사람들과 부대끼며 움직이는 것에 이젠 맛을 들였다. 특히 무라카는 요즈음 이런 세상사가 얼마나 재미있는지 중독되었다. 볼리아도 그런 재미가 솔솔 느껴지는지 요즈음은 더욱 아빠 품에 파고든다. 날이면 날마다 아니 시도 때도 없이 틈만 나면 노숙 중에도 온산이 떠나가라 비명 아닌 비명을 지르면서 기절 할 때까지 열중한다. 완전히 사랑행위에 중독된 것이다. 볼리아는 무라니도 보고 싶지 않은지 돈만 살짝 올려놓고는 그냥 내려와 버렸다. 보름정도 이동을 해서 조그만 강가 아니 호숫가의 도시에 도착했다. 경치가 무릉도원 같이 뛰어난 호숫가의 이 도시는 이름이 꽃 즉 화이트 플라워 시이다. 10만정도의 작은 도시인 것이다. 그런데 시내로 들어서다가 희한한 광경을 목격했다. 사거리에 커다란 나무로 만든 게시판이 있는데 그곳에 사람들이 바글바글해서 무슨 일인가 하고 다가가 보았더니 방문이 커다랗게 붙어있다. 그 내용인즉 바로 무라카가 쿠웰 영에게 했던 말의 내용 그대로이다. 구체적으로 각 영지마다 민생에 최대한 신경을 집중해서 못사는 사람들을 도우라는 것과 그 어떠한 형태로든지 범죄를 일삼는 집단은 당장 모두 잡아들여서 참수 하라는 내용. 그리고 노예제도 폐지. 노예를 당장 석방하지 않고 숨긴다든지 하는 자는 역적으로 간주해서 그 죄를 엄중히 다스린다는 내용과 현재까지 30%가까운 세금을 거두었는데 앞으로는 10%이하 수준으로 낮춘다는 것과 국고에 있는 잉여자금은 모두 풀어서 구제사역에 사용한다는 내용인 것이다. 모든 제국민들이 평등하게 잘 살 수 있는 일에 총력 투자하여 가난하고 헐벗은 자들이 없도록 앞으로 신경을 써서 잘 보살피라는 황제의 명이 하달 된 것이다. 그래서 그것이 사실인지 지금 게시판 앞에 모인 사람들이 토의를 벌이고 있는 중이다. 그래서 씨끌씨끌 한 것이다. 그것을 읽은 두 사람은 흐뭇한 웃음을 지으면서 인파들 사이를 뚫고서 지나간다.

"아빠 저 내용 아빠가 영 공작에게 한 내용 그거잖아요."

"옹. 그러네. 말잘 듣네. 귀여운 자식들. 허허허!"

"언제 제국 황궁에 들리면 칭찬해줘야겠네요. 그-쵸?"

"쉿! 사람들 듣는다. 볼리아야! 노천탕이 있는 쉼터나 찾아가자. 까맹이 여자의 그시기가 보고 싶단다. 하하하"

"어-맛! 헹 아빠 꼬리가 몇 개세요?"

"매일 만지면서 그것도 몰라? 난 열개 볼리아는 아홉 개지-뭐!"

"키키킥! 케캑! 아이고 배야 호호호 아빵! 진짜 웃기지 마용. 길거리에서 엎어지면 어쩌시려고. 헤헤헤헹!"

"껄껄껄 길에 엎어지면 들고 다니지 뭐 안 되면 배낭에 넣어서 다니던지."

"우하하하하! 대단하신 아빠셔. 키키킥!"

"저기 쉼터 보이네. 가만 볼리아야. 저기 새까만 여자한테 물어봐 어디가 크고 깨끗한지 말이야."

"히히힛! 아빠가 물어봐요. 꼭지도 보고 계곡도 보면서-요. 헤"

"떽! 고얀-쩝"

"벗은 거 보고 싶다면서요. 벗으나 입고 있으나 제 눈에는 그게 그거고 다 보이는데요 뭐."

"하하하 그건 그래 안볼 수도 없고 진짜 여기는 여인 천국인 모양이다."

심지어 어떤 아가씨는 쉬하고 나서 밑을 깨끗이 덜 닦았는지 젖어 있는 아가씨도 보인다. 그런 만큼 성이 아주 개방된 사회인 것은 알겠는데, 너무 그런 모습들이 자주 접하다보니 자연스러운 모양이다. 다들 그렇게 길을 물어서 찾아든 곳이 '사랑방 많은 곳'이다.

그 사랑방이 사랑이 많은 쉼터 그런 뜻인 모양이다. 들어와 보니 대낮인데도 신음 소리가 새어나오는 요상한 곳이다. 시설은 깨끗하다. 그리고 역시 공동탕이 있다. 그런데 더욱 난감한 것이 여인 탕과 남자 탕 사이의 가름막이 반 투명막이 쳐져있어서 다 보인다는 것이다. 수위가 낮아져서 그런 것인지 아니면 일부러 그런 것인지. 볼리아가 가름막 앞으로 다가와서는 혀를 날름거린다. 다른 여자 나체 보면 가만 안두겠다는 협박이다.

(야! 니 젖 다 보인다. 냉큼 안 숙여?)

[힝 아빠 다른 여자 쳐다보는 거 싫어요.]

(나도 너 쳐다보는 놈 눈깔을 파내버리고 싶어 어서 나-갓!)

[헤헤헤 보라지요 뭐 닳나요?]

(억! 너 일부러 보여 주는 거야?)

[힉! 아녜요. 저 남자 눈 찢어지겠다. 힝!]

그리고는 나가버린다. 가만히 보니 까만 여자들은 털도 안 보인다. 그게 그것과 색깔이 같아서 말이다. 방금 들어온 아가씨는 유방이 얼마나큰지 그 무게가 몸무게의 1/3은 될 것 같다. 하여간 일본 노천 온천이 생각나는 장면이다. 자유분방하고 드라마틱한 풍경이다.

방으로 올라오니 잔뜩 흥분한 볼리아가 품속을 파고든다. 왠지 같은 심정이 된 듯 약간 흥분한 맘으로 볼리아를 안는다. 새삼 느끼는 것이지만 이곳은 정말 요사스러운 기가 쫙 풀려 있는듯하다. 음욕이 들끓는 땅인 것처럼 그렇게 달아오른 몸을 식히는데 무려 다섯 시간이나 걸렸다. 3번이나 기절한 볼리아를 깨워서는 또 다시 사랑행위를 이어가는 끝없는 반복! 분명 무엇인가 잘못되었다. 노천탕에 문제가 있다. 우주 최강의 육체를 흥분시키는 요사스러움! 입신의 경지에 오른 자를 이렇게 갈피를 못 잡게 만들다니, 그랜드 마스터를 탈진 시켜버려서 완전히 의식을 놓아버렸다. 그래서 안고 앉아서 쓰담쓰담으로 온몸의 기경팔맥과 24경혈 361 세맥을 두루 두루 다 마나를 가득 채워준다. 그래도 입을 헤 벌린 채 세상을 모르고 잠에 빠져 있다. 기를 풀어서 주위를 살펴본다. 별 다른게-아니 있다. 남자 3명이다. 기의 흐름을 보니 익스퍼드 중급 정도 되는 놈이 한명이고 나머지 두 놈은 그냥 평범한 범인이다. 그런데 이놈들이 노천에다가 뭔가를 풀어

넣고 있다. 움직임을 자세히 보니 어떤 식물을 바위에 찧어서 물에 풀고 있다. 그 식물이 빻아져서 나온 물이 개울물로 흘러들고 있는 것이다. 어떤 파렴치한이 저런 괴상한 짓을 하는지 알아봐야겠다. 옷을 챙겨 입고 점프로 공중에서 내려다보니 식물이 아니라 꽃잎이다. 한 자루나 꽃잎을 따다놓고 돌로 빻아서 개울에 퍼트린다. 거리가 쉼터에서 200m도 안 되는 곳이기에 그 효과가 그대로 나타나나보다. 갑자기 작업 중이던 두 놈이 풀석 쓰러지자 두 놈의 작업을 지켜보고 있던 놈이 당황한다.

"너 이놈 누가 이 짓을 시켰느냐?"

"헉! 어 언제? 여길 왔지?"

놈이 소드를 뽑아드는 순간에 얼굴에 타격을 받고는 그대로 개울 물속에 꼬꾸라진다. 첨벙 그대로 두면익사다. 세 놈을 개울가의 바위 위에 엎어놓고 기다린다. 그러나 시간이 없다. 노천탕에 지금 무슨 일이 벌어진 것인지 안 봐도 훤하다. 세 놈을 모두 뒷목에 타격을 줘서 깨어나도 마비가 되어 움직이지 못하게 해놓고는 노천탕에 들어오니 완전 개판이다. 남탕 여탕 가름막은 있으나마나 남탕에 두 쌍! 여탕에 세 쌍이 모두 현재 진행형이다. 완전히 헐레붙은 개를 연상케 한다. 쉼터가 떠나가라 소리를 지르며 완전히 다섯 쌍이 숨이 넘어간다. 그것뿐이면 덮을 수 있지만 한 파트너가 한판이 끝이 났는지 파트너를 바꾼다. 서로 물물 교환하듯이 여자들도 눈에 뵈는 게 없는지 그대로 받아들인다. 이것들이 모조리 뒷목에 한방씩 먹여서 탕 옆에 눕혀놓고 보니 장관이다 몽땅 검댕이 뿐이다. 그런데 한 여자의 그시기가 피범벅이다. 숫처녀였던 모양이다. 또 남자들의 물건이 말의 그시기 만한 것들이 하늘을 찌를 듯이 솟아있다. 끄떡끄떡 거리면서 말이다. 그것뿐이면 좀 낫지, 여자들은 그곳에서 끊임없이 물이 흘러넘친다. 한 여자는 피가 흘러넘치고, 경련을 일으키면서 말이다. 남자와 여자들을 분리해서 방에다가 쳐 넣고는 위쪽 개울에 있는 놈들을 옆구리에 끼고 꽃잎자루를 증거물로 손에 들고 내려왔다. 그리고 세 녀석을 또 한방에다가 쳐 넣어 놓고 밖으로 나오다가 쉼터 주인을 불렀다. 그런데 달아나 버리고 없다. 어쩔 수 없이 길에 나와서는 지나가는 기사를 불렀다. 그리고 당장 달려가서 이곳 영주가 누군지 당장 달려오라고 명령했다. 녀석이 번개같이 달려가고 난후 얼마 되지 않아서 30명의 기사를 대동한 영주가 나타났다. 하늘을 찌를 듯한 남자들 방과 아직도 경련을 일으키는 여자들 방을 보여주자 백작이 노발대발이다. 그리고 전 기사들을 풀어서 집주인을 체포하라는 지시를 한다. 모든 내막을 조사하고 이 사건에 연루된 자들은 몽땅 잡아서 제국의 쿠웰 영 공작에게 이송하라고 지시하니 머리가 깨지든지 말든지 쿵쿵 땅바닥에 찧더니 용서해 주셔서 감사하고 살려주셔서 감사하단다. 빨리 사건을 파헤쳐서 보고하고, 쿠웰 영 공작의 명령을 따르라고 하자. 엉금엉금 기어서 나가더니 그때부터 초비상이 걸렸다. 황제의 명령에 위배되는 일이 자신의 영지에서 일어난 것이다. 그리고 특별 공문에 쓰여진 천군사령관이 직접 범인들을 잡은 것이다. 자신은 죽더라도 자식들이라도 살게 해주려면 지금부터 얼마나 열심히 뛰어 다녀야 할지 스스로 이빨을 꽉 깨문다. 아가씨 5명중의 한명은 처녀였는지 그곳에서 계속 피가 흐른다. 그런데도 경련이 계속된다. 마법으로 체내의 모든 약성분을 날려버리고 나니 조용해진다. 그러다가 퍽퍽 울기 시작한다. 자기도 의식이 있는 상태에서 당한일이라 모든 것을 다 인지하는 것이다. 너머지도 크린 마법으로 처리해주고 남자 놈들을 닦달해보니, 이놈들은 피해자가 아니라 일당들이다. 몽땅 기사들에게 넘겨주고 방으로 돌아오니 볼리아가 기다리고 있다.

"아빠! 아빠! 아까 제 몸이 이상했어요. 아빠는요?"

"웅 이젠 다 해결되었어. 놈들 모조리 다 잡혔어. 목욕물에 흥분제를 살포해서 그런 거야. 남탕 여탕 난리가 났었어. 다섯 쌍이 다 헐레 붙은 거 있지. 나 참! 세상에 다른 곳에 가서 쉬자. 여기 주인놈 아마 목이 잘릴 거야."

"이-힝! 그래서 아빠랑 그것만 자꾸 하고 싶었어요. 미친 것처럼 말이에요. 아빠 저 밉지요?"

"밉다니 그런 말은 아예 입에 올리지도 마. 알았지? 볼리아 너 힘이 세더라. 아이고 아빠가 죽을 뻔 했어. 우리 볼리아 만족 시키느라 죽는 줄 알았어. 억! 꼬집이 공격이야? 하하하"

"씨-잉 몰라, 몰라 아빠! 아빠 저 아래가 너무 아파요. 히힝 잉."

"그럴 거야. 그렇게 사납게 했으니까. 우와! 그래도 좋긴 좋더라. 나는 말이야 억! 또 꼬집기 신공이네. 아얏! 하하하"

"씽~ 그만 놀려요. 아빠 미워 힝 아파요. 여기 치료해 으-잉 다 나았네. 히히힛!"

"볼리아야 너는 마법 배운 것 엇-따 다 팔아먹은 겨? 하도 안 써먹어 봐서 다 잊어먹은 겨?"

"히히힛 그러네요. 저도 할 수 있는 걸 자꾸 까먹어요. 헤헤헤"

"표 안 나게, 남이 인지 못하게 사용해 그래야 안 까먹지. 허허"

"네 아빠 그래도 아빠가 해주세요. 전 그게 더 좋아요. 헤"

"알았다. 나가자 다른 곳으로 가자." "네"

밖으로 나오니 플라워시 전체가 비상이 걸려서 요란하다. 길거리 마다 기사들이 돌아다니고 병사들이 쫙 깔렸다. 그러거나 말거나 둘은 말을 타고 호숫가를 따라서 난 길을 쭉 나아간다. 호수 안에 떠다니는 배를 바라보면서 그리고 시원하게 탁 트인 수평선을 바라보면서 말을 달려 보는 것도 상당히 낭만적인 일이다. 백인들이 귀한 곳에 쌍둥이처럼 닮은 아름다운 두 젊은이가 백마를 타고 움직이니 모든 시선들이 쏠리는 것은 당연한 일이다. 그리고 묶고 땋아서 내려뜨린 은발이 불어오는 바람에 흩날리니 정말 아름다운 한 쌍이다. 검은 꽃 속에 흰 꽃이 피어난 것처럼 특별한 흰 잎이 그렇게 호숫가를 흘러간다. 흑인들은 백인이 선망의 대상인 모양이다. 여기는 흑인들의 땅인데 말이다. 둘은 정박해 있는 여객선에 오르며 호수를 건너가느냐 물으니 고개를 끄떡인다. 호수만 왔다 갔다 사람과 말을 싣고 반대쪽까지 나르는 선박인 모양이다. 잠시 후 출발 했다. 100명이 넘는 인원과 말 그리고 짐을 싣고, 반대쪽까지 건너다 주는 것이다. 길을 따라 달리는 것 보다 서너 배는 빠른 것이다. 호수가 끝이 보이지 않으니 얼마나 넓은지 알 수 없을 것 같다. 호수의 이름은 킹-라이 호수란다. 맑은 날은 건너편이 보이는데 지금처럼 짙은 운무가 낀 날은 전혀 보이지 않는단다.

잔잔한 호수 위를 40분간 가량 운행하여서 도착한 곳이 옐로우 플라워 시로 인구는 역시 10만정도의 작은 도시이다. 킹-라이 호수를 둘러싼 네 개의 소도시가 옐로우, 래드, 그린, 화이트 시로 노랑, 빨강, 초록, 흰색의 꽃을 의미하는 이름들이다. 노랑꽃 시에 도착한 것이다. 흰 꽃의 맞은편에 있는 소도시인 것이다. 배를 내려서 말을 타고 시내에 들어오니 눈에 들어오는 모든 것들이 대동소이 하다. 흰꽃 시나 노랑꽃 시나 그게 그것이다. 모든 사람들이 거의 흑인들이고 복장 또한 민소매의 티 하나가 상체를, 손바닥 반만 한 팬티가 하체를 가리는 것이 전부이다. 소녀들의 모습이 좀 민망하다. 부풀어 오른 유방이 제법 큰 아이들도 그대로 벌거숭이로 다닌다. 이미 유두가 커져서 숙녀인데 집안의 어른들 눈에는 아직 어린애인 모양이다. 눈살이 찌푸려지는 것은 우리 두 사람뿐이다. 제네들은 당연하게 받아들인다. 서로 장난을 치면서 만지기도 하고 심지어 팬티 속에 손을 넣고 만져주기도 한다. 성교육이 전혀 안된 미개인들이 모여 사는 곳인가? 어린 아이들이 저 모양인데 어른들 역시 별반 다르지 않을 것이다. 호숫가의 약간 고지대에 지어진 건물은 건물이라기보다 천막 수준이다. 판자촌 같은 곳이다. 길거리에 쓰레기도 넘쳐나고 냄새도 지독하다. 틀림없이 전염병도 종종 생겨서 많은 사람들이 희생을 당하리라. 위생상태가 좋지 않으니 고지대로 올라서 깨끗한 쉼터가 있는지 찾아보았다. 그러나 한곳을 들렸는데 화장실이 넘쳐서 그 악취가 주변을 진동시키고 있다. 차라리 노숙을 하는 것이 훨씬 신선하고 편하리라. 작은 고개를 넘어서 산악 지역으로 이동한다. 산악 지대로 들어서니 하늘이 보이지 않는다. 높은 고지대도 아니고 그냥 평원인데 열대 우림지역의 특징이 그대로 들어난다. 평원의 숲이 이 정도로 울창한 것이다. 방향은 제대로 가고 있는지 어느 지역으로 이어진 숲인지 전혀 알길이 없다. 낮인데도 깜깜한 밤과 같다. 말들이 겁을 먹고 전진을 멈춘다. 보아하니 몬스터들이 우글거리는 숲인가 보다. 어쩔 수 없이 말의 고삐를 풀어주고 놓아 줬다. 녀석들이 푸르릉거리면서 고개를 숙인다. 머리를 쓰다듬어 주고 엉덩이를 때려서 보내니까 왔던 길로 달려간다. 우리는 나무위로 날아올랐다. 그런데 숲의 끝이 보이지 않는다. 태양의 위치를 보고 그대로 나아간다. 볼리아는 플라이 마법으로 따라온다. 저렇게 전진하다 보면 마나가 금방 고갈 될 텐데 말이다. 그래서 배낭을 앞으로 돌리고 볼리아를 업었다. 그게 그렇게 좋은지 입이 찢어진다.

"아빠아빠 업히니 어릴 때 생각나요. 좋아 죽겠어요. 헤헤헤"

"그래? 매일 업어줘야겠구나."

"히히힛 그럼 좋지요. 헤헤헤헤"

바람에 날리는 깃털처럼, 시위를 떠난 화살처럼 그렇게 나무 꼭대기를 살짝살짝 밟으면서 쾌속 전진이다. 초속 300m 이상이다. 아직 볼리아는 경공으로 이런 속도를 낼 수 없다. 지상을 달리면 이 속도의 반 정도는 가능하겠지만 말이다. 섭씨 40도의 대기온도가 무색해진다. 물론 둘은 그런 온도가 어떤 영향도 못 주지만 말이다. 시원한 바람이 가죽옷 속을 파고든다. 그렇게 해가 질 때까지 달렸는데도 밀림은 끝이 보이지 않는다.

"아빠 폰 프린스에 올라요. 그리고 지금 어디쯤인지부터 알아야 움직이죠."

"그럴까? 나 혼자라면 그냥 강행 하겠지만 볼리아가 고생이군. R-2 지금 나의 500m 상공으로 접근하라. 이상"

"넵 사령관님 상공10㎞입니다. 30초면 500까지 하강합니다. 오버"

"알았다 곧 탑승하겠다. 이상!"

"10,9,8,7,6,5,4,3,2,1 지금!"

폰 프린스에 올라 고공비행을 하면서 지형을 분석해보니 밀림은 아직 그 중심에도 못 미친 초입 부분임을 알게 되었다. 엄청난 열대 우림 지역인 것이다. 낮에는 하루에 한번 이상씩 폭우가 쏟아지는 곳이다. '쓰-콜'이라 하는 현상이다. 그래서 나무들이 저렇게 **빽빽**하게 자랄 수 있는 것이다. 우림지역을 벗어나는 곳은 바닷가이다. 해안인 것이다. 적도에서 남반구 쪽으로 상당히 내려온 위치이다. 그런데 사람의 흔적은 그 어디에도 없다. 넓은 우림지대가 수천 킬로 뻗어 있어서 사람의 접근을 사실상 거부하는 지역인 셈이다. 열대 우림지역이 수천 평방키로(㎢)를 덮고 있으니 이런 곳이 있는지도 모르리라. 해안은 바다 몬스터와 육지 몬스터가 만나는 접점이다. 저공비행으로 해안을 두루 살펴본다. 아트라스 대륙의 2/3가 무인의 해안선이다. 지름이 10m가 넘는 거목들이 **빽빽**하게 들어찬 밀림은 수많은 몬스터들의 요람이다. 그 우림지역의 중앙에는 높은 산들이 있다. 대륙의 동서로 이어진 산맥 해발 3,000~4,000정도의 높이이지만 직경이 30m를 넘는 거목들로 덮혀 있어서 어떤 종의 몬스터가 있는지 밝혀진 바가 없다. 풍족한 먹거리가 있다 보니, 사람들이 사는 곳으로는 침범을 하지 않는 것이다. 그리고 4,000m이상의 고산은 없으니 이 대륙은 화산 활동이 다른 대륙에 비해서 적었다는 증거이다. 해안가를 스치면서 지나다가 다시 폰 프린스를 돌려서 착륙한 곳은 수십 키로의 백사장이 펼쳐져 있는 곳이다. 바다까지의 넓이는 5km 내외이고 그 뒤로는 병풍처럼 암석 군이 형성되어 산으로부터 모아진 물이 계곡으로 흘러 내려오다가 높이가 50m가 넘는 해안가에서 폭포수가 되어 떨어져 내리는 장관을 연출하는 곳이다. 사람이 살아가기엔 안성맞춤인 곳이다. 평풍처럼 둘러쳐진 암석군의 위에는 과실수의 낙원이고, 폭포수 좌우로 펼쳐진 평원만 해도 거대한 도시가 들어설 수 있는 면적이다. 폭포수 아래로 떨어진 물이 바다로 유입되는 곳까지의 거리는 10㎢가 넘는 강을 낀 삼각지대가 형성되어 있다. 이런 곳이 사람들의 접근을 거부 하고 있다니, 하긴 현재의 상태로는 밀림을 관통할 엄두도 내지 못하리라. 수천 년이 흐른 후면 모를까? 정말 한 폭의 그림 같은 곳이다. 배산임수(背山淋水)의 표본이랄까? 절대적 아름다움이 있는 곳!

무릉도원? 아니 그런 말로는 1/100도 표현이 모자라는 곳이다.

사랑의 보금자리

'Love Nest' 'Love Roost'(사랑의 보금자리)라 이름을 지었다. 그리고 R-2를 시켜서 고공영상을 촬영해서 모선에 전송했다. 해안과 밀림지역에 드론 20기를 투입해서 한 달 동안 정찰을 하도록 하고, 해안과 밀림지역까지 100㎢를 근접 촬영 방식으로 장기적으로 정찰을 하도록 입력을 했다. 폭포에서 1㎞도 안 되는 근접한곳에 석조 궁전을 짓기로 했다. 암석 절벽 위에서 바위를 대리석처럼 쪼개어서 사용한다면 훌륭한 건물 자재가 되겠기에 마법과 모든 가용한 수단을 동원해서 공사를 시작했다. 우선은 1㎥의 크기로 자른 바위를 20,000개를 만들었다. 그리고 볼리아를 시켜서 아름다운 우리의 보금자리를 만들 설계도를 구상해보라고 하자. 폴짝 폴짝 뛰면서 좋아한다. 지금 절벽 너머에 다듬어진 이만개의 돌들은 볼리아는 보지 못했다. 폰 프린스를 착륙시켜서 그 안에 두고 무라카 혼자서 마법으로 자르고, 광선 검으로 깎고, 윈드로 다듬고 했으니, 알 리가 없다. 1층은 8개의 기둥으로 신전처럼 세우고 20m 위에는 2층으로 5개의 넓은 거실이 만들어지고 3층은 높이가 240m이고 중앙에 직경이 100m의 기둥이 연결되어 꼭대기 까지 세워지고 기둥을 중심으로 나선형 계단이 385개가 꼭대기 까지 연결되어 있고, 그 385개의 계단마다

각기하나씩의 공간으로 연결된 문이 있는데 문을 열고 들어가면 호텔을 능가하는 방이 존재한다. 즉 룸이 385개나 되는 것이다. 모든 시설은 21C의 지구시설 문화가 그대로 적용되었다. 마법으로 만들어진 수도 파이프는 특수 합금으로 녹슬거나 부식이 전혀 되지 않는 영구적 특수 합금으로 만들어서 영원히 존재할 수 있도록 신경을 쓴 것이다. 이 건물의 관리자는 '로보 몰리아스'이다. 죽지도 않는 로보 공주 몰리아스! 웅장한 건물의 꼭대기에는 특수 합금으로 만들어진 구체가 있다. 물탱크인 것이다. 강물을 뽑아 올리는 것이 아니라 에너지 에그를 이용해서 대기 중의 수분으로 물을 생산하는 시스템이다. 실내의 모든 조명도 에너지 에그의 전기를 그대로 활용한 것이다. 그래서 에너지 에그를 100년 주기로 교환해 줘야 한다. 모든 조명은 소리에 감응해서 켜지고 꺼진다. 그야말로 마법의 성이 만들어 진 것이다 한 달 만에, 385개의 룸은 외부에서는 어떻게 만들어진 것인지 알 길이 없다. 커다란 바위를 내부를 깎아내어서 만든 것이니까. 모든 건축은 그야말로 마법이 아니면 불가능한 구조물들인 것이다. '펑' 뚝딱! 거리길 한 달 그리고 세워진 거대한 건축물 설계도를 아직 다 연구도 못했는데 이미 완성된 사랑의 보금자리! 볼리아는 팔짝팔짝 뛰면서 건물 안 곳곳을 돌아다녀 보고는 아빠 품에 안기어서 펑펑 울어재낀다.

"어? 아가야 왜 그래? 어디 아픈 겨?"

"너무너무 행복해서요. 아빠는 역시 천재예요. 천재!"

"허허허 생각나는 대로 마구잡이로 만든 것인데 괜찮은가?"

"괜찮은 정도가 아니라 놀랠 노자예요. 아빠 머리는 무엇이 가득 들어 있을까? 궁금해요. 쪽! 사랑해요. 아빠!"

"나도 사랑해. 자 업혀라. 오늘 준공식이니까. 볼리아를 제일 먼저 업고 들어가야지 어-흠!"

1층 광장에는 돌로 깎아서 만든 테이블을 위시해서 여러 가지 가재 도구들이 모두 석조이다. 앞으로 필요한 것들은 그때그때 채워지겠지. 2층은 가족들을 위한 룸인 것이다. 총 1㎥의 벽돌이 22,000여 개나 소요된 대 공사였던 것이다. 3층은 385개의 방들이 있는 공간이다. 마법 계단을 오르면 그곳으로 들어갈 수 있다. 먼 훗날에 많은 손님이 몰려오면 필요할지도 모를 공간이다. 건물의 꼭대기는 아무나 오를 수 없다. 계단도 없고 오르는 통로도 없다. 지상으로부터 자그마치 300m가 넘는 공중에 있다. 건물은 마치 높이 솟은 탑처럼 보인다. 그러나 지상의 면적이 300㎡가 넘는 어마어마한 규모이다. 2층은 6개의 대형 룸이 있고 또 수영장과 연무장 도서관과 오락실도 갖추어져 있다. 지금은 수영장에 가득 넘실거리는 물 외에는 텅 비어 있지만 세월이 흐르면 다 채워지는 날도 있으리라. 건물 외부로 나와서 정리가 필요한 부분이 있는지 다각도로 관찰해본다. 21C지구의 중장비로 이런 건물을 짓는다면 최소 30년은 소요 되겠지 아니 불가능한 부분도 있다. 마법이 아니고는 불가능한 것들 우선 중앙의 8개의 기둥은 장비로는 세우기가 불가능하다. 직경이 10m 짜리 돌기둥이 높이가 자그마치 300m이다. 어떤 장비가 이것을 세울 수 있을까? 해안까지 직선거리는 3㎞정도이지만 실제로 달려간다면 5㎞정도는 된다. 그래서 명마를 두 마리 정도 구해 와야 되겠다. 아니 아직 떠나지 않고 밀림 저쪽에 있을지도 모른다. 명마는 함부로 주인을 바꾸지 않기에 폰 프린스를 타고 밀림의 끝 부분으로 가서 정찰해보니 역시 두 녀석은 넓은 초원에서 자유스럽게 놀고 있다. 주인을 기다리면서, 휘파람을 부니 달려온다. 부비부비를 하는 것이 오래 기다렸다는 어리광을 부리는 것이리라. 폰 프린스의 무기고에 싣고 바로 돌아왔다. 암수 한 쌍이니 새끼도 생기겠지. 백설 같은 흰털이 짧고 부드러운 특종 명마이다. 꼬리와 칼-퀴에 살짝 갈색이 비치는 색이 있고 늘씬한 다리와 큰 키는 명마의 기본이지. 들판에 내려주니 마음껏 질주도 하고 좋아한다. 그러나 위험한 지역도 많으니 아직은 조심해야 한다. 드론들의 그동안의 정찰 결과를 살펴봐도 아직은 안전하다. 최소한 1년간은 정찰을 해야 할 것이다. 모선 코리아에 돌아오니 아이들이 떨어지지를 않는다. 녀석들 무라니 무투 무라크 그사이에 가장 많은 변화는 아이들이다. 쑥쑥 자라는 아이를 보면 세월이 참 빠르구나 하고 새삼 깨닫는다. 모선의 궤도도 이미 수정되어 있으니 그 동안 공사하는 것도 다 보고 있었다는 것이다. 온 식구들을 다 '러브 네스트'에 내려놓자 탄성이 만발한다. 드론 10기를 상시 바다쪽에 투입시키고 10기는 내륙 쪽으로 재배치 시켰다. 움직이는 그 어떤 것이라도 관측되면 바로 알려지도록 입력하고 부가 업무로 지속적으로 촬영을 해서 R-1이 수집 분석을 하게 했다. R-1,2,3,4 그리고 로보까지 이곳을 '러브네스트'로 기록하고, 관리는 로보 몰리아스가 총책임자이며 천족의 터전이 되는 땅인 것이다. 밀림이 수천 킬로이고 바다로 접근하는 방법 외에는 공중으로 밖에 없는 곳인데, 수천 년 후에나 일반인들이 접근할 수 있으려나? 주변 정찰을 슬슬 하면서 지내는 동안 정말 과일의 보고인 곳을 발견했다. 바로 석벽위의 산인데 7일간을 오르락내리락해도 과일 외에는 어떤 몬스터도 없다. 그래서 과일을 수십 톤이나 수집했다. 수십 킬로 평방 안에는 몬스터가 없다.

이상한 지역인 셈이다. 우랑우탕 이나 긴팔원숭이 종류는 많이 있는 것을 보았다. 작은 짐승 특히 유인원이 행복하게 살아가는 별천지 인 모양이다. 해저에는 모르지만 말이다. 시간을 두고 천천히 정찰을 하다보면 만나게 되겠지. 몬스터 천국이라 소문이 난 곳이니까 말이다. 모선에 있는 낑까족의 후아주도 모두 가져오고 러브 네스트 앞 광장에 직경 50㎥의 대형 바위를 옮겨다 놓고는 중간을 잘라서 바위 독을 만들었다. 대형 수영장을 해도 될 정도의 크기이다. 속을 파내고 수집한 각종 과일을 모두 넣고 '낑까족 후아주'를 주정삼아서 과일주를 담근 것이다.

그리고 뚜껑을 덮고 마법으로 밀봉을 한다. 외형을 깎아내고 비석처럼 다듬어서 글을 새겼다. (낑까족 후아주를 담그다. 행성력 63억 3,833년 결실의 계절에 천족의 후예 구루 무라카 세바스찬!)

무라니, 무투, 무라크가 얼마나 좋아하는지 녀석들은 눈만 뜨면 백사장으로 달려간다. 셋 다 경공 실력이 일취월장해서 지금은 생생 날아다니는 수준이다. 5㎞는 순식간에 주파해서 바다 물에서 노는 것이다. 각각 드론 한기씩을 관측용으로 놈들에게 분담을 줘놓아서 아이들이 놀고 있는 것이 항상 보인다. 레인과 안젤리나는 아빠만 보이면 졸라댄다. 영원히 이곳에서만 살자고 말이다. 그러자고 하는 대답을 수십 번은 들었을 것이다. 아마도 차차 바다 속만 밝혀지면 그렇게 못할 것도 없다. 공기도 맑고 풍경은 말할 것도 없고 과일이 넘쳐나고 물고기도 분명 지천일 것이다. 괴물들만 없다면 말이다. 그러나 괴물이 없을 수는 없다. 그놈들은 바다에 없는 곳이 없으니까. 바다고기가 어딘들 없을까? 문어가 바다에 있지 어디에 있겠나? 문어가 '클로' 인 것을 그리고 또 상어 같은 놈들도 분명 있을 것이다. 문어, 상어, 오징어 같은 종들, 그리고 거북이들도 있을 것이다. 습지에서 만난 그런 놈들 말이다. 그런 놈들이 얼마나 위험한 종인지 경험을 해보지 않고는 모른다. 사람은 그것들에 비하면 너무나 약한 종이다. 6개월 동안은 밀림지역을 누비고 다녔다. 그런데 몬스터 들은 눈을 씻고 봐도 없다. 파충류나 포유류는 많이 있다. 숲이 있으니 당연한 것이다. 송곳니사자도 있고 흑표범도 있다. 그리고 호랑이도 있는데 일반적으로 이놈들도 덩치는 엄청 크다. 빠르고 크고 파워도세고해도 몬스터와는 완전히 다르다. 혈랑을 닮은 늑대도 무리를 지어 살고있다. 제각각 영역이 따로 있어서 서로 침범하는 경우는 없는지 조용하게 살아가고 있다. 평화로운 밀림이다. 어패가 있는 표현이지만 밀림치고는 질서가 잘 잡힌 그런 곳이란 뜻이다. 내일 부턴 해안과 바다 속을 정찰해 봐야 하겠다.

바다를 10일간 정찰을 해도 괴물은 보이지 않는다. 근해이기는 해도 수심이 만만치 않다. 대형 함선으로도 얼마든지 접근이 가능한 청정해역이다. 수산물 종도 다양하게 많고 각종 어류는 물반 고기반이다. 상어, 가오리, 거북이, 오징어 문어들이 그래도 대형 바다고기 들인데 그런 것들 외에는 눈에 띄는 종이 없다. 고래는 딱 한번 마주쳤는데 얼마나 순한지 손으로 만져도 제 갈길만 가는 것이 꼭 친구를 만난 기분이 들 정도이다. 극히 평화로운 해안이다. 어떤 이유가 생겨서 대형 바다 몬스터들이 몰려오지 않은 이상은 위험은 없다고 보면 되겠다. 물놀이도 마음껏 해도 될 것이다. 아이들에게 붙인 드론들을 한기만 남기고 철수해서 격납고에 저장해 놓고 R-2와3에게 12기식 분할 저장했다. 남은 1기는 밀림 쪽 접경지에 정찰을 계속 시키기로 하고 말이다. 로보 몰리아스는 자신이 건물의 주인인양 아주 빈틈이 없다. 아직도 나만 보이면 엉덩이를 살살 흔들면서 자기를 사랑해 주십사고 애원을 해댄다. 볼리아에게 혼이 난 사실을 잊지는 않았을 텐데도 말이다. 또 무투에게 속아서 완전 분해당한 일도 있는데 입력 된 프로그램이 주인의 사랑을 받도록 되어 있나보다. 육체적인 것 말이다. 몰리아스에겐 불행하게도 나에겐 미녀 마누라가 셋이나 된다. 헐! 그리고 각 대륙에서 수집된 서적들과 영상물은 모두 도서관에 보관한다. 식물과 동물 그리고 몬스터들의 자료들도 모두 도서관에 정리를 하는데 몰리아스는 순식간에 아니 몇 초면 척-착 해치운다. 가만히 쳐다보면 분명 아름다운 여인인데, 말씨나 행동 몸짓 모두가 너무나 완벽해서 진짜 사람 같은 느낌인데 얼마나 연구를 하면 저런 결과물을 만들어낼까? 궁금해진다. 또 내가 쳐다본다는 것을 알아차리고는 살살 애교를 부린다. 엉덩이를 흔들면서 완벽한 표정을 관리 하면서 말이다. 쳐다보면 웃음밖에 안 나온다. 내가 웃자 가까이 다가와서는 새로 언제 배웠는지 윙크를 날린다.

"억! 야! 너 그것 누구에게 배운 거야?"

"넹! 주인님 큰 언니 하는 것 봤거든요? 왜요?"

"푸하하하하! 그래 몰리아스야! 너 예쁘다. 그러니 그런 것 안해도 된다. 알았지?"

"힝! 주인님 전 아직 주인님 품에 한 번도 안겨보지 못한걸요. 헤"

"오호 그래? 이리와 안아줄게!"

말이 끝나기도 전에 품에 속 들어온다. 만져보니 피부도 사람과 똑 같고 얼굴을 자세히 만져 봐도 역시 차이가 없다. 엉덩이를 만져도 유방을 만져도 촉감은 사람과 하등의 차이가 없다.

"너 내가 때리면 아픈 것도 느끼는 거야?"

"넵 물론이죠. 주인님이 제 엉덩이 만져주시니까 기분이 좋아요. 키스도 해주세용!"

"억! 읍 ~? 아니 아 해봐 아?"

"아~"

이거 진짜 헷갈린다. 키스를 강제로 해오는데 그 느낌이 사람과 똑 같다. 입안을 들여다보니 가지런한 이빨과 부드러운 혀도 그렇고 햐! 정말 놀랍다. 보나마나 아래 그시기도 똑 같을 것이다.

"알았다. 몰리아스야. 이제부터 너도 사람이다. 인정 할 테니 아무 때나 나에게 덤비지는 마라 알았지? 사랑은 몰래 하는 것이지 남들이 보는데서 키스하고 안기고 하는 거 아니다. 알았어?"

"네 주인님 명심하겠습니다. 제가 필요하시면 불러주세요. 저는 주인님의 사랑을 받아야 살 수 있어요. 헹!"

"하하하 알았다. 알았어. 허허허"

각 대륙에서 수집된 영상들도 분류해서 정리하고 우주의 기록들도 도서관의 한 공간을 차지하고 있다. 마법만큼은 기록으로 남기지 않는다. 이것은 후손들에게만 1인 전승으로 이어진다. 검법과 심법 보법, 경신, 경공 또한 책으로 편집되어 보관된다. 인류학, 동물학, 식물학, 천문학, 지리학, 검술학, 경공학, 의술학 등등으로 책으로 편집하고 보관한다. 행성의 몬스터 도감, 약초 도감, 그리고 과일의 원색도본 등도 원색 사진과 더불어 편집해서 책으로 엮어 보관한다. 이런 일을 모든 컴들을 합류시켜서 책으로 엮는데 만 3년이라는 시간이 걸렸다. 그 기간 동안 누구하나 '러브 네스트'를 나간 사람이 없었다. 아이들은 벌써 사춘기에 접어드는 나이가 되었다.

아트라스 대륙의 한 귀퉁이에 지어진 마법의성 '러브네스트'에는 꿈과 사랑이 가득한 공간이 되었다. 그리고 행성의 역사를 비롯해 모든 학문이 집대성 되어있는 곳이기도 하다. 아직 미지의 대륙이 두 개나 남아있다. 무라니가 어느새 18세 꽃다운 나이가 되었고, 무투는 16세 소년, 무라크는 15세 개구쟁이이다. 세 엄마는 볼리아를 제외하고는 중년 티가 풍기는 우아한 아름다움을 과신하는 모습이다. 볼리아는 그 모습 그대로 불변이다. 아빠 무라카 역시 불변이다. 이제 약속대로 안젤리나를 여행의 동반자로 삼아서 두 대륙 탐방의 길에 오를까 준비 중에 있다.

무라카는 안젤리나를 대동하고 폰 프린스에 올랐다. 이제 아트라스 대양너머에 있는 미지의 대륙을 향하여 출발한다. 아트라스 대륙에서는 남동방향에 위치해 있는 대륙이다. 남반구의 중앙에 위치한 대륙이며 행성에서 두 번째로 작은 대륙이기도하다.

높은 산맥이 동에서 서로 대륙을 양분하는 모습으로 이어져있고 그 줄기가 여섯 갈래로 뻗어 각기 다른 방향으로 이어져있다. 그리고 대양으로 감싸인 대륙의 가장자리로 많은 왕국들이 산재해 있는 땅이며 다양한 인종들이 살고 있는 대륙이기도하다. 언제나처럼 사람들이 오를 수 없는 고산에 착륙했다. 해발 12,540m로 사람이 범접할 수 없는 높이이다. 지그리트 산맥의 지크리트 산으로 등록을 시켰다. 수 만년을 얼음으로 뒤덮혀 있는 고산인 것이다. 빙하의 밑에는 생명체가 있을 수 있겠지만 외부에는 그 어떤 생명체도 없다. 호흡하기도 괴로울 정도로 산소가 희박하고 온도는 너무 낮다. R-001을 켜보니 영하48도이다. 사람이 아니라 그 무엇도 버티기 어려운 온도이다. 계절에 관계없이 영하 40도를 오르내리는 곳엔 무라카 역시 처음이다. 안젤리나가 얼굴이 새파랗다. 와이번 코트를 벗어서 덮고 등에다가 업고 바짝 동여 메었다. 그러자 따스한지 떨림이 멈춘다.

"이젠 덜 춥지? 여우야."

"네 따뜻해요. 아빠 헤헤 아빠 등이 넓고 편하네요. 히힛"

"그래 졸리면 자도 된다. 알았지?"

"넵 아빠!"

빙벽을 날아 내리면서도 강기 막을 치고 달린다. 안젤리나를 보호하기 위해서다. 세여인 중에 가장 연약하고 무공 수위도 가장 낮다. 마법도 모른다. 자연히 신경이 더 쓰이는 아이이다. 무투가 완전 개구쟁이 라서 엄마인 안젤리나가 휘둘리는 상태로 키웠다. 그러니 얼마나 힘들었을까? 근본 성격이 착하고 여린 여우는 무투 때문에 항상 신경을 쓰느라 몸이 많이 여위어서 가볍다. 무투 녀석은 탐구심이 강하고 무공실력도 발군이고 그기에다가 경공은 누나 무라니를 능가한지가 벌써 4년이나 되었다. 그래서 여행을 떠나는 아침에도 아들걱정에 방황하는 모습이 안쓰러웠다. 이번 여행 동안 몸이라도 좀 통통해지고 건강해지면 더 바랄게 없다. 손이 시려 운지 코트 안으로 해서 아빠의 가슴 속으로 쏙 집어넣는다. 강기막으로 커버를 해도 추운 모양이다. 돌탑나무들이 발아래를 스친다. 과히 음속을 돌파할 것 같은 속도로 날아 내린다. 좀 더 따뜻한 곳으로 빨리 나아가기 위한 것이다. 고생을 해봐야 진정한 여행의 맛을 느낄 수 있다. 미지의 대륙에 발이 닿는 순간부터 고생할 각오는 하고 있어야 하는 것이다. 종일 달리면서 살펴본 바로는 북반구의 바젤란 대륙의 스키라산과 비슷한 생태이다. 바나 행성에 처음 왔을 때 산에서의 5년간의 수련기간에 돌아다녔던 산 말이다. 수백 ㎞를 달려 내려가다가 폰 프린스에 탑승했다. 도저히 노숙이 불가능한 지역이기 때문이다. 잠을 자기 위한 첫날의 조치인 것이다. 추위에 굳어있는 여우의 몸을 주물러서 풀어준다. 모든 혈들을 깨우고 마나를 흘려 넣어서 온몸을 휘돌려주자 혈액 순환이 원활해지고 편안해지는가보다. 가슴에 꼭 끌어안고 쓰담쓰담을 해주자 금방 잠이 든다. 이튿날은 아예 5부 능선으로 폰 프린스를 이동해서 내렸다. 대륙의 70%가 산악으로 형성된 곳이라 생각보다 산맥이 웅장하다. 5부 능선인데도 빙산이다. 상당히 척박한 대륙이란 생각이 든다. 그렇다면 어쩌면 극지방의 사람들만큼이나 생활이 고달플지도 모른다. 선보다 악한 사람이 많을지도 모르겠다. 안젤리나를 등에 업고 코트로 감싸서는 추위에 견딜 수 있는 조치를 다해서 달려 내린다. 조금씩 온도가 상승 하는 것을 느낄 수 있다. 이제는 거의 일반적인 겨울의 온도 정도는 된다. 내일쯤이면 사냥감들이 어슬렁거리는 곳에 당도하리라. 그 정도 되어야 여우가 즐거워하겠지. 후후후 3일 후 4부 능선을 돌파한 것 같다. 짐승들의 움직임이 감지된다. 해발 5,700쯤의 지역이다. 눈이 여기저기 쌓여있고 눈이 없는 곳이 더 많다. 그런데 움직이는 것들이 대부분 오크 돼지들이다. 그러고 보니 오크들의 마을이 있는 모양이다. 조금 더 내려오다 보니 오크들의 움막이 모여 있는 것이 보인다. 그런데 놀라운 것은 방금 움막에서 끌려나오는 것이 사람이 아닌가? 어린 소녀 둘과 젊은 여인 4명이 발목에 넝쿨로 묶인 채 기다란 끈에 줄줄이 엮어서 끌고 나온다. 거리가 아직 너무 멀다 보니 정확한 상태는 모르겠고 생포되어서 노예처럼 끌려 다니고 있다는 것만은 확실하다. 이것들이 또 이 대륙에서 잔혹한 일을 벌이고 있다. 돼지들의 수가 많아지면 충분히 일어날 수 있는 일이다. 저 돼지들은 두발로 걸어 다니고 검술도 익힌 놈들이 있다고 했다. 먹이가 부족하면 도시까지도 공격을 해서 파괴하고 죽이고 강탈하는 잔인성이 극에 이른 놈들이라 했다. 욕심도 많아서 저놈들이 한번 쓸고 지나가면 남는 것이 하나도 없다는? 어디 오늘 임자 만났다. 네놈들 사람을 포획까지 해?

"여우야! 저기 멀리 오크마을이 보이니?"

"어디요? 아빠 저 계곡 옆 능선에 뭔가 보이네요. 오크 마을이 있는가요?"

"그래 사람이 잡혀와 있어. 소녀 둘과 아줌마 네 명이다."

"어머 그럼 마을을 공격했다는 거네요. 모조리 죽여야겠네요. 아빠 저 내려줘요. 이젠 안 추워요. 헤헤"

"응 그래도 아직은 그냥 있어. 좀 더 가까이 접근해서 자세히 살펴봐야겠다. 그리고 사람은 구하고 깡그리 없애자."

"네 알았어요. 오크들이 사람을 납치해 모두 죽여 버려요. 아빠 저도 싸울래요."

"응 그래 검술 연습도 하고 실전 경험도 쌓고 좋지. 그래도 조심은 해야 된다. 녀석들 중에는 검술이 뛰어난 놈도 있으니 말이야."

"오크가 검술도 하는 놈이 있다고요. 에이 설마요."

"아냐 진짜 있어. 익스퍼드 중급 정도 되는 놈이 있어 여럿 봤어."

"호호 오메나! 어찌 그런 일이 아빠! 아빠 제 실력보다 나은 놈은 없겠죠?"

"물론 없지 그래도 한꺼번에 여러 마리가 공격 할 테니 조심은 해야지 보법 경신은 다 익힌 거지?"

"네 물론이죠. 그래도 빠르진 않아요. 아직은 오늘 몸 좀 풀어 봐야지. 헤헤헤 아빠 저 내려줘요 네?"

"너 칼도 없잖아 지금 아 폰 프린스에 한 자루 있지? 우선 소드 부터 챙기고 공격하자. R-2 500m 상공으로 와라. 오버"

"R-2입니다. 지금 500상공입니다. 오버"

폰 프린스에 올라서 전투 준비를 한다. 복장도 바꾸고 투명시 스템으로 바꾸고 오크마을을 자세히 정찰해본다. 약2,000마리 정도 규모의 마을이다. 그런데 사로잡힌 사람이 더 있다. 50명은 되겠다. 우리 속에 가둬두고 사육하는지 아니면 식량으로 쓰는지 사육하는 것은 아닐 테고 노예로 사용하는 모양이다. 응 그런데 저것은 또 뭐야. 50명 정도의 사람이 오크들과 마주서서 대화를 하고 있다. 그중에 귀족으로 보이는 한 늙은이가 보이고 그 맞은 편에 오크무리의 대장인 듯 덩치가 좋은 돼지가 무언가 떠들고 있다. 100m 상공까지 접근해서 무슨 얘기를 하는지 들어보자. 기가 막힌 얘기가 오고간다.

"꾸엑 크르르 부탁한 크롬 백작 영지는 박살냈다. 치릎치릎 쿠엑 우리에게 무기를 주기로 한 약속을 지켜라. 추-릎!"

"물론이요. 어이 지크 단장 가지고 온 소드 200 자루와 창300 자루 넘기게 자! 약속은 지켰죠? 한 가지 부탁이 더 있는데 울크 대장 들어주시겠소?"

"쿠엑 들어보고 말한다. 우리 울크 부족은 적당한 대가만 주면 뭐든지 한다. 추릎 추릎 씩씩."

"남쪽에 있는 바이잔 후작 영지를 침공해서 계속 공격해 주시오. 깡그리 모두 죽여도 좋고 아니면 계속 침공 만해도 식량과 무기를 제공하겠소. 나 크림 스티브 후작은 약속은 반드시 지키는 사람이요."

그러자 오크들이 서로 간에 의견을 나누는지 조금 떨어진 곳으로 이동해서 씨끌씨끌 요란스럽다. 한 30분간이나 괴상한 소리로 떠들어 대다가 드디어 울크 라는 덩치 큰 녀석이 스티브 후작 앞으로 와서 큰소리로 얘기한다.

"크르르 추륵! 좋다. 계속 괴롭히기만 하라는 것이면 가능하다. 추륵 그긴 병사가 많다. 추륵 씩씩 우리도 위험하다. 우리가 뺏은 무기는 우리가 한다. 사람도 마찬가지다. 추륵-추륵 쿠-액"

"좋소이다. 이번에는 활도 500개 드리지 그럼 약속 된 거요. 단장 돌아가자!"

50기의 기마가 그곳을 벗어나기 시작한다. 안젤리나가 두 주먹을 불끈 쥐고는 몸을 부르르 떤다.

"아빠 저런 싸가지는 당장 쫓아가서 다 죽여 버리죠."

"저 후작 놈은 생포해야지, 그냥 죽이기엔 아깝다. 저런 인간도 다 있구나. 아하 내참! 동족을 몬스터에게 팔아넘기는 저 벌레보다 못한 놈! R-2자동 조종으로 놈들의 진로 앞으로 가자."

"넵 사령관님 시행합니다."

산을 다섯 개나 넘은 곳에서 내렸다. 지금 막 녀석들이 공터를 넘어서 내려오는 것이 보이는 곳에 내린 것이다. 50기의 기마가 달려오다가 공터에 서 있는 두 사람을 보고는 그대로 밀어 버릴 요량인지 속력을 오히려 더 올린다. 그때 튀어 나가려는 여우의 허리를 안아 당기면서 고개를 가로 젖는다. 기사 단장이라는 자의 실력이 제법인 것이다. 서로의 간격이 50미터 정도로 가까워졌을 때 무리의 선두에서 달려오던 단장의 목이 굴러 떨어진다.

그리고 그 뒤를 따르는 기사 15명이 말과 함께 지면에 부딪히면서 굴러가다가 멈춘다. 더 이상 대화를 할 필요도 없는 벌레들이다. 스티브 후작이 탄 말의 앞다리가 잘리고 나머지 기사들은 10초도 안 되는 사이에 가슴이 뻥 뚫리며 즉사해버린다. 비탈에서 세 바퀴나 구르다 멈춘 후작이 일어선다.

"컥컥! 이게 무슨??"

한쪽 다리가 부러진 것인지 기이한 각도로 꺾여 있다. 여우에게 죽이지는 말라는 말을 하고 서있는 아빠를 쳐다본 여우가 다가간다.

"넌 벌레보다도 못한 인간이군. 어찌 동족을 돼지들에게 팔아넘기냐? 우선 팔 하나 다리하나부터 거두지."

소드로 오른쪽 어깨를 잘라버리고 부러진 다리도 허벅지를 잘라버린다.

"크악! 내가 누군 줄 알고 계집 크-악! 캑!"

소드로 한쪽 눈 마져 찔러 버리자 기절해 버린다. 무라카가 다가와서 마법으로 상처를 치료해서 피가 더 이상 나지 않게 한다. 잠시후 깨어난 스티브 잘린 어깨와 다리 그리고 눈이 통증이 없자. 고개를 이리저리 숙여 살펴본다.

"야! 영감 넌 산에 있는 돼지들보다 못한 놈이야. 이번엔 어디를 잘라줄까? 혓바닥?"

"컥 제발, 제발 살려 주십시오."

그러자 뺨을 짝!짝!짝!짝! 정신없이 후려치다가 그래도 화가 안 풀리는지 발로 그시기가 있는 곳을 마나를 실어서 찬다. 퍽!퍽!퍽! 영감은 또 정신 줄을 놓아 버렸다. 그곳이 터졌는지 피가 하나 남은 가랑이로 흘러내린다. 이번엔 지혈도 안 해 준다. 멀리 산 능선만 바라보고 있다.

"퉤 더러운 인간 어찌 사람의 탈을 쓰고 그런 일을 할 수 있단 말인가? 퉤 퉤 퉤 어이 더러워!"

"안젤리나야 저기 성한 말 한 마리 있네. 그놈 올려서 꽁꽁 묶어라. 왕에게 선물 해야지."

"네 아빠 국왕이란 놈도 살려둘 가치가 있을까요?"

"모르지 일단 오크 마을의 사람들이나 구하러 가보자."

"넵 잠깐만요. 네 다 묶었어요. 이 벌레 죽지는 않겠죠? 그시기가 터져도 죽지는 않는 거죠? 아빠?"

"글쎄다. 죽으면 그만이지 뭐 신경 쓰지 말고 말이나 끌어와 저기 저기 덩치 큰 두 마리 끌고 와 치료해서 타고 가자고."

"네 넵 호호호 아이들과 여자들 다 구하면 돼지마을 싹 다 없앨 거죠?"

"응 그래 씨를 말려야지 인간들 더러운 꼴 다본 놈들이라서 한 마리라도 살아남으면 곤란하지."

"아! 오늘 가슴이 좀 시원 해 지네, 아빠 이젠 안 추워요. 저도 사람들 구할 거예요 히히힛"

"그래 여우가 이제 힘이 나나보다. 오늘 돼지 몇 마리 죽이는지 세어놔 밤에 그만큼 보상해 줄 테니까. 하하하"

"죽이는 숫자만큼 해 주실 거예요? 아빠?"

"그럼, 그럼 그런데 조심해 알았지?"

"넵 아빠! 키키키킥"

"여우 웃음소리가 요상하다?"

"좋아서 그래요. 아빠 한100마리 죽여야지 그리고 밤에 나도 죽어야지 100번쯤 키키킥 킥킥!"

"오호 웃음소리가 점점 더 요상해진다. 하하하"

두 마리 말을 치료해서 타고 후작을 실은 말은 고삐를 여우가 탄말에 묶어둔다. 그리고 산을 넘어서 오크 마을로 다가간다. 산이 하나 남았을 때 능선에 올라 오크 마을을 내려다보니 출진을 하려는지 1,000명쯤이 모여 있고 무기를 나눠주고 있는 중이다. 후작이 가져다 준 무기를 나눠주고 있는 것이다. 타고 온 말을 숲속에 끌고 들어가 나무에 묶어두고 여우와 같이 오크마을을 관찰한다. 천마리 용사들이 마을을 벗어나면 그 때 공격할 생각인 것이다. 사람들부터 구해놓고 마을을 태워버리고 저놈들 가는 중간에서 전멸 시키면 끝이다. 조금 기다리자 천여마리의 오크들이 산 아래로 몰려갔다. 그와 동시에 오크마을로 달려 들어간 안젤리나 그 뒤를 터덜터덜 따라가는 무라카! 정말 100여 마리를 죽였다. 안젤리나가 말이다. 온몸에 피를 뒤집어 쓴 채 아직도 계속된다. 웬만큼 지쳤을 텐데도 계속 앞에 다가오는 오크들을 잘라간다. 정예들이 다 빠져 나가서 그런지 칼이나 창을 제대로 사용할 줄 아는 오크가 없다. 대부분이 암놈들이고 새끼들이 많다. 잡혀온 사람들을 하나 둘 모은다. 벌써 30명이 넘는다.

"그기 아주머니 이곳에 잡혀온 사람들 더 있는가요?"

"네 저쪽 능선에 있는 움막에 데려간 인원이 10명이 넘어요. 전부 처녀들만 저쪽으로 데려 갔어요. 그 짓을 해서 임신 시키려는 것이죠."

"임신을 시켜요?"

"네 여기 이 아줌마 배부른 거 보이죠? 저거 돼지 새끼들이 뱃속에 자라는 거라고요. 퉤 더러운 돼지 새끼들. 캬 퉤."

"햐 세상에 이런 일이? 어이가 없군. 돼지가 사람을 강간을 해?

이런 썅! 돼지들 씨를 말려야겠군!"

"안젤리나야. 이 아이들과 아줌마들 데리고 아까 말 있는 곳으로 가 있어라. 내가 씨를 말리고 갈 테니까."

"네 아빠 사람들 다 구해서 와요. 저 120마리 잡았어요. 아빠 헥헥 이제 힘이 좀 빠지네 헉헉."

안젤리나가 사람들을 데리고 떠나자 무라카가 그때부터 바빠졌다. 모든 움막을 다 뒤지자니 바쁜 것이다. 남아 있는 것들은 다 암놈 돼지들이라 덤비는 돼지는 없다. 그런데 찾아낸 아가씨들이 22명이다. 한곳에 모아서 안젤리나가 간곳을 가르쳐 주면서 빨리 그곳으로 가라니까 우루루 달려간다. 그녀들이 산 아래로 보이지 않을 때까지 기다린 무라카는 점프로 까마득한 허공으로 솟구쳐서 오크 마을을 한꺼번에 녹여 버렸다. 자욱한 연기만 피어오르고 그대로 용암으로 변해버린 오크마을 다시 폭우를 내려 화재를 모두 꺼버리고 일행들이 있는 곳으로 왔다. 솟아오르는 연기를 보고 있던 52명은 무라카를 보고는 부들부들 떤다.

"아빠! 싹 다 태워 버린 거예요?"

"그래 내려가자 이 사람들 모두 데려다 줘야지."

"그놈 후작 놈 깨어났어요. 여기 아줌마들이 옷을 다 찢어놨어요. 말려도 안 되고 그냥 뒀더니 죽이려는 것을 겨우 말려 놨어요. 아빠!"

"죽지는 않았군. 자 다들 내려갑시다. 돼지 새끼 밴 아줌마는 이리와요. 내가 고쳐 줄 테니, 혹시 처자들 중에도 돼지 새끼 임신한 사람 있나요?"

부끄러워서 그러는지 아무 대답이 없다.

"부끄러워하지 말아요. 강제로 강간당한 거니까. 부끄러운 일이 아니예요. 혹시 임신 되었다 싶은 사람은 나와요. 아빠가 다 치료 해 드릴 테니까. 어서요. 나중에 후회 하지 말고."

　그러자 세 명의 아가씨가 나온다. 손목을 잡고, 기를 흘려보니 두 명은 진짜 임신을 했다. 그래서 생기기 시작한 것들을 죽여서 배출 시켜 버렸다. 잠시 잠깐 고통스러운 것은 문제가 아니다. 어떻게 사람이 돼지 새끼를 그것도 여러 마리가 뱃속에서 자란다면 살 수 있겠는가? 배가 엄청 부른 아줌마도 순식간에 핏물이 되어 흘러내리는 돼지 새끼들을 소변보듯이 싸버리고 나서 하염없이 운다. 그렇게 해서 내려오는데 계곡 아래쪽에 모여 있는 돼지들과 불과 100여 미터 남겨두고 무라카의 지시로 모두 정지했다. 능선에서 계곡속의 돼지들이 한눈에 내려다보이는 것이다. 출전한 놈들이 이곳에 진을 치고 있는 모양이다. 무라카가 오른손을 들고 오크무리를 바라보자 하늘에서 불비가 쏟아져 내린다. 계곡 속은 생지옥이 된다. 오크들의 몸이 비가 되어 내리는 불에 맞자. 뒹굴면서 내어 지르는 비명 소리가 계곡을 울리며 퍼져 나간다. 불비에서 벗어나는 놈은 없다. 새까맣게 타서 숯이 되어서 부서질 때까지 찢어지는 비명소리와 고약한 냄새가 숨을 못 쉴 정도로 퍼진다. 곧 폭우와 바람이 몰아쳐서 깨끗하게 불이 꺼지고 냄새도 사라졌다. 꿈같은 장면이다. 모두들 똑똑히 보았다. 천 마리가 넘는 돼지들이 숯덩이가 되어 사라지는 것을 보라! 그 흔적이 계곡 전체에 남아 있지 않은가? 말 등에 묶여 있는 크림 스티브 후작은 그 광경을 보고 다시 기절해 버렸다. 여인들과 아이들은 산에서 내려와서 모두 보내 주었다. 스티브 후작이 묶인 말을 자신의 말에 붙들어 메고, 안젤리나는 신이 났는지 조잘대면서 무라카의 뒤를 따른다.

"아빠! 아빠 그게 마법이에요? 우와 무섭다. 한방에 천 마리가 숯덩이가 되어버리다니, 언니도 아빠만큼 하시나요?"

"그래 비슷 할거야. 왜? 배우고 싶어?"

"엥! 배우고야 싶지만은 어느 세월에 배워요? 그냥 검술이나 열심히 익힐래요. 아빠 옆에 있는데 언놈이 덤빌려고요? 헤헤"

"레인도 마법 조금 할 줄 알아 무라니 정도 될 걸 실력이."

"어머 그래요? 동생은 언제부터 배운 건가요? 아빠?"

"응 나랑 여행 같이 갔을 때이니까. 15년 전이네. 무라크가 15살이니까 말이야."

"힝! 그 봐요 나만 빼놓고 씨! 지들만 좋아 했어. 씽-아빠 미워, 미워 으앙! 나만 빼 놓고 앙 앙 앙!"

"뚝! 지금부터 배우면 되지 지금은 안젤리나 만 아빠와 있잖아. 그러면 된 거지 원 뚝!"

"헤헤헷 그렇죠? 뚝! 걍 아빠 한번 놀려 본 거예요. 키키키킥"

"엥? 날 놀려? 진짠 줄 알았잖아 여우 어이쿠 당했네. 당했어. 허허허"

"저도 벌써부터 알고 있었어요. 동생이 얘기 해 줬거든요. 동생은 검술보다 마법이 더 익숙하다고 하더라고요. 히히힛 전 검술이나 열심히 익힐 거예요. 절정 되려구요. 헤헤헤"

"어이구 하여간 셋 다 여우라니깐. 허허허"

"아빠! 아빠! 오늘밤에120번 죽이기예요. 네?"

"헉! 120번 캑! 나누어서 두고두고 하면 안 될까? 아빠 쌍코피 터지면 여우도 쌍코피 터질 텐데 하하하하하"

"쌍코피 터져도 좋아요. 자꾸자꾸 잡아 먹어줘요. 히히힛"

"알았어. 오늘 한번 죽어봐라 여우야!"

지그리트 대륙

　10일이 지난 후 지크 왕궁에 도착한 무라카는 왕궁 앞 대로변에 엎어져 벌벌 떨고 있는 국왕과 그리고 대소신료들이 보는 가운데 크림 스티브를 인계했다. 15일을 굶어서 뼈와 가죽만 남은 외다리에 외팔 그리고 외눈의 스티브 후작. 그기에 아래쪽 물건은 짓뭉개져서 고름이 질질 흐르는 상태이니, 곧 죽어도 아니 이미 죽었어야 할 몸인데도 살아있는 것이 신기한 일이다. 이미 온 왕국에 소문이 퍼져서 왕궁 앞에 모여 엎어져서 무라카가 도착하기를 기다린 것이다. 그래도 왕국이 살아남으려면 이렇게라도 해야 한다는 귀족들의 회의 결과에 따른 행동인 것이다.

　"네놈이 지크 왕이란 놈이냐?"

　"네 넵 짐 아니 소인이 천한 지크 왕국을 이끌고 있는 지크 마르틴 이옵니다. 불쌍히 여기셔서 왕국의 백성들을 살려 주옵소서. 쿵쿵쿵! 이마가 깨져서 피가 흐르는데도 맨땅에 박치기를 해댄다. 죽기는 싫은 모양이다. 왕이 그러하니 나머지 귀족들은 오죽하랴.

　"음 얼마나 무능한 놈이면 자신의 부하들이 저지르는 그런 간악한 짓거리도 모르고 있었단 말이냐? 깡그리 사라지게 만들어 버리려고 생각하면서 왔더니만 그래도 하는 짓이 귀엽구나. 그래

너같이 게을러터진 놈이 왕의 자리에 앉아 있으니 귀족이란 놈들은 백성들을 보살필 줄도 모르고 권력이나 탐하고 있는 것이지! 더 이상 쳐다보기도 싫구나. 저놈은 왕궁 문에다 그대로 매달아서 말려라. 앞으로 100년 동안 말라비틀어진 저놈의 시체를 보고 정신 똑바로 차리고 백성들을 보살피거라. 그리고 지크 마르틴 네놈은 벌로 한쪽 팔을 잘라서 저놈 옆에다 걸어 두도록 알겠느냐? 그리고 저놈의 영지에 병사들을 보내어서 그곳의 간부들은 모조리 목을 베어서 효시 하도록 하라. 왕이란 놈이 게을러터져서 각 영지를 직접 살피지 않았으니 이 모양 인 게야. 앞으로 두고 보도록 하마. 나는 하늘에서 네놈의 일거수일투족을 다 내려 다 보고 있을 것이다. 계속 왕궁에만 쳐 박혀서 입으로만 나불거리면 다음에는 필요 없는 네놈의 두 다리를 잘라서 왕궁 앞에 걸어서 말릴 테니까 알아서 하도록 가자 안젤리나야."

"넵 아빠! 아빠 어서가요. 지크 왕국은 냄새가 고약해요. 충신은 없고 간신들만 있어서 그런가 봐요. 이참에 싹 지워버리고 백성들이 스스로 알아서 하게끔 하시죠. 아빠! 그래야 불쌍한 사람들 안생길거 아네요."

"응 나도 그럴려고 했었지. 한번만 더 기회를 줘 보지 뭐 가자!" 그 순간 말과 함께 두 사람이 사라져 버렸다. 허공 500미터 상공으로 그리고 2㎞나 허공을 뛰어 넘어서야 땅에 내려와서 천천히 이동한다. 한편 한순간에 사라져 버린 것을 본 왕은 이빨을 깨물며 그 자리에 일어서서 근위대 기사 단장을 불러 자신의 왼팔을 잘라 왕궁 문에 걸어두라 명령한다. 왕궁에는 때늦은 비상이 걸리고 귀족들은 똥오줌을 지려서 냄새를 풍기면서 제 각각 왕명을 따른다. 그날로부터 외팔이 국왕은 하루에 두 번씩 왕궁

문에 걸려 말라가는 자신의 왼팔을 보면서 이빨을 깨물고 각 영지 순시는 기본이고 백성들이 어떻게 살아가는지를 다 챙기는 선왕이 되었다는 후문이다.

한편 지크 왕국을 뒤로 하고 지그리트 대륙 여행은 계속 된다. 가는 곳 보이는 곳마다 찌든 백성들의 생활상이 보인다. 예상대로 산악이 많은 지그리트 대륙은 먹 거리가 부족한 것이다. 그러다 보니 서로 못 잡아먹어서 안달이 난 땅이 된 것이다. 조그만 사건 하나로도 왕국간의 전쟁이 발발하고 굶주린 백성들은 전쟁터에 끌려나가서 피를 흘리는 그런 악순환이 계속 반복되는 것이다. 유치인 무치법(有治人 無治法)이라고 '시끄러운 나라는 없다. 다만 시끄러운 사람이 있을 뿐!' 이란 말이 새삼 생각난다. 가만히 둬도 잘 먹고 잘 살아 갈 텐데. 귀족과 국왕들이 전쟁을 일으키고, 피를 흘리게 만들며 안 그래도 빡빡한 생활환경에 여유가 없는데 세금으로 다 착취해서 터무니없는 일들을 만들고 있는 것이다. 자연에서 적으나마 먹고 입는 것을 얻어서 살아가면 재미난 것을 자연주의는 그래서 편안하고, 평안하고, 행복하며, 또 자연의 섭리에 순응하다 보니 저절로 새로운 지혜가 생겨서 '영혼의 성장'을 추구하는 사상인데 욕심을 부채질 하는 아귀(악마:욕망)는 가만히 둘리가 없지. 지금쯤 지크 국왕과 귀족들은 감투 쓴 것을 후회하고 있을 것이다. 아차 하면 왕궁 정문에 걸린 말린 지포 같은 신세가 될 텐데 그 누구 하나 게으름을 피울 새가 없을 것이다. 즐겨? 웃기는 얘기다. 똥줄이 땡겨서 제대로 잠도 못자는 신세가 된 것이다. 굶는 백성이 단 한명이라도 생기면 말린 쥐포가 될 판인데 누가 있어 감히 도망이라도 칠 수 있을까? 하늘에서 내려다보고 있는데 사실 무라카는 드론 26기를 총출동 시켜서 지크 왕국을 살피고 있었다. 그리고 오토 바이잔 후작을 시범케이스로 잡아다가 왕궁의 문에 걸어서 말리고 있다. 오토 바이잔 후작은 흑인 계집을 수십 명도 넘게 데리고 있으면서 밤마다 가혹행위를 즐기는 성도착자였는데, 드론의 도촬에 잡힌 것이다. 팔과 다리 그리고 성기까지 잘라서 왕궁 문에 걸어 말리는데 그 앞에 죄목이 낱낱이 적힌 방문을 붙여둔 것은 기본이다. 그 일이 있고 불과 3일 만에 소문이 온 대륙을 강타한다. 실재로 하늘에서 이상한 물체들이 잘 보이지도 않게 날아다닌다는 것이다. 그리고 모든 것을 보고 있다는 것이다. 천인이 말이다. 지그리트 대륙의 각 왕국은 소문의 사실여부를 확인하고는 비상이 걸리지 않은 왕국이 없다. 노예 해방! 굶주리는 자들 돕기 운동 본부가 생겨나고, 세금 면제 구제소 사업 등이 다각도로 생겨나고 부당한 일을 해결해주는 조직까지 생겨나면서 왕국이라는 개념이 무너져가기 시작한다. 그것도 귀족들이 스스로 특권을 포기하고 성씨를 버리며, 평민으로 살고자 하는 영향이 생기면서 더욱 심화되어간다.

그리고 아무도 세금을 내려 하지 않게 되자. 귀족과 왕족들은 살기 위해서 야반도주를 감행하는 일까지 발생한다. 어느 영지는 영주가 노예들에게 끌려 나와서 맞아 죽는 일까지 발생하자. 기사와 병사들 마져 갈 길을 잃고 우왕좌왕 하는 일이 벌어진다. 변혁의 바람이 불기 시작한 것이다. 그러거나 말거나 우리의 무라카는 즐거운 여행을 즐기고 있다. 몬스터 토벌 여행이다. 공짜는 없다. 용병길드 사무실에서 의뢰를 접수하고 그리고 현장에 가서 안젤리나가 대련을 하듯이 해결을 하는 것이다. 일종의 수련인데 여우는 실전 감각을 키우는 방법을 찾다 보니, 무라카가 권장한 것이다. 임독 양맥을 타동 시켜주고, 검법을 다시 손봐주고 그리고 실전을 터득 시키는 것이다. 마나의 양도 늘었지만 무엇보다 천무검법의 깊은 심득을 얻고자 생사투를 벌리고 있는 것이다. 여우의 입장에서는 그렇다는 것이고 무라카는 혹시라도 다칠까봐 항시 여우의 주변에서 시선조차 떼지 않는다. 차라리 자신이 수련할 때보다 더 신경을 쓰는 처지이다. 여우는 신이 났다. 점점 검법의 매력에 빠져들고 있다. 경공도 점점 나아지고 있고 나날이 새로워지고 있다. 밤에는 또 아빠를 독점하다 보니 아직 73번이나 죽을 수 있는 특권이 남아있다.

하루 밤에 두세 번 죽으면 아침이다.(기절해 버려서 모름) 아침에는 몸이 날아갈 듯이 가볍다.(이것도 모름 : 밤새 '쓰담쓰담'해주는 줄) 그러니 밤이 기다려지고 아빠 품이 점점 더 기다려진다. 몸과 마음이 점점 더 처녀 때처럼 탄탄해지고 살도 오르고 탄력도 되살아나고 있다. 지금은 오크 정도는 가지고 논다. 다만 아직 오우거를 상대해 보지 못했다. 그것은 아빠가 아직 실력이 부족하니 그런 의뢰를 받지 않기 때문이다. 아직은 여우의 실력으로 조금 무리가 있다고 보는 것이다. 상금도 챙기지 밤에 죽을 수 있는 회수도 증가하지 일석 삼조인 것이다. 오우거는 한 마리당 50번을 죽을 수 있으니 빨리 오우거와 맞장 뜨고 싶은데 아빠가 고개를 흔든다. 씽! 나는 자신 있는데 말이다. 돼지는 이제 지긋지긋하다. 하도 많이 베어서 말이다. 오늘 밤에 졸라봐야지 50방짜리로 승급을 해야지 말이다. 마음 놓고 밤마다 죽지~잉! 키키킥! 오늘 밤이 지나면 70에서 60으로 떨어진다. 분명히 한번 죽는 것 밖에 기억에 없는데 아빠는 항상 다섯 번 죽었다고 하신다. 하긴 기절해 버려서 모르니 우길 수도 없다. 그래서 50방 짜리로 팍팍 올려놔야 마음을 놓을 수 있겠다. 히히힛! 올릴 수 있을 때 빵빵하게 올려놔야지, 아빠의 몽둥이에 죽고 싶을 때마다 마음 놓고 죽는 것이다. 아무리 많이 죽어도 모자라는 것이 그것인데, 오우거를 잡아야 하는데 말이다. 오우거 6마리만 잡으면 300번 죽을 수 있다. 키키킥! 생각만 해도 다리 사이가 축축해진다. 헤헤헤헤

두 분의 위대한 여행자들은 말리 왕국으로 들어섰다. 지크 왕국으로부터 두 개의 왕국을 거친 후 도착한 곳이다. 지그리트 산맥의 지류중의 한 산맥이 말리왕국을 끌어안은 듯한 모습이다. 산맥에서 흘러내린 두 줄기의 강이 왕국의 국토를 가로지르는 풍요로운 땅이다. 그러나 산맥이 국토의 3/4을 감싸고 있으니, 몬스터가 발에 채일 정도로 많은 것은 어쩔 수 없는 왕국의 고민거리이다. 농사도 잘되고 과실수도 많고 해서 먹 거리가 넘쳐나는데 이놈의 몬스터에 의한 사고가 날이면 날마다 끊이질 않으니 왕국의 귀족들과 국왕은 머리를 싸매고 고심 중에 있다. 작금에는 세금도 마음대로 걷지를 못하는 입장이다 보니 더욱 나라꼴이 어지럽다. 병사를 부릴려면 국고가 튼튼해야 하는데 이젠 서서히 국고가 비어가는 마당에 병력은 어떻게 부리며 또 용병은 어떻게 쓸 수 있겠는가? 리오 그라떼 국왕은 요즈음 머리에 쥐가 날판이다. 앞으로 살아갈 일이 꿈만 같다. 국왕이고 지랄이고 팽개쳐 버리고 쉬고 싶은데, 딱 걸리면 바짝 말린 쥐포가 된다니 걱정이 태산이다. 나오는 건 한숨뿐이고, 철없는 17세 쇼-울 공주는 오늘도 왕궁으로 귀족들의 자제들을 불러 들여서 파티를 한단다. 쇼-울은 얼굴이 너무 예쁜 것이 흠이다.

왜 그런가 하면 왕국 내에 자기보다 예쁜 여자가 없다. 그래서 귀족 자제들을 모아 놓으면 공주 얼굴 보려고 난리다. 특히 젊은 귀족 자제들은 너도나도 줄을 선다. 공주 손이라도 한번 잡고 춤이라도 한번 춰 보려는 것이다. 그러면 1년간은 뒷-담화 소재가 되는 것이다. 그러니 전에는 너도나도 부모를 졸라서 파티를 열었다. 그래야 쇼-울 공주를 초대해서 춤을 출 수 있는 기회가 생기니까. 그런데 얼마 전부터 서로 하려던 파티를 누구도 열지 않는다. 공주는 남자들의 칭찬도 듣고 싶고 자신의 얼굴을 쳐다보며 침을 흘리는 젊은 귀족자제들의 얼굴도 보고 싶기도 한데 아무도 초대장을 보내지 않는 것이다. 아니 파티 자체를 열지 않는다. 그래서 답답한 나머지 아버지를 졸라서 왕궁에서 파티를 열게 된 것이다. 전체 귀족 자제들을 모두 불러서 파티를 할 계획인 것이다.

하필이면 그때 천군사령관은 여우를 데리고 말리왕국의 크라시에 입성 했다. 생기 넘치는 말리왕국은 대륙에서 가장 부유한 왕국이다. 지금은 국고가 바닥을 치기 직전이지만 말이다. 병사들 녹봉은 오르고 세금은 면세되어 거의 걷히는 것이 없고 잡아야할 몬스터는 넘쳐 나는데 포상할 국고가 비어 간다면 누가 몬스터사냥을 할까? 그래서 이러지도 저러지도 못하는 상황인데 철딱서니 없는 공주는 파티를 한단다. 17살이나 먹었으면 좀 세상 돌아가는 것 정도는 눈치를 채야 하는데 지 얼굴에만 파묻혀서 현실을 모르는 바보가 되어 있으니 다 애비 탓이다. 딸 바보 국왕 탓인 것이다. 크라 시에 들어와서 쉼터에 짐을 푸는 무라카는 이러한 사항들을 다 소문으로 듣고 인지한 상태이다.

"아빠! 우리 씻고 와서 식사해요. 그리고 나서 절 잡아먹으세요. 네? 아빠 무슨 생각해요?"

"응? 뭐라 했냐?"

"씻고 식사하고 그리고 나서 잡아먹으시라고요. 힝!"

"아 그러자. 여기도 수도 시설은 없겠지? 어디서 씻는 걸까?"

1층으로 내려오니 들어올 때 본 아이가 달려온다.

"꼬마! 목욕은 어디서 하니?"

"저 꼬마가 아니고 '돈' 인데요. 씻는 곳은 건물 밖 뒤쪽에 있어요. 절 따라 오세요."

"돈! 그게 네 이름이냐?"

"네 진짜 이름은 '내-돈' 인데 모두 그냥 돈이라고 불러요. 헤헤헤"

"키킥! 요상한 이름이다. 아빠 그렇죠?"

"흠 재미있는 이름이네. 너 이집 주인의 딸 아니냐?"

"네 주인님의 하나뿐인 딸 '내돈'입니다. 계시는 동안 많이 사랑해 주세요."

"오냐 내돈아! 목욕탕에나 가자 앞장서라."

"이곳이 목욕하는 방 이예요. 넓은 곳은 은 한 냥이고, 나머지는 철전 닷냥 이예요."

"자 은 한냥! 어느 방이냐?"

"여기 이방입니다. 씻고 식당으로 오세요. 그럼"

조그마한 것이 말마다 돈이다. 이름을 대단히 잘 지은 것 같다. 식당에도 또 돈이 다르겠지? 주인이 그렇게 머리를 쓰는 모양이다. 은1냥짜리 방에 들어가니 칸막이만 되어 있을 뿐 역시 노천탕이다. 아마 탕 중에 제일 위쪽인 것 같다. 씻은 물이 아래로, 아래로 흐르는 구조이다. 그런데 바로 옆방에서 우는 소리가 들린다. 아니 흐느끼는 신음 소리인가? 에이 그렇고 그런 짓을 하는 모양이다. 방을 놔두고 하필 노천탕에서 그 짓 이라니 별난 취미를 가진 커플인 모양이다. 꼭 고양이가 우는 소리 같다. 그 소리에 영향을 받았는지 옷을 벗은 안젤리나가 찰싹 달라붙는다.

"아빠 저 옷 벗었어요. 저 여기여기 좀 씻어줘요."

"야! 여우야 그곳은 니가 씻어야지 또 고양이 소리 낼려고 그래?"

"넹! 아잉 저 소리 듣기 좋네요. 히힝!"

"아서라 등 대봐 씻어 줄게 저 짓은 방에서 해야지 원!"

"키키킥 아무대서나 하면 되지 그게 꼭 방에서 해야 정답 인가요? 전 이런 곳이 더 흥분 되요. 뭐 아-흠 도아도아 아-한입이다 힛!"

머리부터 감겨주고, 그것도 씻겨주고, 수염도 밀고, 머리를 손질 하다 보니 여우는 계속 아빠의 그것만 물고 논다. 하긴 68회나 남아 있으니 큰소리도 못 친다. 머리를 땋아주고 자신의 머리도 어깨 어림에서 잘라 버리고 손질하고 나니 시간이 꽤 흘렀다. 식당으로 내려오니 손님들이 바글바글하다. 꽤 이름이 난 집인 모양이다. 내돈이 다가온다. 메뉴와 가격을 줄줄이 엮는다. 생긴 것도 똑똑해 보이는데 머리가 보통이 아니다. 맛은 어떻고 돈은 얼마고, 그리고 애인과 왔을 때는 주로 어떤 음식이 제일 어울리는지 등을 무슨 구구단 외우듯이 줄줄이 꿴다.

"야! 내돈 알았어. 그기 스톱!"

"엥? 스톱이 무슨 말이에요?"

"멈추란 말이다. 너 몇 년간 그 짓을 한거야?"

"저요? 다섯 살 때부터요. 5년 되었어요."

"그래? 하루에 얼마 버는 거야?"

"오빠는 음식은 안 시키고 내가 얼마 버는 것 그게 더 중요해요?"

"그래 내 돈아! 그것이 궁금해서 배도 안 고프다."

"히히힛 많이 벌 때는 금화 한 냥을 번 때도 있어요. 오빠 같이 잘생긴 귀족이 턱 주고 갔어요. 헤헤헤 참 오늘 밤에 왕궁에 파티 있데요. 쇼-울 공주가 파티 연데요. 쇼-울 공주 굉장히 예뻐요. 금발에 커다란 눈 쌍꺼풀진 눈이 예뻐요. 그리고 코도 오똑하고 빨간 입술이 얼마나 예쁜지 남자들이 한번만 보면 뽕 간대요. 히히힛 오빠 같은 멋쟁이 남자가 척 안고 춤추면 쇼-울 공주가 끔뻑 죽겠네요. 오빠 안가실건가요?"

"그길 뭐하러가 여기 쇼-울인지 도울인지? 그 공주보다 더 예쁜 안 젤리나가 있는데 그렇지?"

"네 맞아 아빠 아빠가 최고야. 요 조그만 꼬맹이가 아빠를 꼬실려고? 야 너 내돈! 주머니에 넣어서 가버리는 수가 있어. 알간?"

"힉! 언니 소리 그만 질러요. 놀랐잖아요. 와 언니도 예쁘다. 머리색도 예쁘고 우와 쇼-울 공주만큼 예뻐 네요. 헤헤헷"

식사를 하는데 전부 그 얘기뿐이다. 온 대륙이 지금 천인 땜에 죽느냐 사느냐 하는데 파티라니 뒈질려고 환장한 철없는 어린공주가 왕국을 말아 먹으려고 한다는 것이다. 그러니 왕국이 사라지기 전에 다른 왕국으로 도망을 가든지 아니면 왕궁에 가서 말려야 한다는 것이다. 그리고 잠시 후 정말 '죽어도 먹는 집' 이라는 이 고급 음식도 먹다가 말고 모두가 몰려갔다. 왕궁으로 파티 못하게 말리러 간 것이다. 그러거나 말거나 무라카와 여우는 2인분을 더 시켜서 오랜만에 배가 빵빵 하도록 먹었다. 이제 방으로 올라가서 68회 죽는 일만 남았다. 만약 언니 볼리아가 이일을 알았다면 아마 행성의 몬스터는 멸종되리라. 셔틀 라오미를 타고 온 대륙을 휩쓸어 버리겠지 키키킥!

　방으로 돌아온 여우는 두 번이나 기절하고 세 번째는 한번만 남기고 다 삭감 할 테니 제발 내일해요. 아빠! 저 진짜 죽어요. 흑흑흑 하고 사정사정 하다가 잠이 들어버렸다.

대륙에 부는 바람!

그날 왕궁 앞에는 수많은 사람들이 몰려들어서 데모를 하는 바람에 국왕이 쫓겨 날 뻔 했단다. 근위대 기사 단장을 불러서 저 우매한 자들을 모두 잡아서 옥에 가두라고 하자. 기사 단장 왈 전하 전 국민을 다 가둘 감옥이 없나이다. 그리고 기사들도 모두 참여하고 있어서 잡을 기사도 없고요. 그래서 드리는 말씀 이온데 살고 싶으시면 전하께서 왕궁을 버리고 어디로 도망을 치시는 것이 지당한줄 아옵니다. 지켜드리지 못해서 황송합니다. 저도 제 살길 찾아서 근위 대장 그만두고 당장 도망가야 할 것 같군요. 그럼! 돌아서니까 상황이 얼마나 심각한지 깨닫고는 쇼-울 공주를 찾아서는 지하 감방 속에 숨어 있었단다. 물론 귀족들은 아무도 왕궁에 들어갈 엄두도 내지 못했다. 감방 안에서 밤이 새도록 잠한 숨 못잔 공주는 자신이 얼마나 어리석은 생각을 했는지 깨닫고는 아빠가 졸고 있는 틈에 허리띠를 풀어서 목을 메어달았는데 마침 쉬가 마려서 깬 국왕이 이를 알고 공주를 풀어내렸으나 이미 뇌가 산소결핍으로 손상이 되는 통에 모든 기억을 다 잃어버리고 심지어 아빠도 몰라보는 저능아가 되었단다. 말도 못하는 8푼이 말이다. 국왕은 자신이 말리지 않았던 일을 후회하면서 울고 왕비는 하나자식이 바보가 되어 버리자 미쳐버렸다. 파티 한번 하려다가 가족이 풍비박산이 나버린 것이다. 그리고 국왕도 병석에 눕게 되자. 왕국의 모든 국민이 들고 일어나서 국왕을 내치는 사건이 일어났다. 왕국을 다스릴 제목도 못되는 인간이 그 자리에 있으니 국민이 고생이라는 이유이다. 행성 최초의 대 변혁을 몰고 오는 사건이 철없는 한소녀의 어리광스런 행동에서 발단이 된다. 그리고 대륙으로 행성 전체로 계급이 타파되고 인류 평등사상이 고개를 들게 되는 것이다.

지그리트 대륙이 술렁이기 시작한 것이다. 무라카는 죽어도 먹는집에서 엉덩이가 무거워 진 것은 아니고 어제 밤에 세 번째 기절한 여우가 아직도 깨어나지 못하고 있어서 혼자서 빌빌거리다가 늦은 아침을 3인분이나 시켜서 먹으면서 왕궁에서 일어난 일들에 대한 얘기를 귀 기울이며 듣고 있다. 민주주의의 시발점이 된 이번 사건은 자신이 어느 정도 영향은 줬지만 그 일 자체는 순수한 국민들의 힘에 의해서 이루어진 것이다. 아마 전 대륙이 이일을 알면 이젠 왕족 귀족들이 설자리는 없다. 어쩌면 국민들에게 맞아죽는 일도 많이 생길 것이다. 아니면 도망쳐서 숨어 살아야할 것이다. 두고 보자 어떤 형태로 발전해 갈 것인지 말이다. 최종적으로 도달하는 종착지는 자연주의 일 것이다. 오랜 세월을 자신들이 억압받고 속임 당하고 이용당한 것을 안다면 그동안 기득권을 누렸던 자들은 해온 일들에 대한 만큼의 대가를 돌려받을 것이고, 누구의 간섭도 받지 않고 간섭하지도 않는 그리고 패해를 끼치지도 않는 그런 삶을 살기를 원할 것이요. 생긴 그대로 자연과 더불어 욕심 부리지 않는 생활이 최고의 행복을 누리는 삶임을 알게 될 것이다. 그것을 깨닫는 것은 10살 정도의 소견만 있어도 알 테니까 말이다. 비겁하게 여럿이 뭉쳐서 약

한 하나를 겁박하는 짓 따위도 하지 않을 것이다. 워낙 자연에
먹 거리도 많고 환경도 좋으니 말이다. 그리고 100만 명이 뭉쳐
도 천인 한명을 당하지 못하니 허황된 망상은 접을 것이다. 세금
을 내어서 무장하고 뭉쳐도 수천만 명이 조직을 강화해도 천인
한명에게 단 몇 방이면 전멸 당한다는 사실을 다들 알고 있으니
이제부턴 간섭을 하지 않아도 제대로 된 길을 찾아 가리라. 생긴
대로 그대로 자연 속에서 자연이 주는 혜택을 누리다가 자연이
거두는 날. 그동안 잘 사용 했소 하면서 원래 주인에게 돌려주는
것이다. 원래 주인도 그냥 생겨난 것이라 마냥 흐르는 것이다.
태초에서 태극으로 그리고 다시 태초로 또다시 태극으로 그렇게
그기에서 깨달음이 왔다. 스스로가 말한 그 단계로 들어선 것이
다. 스스로가 이름붙인 입신의 경지! 방안은 흰빛에 싸여 있고
눈을 뜰 수 없는 흰빛 외엔 전무(全無)의 상태가 유지된다. 시간
도 공간도 없는 그리고 질량도 그 어떤 형태도 없는 상태! 천만
뜻밖에도 그곳에서 잠들어 있던 여우가 너무나 밝은 빛 때문에
깨어났다. 그리고 곧 그 빛이 아빠인 것을 깨닫고는 그 빛 속으
로 들어와서는 아빠를 바라본다.

"아빠! 아빠! 아빠! 아직 가시면 안 돼요. 아직 한번 남았잖아
요. 한번 비상용으로 남겨둔 것이 있잖아요. 히힝! 그것마저 해주
시고 가시든지 해야죠. 전 어쩌라고 혼자 가시면 흑흑!"

굉장히 낯이 익은 아름다운 여인이 자신을 안타까운 눈으로
바라보면서 무어라고 울면서 말을 하는데 소리는 들리지 않는다.
그리고 자신과는 관계가 없는 먼 일처럼 느껴진다. 그런데 한편
으론 자신과 무슨 관계가 있었던 여인인가? 그냥 가버리면 안될
것 같다는 느낌도 조금 있다. 내가 인연이 있었던 여인인가? 혼

자 두면 안 될 것 같은 편린이 한 조각 생겨난다. 반투명체가 되어가든 아빠가 의아한 눈으로 바라본다. 점점 투명해져 가다가 다시 조금씩 아빠의 모습으로 돌아온다. 손으로 잡아도 잡히지 않았는데 이제는 조금씩 만져진다. 그리고 빙그레 웃으면서 여우를 끌어당긴다. 품에 안으면서 머리를 쓸어준다.

"아 아빠 돌아오신 거예요?"

엄청나게 밝은 빛이 점점 옅어져 간다. 그리고 모든 빛이 아빠의 몸속으로 흡수되고 나자 원래의 아빠로 돌아온 것이다.

여우는 아빠의 품에 안겨서 기절을 하면서 좋아했던 그것 보다 백배는 더 황홀한 기분을 체험하고 있다. 빛 속에 안겨있는 그리고 오르가즘의 천배도 더 될 듯한 쾌감! 환희! 자신의 모든 것이 변화 된 줄도 모르고 눈을 꼭 감고 품속에 안기어 있다. 온 몸이 녹아 없어져 버리는 쾌락의 극에 놓여있다. 자신을 바라보던 그 눈빛 그것만으로도 자신의 존재는 아무것도 아닌 있어도 없어도 그만인 그런 황홀경에 빠져 있다. 세포하나하나가 빛에 흡수되었다가 다시 생겨나고 또 빨려드는 그런 환희의 반복이 계속 진행되고 있다. 하나가 되었다가 둘이 되었다가 다시 하나 가되는 황홀경은 점점 더 높아만 간다. 둘이 넷이 되고, 넷이 열여섯이 되고, 그리고 황홀경이 조금씩 가슴속 깊은 곳으로 잠겨든다. 그리고 결국 아빠의 가슴에 안겨있는 자신으로 돌아온다. 휴-아! 자칫 아빠가 가 버릴 것 같았던 그 느낌은 무엇 이였을까? 그리고 그대로 가만히 있었으면 자신도 같이 가버릴 것 같았던 그 느낌! 아 아직 여기에 있네. 간신이 붙들어 놓았다는 안도감! 평온함과 행복감이 가득 차오르는 듯! 아! 그 황홀함이 온 몸속에 녹아있는 듯이 한 이 느낌! 그렇게 아빠 품에서 하나가 되어버린 듯 시간도 잊어버리고 서있다. 영원히 그대로 있을 것 같이 그렇게 새날은 밝아온다. 새로운 우주의 새날이 밝아오는 것이다. 아름다움과 행복함만이 가득한 새로운 태초의 시작인 것이다. 둘의 모습이 완전히 변해 버렸다. 빛나는 얼굴에 있는 듯 없는 듯한 존재감! 그리고 모든 세포가 완전히 변화된 것을 당사자들은 모르는 모양이다.

　용병 길드에 갔더니 왕국이 바뀌었단다. 국왕도 바뀌고 대소 신료들도 모두 바뀌었단다. 지방 영주들도 모두 새로 국민들이 뽑아서 바뀌었단다. 새로운 행정 질서가 세워지고 권위주의나 귀족 같은 것은 모두 죽거나 사라졌단다. 세금도 국민들이 스스로 낸단다. 1/100~1/1,000씩 형편에 따라서 각출하고 국민의 안전을 지키는 군사력도 원하는 자들만 할 수 있단다. 그리고 몬스터 퇴치 상금도 올랐다. 트롤이 황금 한냥, 오크는 20냥, 오우거는 500냥 와이번은 10,000냥이란다. 이 금액은 용병 단에서 만든 것이란다. 용병 단? 물어보니 이번에 창설 되었는데 용병단장은 공석이고 부단장이 용병 단을 이끄는데 용병 단 자체가 하나의 왕국을 능가하는 힘을 가졌다고 한다. 단장께서는 어디 다른 대륙에 계시는지 모른단다. 그래서 용병단장의 이름이 무엇인지 물어보니 '무라카 세바스찬' 이란다. 어? 어디서 많이 듣던 이름인데? 아니 내 이름이잖아! 아니 본인 의사는 물어보지도 않고 단장으로 모셔 놨다? 그래서 용병 패를 디밀어 붙이니, 패를 바라보던 길드장이 후다닥 일어나서는 넙죽 엎드린다.
　"다-다 단장님! 단장님이 여기에 어떻게 아이구! 내 정신 좀 봐! 분명히 은발에 푸른 눈 딱 맞으시네. 존경하는 단장님! 어서 안으로 드시지요! 어-이 리네야! 단장님 오셨다. 단장님 오셨어. 리네 너 꿈이 딱 맞네. 그-참! 어서 차 두 아니 세 잔 가져와. 그리고 모든 길드 원 집합이다. 다른 길드에도 연락병보네. 어서여기 앉으시지요. 후우 살았네. 단장님 기다리다 죽는 줄 알았소. 여기뿐이 아니고 전 대륙이 단장님 찾느라 비상 걸렸다 아닙니까? 왜 눈물이 갑자기 흐르지? 단장님께 차 드리고 길드 원들 빨리 오라고 그래 어서 리-네야!"

길드 장이란 인물이 굉장히 호들갑스럽다. 날 기다려서 어쩐다고? 무슨 일 있었나?

"아니 누가 나를 단장이라고 했지? 그리고 무슨 일이냐? 영 이해가 안 되는 소리만 하는데 어디 납득 할 수 있게 설명 좀 해줘봐!"

"네 하~아! 마 이바구가 좀 깁니데-이. 위대 하시고, 존경하시는 단장님! 누가 그런 것이 아니라 예. 에 그러니까 전 대륙의 용병들이 전부 몽땅 만장일치로 모두 존경하는 단장님을 용병단장으로 뽑아 뿐 기라 예. 지크 왕국에서 그 일 뿐이 아니고 말입니-더. 이웃대륙 그 뭐시고? 아트라스 에서도 소식이 온 기라 예. 그쪽 용병들도 모두모두 하늘같은 단장님을 용병단장으로 뽑아 뿐 기라 예, 와이 번을 잡은 것이 문제가 아니라-예 그 뭐라카더라? 평등! 자연주의! 뭔 뜻인지는 지도 잘 몰라예! 좌우지간 알리 왕국의 왕도 국민들이 뽑아버렸듯이 우리도 단장님을 뽑아버린 기라-예. 앞으로 두 대륙 다 왕을 국민들이 뽑을 기라-예. 아트라스 제국의 황제도 요번에 새로 뽑았다 아입니꺼? 모두 용병들이 뭉쳐가지고 국민들을 밀어 줬다 카데-예. 모두 단장님 믿고 그렇게 한기라-예. 상인들도 합류했고-예. 이제 노예도 없고,

귀족도 없어졌거든-예. 이름만 귀족이지 쪽도 못쓴다 아입니꺼! 그래서 단장님 찾느라 현상금까지 걸린 기라-예. 에헤헤 현상금은 지낀기라-예. 100골드! 와-하하!"

차 맛이 떫다. 이놈들이 지들 멋대로 단장 뽑아 놓고 좋아죽네 좋아죽어 그래서 못가고 남은 게야. 웬 미련인가 했더니 에-공 갔더라면 지구로 갔을 텐데. 안젤리나 데리고 지구로 횡 갔더라면 지구는 어찌 되었을까? 무슨? 흠!

"단장 뽑아놓고 뭘 하려고? 모든 왕국의 왕들 제국의 황제도 새로 뽑았다며? 그리고 세금도 스스로 알아서 낸다며? 그것은 잘했어. 또 노예제도 없앤 것도 잘했고, 귀족제도 없애고 평등하게 살 수 있는 권리를 찾은 것도 잘했어. 그리고 전쟁 하지 마! 남의 것 빼았으려 하지마! 있는 것으로 나눠먹고, 몬스터 토벌은 용병들이 나서서 처리해 잡는 만큼 돈 주면 되고, 돈 올린 것 그것도 잘했고, 에 그럼 다 되었네 부단장은 누구야?"

"네 부단장님 현재 서쪽으로 출장 갔어-예. 이름은 덩크이고예, 소드 마스터이고 나이가 92세인가 되죠. 서쪽 왕국들 들러서 단장님 인상착의 전하고 그리고 평등! 자연주의가 무엇인지 설명도하고 순회하고 있어-예. 부단장이 그래도 제국의 귀족이라 카던데 다 때려치우고 단장님 소문 듣고 찾아 헤메다가 우리 길드에도 잠깐 다녀갔어-예. 부단장이 보지도 못한 단장님 자랑을 얼마나 해대는지 귀에 따까리 앉는 줄 알았다 카이-예. 평등주의 자연주의에 반해 갔고는 귀족 때려치우고 단장님 꼬붕 하기로 작정 했다나? 뭐 그러면서 못 만나도 평생 단장님만 존경하면서 평등주의 자연주의 세상 맹글겠답니-더. 그래서 서쪽으로 한 바퀴 돌고 그 무시기 또 까묵었네, 옆 동네 대륙에도 다녀온다 카면서 갔어-예. 내사 마 부단장님 꼬붕 하기로 했어-예. 어찌 열정적인지 존경이 저절로 생기데 예. 아-따 그 영감이 참 대단 한기라-예. 세상을 바꿔야 모든 사람이 다 행복해진다 꼬 한 네 시간을 내리 설명을 하는데, 모르는 말이 반이고 딱 한 가지 알게 된 건 모든 사람은 평등하다 카는거 하고 귀족 노예 이 딴 것은 없는 것이 훨씬 더 잘살게 된다 카데-예. 왕 귀족 이런 거 하기 싫은 세상이 곧 될끼라 카면서 갔어-예. 내사 마 그 영감 꼬붕이라예. 아~설명을 하는 걸 좀 배우야 될 낀데 머리가 나빠서 에-잉! 그래도 자꾸 들어마 알게 되겠지-예?"

"허허허 대단하신 분이군 덩크 부단장! 성도 있을 텐데 성은 얘기를 안했군. 제국의 공작을 때려 치웠다고? 하하하하 마음에 드는 분이군! 그리고 자네 이름은 뭔가?"

"네 넵 아차 이거 존경하시는 단장님께 아직 제 이름도 밝히지 않고 헹! 지가 이름이 딱 한자인 룬이라 카는데-예. 부단장님이 성을 턱 하나 주데-예 '투스 룬' 하라카데-예. 그래서 한 달 전부터 투스 룬 댕기라예. 앞으로 잘 부탁 합니데~이, 위대하신 단장님 지를 꼬붕처럼 많이 부려먹어 주이소."

"그래 시킬 일이 많구나. 부단장 오시면 부단장 성을 내가 무라카 라는 성을 주니 '무라카 덩크'로 하라하고 그리고 각 대륙의 몬스터는 최대한 용병들이 다 해결 하도록 하고, 정 어려운 것은 투스 룬 총무한테 의뢰를 넣어두면 이 단장이 다 해결해 준다고 전하고 평등과 자연주의는 반드시 다른 대륙도 다 그렇게 변화 하도록 열심히 퍼트리라고 전해. 그리고 지그리트 대륙에서 가장 골치 아픈 몬스터가 뭐냐? 내가 해결해 주고 다른 대륙으로 갈 것이니까."

"네 넵 안 그래도 그 얘기 하려고 했어-예. 말리 왕국 크라시가 여긴데-예. 이렇게 북서쪽 이곳쯤에-예. 이 산이 식스 지그리트라 카던데-예. 이곳에 래드 와이번이 열 마리 정도 살아-예. 정확 한건 몰라-예. 여기 이 그림처럼 식스 지그리트에서 바다까지 이쪽 모든 곳에 사람이 몬 살아-예. 200년도 더 댔어-예. 땅이 참 좋은 곳인데-예. 그라고 우리 뒤 저쪽에-예 산 보이지 예? 저 산에 오우거가 바글바글해-예. 한 100마리도 넘을 끼라-예. 내일 저곳부터 싹 좀 치워 주이소. 아 저것들 땜시 잠을 몬 잔다 카이요. 말리 최고의 골치 덩이가 오우거 아입니꺼. 예 옙!"

"알았다 내일 아침에 저산에 가자. 용병들 다 모아놔. 내일 일찍 갔다 오자. 그리고 식스 지그리트 까지는 얼마나 걸리나?"

"넵 위대하신 단장님 여서 가는데 한 달. 그라고 잡은 거 싣고 오는데 두 달 걸릴 낍니-더. 마차 100대 말 200마리 용병 천명이 가야 다 가지고 오지 예---?"

"짐마차 100대 말 200마리 용병은 200명이다. 준비 해둬. 5일 후에 출발한다. 투스 룬 총무! 현재 돈은 얼마나 있나?"

"왕국에서 10만냥 지원금 있어-예. 그 정도로도 충분 합니데-이! 말은 왕국에서 그냥 주기로 했고, 먹을 거 하고 잠잘 거 하고 하여간 지가 꼼꼼히 챙기겠심-더 예. 짐마차 100대 말200마리 용병 우수한 A,B급 200명 이렇게 준비 합니더. 리-네야 적었제?"

"네 총무님!"

"좋아! 우선 오우거부터 몽땅 잡아 올 테니, 상단에 연락해서 내일 경매 붙일 테니까. 리네 아가씨 오우거 가죽, 뼈, 심줄, 각 100개씩 살려면 내일 저녁 다 모이라고 해요. 알았죠?"

"네-넵 위대하신 단장님! 만세!"

폴짝폴짝 뛴다. 귀엽게 생긴 아이다. 죽어도 먹는 집에 돌아와서 씻고 죽어도 먹는 식사를 3인분이나 먹고 방으로 올라오니 여우가 싱긋 웃으면서 옷을 벗고 안긴다. 하고 싶다는 마음이 절로 느껴진다. 원래 한 몸인 것 같다.

"아빠! 무슨 생각하시는지 다 알겠어요. 그래서 말하지 않아도 되겠어요. 앞으로는요. 헤헤헤 진짜 저를 사랑하시는 거 다 보여요."

"그래 나도 그래 내가 지구로 돌아갈 때 너도 함께 가야 할 것 같은 느낌이 아직도 남아 있어."

"네 행복하고 아빠하고 아무리 멀리 있어도 같은 느낌일 것 같아요. 사랑해요 아빠! 아빠 곁에서 안 떨어질래요."

"그래 경계가 완전히 사라졌어. 어제 그때 갔더라면 후회할 뻔했다. 여기서 할 일이 남아 있는 것을. 허허허"

"안아줘요. 육체가 있으나 없으나 같은 것이란 것을 알았어요. 아빠 전 아빠와 하나라는 것을 느껴요. 몸도 바뀌었나 봐요."

더 이상 말이 필요 없는 두 사람! 서로 생각을 공유 한다면 남녀 간의 사랑행위는 그냥 확인 행위일 뿐이다.

날이 밝자. 용병 길드 마당에는 짐마차 100대와 300명의 용병들이 무장을 하고 기다리고 있다. 300명까지 필요 없는데 말이다. 아무 말 없이 준비된 말에 오른다. 구경하고 싶어서 따라 나서는 놈들을 구태여 마다할 필요는 없겠지. 전설의 용병 단장님 실력을 보고 싶어서 따라 나선 것이다. 마차 때문에 느려 터졌다. 크라시의 도로위에는 시민들이 소문을 듣고 용병단장을 보고자 몰려든 사람들로 마차가 움직이기 불편할 정도이다. 그렇게 골치 아프게 하던 오우거를 싹쓸이 해온다니 도대체 어떻게 생긴 사람인지 궁금한 모양이다. 길드에서 그렇게 소문을 낸 것이다. '투스 룬'이 그런 잔머리는 잘 돌아가는 편인가 보다. 오우거도 잡기 전에 벌써 래드 와이번도 이번에 싹쓸이 한다고 소문을 키운 것이다. 온 왕국이 힘이 넘친다. 새로 뽑힌 왕도 도로에 나와서 구경을 한다. 손을 흔들면서 권위 같은 것은 발가락의 때처럼 여기는 서민 출신이니 다른 시민들과 어울려서 같이 손을 흔들고 있다. 말을 타고 가면서 마주 손을 흔들어 주자. 왕이 고개를 꾸뻑 숙여 인사를 한다. 그리고 다치지 말고 조심하시란다. 주변 사람들도 왕과 같이 인사한다. 고개를 끄떡이면서 말이다. 아무래도 시간이 너무 걸릴 것 같아서 투스 룬과 여우만 데리고 달려간다. 전 속력으로 말 세필만 달려가니 훨씬 빠르다. 세 시간 만에 어제 그림에서 봤던 그 계곡 입구에 들어섰다. 이렇게 가까우니 사냥감이 없으면 시내에 내려와서 난장판을 만드는 것이다. 기를 퍼트려보니 계곡 너머의 능선부근에 모여 있다.

무엇을 사냥 했는지 지금 열 마리 정도가 나누어 먹고 있는 중이고 13키로 정도 떨어진 곳에서는 70여 마리가 사냥중이다. 20여마리는 자고 막 일어났는지 옹기종기 모여 있다. 저놈들부터 잡고 열 마리를 잡고 그리고 70마리 쪽으로 이동하면 되겠다. 왼쪽 엽구리에 여우를 끼고 오른손으로 투스 룬의 허리띠를 잡고 공중으로 떠오른다. 투스 룬의 눈이 부릅떠진다. 고개를 저어서 소리 내지 못하게 하고 오른쪽 능선을 넘어서 간다. 그 놈들이 자빠져 자고 있는 것이 보인다. 점프 한번으로 놈들의 머리맡에 내려왔다. 투스 룬이 두 손으로 자신의 입을 꽉 막는다. 안젤리나의 공격이 번개같이 두 놈의 목을 치고 지나간다. 후다닥 놀라서 일어나는 18마리가 동시에 가슴이 뻥 뚫어지며 쓰러진다.

투스 룬더러 여기 있다가 용병들 오면 이것들을 옮기라고 하자 고개를 끄떡인다. 안젤리나를 품에 안고 사라졌다. 10마리를 능선에 잡아 놓고 사냥 중인 70마리 쪽으로 날아간다. 공중에서 놈들이 몰고 있는 순록 떼를 바라본다. 이놈들이 한 마리씩 뒤쳐지는 놈들을 죽여 놓고 계속 포위해서 몰아간다. 우리는 공중에서 오우거를 뒤 쫓으면서 강 환으로 30마리 20마리 10마리 10마리를 마지막으로 내려선다. 오우거에게 당한 순록이 22마리다. 오우거 71마리 순록 22마리를 한곳에 모아 놓고 투스루 룬을 부른다.

(투스 룬 나 보이나? 뒤쪽 봉우리야. 그래 쳐다봐 보이지?)

귓전이 아니 머릿속이 울리자. 깜짝 놀란 투스 룬이 두리번거리다가 뒤쪽 500미터 떨어진 봉우리에 초점을 맞춘다. 그리고 손을 들고 팔짝 팔짝 뛴다.

(아이들 올라오면 이곳에 오우거 71마리 순록 22마리 있다. 갖고 가자.)

"헉 내가 꿈을 꾸나? 불과 한 시간 만에 그 많은걸 다잡다니, 이거 소문이 너무 적게 났네. 천신 같다는 말이 딱-이네. 아이고! 내가 너무 소홀히 대했어. 저분은 천신이야. 천신!"

(투스 룬 천신 좋아하지 말고, 아이들한테 소문 내지마 알았지? 그리고 적당히 둘러대. 우리 둘이 잡은 거야. 헛소리 하지 말고.)

"힉! 알았어요. 위대하신 단장님과 그리고 따님이 같이 잡았다. 이렇게 얘기 할게요."

(그래야지 엉뚱한 소문나면 총무 너 책임이다. 여기서도 너 중얼거리는 소리 다 들어.)

"캑!"

"안젤리나야 너 경공으로 저 나무위에 뛰어 올라봐!"

"엥 겁나요. 힝!"

"해봐! 된다. 겁먹지 말고 아빠 하는 것 너도 할 수 있어. 마법만 빼고."

"네-잉!" 나무 보다 더 높이 뛰어 오르더니 그대로 떨어진다.

"잘 조절을 해야지 다시."

몇 번 오르락, 내리락 하더니 결국 올라선다. '흔들흔들' 가만히 놔두자. 혼자 연습한다. 오르락, 내리락 그리고는 나무에서 나무로 왔다 갔다 하더니, 그대로 용병들 있는 능선으로 나무를 건너뛰면서 달려간다. 제법이다. 금방 총무 있는데 가더니 뭐라고 얘기한다.

"빨리빨리 움직여야지 그 속도로는 밤중에야 시내에 가겠어요."

"네 넵 지금 엄청 열심히 움직이고 있어요."

"저쪽 봉우리에 80마리가 넘어요. 아빠랑 몇 마리 옮겨 줄 테니 서둘러요."

"넵 아가씨 얘들아 들었지? 빨리 움직여!"

그래 놓고는 다시 달려온다. 아우 제법 빨라졌다.

"아빠 저 많이 빨라졌죠?"

"그래 여우야. 이젠 안 업고 다녀도 되겠다."

"힝 싫어요. 그래도 업힐래요. 히히힛"

"저거 한 마리 들고 가봐라. 내가 가볍게 만들어 줄게."

"어머머 이상한 소문나면 어떻게 해요."

"그래도 뭐 어때 내 딸이 힘이 장사라면 나도 좋지 뭐."

"히-익! 그러면 곤란 한데요."

"또 시집가려고 그래? 나한테 시집 왔으면 된 거지."

"헤헤헤 그런 것은 아니지만 그래도 여자가 집채만 한 오우거를 들고 다닌다? 우와 그건 좀 아닌 거 같아요."

"이러다가 며칠 걸리겠다. 내가 나서야지 에이 참!"

혼자서 한 마리씩 어깨에 메고 달린다. 마차 한 대에 한 마리를 싣자 마차가 삐꺽거린다. 그래도 어쩔 수 없다. 메고 갈 때만 경량화 시키고 마차에 싣고는 원래무게로 되돌린다. 100대의 마차에 순록까지 겹치기로 싣고 말 두 마리가 그것을 끌고 간다. 인원이 마차당 2~3명씩 붙어서 밀고 당기고 해야 안전하게 평지까지 내려간다.

그러다 보니 시간이 예상보다 몇 배는 소요된다. 시내에 도착하니 어두워지기 시작한다. 그때까지도 온 시민들이 기다리고 있었던 모양이다. 초유의 관심사가 시시 때때로 시민을 괴롭히던 오우거의 난동 이었는데 정말 몽땅 잡아왔다. 오우거 101마리에 순록까지 덤으로 22마리나 잡아온 것이다. 100대의 마차에 삐꺽거리며 싣고 도로를 지나가자 함성이 계속 이어진다. 반나절도 안 걸려서 그렇게 많은 오우거를 둘이서 다 잡았다니, 시민들의 눈에는 사람으로 보이지 않는 모양이다. 은발의 잘생긴 남자와 예쁜 딸이라는 아가씨를 한 번이라도 더 보려고 아우성이다. 용병들이 도착했을 때는 벌써 다 잡아 놓고 기다리고 있었다는데 얼마나 뛰어난 사람이면 그 정도로 빠르게 잡을 수 있을까? 그기에 다가 저 무거운 오우거 시체를 종잇장 들 듯이 들고 날라줘서 빨리 돌아 올 수 있었단다.

정말 안젤리나 까지 들고 날랐으면 큰일 날 뻔 했다. 누가 여우 곁에는 오지도 말을 걸지도 않을 것이다. 무서워서 말이다.

경매가 시작되자 26개 상단이 참여를 했는데 가격만 자꾸 올라
간다. 여우가 얼마나 베테랑인지 모르는 상단들은 눈뜨고 당하는
줄도 모르고 최고가의 비싼 구입을 하면서도 희희낙락이다. 끝나
고 나니 모두 445,000냥이다. 그것뿐이 아니다. 국왕이 포상금을
가지고 경매장엘 찾아왔다. 그것도 달랑 병사 두 명이 포상금
51,500냥을 메고서 말이다.

"우와 대단 하십니다. 기사들이 그렇게 많은 희생을 치루고 도
처치하지 못했는데, 이렇게 간단히 처치를 해주시다니 온 시민과
국민들을 대표해서 감사 말씀을 드립니다. 정말 고맙습니다. 포
상금이 좀 적지만 당연한 대가이니 이번에 나서신 김에 와이번
까지 부탁을 드립니다. 꾸-뻑!"

"네 그러죠. 바쁘신 분이 직접 안 오셔도 되는데, 이렇게 와
주시다니 와이번도 확실히 깡그리 다 잡아 버릴 테니 안심 하십
시오."

무라카 덩크 용병단

　소문은 살이 붙으면서 일파만파로 퍼져 나간다. 전 대륙으로! 5일후 와이번 소탕 작전을 위해서 출발했다. 역시 짐마차가 100 대에 용병 200명 그리고 말이 500마리 정도가 포함된 대 병력이다. 물론 모두 용병들이지만 말이다. 그리고 그 뒤를 따라서 26 개 상단의 많은 인원들이 따라 붙었다. 약 300명이나 되는 상단의 민간인 들이다. 이들의 안전까지 챙겨야 하는 대 인원의 이동이다 보니 속도가 느린 것은 당연한 이치이다. 물론 그곳은 말리 왕국의 땅이라고 볼 수는 없다. 200년이 넘는 세월을 임자 없는 땅으로 불모지가 되었으니 이번 작전이 완료되면 그곳에 다가 용병단의 본부를 세워서 민주주의의 꽃인 평등과 자연주의 사상을 사랑하는 무라카 용병단의 본거지를 삼을 심산인 것이다. 즉 무라카 덩크 용병단의 땅! 앞으로 똘똘 뭉쳐서 행성의 자유와 평화를 지키기 위한 거대한 조직이 자연적으로 커지고 발전해 나아갈 근거지가 생기는 것이다. 오우거를 처리한 돈과 포상금을 합해서 496,500냥을 몽땅 투스 룬에게 줬다. 와이번까지 처리 하면 꽤 많은 자금이 될 것이다. 그것으로 새로운 도시를 건설하는 데 보태라고 넌지시 얘기해주자 투스 룬은 좋아서 어쩔 줄을 모른다.

"총무 투스 룬! 그 사투리 좀 고치면 안 될까? 듣는 사람 답답해서 숨이 막힐 것 같거든. 허허허"

"헉! 조심 하겠습니-다. 천천히 얘기 할 때는 괜찮은데 마음이 급해지면 저도 모르게 헤헤헤헤"

"그봐! 지금은 안 써도 얘기 잘 하누만. 천천히 얘기하도록 해. 허허허"

"네 노력 하겠-어 하겠습니~다. 네"

출발을 한지 28일째 드디어 용병들을 한자리에 모아 놓고 긴 설명과 함께 안전을 위한 대피 행동에 대한 훈련요령을 가르쳐 준다. 그리고 상단은 이곳에서 기다렸다가 이틀 후에 출발해서 오도록 설명을 해주고 병력 산개훈련을 연습시킨다. 흩어질 때의 방향과 신속한 움직임 들을 일일이 하나씩 지적을 해주면서 반복 훈련을 시킨다.

"여러분 자신의 생명과 직접 연관이 되기 때문에 죽기 살기로 신속하게 대응을 해야 합니다. 와이번이 몇 마리나 되는지도 정확하게 모르는 입장에서 조심을 해야지 그 덩치가 30미터를 넘는 거구가 어마어마한 속도로 공격을 하기 때문에 눈으로 따라 잡기도 어려운 상태라는 것을 염두에 두시고 작전이 시작되면 정신을 바짝 차려야 합니다. 앞으로 이틀 동안 더 훈련을 하면서 이동 할 테니 오늘은 이곳에서 숙영준비를 해주세요. 이상!"

흩어지고, 모이는 훈련만 반복을 하니 처음에는 어설프게 하던 것이 반복 속에서 자리를 잡아간다. 10명 일개 조씩 조를 편성하고 조장을 정해준 후 부터는 경쟁심이 살아나는지 점차 동작들이 빨라지고 무라카의 몸이 움직이는 것을 보고 방향을 설정하는 것도 점점 숙달이 된다. 그렇게 어느 정도 수준이 되었을 때 긴장의 순간이 다가온다. 대 부대가 진행하는 방향의 우측으로 식스 지그리트 산맥의 윤곽이 어렴풋이 보인다. 마치 실루엣처럼 희미하게, 물론 무라카 에게만 보인다. 기를 퍼트리고 동화되어 5km상공과 15km반경을 탐색한다. 이제부터는 긴장의 끈을 놓치면 희생이 발생 할 수 있다. 한두 마리도 아니고 다량의 와이번이 있다는데 바짝 긴장해야한다. 놈들의 눈은 독수리 눈 이상으로 특이해서 아무리 먼 곳이라도 조리개를 조절해서 명확히 볼 수 있는 능력을 가진 놈들이다. 지금 쯤 우리를 발견했다고 봐야 할 것이다. 무라카가 전진 방향을 두시 방향으로 전환하자 병력들도 신속하게 조별로 방향을 변환한다. 3일간 훈련시킨 보람이 있다. 정예병사들 보다 신속하다. 식스 산맥이 정면으로 놓인 방향이다.

"자 모두들 긴장하세요. 놈들은 이미 우리를 보고 있어요."

그러자 숨소리도 말의 발굽소리도 안 들린다. 바짝 긴장 한 것이다. 그때 15km 전방으로 침입하는 물체가 있다. 다섯 개나 된다. 고공으로 솟아서 지금 활강모드로 접근해오고 있는 것이다.

"전방 10km에서 고공 2km 상공으로 활강해 오고 있습니다. 모두 준비하세요."

8km, 7, 6, 5, 4, 실로 엄청난 속도이다. 그 큰 몸집이 저런 속도를 낼 수 있다는 것이 불가사의하다. 3, 2, 1, 900, 800, 700, 600

"산-개!"

명령이 떨어졌다. 번개같이 흩어져 달린다. 물론 조별 움직임이다. 실전인 것이다. 병사들과는 달리 용병들은 실전에 더 강해진다. 그것이 용병의 특징 중 하나인데 다들 실전 경험이 풍부하기 때문에 당황하는 경우가 없기 때문이다. 물론 말들이 공포에

절어서 땀을 흘리면서 몸을 떨지만 타고 있는 주인들이 다리에 힘을 주어서 잘 잡아주니 말들도 안정감을 찾는 것이다. 불과 몇 초 만에 700m까지 산개해 나간다. 이때 무라카는 10개의 대형 (주먹만 한) 강 환을 대포알처럼 곤두박질치면서 다가오는 표적을 향해 발사한다. 각 두발씩이다. 머리와 가슴을 동시에 노린다. 그와 동시에 무라카의 몸도 말 등에서 솟아오른다. 하얀 빛을 발하는 광선검을 들고서 제일 선두의 와이번을 스치면서 목을 자르고, 방향을 전환하면서 강환에 적중되지 않은 표적이 있는지 확인한다. 다섯 마리는 누워 떡먹기만큼 쉽다. 그러나 이것이 다가 아닐 것이다. 제2차 공격을 대비해서 준비하는 것이 중요하다. 다섯 개의 미끄러지는 자국을 남기면서 먼지가 피어오른다. 어마어마한 굉음으로 인해서 말들이 놀라서 앞발을 들고 푸들거리는 모습이 곳곳에서 일어나고 있다.

"집합하라! 모여라! 재차 공습이 있을 것이다 대비해야 한다."

마나를 실은 명령이 울려 퍼지자. 다섯 마리는 잡았다는 것을 느낀 모양이다. 다시 번개같이 모여든다. 800m 이상을 산개했던 병력이 다시모이는 모습이 잘 훈련 된 병사들보다 일사분란해서 기분이 좋다. 역시 용병은 실전 스타일인 것이다. 그때 다시 많은 수가 잡힌다. 많은 수가 열 개다. 그런데 고공으로 솟구치는 것이 아니라 수평으로 날아온다.

"모두 준비하시오. 열 마리가 접근중이요!"

조용하다. 숨소리 하나 없이 대기 중이다. 그런데 접근하는 속도나 모양새가 공격을 하는 것과 판이하게 다르다. 번쩍 생각이 떠오른다. 이놈들은 다 자란 새끼들인 것이다. 어미들이 사냥해 둔 사냥감을 먹기 위해서 오고 있는 것이다. 그렇다면 흩어지면 희생자가 발생 할 수도 있다. 뭉치면서 방어진을 짜야 한다.

"모두 뭉치면서 전방에 창병이 창을 공중으로 하는 방어 자세를 취하고 모두 칼을 뽑아서 하늘을 겨누면서 방어한다! 방향은 지금 그대로다. 전방 5㎞ 지점을 날아오고 있다. 방진을 짠다. 실시!"

이것은 한 번도 훈련은 안 했지만 금방 알아듣고 조별 단위로 방어진을 만든다. 모두가 원형으로 빽빽이 모이면서 방진이 형성된다. 무라카는 전방으로 말을 달려간다. 여우가 따라오자 고개를 흔든다.

용병들을 지키라는 것이다. 여우도 소드를 뽑아 들고 방진의 전면에 포진한다. 그때 벌써 500m 전방으로 달려 나간 무라카가 말에서 내려 공중을 바라보면서 자세를 잡는다. 그리고 공중으로 날아오른다. 60개의 강 환을 양쪽 어깨위로 두르고서 말이다. 2키로 1㎞로 접근 하던 놈들 중에 선두 놈이 눈치를 챘는지 공중으로 솟아오른다. 그 순간 이미 강 환의 공격이 시작 되었다. 열 마리가 공중으로 방향을 전환하려 할 때 날아든 강 환이 전면의 두 마리의 머리를 관통하고 나머지 여덟 마리는 빗겨 맞은 놈들도 있는지 몸체가 갑자기 회전하면서 추락한다. 흩어지면서 회전 하는 놈! 추락하면서 날개가 부러지면서 곤두박질치는 놈! 옆구리를 관통 당 한 놈! 가지각색이다. 그런데 모두 땅으로 떨어지는 것은 같다. 모여 있는 용병들이 위험하다.

"흩어져라!" 어마어마한 고함소리가 공중에서 울린다.

방진을 짜고 있다가 갑자기 다른 명령이 떨어졌는데도 당황하지 않고 다시 조별로 흩어진다. 번개같이 대응한다. 사방으로 튀는 메뚜기 떼처럼 순식간에 300m 이상 흩어져 나간다. 그 바람에 다행히 낙하하는 와이번들을 피했다.

"쿵! 콩 콰르르! 콩!"

여기 저기 떨어지는 포탄처럼 먼지를 피워 올리면서 열 마리 모두가 떨어졌다. 그런데 떨어져서도 죽지 않은 놈들이 있다. 퍼덕거리는 닭처럼 몸부림치지만 이미 움직이지 못할 정도의 치명상을 입은 후라서 잠시 후에는 조용해진다.

"자! 끝났다. 모두 모여라!"

"와! 와! 잡았다. 모두 잡았다. 와! 만세! 단장님 만세! 만세! 만세!"

200년간 지켜온 하늘의 왕들이 그 날개를 꺾고 땅위에 모두 누웠다. 그런데 문제는 지금부터이다. 저 큰 덩치를 어떻게 옮기느냐? 과연 옮길 수는 있을까? 모두의 얼굴에는 저렇게 큰 덩치가 하늘로 날아다닌다는 것이 믿기지 않는 모습들이다. 그리고 땅으로 떨어질 때의 그 굉장한 소리와 먼지! 몇 백 미터를 초토화 시키면서 남아 있는 자국! 정말 눈으로 직접 보기 전에는 믿기 어려운 사실이다. 투스 룬을 시켜서 마차를 외곽으로 둘러치는 형태의 원형 숙박 진지를 설치하고 천막을 마차 안쪽에 질서정연하게 설치하도록 지시한다. 무라카는 잡은 와이번 들을 해체하기 시작한다. 광선검이 아니면 불가능한 일이라서 직접 하지 않을 방법이 없다. 우선 한 마리 한 마리씩 해나갈 수밖에 그래야 상단이 도착했을 때 바로 경매처리를 해버릴 심산인 것이다. 여우를 옆에 불러서 얘기를 하면서 해체를 한다. 손이 보이지 않을 정도의 속도이다. 이제는 이골이 날만큼 해본 것이다. 덩치만 커다랄 뿐이지 그렇게 많은 시간이 걸리지는 않을 것이다. 해체하는 쪽쪽 바로마차에 부위별로 실어서 숙영지로 보낸다. 떨어진 위치가 다 틀리니 어쩔 수 없는 것이다. 세 마리를 해체하고 나니 어둠이 내린다. 식사를 하고 야간작업을 해야 할 판이다. 아무리 서둘러도 열다섯 마리나 되는 와이번을 하루 밤에 다 해체하기란 불가능하다. 늦은 밤까지 작업은 계속 되었다. 그래도 절반 밖에는 못했다. 어쩔 수 없이 쉬었다가 내일 다시 재개하는 수밖에 해체하는 것이 잡는 것 보다 수백 배는 어렵다. 툴툴 거려봐야 누구하나 도와 줄 수 있는 자가 없다. 그나마 옆에서 조잘거리는 여우라도 있으니 다행이다. 이튿날 오전이 다 되어가는 시간에야 끝났다. 손도 보이지 않을 정도의 속도인데도 이 정도이니 얼마나 많은 작업량인지 모두가 혀를 내어두른다. 마차 100대가 가득하다. 쓸모없는 고기 덩어리가 작은 산만큼이나 커다랗다. 저놈들이 썩으면 땅이 좋아질까? 아니면 나빠질까? 궁금해진다. 분명 와이번 고기는 독이 있다. 무라카는 먹어봐서 안다. 돼지고기도(오크고기) 먹어 봤는데?? 아무것도 모를 때 먹어 봤으니 다행이지 어쨌던지 그때 당시엔 맛있게 먹었다. 배도 고팠고 말이다. 허허허

　"아빠! 아빠 사람 맞아? 혹시 신이 사람 몸에 들어온 것 아닌가? 언니도 그런 말 하던데 오늘 보니까 사람이 아닌 게 분명해. 씨잉! 그러면서 우리들 다 속였어. 그래서 아이들이 태어나자마자 말을 하고 웃고! 이힝! 아빠는 생생한데 나는 먼저 늙어서 쭈글쭈글 해지면 어쩌지? 아~잉! 솔직히 얘기해 봐-용 네?"

　"이것은 비밀인데 말이야. 내가 우주여행하면서 깨달은 것인데 우주 속에는 신(神)이 없다는 것이야. 사람의 가슴속에는 있기도 하고 없기도 하지만 말이야! 나는 아주 형편없는 남자였어. 뭐 한가지 뛰어난 것도 없고, 여자를 즐겁게 해주는 기술도 없고,

또 여자를 행복하게 해 줄 줄도 모르는 맹탕의 남자였어. 참 못생긴 남자였지. 그런데 우리 안젤리나는 예쁘고 착하고 남자를 행복하게 해 줄줄도 알고, 여러 가지로 현명하고 검술도 이젠 초절정의 고수이고 그런 사람이보기에 나 같은 사람이 신이라면 안젤리나는 날개 달린 천사이겠지. 안 그래?"

"어머머머 또 속았네. 아빠는 머리가 얼마나 좋은지 대답하기 곤란하면 얘기를 동쪽으로 갔다가 서쪽으로 가고 뺑뺑이 실컷 돌려놓고 말을 엉뚱한 곳으로 돌려버리는 고수야! 아무리 정신 똑바로 차려도 놓쳐버리게 만들거든요. 히! 그런데 아빠! 어제 새끼들 공격 할때요. 그때는 엄청나게 고공이였는데, 그것은 어떻게 한거예요?"

"아 그것은 마법이야. 고공 점프라는 것인데 시선이 닿는 곳은 어디든지 이동 가능한 수법이지. 너도 마법 배울래?"

"아빠! 전요. 아빠 옆구리에 딱 붙어있을 건데 어느 세월에 마법을 배워요? 히히힛 그냥 아빠가 다해주는데요 뭐 키키킥!"

"어? 여우가 요상하게 웃는다. 이리로 와 안고 자자! 아이고 예쁜 나의 분신! 쪽!"

식스 지그리트 산맥이 희미한 안개를 두르고 서서히 밝아져 올 때 무라카는 일어나서 코트를 벗어서 안젤리나를 덮어준다. 제법 쌀쌀해진 날씨다. 깨어나면 추위를 느낄 정도의 기온인 것이다. 결실의 계절이 다가온 모양이다. 조석으로 일교차가 심하다. 원형으로 구성된 숙영지를 용병들이 밤새 경계근무를 쓰고 있었나보다. 밖으로 나오니 초병들이 인사를 해온다. 인지를 세워서 소리 내지 말라고 하는 제스추어를 보이자 고개를 끄덕인다. 동쪽 하늘을 바라보자 희미하게 밝아오고 있다. 한 시간 후면 태양이 솟아오르겠지. 항상 등에 메고 다니는 배낭을 만져보면서 동쪽으로 걸어간다. 와이번 들이 살았던 둥지를 다녀오려고 하는 것이다. 혹시 또 모를 어린 새끼들이 있을지도 모르니 말이다. 그때 천막에서 투스-룬이 나오다 위대하신 단장님을 보고는 달려온다.

"안녕히 주무셨습니까? 위대하신 단장님! 꾸뻑!"

"그래 해가 솟아오를 때쯤 상단이 들이 닥칠거야. 안젤리나 양이 알아서 경매를 붙이겠지만 질서유지나 외곽 경계등은 총무가 알아서 해야 해. 나는 와이번이 살았던 곳을 둘러보고 올 테니까."

"네-넵 상당히 먼 곳인데 말을 타고 다녀오시죠."

"아니 말은 느려서 하루이상 걸려. 그냥 갔다 오는 것이 훨씬 빨라. 용병들 건강상태 체크도 하고, 여러 가지 신경 많이 써야 할 거야. 그럼 갔다올게."

"네 다녀 오십---??"

벌써 까만 점이되어 사라져간다. 투스-룬의 눈이 멍해져서 단장님이 사라져간 쪽을 바라본다. 사람이 저렇게 빠를 수도 있구나! 해발 3,000정도의 바위산 위에 바위절벽이 있고, 그 꼭대기 부근이 와이번 가족이 살았던 곳인가 보다. 먼 평야까지 탁 터여 있어서 고개만 들어도 눈 아래로 넓은 평원이 다 보인다. 맹금류의 집으로는 명당자리이다. 뒤로는 절벽이니 그 어떤 것도 침입이 불가능한 지형이다. 한 쪽에는 새끼들이 자란 곳인지 많은 뼈들과 배설물들이 쌓여있다. 절벽 아래쪽에는 공동 화장실인 모양이다. 동물의 뼈가 작은 산처럼 쌓여있다. 아주 고약한 냄새가 난다. 생선 비린내 같은 그런 냄새이다. 바위산 전체를 정찰해

봐도 더 이상의 와이번 둥지는 없다. 그 오랜 세월을 한 가족만이 살아온 모양이다. 배설물이 쌓인 곳에 내려와 보니 사람들이 사용했던 무기도 많이 있다. 투구와 창 칼 등을 보건데 수많은 사람들이 희생당했다는 증거들이다. 파 헤쳐서 낱낱이 조사해 보고 싶지만 그런 일은 용병들이 해도 될 일이다. 돌아오니 역시 상단들이 도착해있다. 지금 오고 있는 상단도 보이고 말이다.

조용히 천막 안으로 들어오니 안젤리나가 정좌를 하고 천조심법을 수련중이다. 이미 사통팔달의 몸이 되어있을 테니 스스로도 놀랄 것이다. 어떤 영향으로 그렇게 바뀐 것인지 무라카도 알 길이 없다. 입신의 문을 열 때 한 몸이 된 그 조화로 인해서 일 것이다. 몸과 마음이 모두 무라카처럼 되어버린 것이 얼마나 큰 기연인지 깨닫고 자기것으로 만들어야 한다. 깨달음이 없다면 더 이상 나아가지 못하리라. 다시 그런 기회가 온다면 육체를 가지고도 시공을 초월할 수도 있을지 모른다.

상단의 인원들이 모두 도착하자. 그 인원이 용병단의 인원보다 3배나 된다. 상단이 후속으로 호위 병사들을 그만큼 많이 데려온 것이다. 26개 상단들이 혹시 모를 위험에 대처하고자 추가 인원을 요청해서 벌어진 결과이다. 상단들을 다 모아 놓고 경매를 시작한다. 포상금만 해도 150,000냥이다. 15마리나 잡았다는 얘기를 들은 상단 대표들의 표정이 가관이다. 래드 와이번 15마리! 어마어마한 돈이다. 다 자란 놈 한 마리 가격이 300,000냥 수준이다. 그리고 또 뼈와 심줄은 얼마인가? 크기가 30m를 넘기는 큰놈들이 다섯 마리다. 상단 인원들이 와이번 몸통이 버려져 있는 곳에 가서 이미 확인을 했다. 얼마나 큰 놈들인지를 말이다. 새끼들도 말이 새끼이지 다 자란 놈들인 것이다. 안젤리나는 벌써 느끼고 있다. 아무리 그래봐야 부처님 손바닥 위의 손오공인 것을 말이다. 마젤란 제국의 대 상단 켈리포 상단의 부회장이 자신이라는 것을 아는 자들은 아무도 없다. 아빠와 자신 밖에는 말이다. 그곳에서 잔뼈가 굵은 참인데 상단들이 단합을 한 것 정도는 웃을 일이다. 모조리 다 깨부수고 진짜 상상을 못할 고가로 매입하도록 할 자신이 있는 것이다. 경매장에서 경매를 구경하는 것은 아주 재미있는 일이다. 특히 정해진 가격이 없는 희귀성 물품은 더욱 심리전이 많이 영향을 미치는데 경매를 유도하는 자의 능력이 돋보이는 것이 이럴 때에 나타난다. 무라카도 뒤쪽에 앉아서 느긋하게 구경을 한다. 아빠가 처음으로 자신이 주도하는 경매를 구경하고 계시니 더욱 힘이 난다. 목소리도 한톤 더 업된 소리로 경매장의 분위기를 끌어 올려놓는다.

"래드 와이번 부산물 경매에 참여하신 여러 상단의 대표 분들께 감사 인사를 드립니다. 오늘 이 자리에서 경매할 수량은 35m크기의 래드 와이번 다섯 마리와 25m크기의 래드 와이번 열 마리의 부산물인 가죽과 뼈 그리고 심줄입니다. 워낙 높은 기술을 가지신 분이 계셔서 모두 분리 작업을 끝냈습니다. 이상으로 설명을 마치고 경매에 앞서 간단한 질문을 받고 본격적인 경매를 시작하도록 하겠습니다. 질문 하실 분은 조용히 손을 들어주시면 그 순서에 의해서 제가 지명을 해서 질문을 할 순서를 정해 주도록 하겠습니다. 자! 손을 들어주세요. 조용히 진행 할 수 있도록 질서를 지켜 주시고, 자 그럼 저기저분! 네 질문 하세요."

"열다섯 마리나 되는 래드 와이번을 잡았는데 피해는요? 얼마나 피해를 입었나요?"

"네 답변 드리지요. 이곳으로 오는 동안 계속적으로 반복 훈련을 시켰지요. 저기계시는 저의 아빠께서요. 그래서 피해는 없습니다. 다음 질문 그분원쪽에 계시는 여자분! 네"

"인원도 200명 정도인걸로 아는데 피해가 없다니요? 말이라도 잡아먹힌 것이 없나요? 그리고 어떤 작전으로 몰아 잡았는지 그것이 궁금하네요."

"호호호 경매 물건보다도 그것이 더 궁금하시겠죠. 좋습니다. 이곳에 계신 용병들은 대단히 용감하시고 그리고 반복 훈련으로 자신감도 대단하죠. 기사들보다도 오히려 대단한 분들이시죠. 그래서 사방으로 산개할 때는 눈 깜짝 하는 순간에 방원 2㎞까지 산개를 하고 집합을 할 때도 정말동작이 얼마나 빠른지 말이 겁에 질려서 똥오줌을 지려도 착착 빈틈없이 움직였죠. 그래서 공중에서 급강하 하면서 공격 하려던 와이번이 표적이 갑자기 흩어져버리자 당황해서 우왕좌왕 하는 순간에 정말 0.5초! 그 짧은 순간에 저기 앉아계시는 잘생기신 용병 단장께서 번개같이 도약하며 하얀 빛 오러 블레이드를 뻗치며 휘두르는데 눈으로 보지도 못할 정도로 빠른 그래서 사실 어떻게 와이번 목을 자른지는 아무도 못 봤어요. 그리고는 쿵! 쾅! 하며 흙먼지를 피워 올리며 땅에 쳐 박혔죠. 네 그렇게 잡은 겁니다."

"저요 질문 있습니다. 그럼 저분 혼자서 다 잡은 겁니까?"

"네 칼질은 단장님께서 처음부터 끝까지 즉 가죽을 벗기고 해체 하는 것까지 혼자서 다 하셨죠. 그러나 저는 혼자서 잡으신 것은 아니라고 봐요. 왜냐하면 와이번들을 혼란에 빠트린 것은 용병단 전체가 다 가담했기 때문에 가능했죠. 안 그래요? 총무님!"

"네 넵 마 맞습니다. 에헴!"

"와 하하하하!" "호호호호" "우와! 무적의 덩크 용병단 만세!"

"자 다음 분 질문 받겠습니다. 네 저분요."

"네 감사합니다. 저는 스톰 상단의 대표 스톰 입니다. 제가 궁금한 것은 목이 잘린 와이번은 한 마리뿐 이였고, 나머지는 머리가 터진 것이 열 마리 그리고 가슴에 구멍이 뻥뻥 뚫어졌던데, 가죽에 흠집도 가슴이 뚫린 네 마리 외에는 깨끗한 건가요?"

"네 아주 깨끗합니다. 우리 아빠가 무두질의 고수십니다. 와이번 무두질을 여러 번 하셨죠. 그러니까 와이번 잡은 것이 아빠! 몇 번째죠?"

"네 번째야. 모두 스무 마리 넘게 가죽 벗겨 봤어. 이젠 한 마리 벗기는데 30분이면 가능해. 아주 깨끗하게 말이야. 허허허"

"호호호 들으셨죠? 용병단장이신 우리 아빠께선 다른 대륙에서 와이번을 여러 번 잡아보신 분이시지요. 지금 입고 계신 옷도 와이번 가죽이에요 제 것도 그렇고 자 답변이 충분하리라 보고요. 다음분요. 네 여자분요."

"저기 진짜 궁금한 게 있는데요. 개인적으로요. 단장님 결혼하셨나요?"

"엥? 그것은 질문에서 제외합니다. 그런 것은 개인적으로 물어보세요. 자 그럼 이제부터 경매를 시작합니다. 35m짜리 다섯 마리는 먼저 가죽부터 시작합니다. 황금 300,000냥부터 시작합니다. 손을 들고 가격을 제시하세요. 손으로 하셔도 됩니다. 제가 다 알아봅니다. 네 A상단 31만 좋습니다. 네 D상단 35만 좋습니다. 네 E상단 40만 나왔습니다. 네 그쪽 B상단 41만 C상단 43만 자!"

단합이고 뭐고 다 깨져버리고 이미 분위기는 한껏 고조되어

간다. 그렇게 해서 경매가 끝난 시간이 무려 7시간이나 걸려서 끝이났다. 낙찰한 상단을 불러 대금 지급방법과 물품 전달방법을 의논하고 나니 벌써 날이 어두워졌다. 안젤리나가 일을 얼마나 꼼꼼하게 처리 하는지 보고 있는 무라카가 놀랐다. 이 땅의 주인이 무라카 덩크 용병단의 소유임을 증명하는 서류까지 언제 만들었는지 다 준비해놓고 있었고 그래서 그 서류의 보증을 26개 상단이 다 하도록 해 놓은 것이다. 26개 상단의 도장을 다 받은 것은 기본이다. 그리고 가지고 온 현금은 모두 다 받고 모자라는 부분은 물건을 인수할 때 다 치룬다는 확인서까지 다 받는다. 크라 시의 용병 단 길드까지는 물품을 용병단에서 책임지고 운송해주고, 그곳에서 잔금을 치르면 물품을 인계하겠다는 것이다. 한 끼밖에 못 먹고 경매가 완전히 마무리된 시간은 한 밤중이다. 늦은 식사 겸 상단에서 가져온 술과 음식으로 파티 아닌 회식을 열었다. 먹고 마시며 얘기하는 자리에서 레이미 라는 상단의 딸은 무라카 옆에서 떨어지려 하질 않는다. 그것을 보고 있던 안젤리나가 귀속 말을 몇 마디 해주자 얼굴이 빨갛게 달아오른 레이미가 눈물을 흘리면서 자기 아버지에게로 달려간다. 쬐끄마한 것이 버릇도 없이 아빠를꼬시려고, 꼬리를 쳐? 쌍! 안젤리나는 승리의 미소를 지으면서 아빠 옆구리에 찰싹 붙는다.

"아빠, 아빠 고 조그만 한 게 귀여워요? 왜? 가만히 놔두신 거죠?"

"응 귀엽긴 하지 그런데 울리면 쓰나? 여우야 애기를 울려서 보내면 어쩌누?"

"아니 고 기집 애가 눈치코치도 없는지 눈짓을 해도 못 본 척하잖아요. 아직 털도 안 난 것이 감히 아빠를 넘봐? 어림도 없지 -롱. 메-롱이다. 헤헤헤"

"어이구 우리 여우가 꼬리가 몇 개인지 궁금해지네. 허허"

"히히힛 아빠에겐 이 여우 하나만 있어도 돼요. 키키킥"

"맞아 그렇지요. 귀여운 여우 하나만해도 과분하지. 허허허"

"어? 저게 또 오네. 저거 오늘 내가 콱 잡아먹어 버릴까 보다. 킥"

"여자가 여자를 잡아먹어? 오-잉? 그건 무슨 소리야?"

"히-익! 아니에요. 아빠! 아빠는 신경 쓰지 마세요. 제가 알아서 할께요. 키킥!"

수많은 질문들이 쏟아졌지만 무라카는 자세한 설명은 삼가 했다. 모든 의문은 총무 투스-룬에게 미루어 버렸다. 그리고 나서야 좀 한가해져서 여우와 얘기를 할 수 있었다.

"자 여러분! 오늘은 이정도로 끝내고 크라 시에 가서 다시 논의하도록 합시다. 다들 피곤하실 텐데 쉬도록 하세요. 크-험!"

그렇게 마무리를 해줘야 끝이 날 것 같아서 한마디 해주고는 천막으로 돌아왔다. 외곽 경계와 내부순찰 등을 편성해서 야간근무조들이 철통경계로 들어간다. 씨끌씨끌 하던 분위기가 조용히 가라앉고 모두들 각자의 천막으로 흩어지고 나서야 안젤리나가 씩씩거리며 돌아왔다.

"이리와 여우야 오늘 고생했다. 안아줄게."

"히힝! 고 조그만 한 게 포기를 안 하네. 어이쿠 또 찔찔거리며 아빠한테 갔어요. 히힛 아빠 저 예쁘죠?"

"그럼 예쁘고 귀엽고, 쪽! 일찍 자거라."

'쓰담쓰담' 5분 정도 지나자 잠이 든다. 그대로 품에 안고 간이 침대에 눕는다. 밤에는 꽤 쌀쌀해진다. 8~9도 정도로 기온이 떨어지니 천막안이 썰렁하다. 와이번코트를 바짝 끌어다가 목에까지 감싸 안고 안젤리나를 등에서 엉덩이까지 쓰담쓰담 해 주면서 안고 누워 있는데 누군가 두 사람이 천막 앞에까지 다가오더니 다시 발길을 돌린다.

"아가야 봐라 주무시는가 보다. 돌아가서 우리도 자야지."

"아버지 저는 저 사람에게 시집갈래요. 죽어도 따라붙을 꺼에요. 히-잉! 흑흑"

"아이고 이것아 부인이 셋이나 있다고 했다면서 고집을 부릴게 따로 있지. 쯔쯔쯧 험"

"헹 아버지는 엄마 외에도 부인이 여덟 명이나 되잖아요. 셋이야 적은 건데 뭐!"

"대사가 그렇게 니 맘대로 된다던? 상대의사는 물어보지도 않고 너 혼자 그러면 어이구 말을 말자. 아가야 될 수 있는 게 있고, 아무리 그래도 안 되는 것이 있는 거야. 네 엄마가 너를 너무 귀엽게 키워서는 허허허"

발걸음 소리가 멀어져 간다. 17~18세쯤 되어 보이는데 철이 없어도 너무 없다. 어이가 없는 말을 막 하다니 무라니가 다섯 살 때 저랬다. 아빠랑 결혼한다고 떼를 쓰던 무라니 얼굴이 떠오른다. 이제는 무라니가 딱 저 나이가 되었다. 그래서 결혼이 뭔지를 안다. 시집가고 결혼한다는 것이 무슨 뜻인지 알기에 아빠랑 결혼 한다는 말은 안 한다.

다음날 투스-룬의 지시에 의해 철수작전이 시작 되었다. 26개 상단 인원까지 모두 포함해서 안전하게 이동을 해야 하기에 출발부터 번잡하다. 느긋한 사람은 무라카와 여우뿐이다. 이젠 여우도 검법과 경공이 상상을 초월하는 수준이다. 육체가 본의 아니게 바뀐 탓이다. 깨닫지 못해서 그렇지 이미 온몸이 마나의 바다가 되어있어서 사실 그칠 것이 없는 능력을 가졌으면서도 10%도 활용을 못하는 것이다. 그렇게 이동은 계속되어 2개월 만에 크라 시로 돌아 왔다. 용병단의 무사귀환 소식이 전해지자. 왕궁에서 재산을 총괄하는 부서에서 사람이 와서 실태를 파악해서 돌아갔다. 와이번을 15마리나 잡았단다. 곧 소문이 퍼져나갔다. 불모의 땅이 무라카 덩크 용병단의 땅이 되었고 곧 대대적인 건설 공사가 집행이 될 것이란다. 와이번 열다섯 마리가 경매로 처분되어 각 상단으로 인계되었다. 총금액이 2,160만 냥이다. 한 개의 왕국을 싸고도 남을 거금이다. 포상금이 또한 15만 냥이다. 175만 냥을 용병 단 본부 건설비용으로 기부했다. 용병단에 총 2백 십구만 오천냥을 기부한 것이다. 그 정도면 충분히 용병 단이 새로이 새로운 땅에서 세워지고, 운영될 수 있는 자금이다. 이천만 냥은 아무도 모르게 '러브 네스트'로 옮겨져 갔다. 그리고 아이들을 잠깐 둘러보고 레인과 볼리아도 보고 왔다. 무투 녀석은 아빠에게는 찰싹 안기고 좋아 하는데 엄마에게는 그렇게 안 한다. 사내 녀석이라 그런 것이다. 무라크도 마찬가지고 무라니는 처녀가 다 되어서 가벼운 포옹만 허락한다. 벌써 몸이 풍만해진 숙녀인 것이다.

"아빠 무투 공부 열심히 하고 있어요. '러브 네스터'가 얼마나 좋은지 모르겠어요. 놀기 좋은 데가 많거든요. 무라크도 요즈음은 과일 따러 다니느라 정신없어요. 하하하"

벌써 변성기도 지나서 어른 목소리가 나온다. 녀석 '쓰담쓰담'!

"동생 잘 챙겨라. 꼭 같이 다니고, 아직은 모른단다. 위험한 몬스터가 있을 수도 있고."

"네 아빠 둘이 항상 같이 다니고 있어요. 무라크도 실력이 좋아요. 언제 저를 능가할지 몰라요. 헤헤헤"

"그래 어디 갔기에 안 보이는가? 이 녀석!"

"과일 따러 갔다니까요. 제가 일어나니 벌써 사라지고 없어요."

"음! 그래서 동생을 잘 챙기라는 거야. 흠흠!"

"네 아빠 앞으로는 신경쓸께요. 찾아서 데려 오겠습니다."

"오냐 찾아봐라 그래! 그래야 형이지. 허허허"

잠시 후에 각종과일을 커다란 자루에 한 자루 짊어진 무라크가 나타났다.

"아! 아빠! 언제 오셨어요?"

"이리 오너라 무라크야 아빠가 안아보자. 어이쿠 우리 막내가 많이 커서 인제 어른이 다 되었네. 허허허 녀석 이른 아침부터 형은 놔두고 어디를 쏘다닌 게냐?" 쓰담쓰담!

"아빠 과일이 무지하게 많아요. 성성이들도 많고요. 성성이들이 말을 가르치니까 제법 잘해요. 친구들도 많고요. 대 다수가 말을 알아들어요. 요즈음은 검술도 가르쳐요. 제가요. 하하하 울-백 이 란 녀석이 제법 잘해요. 헤헤헤"

"야 너 이형에게도 말하지 않고 그래서 요즈음 혼자 다닌 거야?"

"응 형! 형은 잠꾸러기라서 늦게 일어나잖아. 언제 기다려 씨!"

"허허허 녀석 무슨 꿍꿍이가 있었군 그래. 바다는 위험하니 바다 쪽은 혼자 다니면 안 된다. 알았지?"

"넵 아빠! 누나도 잘 알아요. 그래서 바다는 잘 안 나가요. 헹"

"오냐 무라니는 왜 혼자서 따로 행동 하지?"

"아빠 얘들이랑 같이 못 놀아요. 아직 어린애 들이라서요. 헹! 아빠는 매일 멀리 계시지, 엄마는 늘 바쁜 몸이시지. 무라니는 늘 혼자예요. 씽!"

"하하하 우리 공주가 숙녀가 되어서 혼자 외톨이가 된 것인가?"

"헹 그래도 몰리아스가 있어서 심심하지는 않아요. 헤헤헤"

"아 그래 그나마 다행이군. 마법은 상급까지 다 이론은 마쳤나?"

"네 아빠 저도 아빠따라 여행가면 안 되나요?"

"헉! 그것은 엄마랑 의논을 해봐야 할 문제인 것 같은데? 다음에 얘기하자. 알았지?"

"네 아빠! 저도 이제 18살이라고요. 세상 구경도 해보고 싶다고요. 헹! 아빠 알았어요. 기다릴게요."

"오냐 그래 한번 심각하게 생각해보마! 그래"

안젤리나는 몸도 셋 중에서 가장 건강해지고 표정도 밝다. 볼리아가 무슨 좋은 일 있었냐면서 묻는다. 그만큼 모습이 달라진 탓이다. 즉 환골탈태(換骨奪胎)를 한 것 보다 한 차원 높은 '승화의 경지'를 맛본 것이다. 입신의 경지에 오르는 자와 한 몸같이 있었으니 승화(承化)의 경지를 맛볼 수밖에. 골격과 세포가 입신에 이른 자와 동일하게 변화 했으니, 얼굴이 빛이나고 피부도 달라지고 몸도 재구성 되어서 엄청난 몸이 되었지만, 정작 본인은 그것을 모르니 오히려 보는 무라카가 더 안타깝다. 언젠가는 스스로 깨닫고 익숙해지겠지. 폰 프린스로 지그리트의 용병길드에 돌아오니 건설 단 선발을 하느라 정신이 없을 정도로 바쁘다. 투스-룬이 보는 것과 다르게 상당히 유능한 인재이다. 무엇을 맡겨도 척척 해치울 것 같은 믿음이 간다. 이제 놈에게 맡기고 떠날 때가 된 것이다. 이 정도면 아트라스 대륙까지 영향을 미칠 용병단이 되리라. 지그리트 대륙에서 불기 시작한 '평등과 자연주의'가 전 대륙으로 그리고 전 행성으로 펴져 나가기를 바라면서 조용히 총무 투스-룬을 불렀다. 그리고 앞으로 해나갈 일들을 격려

해주고는 조용히 떠났다. 두 마리 말에 간단한 여행 필수품들을 싣고 시계 방향으로 떠난 것이다. 이제 더 이상 지그리트 대륙에서 불가항력 적인 일은 없는 것 같다. 차라리 마지막 남은 남극 대륙을 들러보기로 하고 안젤리나를 안고 폰 프린스에 오른다.

"R-2야 남극대륙으로 가자."

"넵 사령관님! 자동 조종으로 남극대륙으로 비행합니다."

"아빠 저를 안아주시고 천천히 가요."

"이제 해줄 것 다해준 줄 아는데 아직 남았나?"

"히히힛 아빠! 아빠 저 먹고 싶지 않나요?"

"그걸 먹는다고 하는 거 아냐. 사실은 레인이 그 난리를 치는 통에 잡아먹는다는 것이 되었지만 사실은 '따먹는다.' 라는 속어가 있기는 해. 그것도 구조상으로 볼 때는 남자가 여자를 따먹는 것이 아니라 여자가 남자를 따먹는 것이 더 맞는 말이지만 말이야."

"우와! 그럼 아빠 따 먹어야지? 히히힛"

남극 대륙은 섬나라 즉 반도처럼 생겼다. 꼭 지구의 일본처럼 생겼는데 그 면적은 아마도 일본의 100배는 될 것이다. 그 한쪽 끝 부분이 극점이다. 사람이 사는 땅은 전체 면적의 1/5도 안 된다. 그 속에 3개의 왕국이 있다. 서로 사이좋게 지내면 얼마나 좋을까 만은 어디를 가도 인류는 호승심과 탐구심으로 인해서 서로 잡아먹지 못해 안달이 난 듯이 다툼을 만들기 일쑤이다. 사람이 살지 않는 땅에는 긴 산맥이 있고, 사람들이 사는 땅에는 넓은 평야지대이다.

넓은 평야지대이지만 농사를 지을 수 있는 땅은 한정이 되어 있는 모양이다. 바닷가 쪽으로 그렇게 넓지 않는 땅뿐이다. 기후 때문인 모양인데 그래서 주로 어업으로 살아가는 사람들이 대부분인 것이 이 대륙의 형편이다. 아직 대륙 간의 무역이 거의 불가능하다 보니까. 대륙간에 문화적인 수준의 차이가 심하고 언어 역시 완전히 다르다. 이러한 정보를 알게 된 것은 중간에 끼어 있는 소리스 왕국의 항구 도시 캐필라이 시에 정착을 하면서 알게 되었다. 캐필라이 시는 낮은 산이 있는 바닷가의 도시인데, 이 산을 중심으로 집성촌이 형성된 소박한 도시이다. 다른 대륙의 항구와는 판이하게 다른 인구 10만도 채 안 되는 농어촌 도시인 것이다. 외지의 사람이 들어오는 경우도 거의 없고, 우리처럼 여행객도 전혀 오지 않는 섬나라의 오지 정도로 생각하면 될 것이다. 시골 냄새가 물씬 나는 농어촌 마을이다. 이웃간에 모르는 사람이 없고 어려운 이웃이 있으면 서로 돕는 그런 인정이 넘치는 곳이다. 유동인구도 없고 해서 파악하기도 쉬운 도시인 것이다. 반 정도가 농사를 짓고 나머지 반은 바다에서 고기를 잡아서 자급자족이 되는 영지이고 평화로운 왕국이다. 이웃 왕국이 건드리지만 않는다면 말이다. 항구에 정박한 배들은 모두 소형 어선뿐이다. 고기잡이 어선들뿐인 것이다. 해상 운송이 발달할만한 여건이 안 되는 것이다. 바닷가의 강국들은 해군력이 강성해지고 해상 운송등도 발달을 하게 되는데 이곳 남극대륙은 그런 자원이 부족한 모양이다. 인적 자원도 부족하고 물적 자원도 부족하니까 꿈도 못 꾸는 것일까? 분명히 다른 원인이 있을 것이다. 세 개의 왕국이 하나로 통일이 된다면 충분한 입지 조건이 되고 해상 무역을 원활하게 팽창 시킬 수 있을 것이다. 세 개로 쪼개진 왕국은 서로 견제하느라 국력을 다 소진하는 어리석은 짓거리를 반복하고 있을 터이다. 그것이 기득권을 가진 자들이 헛 욕심을 부리는 원인인 것이다. 이 대륙의 위정자들은 곧 사라질 운명이 다가온다. 아무리 음모로 국민들을 우롱하고 있지만 인접 대륙에서 불기 시작한 바람은 피해 갈 수 없으리라. 아마 그들은 곧 맞아죽는 엄청난 사실에 몸서리 쳐지게 되겠지. 작은 집을 하나 사서 정박을 하고 있는데 날마다 항구로 나가서 돌아다녀본다. 무슨 할 일이 없을까하고 연구를 하면서 이곳저곳을 파악하고 있는 것이다.

그리고 주변의 주민들이 얼마나 신경을 써주는지 미안할 지경이다. 안젤리나는 적당한 말로 둘러 대는 것도 한계가 있음을 알기에 아예 신접살림을 차렸다고 얘기한다. 좀 있으면 애기도 생길 테고 그래서 무슨 일을 할까 하고 아빠가 돌아다녀 보는 것이라고 둘러댄다. 그리고 무라카는 농사일은 자신이 없으니까. 배를 만드는 장인에게 고깃배를 한척 만들어 달라고 부탁을 했다. 그물로 고기를 잡는 법을 연구를 한다. 이 곳 사람들도 그물이나 어항을 가지고 고기를 잡는 법을 곧 따라 하게 되겠지. 잘 잡히면 따라하게 되기 마련이다. 어선을 만드는 동안 무라카는 와이번 심줄 남은 것을 가지고 그물을 짠다. 수도 없이 실패를 하면서도 반복하니 답이 나온다. 그물 엮는 것을 보기는 했어도 직접 해보지 않았으니 그것이 무척 난이도가 높다. 우여곡절 끝에 30m짜리 그물을 하나 만들고 어항을 20개 정도 만들었다. 가장 비싸게 값을 쳐 주는 것이 바다 게인데 잡기가 까다롭다는 것이다. 크기도 크지만 이놈들은 집개발로 낚시를 끊어 버리니까 잡기가 까다롭다는 것이다. 그래서 생각 한 것이 통발이다. 게의 크기를 보건데 통발의 크기를 1.5×2.5m는 되어야 한 스무마리 정도 들어가려나? 어쨌던 20개를 가지고 시작을 해보자. 잘 잡히면 더 만들면 되니까.

　오늘도 찾아오신 마을 어른을 모시고 술도 대접을 하면서 고기들 분포라던가? 어떤 것들이 어디에서 많이 잡히는지 등을 배우고 있다. 게의 크기가 어느 정도인지 물어보니 큰 놈은 2m가 넘는 놈도 있지만 대다수가 30㎝~50㎝ 크기란다. 그래서 지구의 다큐멘타리에서 본 기억이 있어서 어항을 만든 것이다. 좀 더 크게 만들 것을 이미 만들어 버려서 일단 시험을 해보고 안 되면 더 크게 만들어야 하겠지. 다행이 와이번 심줄을 제법 많이 남겨둔 것은 크로스 아르메니아 대륙의 제마국이 생각나서였다. 활줄로 이용하려고 제법 챙겨둔 것이다. 그런데 어부생활에 필수품이 될 줄이야. 이상 한 것을 만들고 있다는 소문이 났던지 동네 어른들이 뻔질나게 찾아오신다. 그래서 뿌이족의 후아주를 많이 가지고 왔다. 큰 통으로 30통을 폰 프린스에 싣고 밤에 가져다 집의 방 하나에 가득 쌓아 놓았다. 동네 어른들이 후아주를 마셔보고는 더욱 뻔질나게 놀러 오신다. 무지하게 좋은 술이 새댁 네 집에 있다는 입소문이 온 동네에 퍼졌다. 물론 본인들은 신경도 안 쓰지만 말이다. 드디어 배가 다 만들어지고 첫 출조를 한다. 여우와 같이 어선을 타고 어른들에게 들은 대로 게가 종종 잡힌다는 바위가 많은 바다에 가서 어항을 깔았다. 물론 미끼는 어항의 한가운데 고등어 대가리를 달아서 어항을 설치한 것이다. 지나가는 배마다 이상하다는 듯이 한마디씩 말을 거는데 그러거나 말거나 무라카는 신경도 안 쓴다. 저녁 무렵에 어항 설치를 마치고 부표를 띄워놓고 돌아왔다. 내일 새벽에 거두어들이면 된다. 과연 얼마나 잡을지 기대가 된다. 집으로 돌아오니 벌써 낚시를 마치고 몰려온 동네 어른들이 기다리고 있다. 후아주 얻어 먹어러 온 것이다. 그러나 오늘은 금주를 하는 날이니 다음에 오시라고 모두 쫓아 버렸다. 인심 좋기로 소문난 새댁 네가 딱 부러지게 내어 쫓기는 처음이라 어른들이 심드렁하게 물러난다.

마지노 대륙의 신비한 어부

 이튿날 새벽에 드디어 어항을 거두어들이기 위해서 일찍 배를 띄운다. 아직 다른 사람들은 단꿈에 빠져 있을 시간에 무라카는 여우를 깨워서 안고는 배까지 와서야 내려준다.

 "아빠 너무 일찍 나가는 거 아닌가요? 아직 어두운데요."

 "뭘 훤 하구만 잔소리 하면 엉덩이 때린다. 알았지?"

 "넵 나중에 밤에 많이 때려 주세용! 히히힛"

 "오냐 알았다. 어디 얼마나 잡혔는지 궁금 하구만 빨리 확인을 해봐야지 늦잠이나 자려고 여우가 꽤를 부리면 엉덩이에 꼬리만 많아지지 허허"

 "헹 12개 달고 다닐 거-얌! 씨-힝!"

 "캑 12개나? 그런 것은 없는데?"

 "새로 만들면 되지요. 헤헤헤헤"

 "가만 부표가 저기 어디 쯤 인데 안보이네? 아 바위 뒤로 밀렸네."

 "우와! 무겁다. 영차 영차! 올라온다. 홧! 어머머멋 가득하다. 아니 곁에도 꽉 붙었네. 이야! 호호호 아빠는 천재라서 게 잡는 것도 처음부터 대박이네. 이 얏-호!"

 "정말 너무 많이 들었네. 곁에 붙은 놈들은 더 큰 놈들이네. 조심해. 손가락 잘린다. 이놈들 힘이 무지막지하다고. 아가야 너는 게 만지지마라 내가 다 털어서 미끼 갈 테니까."

"넵 아빠 저 사실 겁나요. 집게발이 무지막지하게 생겼네요. 헤헤"

스무 개의 어항이 모두 꽉꽉이다. 겉에 붙은 놈이 더 많다. 크기도 크고 말이다. 멍청한 놈들이 두들겨 패야 어항에서 떨어진다. 배가 만선이다. 갑판이 게들로 가득해서 발 디딜 틈도 없다. 미끼를 다시 달아서 설치하고 돌아오자. 상인들이 난리가 났다. 역사상 이렇게 한꺼번에 게를 많이 잡는 사람은 처음 본 것이다. 배가 모두 게로 가득해서 내리는데 한참이나 씨름을 한다. 커다란 탱크를 다 채우고 더 넣을 대가 없어서 갑판에 그냥 싣고 왔더니, 그것을 보고 난리가 난 것이다.

"나도 이만큼 잡힐 줄은 사실 몰랐는데, 오늘 벌은 돈이 배 값 빼고도 남네. 허허허"

"아빠는 이상한 사람이야. 그런 방법을 어떻게 아느냐구요. 헤?"

"웅 다 아는 수가 있지. 어항을 20개 더 만들어야겠어. 더 크게 말이야."

"호호호홋 그래요 아빠! 아빠 실력이 어느 정도인지 한번 보자고요. 키키킥!"

"어 여우야 너 웃음소리가 더 요상해 졌네. 진짜 12개짜리 꼬리가 나오려나? 아얏! 뭐야 꼬집 신공은 언제 배운 거야?"

"히히히힛 언니가 가르쳐 줬지-용. 헤헤헹"

"여우야 오늘 파티하자 게 파티 말이야."

"엥? 팔아야죠. 먹는 거부터 챙기면 의심해요. 팔고 남으면 먹어야지요."

"맞아. 파는 것은 무조건 여우가 책임진다. 오우케이?"

"넵 선장님! 먹는 건 항상 남는 것만 먹기요. 아빠!"

"알았어. 갑판장님!"

"키키킥! 갑판장? 히히힛 그 것도 꽤 높지요?"

"그럼! 그럼 갑판 위에서 제일 높지. 암!"

항구로 돌아오니 마을 아저씨들이 뱃 질도 안 나가고 다 기다리고 있다. 아이고 저 영감들 하여간 궁금한 것은 못 참아요.

"어이 신혼부부! 많이 잡았는 강? 어디 구경 좀 하자구!"

"네 어르신 많이 잡았어요. 오늘도 만선했어요. 헤헤헤"

"정말인가? 나갈 때 마다 만선이야? 그 젊은 양반이 기술이 대단하구만! 우리가 배워야겠어. 어디어디 우리가 옮겨 줄 텡게. 담을 그릇 가지고 오라 구."

하루 잡는 양이 짐마차로 하나 가득이다. 그것도 모두 살아있다. 이곳 어부들이 1년에 잡을 양을 하루에 다 잡아온다. 그러니 입을 벌릴 수밖에? 아줌마 아저씨 처자들까지 우리 집에 들락거린다.

날마다 만선이니 그럴 수밖에 없다. 기술을 하나라도 배우려고 들락거리는 것이다. 그러나 이들이 죽어도 모를 한 가지가 있으니 그것은 어항의 끈들이 모두 와이번 심줄로 되어 있다는 사실이다. 그러니 게가 왕 집게발로 찝어도 끄떡없다. 본대로 배운대로해도 다른 사람은 모두 실패하는데 무라카만 매일 만선이다. 그래서 동네 어른들과 처자들까지 집에 왔으니 큰 게 다섯 마리를 삶아서 파티를 한다. 통도 크다. 저 큰 게 한 마리면 세 식구가 겨우내 먹고사는 비용이다. 그런데 다섯 마리나 내어 놓다니! 모두 입이 벌어진다. 배가 터지도록 먹고 마시고 술들이 취해서 돌아갔다. 아마 자신들이 마신 술이 조그만 통(1ℓ)에 500골드가 넘는 가격이란 것을 안다면 기절을 할 것이다. 찾아오는 동네 사람은 절대 박대하지 않는다. 새댁 네는 매일 만선이다. 하루에 최하가 금 12냥을 번다. 소문이 나자 상인들이 줄을 선다. 그래서 안젤리나가 이제는 경매를 붙여서 그날그날 잡은 게를 넘긴다. 그러니 금 스무냥이 넘는 수입이 매일 잡힌다. 귀족들이 선호하는 먹거리 중에 왕게가 첫 번째로 인기가 좋으니 수요에 비해서 공급이 항상 적었는데, 이제는 게 잡이 전문가가 나타났으니 충분한 양이 조달이 되다보니 상인들도 신이 났다. 그렇게 새댁 네의 어업 기술은 날마다 발전을 거듭하는데, 기술을 배운 다른 사람들은 예나 지금이나 맹탕이다. 그래도 한 가지 배운 것은 낚시 보다는 어항으로 잡는 것이 더 낫다는 것이다. 그러던 어느 날 무라카는 어항을 더 크고 튼튼하게 20개를 더 주문 제작한다. 물론 뼈대만 2m×2.5m 짜리로 대장간에 주문을 했다. 그리고 시내를 한 바퀴 구경하고 집에 돌아오니 강도 다섯 놈이 새댁 혼자 집에 있는 틈에 털어가려고, 복면을 하고 들어 왔다가 여우에게 얼마나 두들겨 맞았는지, 팔과 다리가 성한 놈이 한 놈도 없다. 꽁꽁 묶여 있는 떨거지들을 바라보니 어처구니가 없어서 무라카는 여우를 보고 피식 웃으면서 한마디 한다.

"아니 저놈들 다 죽여 버리지 그래도 살려 두었네? 햐 우리 여우가 마음이 많이 넓어지셨네. 하하하하! 어이구 저 병신들! 다섯 놈이 그래 여자 하나 한테 쥐어 터져서는 쯔쯔쯧! 기사들 불러서 넘겨버렷! 다음에는 무조건 모가지를 베어 버려라. 어디 다친데는 없어?"

"아빠! 제가 저런 떨거지들에게 다칠 것 같아요? 아마 한 만 명 정도 오면 땀이나 좀 나려나? 헤헤헤헤"

"아 그렇지 우리 이쁜이가 무지무지 고수지 참! 내가 깜빡 했네."

동네 사람들이 연락을 했는지 치안 순찰조 기사들이 들이닥친다. 그리고 안젤리나의 신상에 대해서 묻는다. 그래서 무라카가 자신의 용병 패를 보여주면서 대륙 여행자인데 이곳에 정착하게 되었다고 얘기하자 용병 패를 확인한 기사가 납작 엎드린다.

"헉! 신분을 몰라 뵙고 실례를 했습니다. 이들 처리는 영주님이 철저히 할 것입니다. 그 결과는 반드시 알려드리도록 하겠습니다."

"네 우리도 귀찮은 것은 싫어합니다. 이제 정착을 해볼까 하는데 귀찮게 되면 다른 대륙으로 떠나야겠지요. 잘 부탁드립니다."

"네 넵 떠나다니요. 이곳 마지노 대륙이 그래도 살만한 곳입니다. 저희 소리스 왕국 또한 공명정대한 국가로 귀하와 같은 실력자를 높이 대접해 드립니다. 그럼 실례가 많았습니다. 앞으로 치안에 헛점이 없도록 철저히 하겠습니다. 충성!"

"네 감사합니다."

마을 사람들이 어리둥절 한다. 기사들이 오히려 쩔쩔 메질 않는가? 누구이기에 저럴까? 의심스런 눈빛들이다. 강도들은 공개 처형 되었다. 그것도 캐필라이 시 관청 광장에서 시민들이 보는 가운데 목이 날아갔다. 5명 모두 말이다. 그리고 달동네 순찰이 강화되고 국왕이 친히 캐필라이 시까지 방문하는 일이 벌어졌다. 그리고 소리스 덴바 라는 후작이 조용히 무라카를 찾아와서 소리스 왕국이 처한 어려움을 얘기한다. 양쪽의 두 왕국 사이에 끼어서 어떻게 하던지 시비를 걸려고 안달이 난 놈들처럼 소리스 왕국을 못살게 군다는 것이다. 그래서 국왕이 잠을 못 이룰 정도로 고민하고 있으니 제발 좀 도와 달라는 것이다. 이웃 대륙의 지크 왕국으로부터 소문을 들어서 잘 알고 있으며 용병단장님께서 이곳 마지노 대륙에 와 계신 줄 몰랐다는 것이다. 거듭거듭

허리를 구십도로 굽힌다.

"위대하신 용병 단장님! 저희 왕국을 좀 구해주십시오. 국왕께서 저의 큰 형님 되는데 전 국왕 이셨던 아버님도 양쪽 왕국 때문에 고민이 많아서 마음의 병을 얻어서 일찍 돌아가시고, 큰 형님이 나라를 이끄시는데 워낙 간사한 놈들이라서 음모에 밝아 곧 무슨 일이 벌어질지 모르는 판국입니다. 제발 부탁드립니다."

"어허 후작님 보는 눈이 많습니다. 알았으니 일어나시지요. 그리고 제가 은밀히 알아 볼 테니까. 안심 하십시오. 또 제 신분은 당분간 비밀로 해 주십시오. 적국의 첩자들이 많이 들어와 있을 겁니다. 조심하시고요. 그럼 돌아가십시오. 연락을 할 수 있는 기사만 한명 보내 주십시오."

"네 넵! 알겠습니다. 평민복장으로 일꾼처럼 단장님을 도우는 기사를 한명 바로 보내겠습니다. 감사합니다. 그럼 꾸뻑!"

마을 사람들이 수상히 여길 것이다. 몇일 사이에 낯선 귀족이 찾아 왔으니 말이다. 그래서 소리스 덴바 후작이 일부러 큰소리로 들어라는 듯이 몇 마디 부탁을 하고 떠났다. 자신의 먼 친척 형님이라고 하고 간 것이다. 높은 귀족의 친척 형이라면 새댁의 남편도 귀족 아닌가? 그런데 어부 뺨치는 사람이라니~? 마을 사람들이 새삼 달리보기 시작한다. 그러거나 말거나 새댁 부부는 다시 바다로 게 잡이 나간다. 날마다 만선은 계속 이어진다. 이젠 멀리 가지도 않는다. 항구에서 빤히 보이는 곳에 통발을 내린다. 그래도 꽉꽉 찬다. 그 만큼 게가 많은 것이다. 소리스 덴바가 보내준 기사는 게를 내리고 통에 담고, 어항을 털고 하는 머슴이 되었다. 익스퍼드 중급정도의 기사인데 머슴으로 가장하고 왔으니 정말 일꾼처럼 잡일도 아주 잘한다. 집의 문간방을 내어 줬더니 새벽 일찍 일어나 집 안팎을 청소도 잘하고 부지런해서 동네 어른들의 칭찬이 자자하다. 그리고 동네 처자들이 이 머슴 한테 반해서 날마다 먹을 것을 갖다 바치는 처자도 생겨났다. 사실 이 친구는 소리스 왕국의 근위대 부단장인 델포스 경인 것이다. 나이는 삼십대 중반인데 보기엔 30대 초반으로 보인다. 훤칠한 키에 검술로 단련된 몸이라서 탄탄한 근육질의 균형 잡힌 몸을 갖고 있는 에리트 기사인 것이다. 시내 심부름은 척척 일사천리로 해낸다. 특히 비밀 임무를 하나씩 주는데 주로 정보 수집 임무라서 까다로운 일인데도 척척 해낸다. 그래서 무라카는 요즈음 알게 모르게 정보를 수집하고 첩자를 색출하는데 전력 집중하고 있는 것이다. 그러면서도 게 잡이는 날마다 만선이다. 그러던 어느 날 저녁에 델포스를 불러들인 무라카는 그림 한 장을 델포스에게 보여 주면서 설명을 한다.

"이 정도로 뛰어난 장인이 있나? 수소문해서 이 그림대로 강도 높은 활을 만들 수 있는 장인을 색출해서 데리고 오게 많을수록 좋아. 그리고 덴바 후작에게 얘기해서 순록 뿔을 좀 많이 구해 놓도록 하게 활의 강도를 높이는 데는 순록 뿔이 아주 좋아! 또한 궁병을 양성 할 수 있도록 인원 선발을 해둘 것. 팔이 길고 팔 힘이 센 체격이면 되네. 한 만 명 정도 선발하도록. 이 모든 일은 비밀리에 이루어져야 된다. 지금 즉시 출발하게."

"넵 알겠습니다. 그럼 다녀오겠습니다."

도울려면 제대로 도와야지 자력으로 싸워서 이길 수 있는 힘을 갖춰야지, 아니면 앞으로 계속 그런 수난을 당해야 할 테니 말이다. 그로부터 5일이 지난날 아침에 후줄근한 복장의 다섯 명이 델포스와 함께 찾아 왔다. 그 중에 보니까 덴바 후작도 끼어 있다. 방으로 들어와서 얘기를 들어보니 인원 선발이 현재 진행 중이고, 순록의 뿔도 어느 정도 확보 되어 가고 있단다. 그리고 같이 온 인원 중에 장인이 네 명이 있다.

"이 그림을 도무지 이해를 못 하겠습니다. 그래서 이렇게 장인들을 데리고 왔습니다. 자세히 설명을 부탁드리겠습니다."

"네 그러지요. 이 땅의 목재 중에 강도가 높고 휘어지는 탄력이 아주 좋은 것이 있는지요. 그것이 관건인데 그런 목재가 있으면 사거리가 500m에 이르는 활을 제작 할 수 있습니다. 내가 대륙을 여행 하다보니까. 크로스 아르메니아 대륙에는 그런 나무가 있더군요. 만약 그런 나무가 없으면 순록의 뿔로도 만들 수가 있습니다. 이렇게 덧대어서 붙이면 탄력이 어마어마하게 강해집니다. 활줄은 내가 충분히 가지고 있어요. 래드 와이번 심줄인데 지금 어항을 만든 것도 그 심줄로 만든 겁니다. 관건은 활의 탄력입니다. 저기 이제 이해가 됩니까?"

"네 넵 충분히 이해가 됩니다. 설명을 듣고 보니 기발한 명궁이 탄생 하는 것이군요."

"자 저기 세분도 순록의 뿔을 쪼개어서 나무와 결합하는 기술을 이해했습니까?"

"네 넵 물론입니다."

"좋습니다. 덴바 후작님은 병사들 선발이 끝나면 궁사 훈련을 시키십시오. 집단 속사 훈련을 중점적으로 시켜야 합니다. 그리고 팔운동을 계속 시켜서 강철 같은 팔을 가진 만 명의 궁병단을 창설 하는 게지요. 제가 언제 시간을 내어서 한번 훈련 점검을 할 겁니다. 첩자들 눈 조심하시고 보안을 철저히 지키세요. 첩자 색출 작업은 지속적으로 진행 되어야 합니다. 아시겠죠?"

"네 넵 명심 하겠습니다. 단장님 그리고 국왕께서 뵙고 싶다고 하시는데 언제 한번 기회를 주시지요."

"궁병들 훈련 상태 보러 갈 때 뵙겠다고 전해 주세요. 그럼 이제 돌아가서 빨리 활 제작을 하십시오. 그림대로 만개를 만들어야 하니 바쁩니다. 그리고 화살도 그림의 크기에 맞추어서 제작하세요. 화살은 많을수록 좋지요. 최소 백만 발은 있어야 할 거요. 자 돌아들 가세요."

"넵 위대하신 단장님 정말 감사합니다. 꾸뻑!"

그렇게 계획대로 비밀리에 모든 일들이 착착 진행되어 간다. 그리고 드디어 활이 다 만들어 졌단다. 또한 병사들 훈련도 어느 정도 되었다는 통보가 왔다. 이제 서서히 겨울이 다가오는 시기였다. 무라카는 어항을 모두 해체하고 그리고 폰 프린스에 남은 심줄도 모두 챙겨서 출발했다. 안젤리나와 같이 말이다. 만들어 놓은 활을 보니 정말 그림과 같이 섬세하게 만들어 졌다. 아무거나 하나를 손에 잡히는 데로 뽑아서는 와이번 심줄을 강기로 잘라서 건다. 양손으로 잡고서 당겨보니 팽팽한 것이 탄력이 아주 좋다. 궁병들이 훈련 중인 훈련장으로 이동해서 500m 전방에 타킷을 세워놓고 특수 제작한 화살을 걸고 조준한다. 화살에다가 강기를 입히고 표적을 향해 발사하자 눈에 보이지도 않을 속도로 날아간 화살이 과녁을 강타하자. '쾅!' 요란한 소리와 함께 과녁 자체가 산산조각이 나서 흩어져 버린다. 훈련 중이던 특수 궁병대 병사들이 놀라서 쳐다보고 있다. 소리스 덴바 후작은 턱이 빠져 버렸다.

"우와! 무슨 활이 500미터 밖의 표적을?"

"자 보셨죠? 이런 위력까진 안 되겠지만 지금 훈련 중인 만 명의 궁사가 일제히 화살을 날리면 화살이 비 오듯이 쏟아지겠죠. 그럼 중갑 보병도 전멸합니다. 누가 사거리 500의 활이 있다고 믿겠습니까?"

"넵 정말 위력적입니다. 놀랍습니다."

"자! 제가 와이번 심줄을 잘라 줄 테니 모든 병사들에게 나누어 주시오. 그리고 이것은 특별한 무기이니 보안을 철저히 하세요."

"넵 감사합니다. 감사합니다."

국왕을 만나보니 역시 확 트인 인물이다. 권위의식 같은 것은 아예없다. 온통 나라걱정에 얼굴이 노랗게 찌들었다. 덴바 후작의 설명을 다 듣고 나더니 그때서야 안색이 좀 밝아진다. 덥석 두 손을 맞잡고 고마움을 표시한다. 그리고 그 비싼 래드 와이번 심줄을 제공해 준 것에 대한 보답은 꼭 하겠단다. 그렇게 소리스 왕국을 돕는 일은 우선 강병 육성의 기틀을 마련해 줌으로써 어느 정도 용기를 얻을 수 있게 되었다.

"한 가지 알고 싶은 것이 있습니다. 국왕전하 좌우의 왕국이 서로 연합하여 정보를 공유하고 의견 교환을 나누지 않고는 작금의 상태가 되지 않았을 터 그들이 소리스 왕국을 지나지 않고도 서로 만날 수 있는 길은 산악 쪽 아니면 바다뿐인데 이런 경로에 대해서 조사해 본적이 있는지요?"

"-------?"

갑자기 말문이 막혀 버린 소리스 엘카 국왕. 한동안 침묵으로 일관 하더니 좌측에 서 있는 젊은 장군에게 묻는다.

"로드리스 단장! 짐이 한 달 전에 내렸던 특별 임무 결과는 있는가?"

"네 전하 아직 뚜렷한 징후를 발견하지 못했습니다. 산악 지역

쪽은 사람이 접근하기엔 거의 불가능한 지역 인지라. 관측병들만 남아서 매복을 하고 있는 상태입니다. 바다 쪽은 범위가 워낙 광범위 한지라 도저히 파악이 불가 합니다."

"분명히 그들은 지속적으로 만나고 있다. 그렇지 않고는 공조연합이 불가능 한 게야. 짐의 생각이 틀렸다고 생각 하는가?"

"아닙니다. 전하 그러나 실증을 잡아내기가 너무 어려운 일인지라"

"국왕 전하 제게 다른 능력이 하나 있습니다. 병사들을 고생시키지 마시고 모두 철수 시키십시오. 그 문제는 제가 해결 하겠습니다. 그리고 로드리스 단장님! 전체적인 전략은 아무래도 단장님이 주도권을 가지신듯한데 저와 차라도 한잔 하면서 병력 운용에 관한 토의를 해보는 것은 어떠신지요."

"넵 위대하신 용병단장님! 저야 그보다 더한 영광이 있겠습니까?"

"네 지금 바로요. 국왕 전하 자리를 옮기시지요."

"네 그럽시다. 단장과 부단장 그리고 장군들 모두 회의실로 오라 하세요. 중요한 전략 회의이니 경계병을 배치시키세요. 자 들어갑시다."

회의실에 모인 여러 장군들과 국왕을 위시한 중신들 그리고 기록담당 서기들이 모두 자리에 앉았다.

"흠흠 기록담당자들은 필요 없으니 내보내세요. 그리고 출입문에는 기사들로 막고 있도록 하시고, 오늘 이 자리에서 논의되는 전략은 특급기밀이니 각별히 보안에 유의해 주시고 저기 그쪽 분 네 장군이신 모양인데 어느 부대 지휘를 맡고 계신지요?"

"넵 저 말입니까? 쿠바 왕국 쪽 우측 방어부대인 3군단 사령관 루돌피입니다."

"산악 쪽이라 적이 기습해 온다면 어느 쪽을 선택 할까요?"

"네 제 생각은 절대 산악 쪽은 아닐거라 생각합니다."

"어째서 그렇게 판단하죠? 이유가 있겠지요."

"네 전술에서 가장 널리 사용되는 기습작전은 상대의 허를 찌르는 것이 가장 큰 효과를 거둘 수 있습니다. 무슨 뜻이냐 하면 적이 절대 오지 않을 것이라 판단하는 곳으로 기습을 가하면 성공할 확률이 그만큼 높다는 것이지요."

"당신은 사령관 자격이 없군요. 로드리스 단장님 지휘관 교체 시키세요. 3군단은 가장 중요한 적의접근로를 방어하는 부대입니다. 전술에 밝은 인물로 교체하세요. 그리고 루돌피 백작인가요? 당신은 당분간 직위 해제합니다. 예비군단 부사령관으로 대기 하세요. 의의 있습니까?"

"아닙니다. 없습니다."

표정이 확 구겨져 있다. 난데없이 나타난 이름도 모르는 사람이 감히 백작인 자신을 예비 군단 부사령관으로 강등시키다니 기분이 팍 상한 것이다. 그러거나 말거나 무라카는 회의를 주도해가며 전략을 전체적으로 아우른다. 즉 새로운 개념의 전쟁 스토리를 설명 하는 것이다.

"전술 전략에서 가장 중요한 것은 정보전입니다. 적을 알고 나를 알면 100번을 싸워도 한 번도 지지 않을 수 있다. 이 말은 먼 제국의 어느 명장이 남긴 말입니다. 적의 규모, 장비, 그리고 적장의 성향과 적이 우리를 어느 정도 알고 있느냐 등이 승패를 좌우하는 중요한 요소들이죠. 제가 지난 몇 달 동안 어부로 있으면서 이곳 마지노 대륙의 세 개 왕국의 정보를 대략적으로 델포스 부단장으로부터 들었습니다. 그리고 게 잡이 어선을 타고 먼 바다를 여러 번 돌아다닌 것도 사실은 쿠바 왕국과 마도르스 왕국의 접선 장소와 방법을 알아내기 위해서 그랬던 것입니다. 그리고 그들의 접선 방법을 알아냈습니다. 그리고 지금 여기에 여러 장군들 중에 섞여 있는 첩자들의 정체도 알아냈습니다. 지금 이 종이에 그들의 신상 정보가 다 있습니다. 큼! 흠!"

회의실 분위기가 갑자기 살얼음판이 된다. 그리고 내가 오른손으로 품속에서 꺼집어내어 든 종이에 집중된다. 숨소리조차 들리지 않는 정적 속에서 시선을 한사람, 한사람 잡아 나간다. 전부다 시선을 마주치다가 책상 아래로 내린다. 어떤 자는 소드 손잡이를 움켜잡는 자도 있다. 그런자에겐 빙긋 의미심장한 미소를 날린다. 심장 뛰는 소리가 다 들려온다. 갑자기 쿵쿵 요란하게 터질 듯이 울리는 자. 평소보다 조금 심해지는 자 등등. 잠깐의 침묵도 이겨 내지 못한 자는 두 명이다. 벌떡 일어나 소드를 뽑아 들려다가 오른쪽 어깨가 뚫려서 털썩 주저앉는 두 명!

"로드리스 단장!"

"네 넵!"

"저기 저자. 저놈. 그리고 왼쪽의 이 녀석 또 저 뒤쪽의 두 명 모두 체포 하시오."

"후다닥 일어선 단장이 소드를 뽑아 들고 지명한 자들 앞으로 가자 번개 같이 칼을 휘두려며 반격 하려다 털썩털썩 주저앉는다. 밖에서 기사들이 우루루 달려 들어오고 7명의 장군과 한명의 중신이 체포 되었다.

"그리고 기록병은 모두 체포하시오. 시녀들도 모두 한곳으로 가둬 두세요. 그런 후에 1,2,3,4,5군단장과 근위단장 부단장만 국왕전하 집무실로 모이세요. 그럼 즉각 실시!"

"즉각 실시!"

우루루 기사들과 장군들이 달려 나간다. 잠시 후 시녀들도 모두 지하 감방으로 격리되고 체포된 11명도 모두 지하 감방에 격리 되었다. 그 중에는 3군단 사령관이었던 루돌피도 포함 되었다. 그리고 국왕의 집무실에 모인 7명의 장군과 국왕! 그리고 무라카와 안젤리나 이렇게 10명이 머리를 맞대고 심각한 표정으로 앉아 있다. 모두 믿는 도끼에 발등이 찍혀서 어이없는 표정이다. 3대째 충신 가문의 루돌피 백작이 적의 세작일 줄은 꿈에도 몰랐다. 그리고 또 5군단 부사령관인 자도 마찬가지다. 5군단장 캐쉬 후작은 배신감에 온몸을 부들부들 떨고 있다. 이마에 핏줄이 불거져서 곧 터질 지경이다. 자신의 무남독녀까지 줘서 진급 시켰던 오른팔이 적의 첩자라니 말이다. 하늘이 노랗다.

"자 이제부터 진짜 전략을 말씀드리도록 하지요. 소리스 덴바 후작님! 궁수 특전대의 비밀은 이미 적들이 다 알고 있는 상태입니다. 그래서 제가 세운 전략은 궁수 특전대는 바다 쪽을 담당합니다. 그 지휘관은 덴바 후작님이 됩니다. 수상전을 치루라는 얘기가 아닙니다. 해안 즉 캐필라이 시 전면 해안가에 넓게 포진해서 참호를 파고 기다립니다. 모두 불 화살을 준비하고서 이렇게 2km정도 넓은 지역에 참호 속에서 기다렸다가 적선이 대거 상륙 하려면 모두 일제히 불화살로 수장 시켜 버리세요. 제일 중요한 것은 적에게 발각되지 않아야 성공합니다. 아시겠죠?"

"네 넵 명심 하겠습니다."

"그리고 기마병 2,000기 정도만 제게 주십시오. 국왕전하 그 병력으로 저는 내일 당장 쿠바 왕국으로 진격 합니다. 그리고 나머지 병력은 모두 마도르스 왕국 접경지역에 배치해서 철통 방어 작전을 펼칩니다. 최고 사령관은 델포스 부단장이 맡으세요.
유리해도 공격은 하지 마시기 바랍니다. 제장 여러분 델포스 총
사령관의 명령에 절대 복종 하시기 바랍니다. 이의 있으시면 지
금 얘기 하세요."

"없습니다. 어떠한 일이 있더라도 목숨을 걸고 방어 하겠습니다."

"넵 충성!"

"이 전쟁의 승패는 궁수 특전대의 활약에 그 사활이 달렸습니
다. 덴바 특전 사령관님! 적의 함대를 모조리 수장 시켜야 합니
다. 그 재량은 특전 사령관의 몫입니다. 자신 있습니까?"

"넵 자신 있습니다. 우리 함대를 인근 섬 쪽에 숨겨 놓겠습니
다. 궁수 특전대의1차 공격에 도주하는 적을 후면에서 공격해서
전멸 시키겠습니다. 이상입니다."

"좋습니다. 역시 명장의 관록이 나오는군요. 제가 쿠바로 공격
하면 3~4일 후쯤 적의 전단이 바다로 총공격을 펼치게 됩니다.
그 점 명심하시고, 델포스 총사령관님 내일 당장 마도르스 군이
공격할지도 모릅니다. 단단히 방어선을 굳히기 바랍니다. 이상입
니다. 질문 받겠습니다."

"위대하신 무라카 단장님! 기마 2,000기로는 너무 적은 병력이
아닌지 그것이 염려 됩니다 만!"

"아! 국왕전하 그 점은 염려 마십시오. 사실은 저 혼자 아니
안젤리나와 둘이서 공격하려 했습니다. 100만 대군도 저 혼자
전멸 시킨적 있습니다. 2,000기면 충분 합니다. 내일 모레 이틀
이면 쿠바 왕국은 없습니다. 2,000기의 기마 부대는 점령지의 치
안유지에 투입될 것입니다. 그럼 모두 바쁩니다. 각자 사령관들
의 재량과 용감한 소리스 왕국의 병사들이 얼마나 일사분란하게

지휘관의 명령에 따르는지 그것이 가장 핵심입니다. 모두 무운을 빕니다. 그럼"

"충성! 소리스 왕국을 위하여!"

"충성! 소리스 왕국을 위하여!"

성동격서의 전략은 그렇게 개시 되었다. 다음날 여명을 기하여 움직이기 시작한 2,000기의 기마는 설마하니 먼저 공격을 감행 하랴 하고 마음놓고 있던 쿠바 접경지역을 그대로 통과하여 번 개같이 쿠바 왕궁이 있는 수도 바이칼을 향하여 달려간다. 방어 선이고 뭐고 하나도 없다. 엄청난 진군속도에 소규모 병력이다 보니 그 진군 속도가 보고가 이루어지는 속도보다 더 빠르다. 바 이칼 수도의 시민들이 자신들의 병사들인 줄 알고 국기를 들고 몰려나와서 환영하는 사태가 벌어졌으니, 두말하면 잔소리가 되 는 것이다. 질서 정연하게 수도 바이칼에 입성해서 왕궁 앞까지 진격 하는 동안 저지하는 군사는 단 한명도 없다. 접경지대에 파 견한 병사들이 웬일로 왕궁으로 회군 하는지 궁금한 근위대 소 속 병사들이 멀거니 바라보고 있다. 활짝 열려진 왕국으로 입성 한 2,000기의기마대! 그 선두에는 말할 것도 없이 무라카와 안젤 리나가 나란히 말 등에 올라 왕실의 건물 앞에 섰다. 말에서 내 려서 기사10명만 대동하고 국왕 집무실로 들어간다. 근위대 조장 급이 막아서면서 소속을 묻는다.

"어느 부대 누구십니까?"

"나? 당연히 소리스 왕국의 기마대장 무라카라 한다. 칼을 버 리고 항복하면 살 수 있다. 반항하면 모조리 죽음이다."

"캑! 쿵!" 목이 잘려서 땅위로 쓰러진다. 그리고 그 뒤의 기사 들 마찬가지 10여명의 목이 스르르 굴러 떨어진다. 기선 제압을 위한 희생자들이다. 척척! 왕실로 들어선 두 사람! 왕과 같이 앉아 있는 여러 명의 대신들이 눈이 놀란 토끼 눈 같다.

"누가 왕이냐? 네놈이냐?"

"무엄하다 여기가 캑!" 목이 굴러서 왕이 앉아있는 테이블 쪽으로 피를 튀기며 굴러간다.

"살고 싶은 자는 무릎을 꿇어라. 가만히 있는 놈은 무조건 벤다. 안젤리나야 싹 정리해라."

"네 아빠! 호호호 어디 누가 제일 세나 한번 덤벼 봐!"

소드를 잡으며 일어서는 여덟 명의 목이 또 떨어진다. 떽 떼구르.

"으악 이게 무슨?"

"너 왕이란 놈 이리 나와! 목 잘리기 싫으면 셋 세기 전에 나오너라. 하나 둘."

후다닥 의자에서 일어나서 안젤리나 앞에 무릎을 팍 꿇는다.

"사 사 살려 주시오 어디서 오신??"

왕의 목줄을 잡고 어깨에 메고는 터벅터벅 밖으로 나온다.

마나를 잔뜩 실어서 전 왕궁이 흔들리도록 큰 소리로 명령한다.

"이 시간 부로 쿠바 왕국은 나 무라카 세바스찬 용병단장이 접수한다. 모두 칼을 버리고 항복하면 살 수 있다. 저항 하는 놈은 무조건 목을 벤다. 너희들의 왕은 내가 의자 대용으로 쓸 테니까 잘 보도록!"

왕궁 앞 큰 단상에 왕을 엎어놓고 그 위에 앉았다. 여기저기서 칼을 버리는 소리가 들린다. 그런데 왕궁 안에서 30여명의 귀족들이 튀어나온 것이 그 순간이다. 하필 모두 칼을 뽑아들고 충신 흉내를 내려고 한 것이 잘못이다. 안젤리나가 날아가면서 귀족들과 부딪힌다. 30초도 안 걸린다. 모두 목 없는 허수아비가 되어

피피픽 쓰러진다. 그 순간이 쿠바 왕국의 최후였다. 2,000기의 기마대가 왕궁 곳곳을 돌면서 귀족들과 그들의 가족들을 잡아서 모두 왕궁 본궁 앞에 모아 놓았다.

"자! 죽고 싶은 놈은 나서라! 그리고 기마부대 부대장 이리 오시오. 지금부터 이곳은 소리스 왕국 땅이요. 그리고 그대가 이곳 치안 대장이요. 이름이?"

"레미안 입니다."

"그래 레미안 경이 오늘부터 소리스 왕국의 대신이 올 때까지 잘 다스리시오. 반항 하는 자는 즉결 처분해도 됩니다. 군법으로 질서를 확립 하도록!"

"넵 명령 수행 하겠습니다."

"기마대 30명만 내가 데려 가겠소. 이 포로들을 호송해야 하니까."

귀족의 가족과 왕비를 포함한 왕자들 그리고 공주들까지 모두 굴비 엮듯이 총총 묶어서 되돌아간다. 왕을 추궁하니 구할의 병력이 바다로 나갔다고 한다. 역시 예상이 맞아 떨어진 것이다. 지금쯤은 모두 물귀신이 되었겠군. 역시 드론으로 취합한 정보가 가장 정확하다. 5일 만에 쿠바 왕국은 사라진 것이다. 돌아오는 데 걸린 시간은 7일이나 걸렸다. 그래도 왕국을 오가는 기간 치고는 짧다. 그 원인은 쿠바가 얼마나 소리스를 먹고 싶었으면 수도를 국경지역에 아주 가까운 곳으로 옮겨왔기 때문인 것이다. 빨리 패망 하고픈 욕망이 그대로 달성된 격이다. 거꾸로 이루어지긴 했지만 말이다. 왕국에 돌아오니 해안가의 전투는 대승으로 막을 내렸단다. 단 한척의 배도 놓치지 않고 모두 수장했단다. 포로로 잡힌 자들만 50,000명이나 되었다. 쿠바 왕을 소리스 국왕 앞에 꿇리니 엘카 왕이 이를 부드득 간다. 그동안 당한 설움이 생각나서 일게다.

"쿠바는 없어 졌소이다. 바로 중신들을 파견해서 접수하시오. 나는 마도르스 접경지대에 가서 종결짓고 오겠소. 앞으로 국민들의 피해는 더 이상 발생하면 안 되오. 덴바 특전 사령관 수고 했소이다. 특전대 이끌고 동부 전선으로 갑시다."

"네 넵 휴우 감사합니다. 적은 희생으로 이렇게 승리하기는 제 머리털 나고 처음입니다. 이제야 좀 마음 놓고 잠 좀 자게 되었습니다. 마도르스 왕국을 없애 버릴 생각이신가요?"

"아니오. 그러자면 더 큰 희생이 발생 할 테니 적절한 선에서 손해 배상이나 받아내고 그리고 그놈들 앞으로는 꼼짝 못 할 거요. 하하"

6일 후 특전대가 합류하자. 소리스 왕국군은 사기가 하늘을 찌른다. 한 순간에 방어에서 공격 진형으로 변환된다. 쌓아둔 성이 와르르 무너지자 적들이 도주하기 바쁘다. 강궁의 화살이 새까맣게 쏟아지니 더 이상 버틸 재간이 없다. 중 경갑 부대도 화살 한 방이면 관통 당한다. 그런 상황이니 후퇴에 후퇴를 거듭한다. 15일 만에 마도르스 왕국의 수도가 눈 아래로 보이는 곳까지 밀고 들어 왔다. 한번 무너진 뚝은 다시 막기가 어려운 법이다. 이미 군은 사기를 잃고 전의를 상실해 버리고 있는데 더 이상 몰아붙이면 수많은 사상자가 속출 하리라. 진격을 멈추고 정비에 들어갔다. 단 번에 박살내어 버릴 듯이 밀고 들어오다가 멈추자. 적의 진영에서 흰 깃발을 들고 말을 탄 사신이 달려온다. 협상을 하자는 것이다.

"사신단의 수장이 누구요. 이쪽은 무라카 세바스찬이요."

"저는 마도르스 왕국의 스틸 후작이요. 평화 협정을 위해서 왔소이다."

"평화? 너희들이 그런 말을 할 자격이 있는가? 내일 당장 싹쓸어 버리려고 준비하고 있는데 평화 협정? 웃기는 자식들이네, 쿠바 소식은 들었겠지? 이제 쿠바는 없다. 그리고 마도르스도 곧 사라질 것이다. 내가 누군지 아는가?"

"아니오. 처음 뵙는 거 같은데?"

"내가 바로 지그리트 대륙을 평등과 자연주의로 바람을 일으킨 무라카 덩크 용병단의 단장 무라카 세바스찬이다. 이 행성의 여덟개 대륙의 용병단 모두의 단장이란 말이다. 백성들의 고혈로 번 돈을 빼앗다시피 해서 전쟁이나 일으키는 놈들은 용서 한 적이 없다. 8개 대륙 그 어느 곳을 가도 지금은 전쟁을 위해서 국민을 우롱하는 그런 곳은 없다. 제국도 하루아침에 바뀌어서 백성들이 그 주인이 되는 지금에 왕? 귀족? 노예? 웃기는 옛날이야기에나 나오는 일이다. 그런데 이웃 나라를 못 잡아먹어서 온갖 음모나 꾸미는 미개인이 아직 남아 있다니 목을 쳐서 몬스터에게 던져 줘야할 일이다.

돌아가서 왕에게 얘기해라. 목을 깨끗이 씻고 기다리라고 아니면 지금 당장 도망갈 때가 있으면 도망치라고 해라. 알았어? 어서 꺼젓! 셋을 세고 벨 것이다. 하나 둘 셋!"

그리고 스틸 후작의 오른쪽 어깨가 떨어져 나간다. "으-악!" 같이 따라온 적장들은 혼자 살기 위해 도주한다. 기절한 스틸 후작을 버리고 지들 끼리만 살겠다고 번개 같이 달아난다. 기절한 스틸 후작은 본의 아니게 포로가 되었다. 며칠간 기다려 주면 자동으로 백기를 들고 오리라. 희생을 줄이는 최선책인 것이다.

5일째 되는 날 해가 저물어 갈 때 말 한 마리가 먼지를 일으키면서 달려온다. 자세히 보지 않으면 사람이 타고 있는지 조차 모를 정도로 조그만 사람이 말 등에 타고 있다. 가까워지자 왜소한 노인이다. 머리는 산발이고 몸은 깡말라서 가죽에 뼈를 담아 논 형국이다.

"단장님! 단장님 맞지 예? 하이고 내사 마 상사병이 나서 도저히 몬 기다려서 찾아 나선기라-예. 4개월이나 바다 건너느라 죽는 줄 알았다 아닝교. 어-헝! 아이고 죽기 전에 보기는 보네 예. 이렇게 뵙게 될 줄이야 헥헥 숨이 차서 혁 혁."

말에서 날렵하게 뛰어 내리더니 털썩 무릎을 꿇고는 눈물이 가득한 눈을 들어서 올려다본다. 생전 처음 보는 영감이지만 누군지 당장에 알겠다.

"덩크? 덩크 부단장이신거요? 아이고 반갑네요. 일어나세요. 남들이 다보고 있는데 무릎을 꿇으면 어쩌자고요. 창피하게 하하하"

"그라마 내사 소원 성취했는데 인자 마 일어나겠심-더. 위대하신 단장님! 존경하는 단장님! 반갑심데-이 소식 듣자마자 아이들 데리고 건너 왔는데 4개월이나 걸리네-예. 훌쩍훌쩍! 아-참 조금 있으면 우리 아이들이 그 무시기 아 마도르스 국왕하고 그 개자식 마누라 302명하고 또 애새끼들 열두 명하고 잡아오고 있는 중이라 예. 마도르스 왕국은 다른 왕이 선발되었심-더. 이름이 생각이 안 나네. 귀족이 아니고 어부입니-더. 젊은 사람이라-예. 앞으로 잘 할낍니-더. 세금도 없고 노예도 없고 자라는 아이들 가르치는 학당도 맨들고 예 흠흠."

거지 중에도 상거지 꼴이다. 다 헤진 옷에다가 옆구리에 녹이 쓴 검만 안 찼어도 이런 거지는 잘 없으리라. 머리는 언제 감고 못 감았는지 엉키고 까치집이 있어서 엉망이다. 그것도 무릎까지 내려온다. 몇 년을 자르지 못한 몰골이다. 얼마나 굶었으면 피골이 상접이다. 뼈에다가 가죽포대기 덮어 놓은 모습이다. 두 손을 마주잡고 마나를 불어 넣어 주니 혈색이 조금 돌아온다.

"부단장님! 여행 다니시면서 굶기만 했습니까? 몸이 이렇게 마르면 건강이 나빠질 텐데, 옛날에 공작까지 지내신 분이 원래 이렇게 마르시지는 않았을 테고 바다위에서 굶기를 밥 먹 듯 했군요. 쯔쯔쯧!"

"아 하하하하 굶기는 좀 굶었죠. 바다에서 고기는 잘 안 잡히지-예. 배는 고픈데 아이들이 모두 죽을 판이라 그것도 물까지 떨어져서 고생 많이 했심더. 지보다 아이들이 죽을 고생했지-예. 어 저기 보이기 시작하네-예. 어쨌든 죽지는 않았으니 된 기라예. 아 진짜 죽는 줄 알았어-예. 허허허"

"투스-룬 건설 사업이나 돕고 계시지 이 먼 곳까지."

정도 많고, 말도 많고, 나이도 구십이 넘었다고 하니 나이도 많은 양반이 이렇게 조그마하신 분일 줄이야. 쳐다보기 안쓰럽다. 눈물이 글썽 한 눈을 보자니 꼭 천진한 어린아이를 보는 듯하다. 안젤리나가 안쓰러웠던지 수건을 가지고 노인의 얼굴을 닦아준다.

"험험 고맙심-더. 이렇게 이쁘신 사모님 뵈니 저도 기분이 좋심-더. 하하하하 단장님 찾아서 아트라스 대륙에 갔더니, 지그리트 대륙으로 떠나셨다 캐서 부랴부랴 다시 지그리트로 투스-룬한테 가니까. 마지노 대륙에 계실 거라고 캐서 혼자 나오는데, 아이들이 우루루 따라나서는 바람에, 허허허 혼자 왔으면 바다에서 물고기 밥이 되었을 기라-예. 하하핫! 아트라스도 이제 반 이상이 평등과 자연주의 국가로 바뀌었어 예. 지그리트는 모두가 행복하게 잘 살게 되었고-예."

"수고하셨어요. 나이도 많으신 분이 굶고 다니시면 안 됩니다. 하하하"

"네 물위라서 굶었지-예. 땅에서는 절대 안 굶 심데이. 이래 뵈도 사냥 하나는 잘 하능기라-예. 아참 저 녀석 좀 보이소. 저 개자식이 국민들은 전쟁 붙여놓고 지 놈은 이쁘다는 계집은 다 잡아다가 마누라 삼은 기라-예. 마누라가 302명이나 되더라고-예. 하 세상에 저런 악질이 왕이라고 지 나라에 있는 기집은 다 마누라 삼을 놈이라-예. 아 저 자식 거시기를 잘라서 불에 구워 먹어야 되는데 힘"

줄줄이 엮어서 데려 왔는데 대부분이 여자다. 검둥이도 다수 있고 머리색도 가지각색이다. 취미가 여자 채집인 희안한 놈이다. 전부가 젊은 아주머니 들이다. 색을 얼마나 즐겼는지 얼굴이 씨커먼 놈이 험악하게도 생겼다. 자신의 콤플렉스를 그런 방식으로 표출한 모양이다. 일종의 보상 심리인 것이다.

곧 바로 회군 명령을 내렸다. 10만 명이 넘는 대군이라서 회군하는데도 상당한 기간이 걸릴 것이다. 지그리트 대륙의 말리 왕국은 잘 돌아가고 있단다. 용병길드의 건설공사도 잘 진행되고 있단다. 특히 수많은 용병들이 몰려와서는 요즘은 공사 현장이 장인들보다도 용병들이 일을 더 잘하고 있다는 소식이다. 그래서 앞으로 3~4개월이면 거대한 용병 단 사령부가 완성될 것이고, 용병들이 10만명은 상주 가능한 성이 떡 하니 생긴다는 것이다. 덩크 부단장이 그곳을 지키고 계셔야지 자꾸 돌아다니시면 안 된다고 하자. 단장님이 계셔야 부단장도 자리를 지킬 것 아니냐면서 우기신다. 그래서 알았다고 갈 때는 같이 가자고 할 수 밖에 없다. 저녁 식사를 하고 천막에서 안젤리나와 얘기를 하고 있는데 또 영감이 꾸역꾸역 들어온다. 무조건 무라카 옆에 붙어 있으려 하니 골치가 아프다. 그래서 앞에 앉혀 놓고 마나 로드를 넓혀준다. 특히 다니는 것을 좋아 하시니 다리 쪽 마나로드를 모두 새로 뚫었다. 왼쪽 팔도 마찬가지고, 그리고는 경공에 대한 설명을 해주자 눈이 반짝반짝 빛난다. 천막 밖으로 모시고 나와서 옆구리에 끼고 병사들이 없는 방향으로 화살처럼 날아간다. 그리고 낮은 산이 나오자 나무 위로 뛰어 올라서 나무에서 나무로 날아다니는 새처럼 한 바퀴 돌고는 천막으로 와서 내려놓자. 눈만 끔벅끔벅 거린다. 꿈을 꾼 것인지 착각하는 모양이다.

"부단장님! 제가 아까 마나로드는 다 닦아 놨거든요. 그러니 설명 해준 대로 마나를 보내면서 달리는 연습을 하세요. 그러면 방금 저처럼 날쌔게 달릴 수 있어요. 의문이 생기시면 제게 물어 보시고요."

"이-힝! 내가 헛살았나 봅니더-예. 이게 경공이라 카는 기라예?"

"네 처음엔 잘 안되지요. 그래도 자꾸 연습을 하다보면 나중에는 몸이 저절로 알아서 달리게 됩니다. 그리고 고수되면 물위로도 달릴 수 있어요."

"우-와! 물위로도 달린다. 하하하하 배 멀미는 이제 필요 없다 아이가 바다도 달려서 건너 뿌지 뭐. 하이고 이 은혜를 단장님은 저의 스승이심니더. 앞으로는 이 제자가 깍듯이 스승님으로 모시겠 심-더. 감사합니-더 예. 절 받어 시이소!" '털썩 꾸-뻑!'

"어-허 스승은 무슨 경공 하나 가르쳐 드린 건데, 하도 잘 돌아다니시니 앞으로 좀 편하게 다니시라고 알려드린 건데. 허허허"

"아이고! 아닌 기라 예. 한 가지를 배워도 스승은 스승인 기라 예. 지는 경공 연습하러 갑니데-이." 후다닥 쿵! 어이쿠 벌써 뒹굴기 시작한다. 혼자 갈고 닦아서 소드 마스터까지 오른 사람이다. 그 끈기는 두 말 해봐야 입만 아픈 것일 게다. 다음에 만날 즈음엔 고수가 되어 있을 것이다. 그때부터 덩크 부단장의 수난이 시작 되었다. 넘어지고 뒹굴고 자빠지고 다리가 까지고 멍들고, 이마에 혹이 쉴 새 없이 생기는 수난의 역사가 시작 된 것이다. 소리스 왕국에 도착했을 때에는 어느 정도 기초가 잡혀 가고 있다. 정말 어마어마한 끈기와 노력의 대가인 것이다. 밥 먹고 잠자는 시간도 줄이면서 경공 연습에 매달리니 늘 수밖에 없다. 검술도 그런 식으로 익혔을 것이다. 잠은 제대로 자는지 걱정이 될 정도이다.

왕궁에 도착해서 국왕과 독대해서 앞으로 국민들을 어떻게 교육하고 세금은 스스로 내는 자를 제외 하고는 걷지 말 것이며 스스로 내는 자들의 대우를 잘해서 국정을 운영하고 병사들을 월봉을 주면서 노예나 귀족 같은 계급은 없애고, 모든 백성이 행복하게 잘 살 수 있는 방법을 모색하여 나라를 영위할 수 있도록 하라는 메시지를 전했다. 이미 각 대륙이 그런 식으로 돌아가고 있음을 알려줬다. 더 이상은 전쟁이나 남의 것을 탐내는 따위의 짓거리는 전혀 없는 세상이 도래했음을 알려준 것이다. '평등과 자연주의'의 의미를 일깨운 것이다. 그리고 덩크 부단장에게 남기는 한통의 서신을 남겨두고 폰 프린스에 올랐다.

Love Nest(Loost)에 돌아오니 역시 좋다. 사람은 가족이 기다리는 보금자리가 있어야 살아있는 것을 실감하나 보다. 볼리아를 위시해서 레인과 아이들! 아빠에게 메 달리지만 이제는 청년이 다 된 두 아들 녀석들이 든든한 버팀목이 된다. 그리고 너무나 예쁘게 성숙해진 우리 공주 무라니! 품에 안아보니 어엿한 처녀 티가 난다.

"무라니 아빠 안보고 싶었니? 그 동안 로보랑 만 놀았던 게냐?"

"헤헤헷 아빠 많이 보고 싶었어요. 그래도 참았지요. 아빠 저 스무 살 되면 세상 구경 시켜줘요. 네?"

"응 그래 약속하마! 세상 사람들에 대해서도 알아야 하지 암. 내 딸이 이렇게 아가씨로 자랐구나. 아빠가 그동안 좀 무심했지? 미안하구나. 흠 그래도 무라니 아빠가 사랑하는 거 알지?"

"넹! 저도 아빠 무지무지 사랑해요. 요즈음은 우주학 열심히 익히고 있어요. 헤헤헷"

"그래 검법 마법도 중요하지만 다른 학문도 마찬가지다. 그러니 스스로 익히고 연구하는 것도 즐겁고 행복한 일이지."

그때 로보 몰리아스가 덥석 안겨온다. 150 gega flops 정도 되어야 이런 감정 표현이 가능 할까?

"주인님 저도 주인님 무지무지 보고 싶었어요. 주인님 사랑해용!"

"어? 그래 몰리아스 공주 그 동안 잘 지냈지? 우리 무라니 공주 잘 보살피고 있는 거지?"

"넵 물론이죠. 이곳 러브 네스트도 잘 관리하고 있지요. 헤헤헤 저도 많이 사랑해 주세요. 주인님!"

"오냐 그래 알았다. 앞으로도 영원히 내가 준 임무를 잘 해나가기 바란다. 알았지?"

"넵 주인님 아이 좋아라! 처음으로 주인님이 저에게 사랑해 주겠다고 약속 하셨어요. 호호호호"

볼리아의 눈이 커진다. 뭐 이런 로보가 다 있는 겨? 하는 표정이다. 왠지 불길한 냄새가 난다. 얼른 볼리아를 데리고 볼리아의 침실로 들어간다. 이럴 때는 방법은 딱 한 가지뿐이다. 네 번은 기절시켜야 문제를 삼지 않을 것이다. 체력은 우주 제일이니까. 체력이 딸려서 못할 일은 없으니까. 후후후 불쌍한 무라카여! 중급 그랜드 마스터를 네 번이나 기절시키려면, 그것이 그렇게 만만한 일이 아닐 것이란 걸 잘 알면서 말이야.

위대한 바람

한편 바젤란 대륙의 그린 왕국 그린 위드 공작령엔 경사가 겹쳤다. 공작 그린 위드가 꼭 막혀서 뚫지 못할 것 같던 경지를 한 단계 더 나아간 것이다. 즉 현경의 경지에 오른 것이다. 드디어 사부님이 종종 보여 주셨던 마나 탄을 만들 수 있을 뿐만 아니라 압축 시켜서 30m 정도의 거리에 있는 바위를 부수는데 성공한 것이다.

그리고 기다리던 둘째 공주를 낳았다. 첫 번째는 남자 아이를 낳아서 벌써 다섯 살이다. 얼마나 할머니가 좋아하시는지 한시도 무릎에서 떼지를 않으신다. 그래서 사내아이는 막 돌아 다니면서 좀 다치기도 하면서 자라야 한다고 어렵게 말씀을 드렸더니, 아직은 아니란다. 좀 더 커야 바깥으로 돌리지 하시면서 역시 안 놓아 주신다. 그러던 차에 귀여운 딸이 태어났으니 정이 '위크'에게서 '라이야'에게로 옮겨 갈 것인가? 의문이다. 할머님은 무라크가 그렇게 보고 싶으신가 보다. 가끔씩 생각이 나시는지 손가락을 꼽아 보시고는 우리 무라크가 이 제 열다섯 살이로구나. 제법 청년 티가 날 텐데 잘 있는지? 무심한 녀석 할머니가 보고 싶지도 않은지 깜깜 무소식이니 휴-우 벌써 몇 년이야. 하시면서 한숨을 쉬신다. 그래서 더욱 위크를 품에서 안 내려 놓으시는 것이다. 보고 싶은 친 손자를 생각 하시면서 말이다. 사부님은 강건 하시겠지? 지금은 어느 대륙에 계실까? 전설이 되어버린 사부님을 뵙고 싶어서 기다린 세월이 십여 년이다. 꽉 막혀 있을 때는 정말 미치는 줄 알았다. 마나가 모자라서 그런 줄 알았는데 그 것도 아니었다. 깨달음의 문제인 것을 알고 난 후에야 길이 보이기 시작했다. 사부님의 말씀 중에 외부의 마나와의 공조란 것이 어떤 것인지를 전혀 모르다가 몸속의 기(氣)나 외부의 마나 즉 외부에 산재한 기를 느끼기 시작했고, 그 성질이 같다는 것을 깨달음으로서 단전에 있는 것은 농도가 짙고, 압축이 된 것임을 알고 외부의 기는 그냥 흩어져 산재해 있는 것일 뿐! 다르지 않음을 알게 되었다. 그래서 시도한 것이 외부의 기도 자신의 의지대로 할 수도 있다는 것. 그 공간의 범위가 문제일 뿐이지 몸속의 압축된 정심한 기에 끌린다는 것을 알고, 그리고 자신의 의지로 외부의 기를 움직일 수 있음을 알았다. 거리의 한계는 있지만 말이다. 그것에서부터 깨달음이 이루어졌다. 주변 방원 30m 안의 기를 자신의 의지하에 둘 수 있게 된 것이다. 그러고 보니 그 범위안의 모든 기(氣)가 느껴진다. 그렇게 해보니 그 범위안의 모든 물체를 인식 할 수 있는 게 아닌가? 아! 이것이 천리안 인 것이다. 위드 자신이 붙인 이름! 천리안! 그때 사부님이 너도 때가 되면 자연히 터득 하게 될 것이라던 그 무공이다. 해답은 이것이었다. 그로부터 계속 천리안을 반복 숙달하고 그리고 뭉치는 기의 형태도 바꾸어 보면서 여러 가지 시도를 해본다. 아직은 너무 긴 시간 동안을 펼치지는 못해도 점점 유지 시간도 지속 시킬 수 있게 되겠지. 훨씬 커져버린 단전도 깨달음의 결과임을 알고 있다.

한 단계 나아감으로써 단전의 크기가 배가 되었다. 아 사부님
이 계셨으면 좋았을 것을 그립고, 뵙고 싶고, 또 레인 누님도 뵙
고 싶다. 무라크도 그렇고 말이다. 요즈음은 레이스도 종종 대
사부님 얘기를 하곤 한다. 두 아이의 엄마가 되었어도 검법 수련
은 열심히 한다. 하나의 예술이 되어버린 레이스의 검무! 얼마나
부드럽고 아름답게 펼치는지 위드도 보고는 정신이 몽롱해질 정
도이다. 저것이 자기가 가르친 천무검법이 맞는지 의심이 들 정
도이다. 완전히 다른 하나의 검무를 탄생 시킨 것이다. 물론 128
수 동작이 다 들어 있다. 순서는 바뀌고 뒤죽박죽 엉켜 있지만
그래서 더욱 놀라운 동작들이 나오는 것이다. 부드럽고 아름답게
말이다. 아이를 둘이나 낳은 몸 갖지 않게 날씬하고 볼륨감이 넘
치는 것이 저렇게 검무를 하루에도 몇 번씩 반복하니 몸이 아름
답게 바뀔 수밖에 없을 것이다. 그리고 하루도 빠트리지 않는 천
조심법과 無痕 輕身攻 수련! 그래서 수준이 익스퍼드 상급자들도
레이스와 대련을 하면 쩔쩔맨다. 충분한 고수의 반열에 오른 것이
이다. 30대 초반에 말이다. 레이스가30세이고 위드가 37세이다.
두 부부는 얼마나 금실이 좋은지 소문이 자자하다. 그린 왕국 내
에서는 효자 효녀에 서로 진정으로 아끼는 부부의 표상이 되었
다. 가끔씩 찾아오는 사제들이 위드 사형에게 한수 배우려고 대
련을 신청하면 위드는 빙긋이 웃으면서 먼저 레이스에게 이기면
한수 가르쳐 주겠다는 식으로 은근히 레이스의 실력을 자랑한다.
그래서 종종 대련을 하는 레이스는 여태까지 져 본적이 없다. 오
빠의 사제들에게 말이다. 오빠가 스승이니 당연히 사숙들인데 그
관계는 배운적이 없어서 모른다. 사숙이라는 말 자체를 위드도
모르는 것이다. 사부님이 오시면 제일 먼저 그것부터 질문을 해

봐야 할 것인데 언제나 오시려는지, 어디에 계시는지?

　바람이 불고 있다. 아니 불어오고 있다. 행성의 남반구 두 대륙에서부터 불기시작 한 바람이 크로스 아르메니아 대륙을 거쳐서 북 반구로 옮겨 불기 시작했다. 동방대륙의 제마국 대 상단이 켄트 왕국과의 해상 교류를 통해서 전해져 온 소문에 의하면 '평등과 자연주의'라는 바람은 용병들에 의해서 행동을 결집 시키는데 사람은 누구나 다 평등하기 때문에 왕이니 귀족이니 하는 것들이 필요가 없고, 왕국이라는 거대한 권력도 불필요하기 때문에 힘겹게 돈을 벌어서 세금으로 다 빼앗기는 일 따위는 있을 수 없다는 것으로 모든 사람들이 똑 같은 권리를 행사 할 수 있는 자연주의를 신봉하라는 것이 요지이다. 그리고 이러한 사회적 변혁만이 새로운 세상을 만들고 훨씬 행복한 삶을 영위할 수 있으며 누구나 평등한 삶을 살 수 있는 권리를 행사 할 수 있다는 것이다. 바젤란 대륙의 용병들이여 모두 무라카 덩크 용병대에 참여하라 그러면 전쟁도 없고 함부로 권력을 휘두르는 귀족이라는 개자식들의 집단들에게 더 이상 피해를 입고 인간의 존엄성을 박탈당하는 수모를 격지 않아도 된다. 그러니 모두 무라카 덩크 용병대에 입단하라! 는 것이다.

　소문은 일파만파로 치달아서 일 개월도 지나지 않아서 바젤란 대륙을 흔든다. 벌써 남반구의 네 개 대륙이 평등한 사회가 되어서 서로 전쟁을 일삼는 따위의 어리석은 짓은 하지 않는다는 것이다. 그리고 세금도 부유하여 자진해서 납세하는 자들 외에는 강제적인 세금 각출은 없어졌다는 것이다. 또한 절대 권력자도 없어지고 귀족 평민 노예 따위의 차별화된 신분도 없어졌다는 것이다. 누구나 잘 살 수 있는 평등한 사회가 도래했다는 것이다. 그 중재적인 역할을 용병단에서 다 하니까 겁먹지 말라는 것이다. 그리고 여지-껏 포악하게 사람을 괄시하고 악행을 일삼았던 귀족 나부랭이 들 중에 살아남은 자가 없다는 소문이 바젤란 대륙을 뒤 흔들자. 모든 용병들이 수도로 몰려들었다. 마젤란 제국의 수도 쿠알라 시로 말이다.

쿠알라 시의 용병길드는 미어터질 듯이 몰려드는 사람들로 인해서 발 디딜 곳이 없을 정도이다.

"바젤란 대륙의 용병들이여. 내가 바로 무라카 덩크 용병단의 부단장 무라카 덩크올시다. 에헴! 지그리트 대륙에서 크로스 아르메니아 대륙을 거쳐서 이곳 바젤란 대륙까지 오느라 장장 8개월이나 걸린 긴 여정을 지나서 이렇게 드디어 마젤란 제국의 땅을 밟게 되었소이다. 흠! 아직도 이곳은 소문이 전해지지도 않고 황권이니 왕권이니 귀족의 권리니 하면서 평민을 발가락의 때만큼도 생각지 않는 귀족 놈들이 살아서 목에 힘을 주고 다니는군요. 사람이 어미의 뱃속에서부터 귀족입니까? 사람이 태어나기도 전부터 노예입니까?

절대 아닙니다. 흠흠 위대하신 우리 단장님이 계셨더라면 저보다 100배는 더 멋지게 설명을 드릴 테지만 제가 말솜씨가 좀 모자랍니다. 이점 이해를 부탁드리고요. 아참 우리 용병단의 위대하신 단장님의 빛나는 이름은 무라카 세바스찬님입니다. 여러분들이 저보다 더 잘 아시리라 믿습니다. 그 분께서는 전 대륙을 돌아보시기 위해서 지금도 무지하게 바쁘신 분입니다. 그래서 말주변도 없는 저에게 또 늙은 저에게 행성의 모든 대륙이 평등하게 잘 사는 그런 곳으로, 땅으로 만들라는 명령을 하셨습니다.

좀 늦었지만 저는 죽는 그날까지 목숨을 걸고 우리 위대하신 용병단장님의 명령을 수행 하고자 합니다. 저와 뜻을 같이 하실 분들은 이곳 길드에 이름을 적고 꽉 손도장을 이렇게 찍으시면 됩니다. 이미 우리 용병단은 각 대륙마다 다 지단이 있습니다. 현재까지 300만 명이 넘게 가입했음을 알려드립니다. 아울러 우리의 행사를 방해하는 귀족은 살아남은 자가 없음도 알려드립니다. 이상입니다. 평등! 자연주의! 얏!!"

"와! 천인님이 단장님이시다! 와! 와! 만세! 만세! 만세!"

"넷? 천인요?"

마나를 실어서 일장 연설을 하느라 헥헥 거리면서도 군중들이 떠드는 소리가 들린다. 깜짝 놀란다. 천인이라니? 위대하신 단장님이 그라모 천인? 우-왓! 그것을 여태 몰랐다니. 캑! 아이고 스승님 지한테 귀띔을 좀 해 주시 징~! 에-공 와 자꾸 눈물이 흑흑흑! 그럼 그렇지 뭔가 틀리더라니 사람이 빛살같이 휙휙 날아다니고, 지를 옆구리 끼고도 씽씽 나무 위를 하이고 그때 눈치를 챘어야 되는 긴데, 경공 방법을 알려주시는 통에 그만 중요한 것을 놓쳐 뿌릿네. 하이고 이눔의 사투리 우째 고치노? 조금 나아지다가 또 그라넹 헹 정신 바짝 차려야지! 흠흠 어 힘! 마젤란 지단은 인산인해가 되었다. 한 사람도 안 간다. 모두 참가 하는 것이다. 천인이 단장이신데 누군들 참가를 않겠는가? 그렇게 장장 5일간을 마젤란 용병지단 입단 절차가 이루어졌다. 그리고 마지막 날 귀한 손님 세분이 오셨다. 딱 보니 세분 다 소드 마스터이다. 무라카 덩크는 목에 힘을 주고 세 사람을 맞았다. 감히 천인의 제자인 부단장인 자신에게 큰소리 칠 간 큰 사람이 있을라구?

"흠흠 어떻게 오신 분들이요?"

"네 저희들은 스승님의 소식도 좀 듣고 그리고 현재 어느 대륙에 계시는지 궁금해서 왔습니다. 켈리포 상단에 근무하는 사람들입니다. 저는 덤프이고, 여기는 레온, 그리고 이분은 울프-팩 입니다."

"스승님이라뇨?"

"구루 무라카 세반스찬 님이 저희들의 스승님입니다."

"헉! 아이고 이런 결례를 그 그럼 저의 사형 되시는? 헉 사형님들 잘 부탁합니다. 제가 막동이 제자 무라카 덩크입니다. 꾸뻑!"

"네? 그새 또 제자를? 아니 그런데 팍 삭았는데? 사제라고 하기엔 너무 노인이신데~? 흠 흠 부단장님이 사제라니 반갑습니다. 우리는 스승님이 부르시면 목숨을 거는 제자들입니다. 모두 323명이고요. 나이 많은 사제도 사제이니 이 사형들 필요하시면 아니 이 많은 사람들 뭘 먹입니까? 돈은 있습니까? 레온 상단에 연락해서 용병단 사람들 먹고 자고 하는 것 해결 하라고 연락해 빨리 갔다 오너라."

"넵 알았어요. 그런데 위드 사형은 연락 안 해요?"

"벌써 연락 했지. 도착할 때 되어간다."

"네 저 갔다 올게요."

"그래."

"헉 사형님들 먹고 자고도 해준다고요?"

"그래요. 큰일 하시는데 우리가 도와야죠. 스승님 명령인데 당연히 우리도 참가 해야죠. 음"

"그래도 한둘이면 모를까? 모두 328,000명이고 지금도 계속 등록 하는데 이 많은 인원을 휴~우! 너무 큰 부담 드려서 송구합니다. 사형님들!"

"아 걱정 말아요. 사제 백만 명이라도 끄떡없으니까요. 하하하"

"우와 사형님들 재산이 빵빵 하신가 봐요. 부럽네요. 에헴!"

"우하하하하! 스승님의 제자들은 다 부자예요. 스승님이 모든 제자들을 다 부자 만들어 주셨거든요. 그리고 곧 오실 위드 사형은 그 중에서도 더 큰 부자죠. 키키킥!"

"네? 그게 무슨??"

"아 늙은 사제님 좀 있어보면 알게 되요. 일단 그럼 우리 제자들은 자동으로 모두 용병 단에 가입합니다. 뭐 쓰고 찍고 안 해도 되요. 우리는 한 스승님의 자랑스러운 제자들이니깐. 평등 자연주의는 우리 모두 귀가 따갑도록 훈육을 받았으니, 가만 앞으로 대중 앞에서 설명을 하는 것은 레온이 담당해야 하겠다. 말빨이 제일 쎄니까 말이야. 아까 우리 영감 사제는 영 아니야. 머리에 꽉꽉 꽂히게 설명을 해야지 그리고 울프펙! 우리 인원들을 말이야 최소 연대 단위로 편성을 하자고 그리고 3개 연대를 한 군단으로 편성을 해서, 아니 50십만 명 정도는 될 것 같은데 5개 연대를 1개 군단으로 편성해서 바젤란 대륙의 마젤란 지단은 위드 사형을 지단장으로 하고, 그 밑에 군단은 우리가 맡아서 군단장을 하고, 그럼 3개 군단에 지단 본부의 근위대는 한 2,000명만 편성하면 되겠네. 그리고 평등 자연주의에 반하는 귀족들이나 왕족들은 어떻게 처리 할까? 부단장님 현재까지는 어떻게 처리했어요?"

"넵 처리하고 자시고도 없었습니다. 국민들에게 맞아죽고 도망치다가 노예들에게 걸려서 지랄 발광을 하다가 죽고 그냥 냅-둬도 다 죽던데요?"

"우하하하하하! 그러네. 악질 귀족들 가만히 둬도 다 맞아 죽겠네. 뭐 안 죽으면 잡아다가 그때 생각하면 되겠네. 그럼 평상시에는 주로 무슨 일을 합니까?"

"넵 몬스터도 잡고 국민들이 원하는 일을 처리 해주죠. 물론 대가를 받고 해줍니다."

"응? 그럼 돈 벌이도 짭짤하겠네요?"

"넵 엄청나게 돈을 많이 벌 때도 있죠. 그럼요. 래드 와이번 잡았을 때는 이천만 냥도 넘는 돈을 벌었죠. 헤헤헤"

"네? 그렇게나 많이요?"

"넵 그래서 용병단 본부는 어마어마하게 크고 좋은 땅에 어마어마하게 좋은 성을 짓고 십만 명이 살아갈 수 있는 시설을 갖추었죠. 지그리트 대륙에 말입니다."

"역시 스승님이셔 그럼 우리도 여기 지단을 한 오만 명 정도 기거 할 수 있는 성을 하나 지어야지. 아니 어쩌면 더 크게 지어야 할지도 모르겠네. 스승님 오시면 허락 받고 결정하자."

"아! 위드 사형! 오랜 만입니다."

"오 사제님들 어떻게 여기 다 계시오?"

"네 그렇게 되었습니다. 이 영감님이 스승님의 막내 제자라네요. 위드 사형! 무라카 덩크님이고 무라카 덩크 용병단의 부단장이고요."

"아 그래요. 그린 위드입니다. 소드 마스터 중급이시네요. 언제 사부님을 만나셨나요? 사부님 지금 어디 계시나요?"

"헉 대 사형님! 한가지 씩 물어 봐 주세요. 제가 늙어서 잘 까먹어요. 송구합니다. 대 사형님!"

"하하하 이거 실례를 반가운 마음에 제가 급했나 봅니다. 사부님과 헤어지신 것은 얼마나 되셨나요?"

"넵 딱 8개월 되었습니다. 남반구 끝에 있는 마지노 대륙에서 헤어졌습니다. 제게 흑흑 경공을 가르쳐 주시고 편지 한 장만 달랑 남겨 두시고 흑흑흑 으-앙! 보고 싶어요. 스승님!"

"캑! 저 저 사 사제님 우시면 우리도 눈물 나잖아요. 억 훌쩍!"

"훌쩍 훌쩍! 으-음!"

"자 자 그만들 하시고 우리도 다 스승님 뵙고 싶고, 우리 상단 제자들 모두 스승님 언제 오시는지 날마다 나만 보면 물어요. 그러니 지금은 스승님께서 명령하신 일을 해결해 나가야 됩니다. 어-흠"

"그래요 덤프사제. 인원이 상당히 많던데, 우선 편성을 해서 임무도 분담하고 당장 내일부터 수도에만 있어선 안 되니까. 넓은 땅 하나 선정해서 숙영지도 편성하고, 필요시 훈련도 하고 해야 할 것 아녜요? 덤프 사제가 전문가이니 빨리빨리 추진합시다."

"네 위드 사형 대략적인 구상은 나왔어요. 일단은 오늘 밤은 시내의 모든 쉼터를 점령하더라도 먹이고 재워야지요."

"우-왓! 저 많은 인원을 어떻게?"

"일단은 상단에 레온이 달려갔으니 곧 무슨 조치가 있을 거요."

"빠르시네, 역시 관록이 있으시니~흠"

"우선 편성을 3개 군단 15개 연대로 편성하고, 지단 본부근위대 2,000명은 별도로 선발해서 훈련토록 하고요. 지단 본부는 아무래도 제국내의 땅을 아니 불모지를 한 군데 정해서 지단본부를 짓도록 하지요. 그 자금은 상단에서 책임을 지도록 할 것이고요. 어떻습니까? 위드 사형!"

"저는 찬성이요. 한 가지 자금은 저도 좀 부담을 지겠습니다."

"아 저도요. 물론 제자들 모두 부담을 질 겁니다."

"그럼 그렇게 추진합니다. 지금 등록 명부 어디 있어요?"

"넵 제가 가져오죠. 잠깐만요."

후다닥! 울퍼펙이 달려간다. 용병단이 아니라 이것은 대륙을 지키는 용사들의 모임과 같은 것이다. 벌써 소문이 온 대륙에 퍼져 나갔을 것이다. 귀족들은 보따리 싸서 야반도주를 할 것이고, 정직하게 살아온 위정자들은 그나마 목숨은 부지 할 수 있을 것이다. 덩크 부단장이 보니까 이 대륙의 용병들은 용병이 아니라 정예 병사들 같은 느낌이 팍팍 든다. 사형이라는 자들이 얼마나 재력이 있는지 성을 짓는데 드는 비용 걱정은 눈꼽만치도 안 한다. 그것 뿐이면 또 모르지 덤프라는 사형은 제국의 장군인지 병력 편제를 단 몇 분 만에 척척 계산해서 해치운다. 또 대 사형이란 자는 아직 젊은데 자기를 보더니 마스터 중급임을 단번에 알아맞히질 않나 대 사형은 얼마나 고수일까? 하는 의문이 든다. 등록 명부를 가지고 왔는데 한 짐이 넘는다. 아직 계속 등록이 이루어지고 있단다. 이런 정도일 줄은 꿈에도 상상을 못했다. 구루 무라카 세바스찬 당신은 사람이 맞습니까? 어떻게 미래에 일어날 일들을 미리 다 알고 준비를 해둔 것 같지 않은가? 처음에 지그리트 대륙에서 공작직위를 벗어던지고 돌아다니면서 설득하느라 고생을 한 것을 생각하면 바젤란 대륙에서 처음 시작 했으면 그렇게 생고생을 숨어 다니면서 하지 않았어도 에-휴! 생각을 말자. 스승님! 빨리 오셔서 저희들 힘 좀 보태 주이소.

스승님은 소식이 없는데 상단에서 300명이 넘는 제자들이 우루루 달려왔다. 정확히 317명이 달려온 것이다. 그리고 그들이 그냥 온 것이 아니라는 사실이 곧 밝혀졌다. 이미 등록이 완료된 사람들을 따로 분류를 하더니 300개의 팀으로 분류를 하는데 걸린 시간은 불과 30분도 걸리지 않았다. 그리고 그들을 각자 통솔자의 이름을 붙인 조로 명칭을 정하고는 데리고 사라진다. 각 천명씩 말이다. 가장 신이난조는 미미조이다. 예쁜 아가씨가 조장인 탓이다. 그들 각자는 모두 이미 정해진 쉼터에 기숙하고 식사까지 모두 제공을 받는다. 30만명이 순식간에 숙식이 제공된 것이다. 이제 남은 자들은 뒤늦게 용병단에 등록을 위해서 먼 왕국에서 달려온 자들이다. 이런 사실을 바라보면서 덩크는 입이 쩍 벌어진다. 그 많던 인원이 순식간에 뚝딱 조 편성이 되는가 하더니 숙식이 제공 되었단다. 이 얼마나 조직적이고 과학적인 대응 방식인가. 그리고 남은 자들도 등록이 완료되는 순으로 곧 천명 단위로 사라진다. 이 모든 일들이 제자들을 통해서 레온이 이미 사전 계획을 전달하고 상단에서 사람들을 풀어서 쉼터를 계약하고, 또 그래도 남는 인원은 마지막에 빈 공터를 이용해서 천막까지 준비를 하고 있다. 보이지 않는 쪽에서 상단이 움직이고 있는 것이다. 레온이 모든 일들이 순조롭게 진행되자. 덤프에게 와서 장기적인 계획을 듣고는 또다시 상단으로 달려간다. 이번에는 영구적인 성을 지을 땅을 물색하고, 건물을 짓는데 대한 일체의 설계도와 규모에 맞는 인부들을 구하고, 빠르게 공사를 진행시키기 위한 제반 계획을 설명하기 위해서 달려간 것이다. 곧 '평등한 자연주의'의 세상에서 가장 큰 힘을 발휘할 용병단의 지단이 바젤란 대륙에 자리를 잡게 된다면 천인 단장이신 구루무라카 세바스찬을 위하여 해 줄 수 있는 것은 무엇이던지 지원을 아끼지 말라는 회장님의 지시가 내려져 있기 때문이다. 지단의 규모가 100만명을 기준으로 하여 땅을 선정하고 훈련장은 물론이고 모든 시설을 백만명을 수용 할 수 있도록 지어라는 방침

이 내려졌다. 지단이 아니라 본부보다 규모가 열배나 큰 시설이
세워질 것이다.

　바젤란 대륙의 마젤란 제국은 황제가 스스로 물러났다. 그리고
대소 신료들도 모두 옷을 벗고 스스로 평민이 되었다. 그중에 몇
명만 주민들에게 맞아 죽었다. 그렇게 제국은 스스로 권위를 벗
어던지고 평등한 자연주의로 바뀌어간다. 투표를 통하여 관료들
이 등용이 되고 월봉을 받는 국민의 심부름꾼으로 통수관료가
탄생했다.

　각 왕국들도 스스로 죄를 받겠다고 왕들이 무릎을 꿇자 죽이
지는 못하고 쫓아내는 것으로 대체된 곳도 있고 끝까지 혼자 잘
살겠다고 재물을 싸들고 야반도주를 하다가 잡혀서 효수를 당한
왕족도 간혹 있었다. 국경이 사라지고 상호교류를 자유롭게 하는
평등한 자연주의가 형성되었다. 앞으로 차차 잘못된 것들은 하나
씩 하나씩 고쳐 나아가면 되는 것이다. 사람 사는 곳이면 빈부의
격차는 생기기 마련이지만 형편이 어려워서 굶어 죽는 일은 발
생하지 않을 것이다. 모두들 절대적인 능력을 가진 천인이 하늘
에서 내려다보고 있기 때문에 남의 것을 빼앗는 행위 같은 것은
꿈도 꾸지 못하는 세상이 온 것이다. 다만 몬스터로 부터의 보호
는 무라카 덩크 용병단이 처리를 해줘야 하는 것이다. 국민들이
자진해서 내는 세금으로 용병들에게 대가를 지불하는 방식인 것
이다.

　제대로 몸도 풀어 보지도 못하고 덩크 부단장은 바젤란 대륙
의 평등한 자연주의가 자연스럽게 자리를 잡는 것을 보고 이 대
륙의 사람들이 구루 무라카 세바스찬을 얼마나 무서워하며 또

얼마나 신뢰를 하는지를 똑똑히 보았다. 도대체 얼마나 냉혹하게 굴었기에 제국의 황제도 감히 싸워볼 엄두도 못 내고 자진해서 무릎을 꿇고 용서를 비는 그런 어마어마한 현실일까? 도대체 위대하신 단장님은 이들에게 어떤 존재인지요? 도저히 궁금해서 대사형에게 독대를 청해서 질문을 해 봤다. 그러자 그린 위드가 빙긋이 웃으면서 하는 말이 '이 행성도 손바닥 한번 휘져으면 먼지가 되어서 사라져 버리게 하시는 분이란다.' 캑! 마 말이 안 되는? 그렇다고 대 사형이 자신보다 휠~씬 고수이신데 헛말을 하실 분도 아니고 이것 참! 믿어야 될지 말지 꿈을 꾸고 있는 것도 아니고 아이구 머리야! 생각을 말자! 그런 사람도 있다고 하자고, 위대하신 우리 단장님이자 스승님! 그립고, 그립고 보고 싶습니다. 젊은 스승님!!!

바젤란 대륙이 싸움도 없이 평등한 자연주의가 실현이 되자 국경이 없어지고, 모든 기사 병사들이 필요가 없어지는 사태가 벌어졌다. 월봉을 받는 통수 관료들이 모든 행정을 담당하고 곳곳에서 구제 사업이 벌어지고 그동안 귀족들의 손발 이였던 기사와 병사들은 자진해서 각 지역의 자율치안대 라는 이름으로 치안과 범죄예방을 위해서 움직이자 이들도 월봉을 주자는 쪽과 그렇게 하면 또 이놈들이 권위의식이 살아나서 지난날처럼 설치고 다니면 안 된다는 반대 의견이 대립을 한다. 모든 것은 투표를 해서 정하는 것이 평등한 자연주의의 방식임을 배웠기에 주민들의 투표가 곳곳에서 벌어진다. 결국은 자율 치안대를 '자율 방범대'로 이름을 바꾸고 적은 월봉을 지급하기로 결정이 났다. 그래서 지역마다 자율 방범대가 생기게 되었다. 적은 월봉이지만 지난 날 왕국에서 받은 월봉보다는 많다. 1.5배는 많은 월봉을

받는다. 그들은 모두 자진해서 동네의 어려운 일들을 해결해 나
갈 것이다. 즉 동네 머슴인 것이다. 아니면 당장 쫓겨날 판이다.
사회구조가 완전히 180도 달라져 버렸으나 금방 이것이 얼마나
평등한 권리를 가지고 살아갈 수 있는 방법인지를 알게 되자 모
두들 좋아한다. 지난날 귀족들에게 목숨을 위협당하며 살았던 것
을 잊지 말고 기억하자는 문구들이 게시판 마다 붙어 있다. 그렇
게 복잡할 것 같았던 나라 일이 너무도 단조롭고 투명하게 진행
이 되자 왕족과 귀족들이 얼마나 국민들을 우롱했는지 그리고
그들에 의해서 전쟁이 끊이지 않았던 것들도 알고 보니

　그들 자신의 욕심을 채우기 위해서 벌인 일들이라는 사실을
모두 깨닫게 되어간다. 문맹국이 글을 깨우쳐가는 것과 같은 방
식인 것이다. 그리고 지역 곳곳에 학당이 생겨나기 시작한다. 우
매한 국민들을 가르치는 학교라는 것인데 어린 아이들을 모아놓
고 글을 가르치고 여러 가지 지식을 전달하는 곳이란다. 물론 무
료이다. 아니 의무적으로 다녀야 한다는 것이다. 자진해서 납세
하는 세금으로 지어지기도 하고 지역의 부호들이 스스로 짓기도
하는 일들이 지역마다 무슨 유행처럼 이루어지고 있다. 평등한
권리를 행사 할 수 있도록 배워야 한다는 것이다. 아는 것이 힘
이 된다는 글들이 게시판에 붙기 시작하자 모두들 어린아이들을
학교로 보낸다. 배움의 바람도 불기 시작 했다. 물론 검술 학교도
생겨났다. 적은 대가를 지불하면 검술도 누구나 배울 수 있는 세
상이 된 것이다. 이것이 평등한 자연주의가 바라는 세상인 것이
다. 누구에게나 기회는 주어진다. 똑같이! 사람은 평등한 것이다.

　거대한 바람은 바젤란 대륙을 지나서 북반구의 대륙들을 휩쓸

고 있다. 덩크 부단장은 사형제들과 바젤란을 출발해서 짐바브 대륙으로 이동을 한다. 321명의 사형제들은 단 한명도 빠지지 않고 다 참여해서 움직인다. 엄청난 고수들이 2/3나 된다. 지금 바젤란의 중심부 쿠알라 시에서 바라보이는 평원에는 대규모 건설 사업이 진행 중이다. 켈리포 상단이 주축이 되어서 시작된 건설공사의 규모가 어마어마하다. 100만명이나 수용 가능한 시설인 것이다. 물론 검술 학교도 포함 되었다. 대륙에서 가장 큰 '검술 아카데미'를 용병단 지단 시설 한쪽에 세워지고 있다. 행성에서 가장 기술이 앞서가는 켈리포 건설단이 투입이 되었으니 두말하면 입만 아픈 일이다. 그러거나 말거나 무라카 용병단의 핵심 인물들이라 해도 과언이 아닌 제자들 321명이 똘똘 뭉쳐서 인접 대륙을 평등한 자연주의 세상으로 바꾸어 주기 위해서 바다를 건너고 있다. 부단장 무라카 덩크까지 322명이다. 다섯 명은 이미 절정! 초 절정! 현경이고 나머지도 60%가 상급들이다. 나머지는 모두 중급이고 말이다. 이 정도만 해도 하나의 제국은 절단내어 버릴 수준이다.

공간을 초월한 나들이

세상이 바뀌어가고 있는 이때에 모두의 위대한 스승이자 사부인 무라카는 러브 네스트에서 사랑하는 가족들과 매일 눈을 맞추고, 사랑을 확인하고, 또 세상과 나와 사람들에 대한 심오한 철학을 연구도 하면서 행복한 나날을 보내고 있다. 세상으로 나아가지 않는다면 그야말로 그 누구도 찾아 올 수 없는 아트라스 대륙의 깊은 밀림 속 해안가에서 삶의 의미를 심층 분석해보고 있는 것이다. 이제 다시 유체이탈 술을 펼쳐서 고향별 지구를 한번 다녀올까 생각중이다. 어쩌면 25년 전에 시도 할 때보다도 훨씬 집중력이 뛰어나니까. 그리고 정신력은 두 말할 필요도 없을 만큼 수양되었고, 수많은 수련을 통해서 입신의 경지까지도 초월한 지금은 어쩌면 완벽하게 시공을 초월할 수 있지 않을까 하는 생각도 해본다. 자신감은 있지만 두려운 것은 사실이다. 혹여 다시 이곳으로 돌아오고 싶지 않다면? 또는 자신의 과거에 있었던 수많은 인연이 있었던 자들을 본다면 어떤 느낌이들까? 그것에 대한 두려움이 가장 크게 작용할 것이다. 여러가지 잡다한 생각을 하면서 도서관으로 올라간다. 요즈음 소일거리가 도서관에서 기록과 다양한 학문들을 재정리하는 것이다. 항상 로보 몰리아스가 뒤를 졸졸 따라다닌다. 주인님이 약속을 하셨으니, 좀 더 가깝게 있어야 주인님의 사랑을 받을 수 있는 확률이 높아진 다나? 어쩐다나? 하면서 말이다. 하긴 식물도감을 추가로 편집하면서 몰리아스의 능력이 심층 넓어지고 깊어졌다. 약초 학은 이제 척 질문을 하면 착 대답을 할 정도이다. 그리고 몬스터 자료도 달달 꿰고 있다. 걸어 다니는 도서관이다. 아마 학위로 따지자면 박사학위가 20개는 될 것이다. 세월이 흐르면 더 많은 정보를 기억하게 될 것이며 천년 쯤 후에는 만물박사가 되어 있지 않을까 확신한다. 우주의 길에 대한 지식을 많이 입력시켜서 데리고 다닌다면 우주여행이 한층 쉬워질 것이란 생각도 해보았다. 쌍둥이 행성으로부터 현재에 이르는 그 자료는 R-1만이 기록보유하고 있다. 필요 할 때가 있을 것이다. 지금은 아니지만 말이다. 도서관에 들어와서 의자에 조용히 앉아서 명상에 잠긴다. 주인님이 저럴 땐 절대 방해하면 안 된다는 것을 잘 아는 몰리아스는 조용히 주인님 얼굴만 바라보고 있다. 그런데 어느 순간 주인님의 몸체에서 환한 빛이 품어지면서 사라져 버렸다. 주인님이 한순간에 없어져 버린 것이다. 몰리아스는 여지껏 주인님이 자신이 보고 있는 상태에서 이런 일이 일어난 적을 한 번도 경험하지 못했기 때문에 깜짝 놀라서 1층으로 번개같이 달려 내려간다.

"언니! 언니! 볼리아 언니 큰일 났어요. 주인님이 갑자기 빛을 뿜어내더니 사라졌어요. 무슨 일이 벌어진 거예요?"

"아 몰리아스야. 걱정 하지 말아라. 잠깐 어디 밀림이나 아니면 해안가에 볼일이 있으시겠지. 너는 마법을 모르니 놀라기도 하겠군 그래. 호호호"

"엥? 마법요? 그렇게 싹없어지는 것이 마법인가요?"

"그래 우리 인간들만 할 수 있는 거란다. 그것도 천족들만 말이다. 한 순간에 자신이 가고자 하는 곳으로 이동을 하는 텔레포트라는 마법이지."

그런데 아빠가 여태까지 공간이동 마법을 사용하시는 것을 본 적이 없는데? 이상하긴 하구나. 무슨 일이지? 볼리아는 후다닥 2층 도서관으로 달려간다. 마나의 유동량을 알아보려는 것이다. 공간이동은 특별히 마나의 소모가 극심한 것이라 잔여마나 유동량도 많이 남기 때문에 다소의 시간이 지나도 알아볼 수가 있다. 그런데 도서관에 들어가 보아도 마나의 유동은 하나도 느낄 수 없다.

"이런! 이것은 공간이동 마법을 사용한 것이 아니다. 그런데 갑자기 사라지셨다? 무슨 일일까? 아무런 언질도 없으셨는데?"

"언니 마법을 사용한 것이 맞나요?"

"글쎄? 아닌 것도 같고 잘 모르겠다. 기다려 보자!"

"흑흑 주인님 저를 사랑해 주신다고 약속까지 해놓으시고 말도 없이 어디로 가셨나요? 으-앙! 난 어떡하라고요?"

"야! 너 몰리아스! 경망스럽게 그런 말 하면 못써! 곧 오실 테니 잠자코 기다리기나 해. 알았어?"

"넵 언니 알았어요. 흑!"

"그리고 애들이랑 동생들에게는 비밀이다 알았지?"

"넷! 알았어요. 언니!"

그때 무라카는 처음 바나 행성에 왔을 때를 생각하다가 스키라 산의 바위위에서 스승님과 처음 대면을 했던 곳이 생각이 나서 그곳을 가보고 싶다는 생각을 하며 명상을 하는 순간 주위의 모습이 바뀌어 있는 것을 느꼈다. 그리고 진짜 자신이 그곳에 있지 않는가? 어떻게 순간적으로 이동을 해왔는지 공간이동 마법을 사용을 한 것도 아닌데 말이다. 러브 네스트에서 이곳까지의 거리는 대륙을 두 개를 건너뛰는 거리인데 말이다. 아니 수만㎞를 한순간에 건너뛴 것이다. 한참 동안을 두리번거리면서 확인을 해봐도 분명히 스키라 산이다. 25년 전에 스승님은 분명히 저 바위위에 앉아 계셨었다. 공간의 제약을 받지 않는 것일까? 스승님이 앉아 계셨든 그 자리에 자리를 잡고 앉았다. 그리고 러브 네스트의 도서관 자신의 자리를 집중했다. 그 생생한 주변의 모습과 그리고 반드시 가야만 한다는 의지를 일으키자 한순간에 도서관에 흰 빛과 함께 나타났다. 그래서 1층으로 내려가니까 볼리아가 빤히 쳐다본다.

"왜? 볼리아? 내 얼굴에 뭐 묻었어?"

"아빠 어디 다녀오신 거예요? 갑자기 말씀도 없이 사라지셔서 몰리아스가 놀라서 울고불고 난리가 났었어요."

"응? 그래? 몰리아스는 마법을 모르니 그럴 수 있겠네. 아하! 내가 그 점을 생각을 못했네. 허허허"

"해안가에 다녀오셨어요?"

"응 잠깐 바람 좀 쐬고 왔지. 몰리아스 보는 앞에서는 마법을 사용하지 말아야겠구나. 흠 험!"

"호호호 2층에서 번개 같이 달려 내려와서는 큰일이 났다고 울잖아요. 주인님이 갑자기 눈앞에서 빛이 되어 사라졌다고요. 깜짝 놀랐네. 히히힛"

"몰리아스 어디 있는데?"

"무라크랑 바깥에 나갔어요. 무슨 식물을 채집한다고 하던데요."

"그래? 아-항! 원색 식물도감에 추가사항을 수집하러 갔구나."

"네 그런가 봐요. 무라크는 동식물에 관심이 많아요. 특히 약초학은 완전히 달달 외우고 있던데요."

"녀석 나이가 좀 더 많아지면 온 행성을 쏘다니겠구나. 약초학이 엄청 고산 지대와 연관이 깊거든 주로 3,000~5,000m 정도의 고산에 신비한 약초들이 많아."

"네 그러네요. 무투는 로보나 컴퓨터 쪽에 완전히 매료되어 있고요. 다행이 무라니 만 좀 다소곳하네요. 아이들이 자라니까. 다들 자기가 좋아하는 것을 찾아서 집중하네요."

"그래 좋은 현상이지 오늘은 마법과 검법이 어느 수준인지 한번 점검을 해 봐야 하겠구나. 이제 2년만 지나면 무라니는 세상으로 나갈 수 있는 자유를 줄 참인데, 실력들이 어느 수준인지를 알아야 마음을 놓고 바깥세상에 보내지. 안 그래?"

"어머 아빠 그럴 생각을 하고 계셨어요?"

"아니 만으로 20살이면 어른인데 계속 어린애처럼 무릎에 올려 놓고 있을 텐가?"

"아! 저는 그런 생각을 한 번도 안 해 봐서요. 헤헤헤 역시 아빠는 생각 하시는 것이 다르군요."

"어이구 볼리아야. 아이가 저렇게 예쁘게 숙녀가 되었는데 엄마가 친구가 되어 주기도 하고 해서 아이가 무슨 생각을 하고 있는지 알아 봐야지 누가 더 어린아이인지 내참 헷갈리네. 험험"

"오마나! 오마나! 아빠 정말 그렇네요. 내가 좀 머리가 몹시 나쁜가 봐요. 헤헤헤헤"

"무라니는 어디 있지?"

"해안가에 갔어요. 조개를 캔 다나 어쩐 다나 하면서요."

"음 알았어. 여우랑 구미호는?"

"옷 만들고 있을 걸요."

(무라니야! 아빠가 너를 보고 싶구나. 빨리 올 수 있니?)

(무투야! 아빠가 할 말이 있으니 빨리 올 수 있니?)

(무라크야! 아빠가 할 얘기가 있으니 지금 러브 네스트로 오렴!)

30분 쯤 지나자 무라니가 제일 먼저 도착했다. 조개와 바다 가재도 한 마리 잡아서 왔다. 바다 가재가 70㎝는 되는 것인데 어떻게 잡았는지 제법 위험한 놈인데 말이다.

"아빠! 저 바다 가재 이것 먹을 수 있다고 했죠?"

"웅! 그래 그것 아주 맛있는 고급요리 재료이지. 우와! 무지 크네 그것을 어떻게 잡았을까? 우리 귀여운 딸 무라니가 말이야."

"조개를 찾고 있는데 이놈이 보이더라고요. 와! 무지 빠르던데요. 아빠! 마법으로 백사장으로 날려서 잡았어요. 호호호"

"엉? 마법으로 어떻게? 구체적으로 말이야."

"아빠! 저 마법은 엄청 빨라요. 물과 바람으로 휘감아서 한 50 m 날려 버렸죠. 모래바닥에서는 꼼짝 못하던데요. 헤헤헤"

"오! 그래 중급마법은 다 익힌 거야?"

"넵 고급 마법도 몇 가지는 익혔어요."

"검법은? 어느 정도 익힌 거냐?"

"왜요? 아빠? 저 곧 절정에 오를 거예요. 아직은 마나가 좀 모자라요. 히히힛!"

"어디 보자 팔 이리 내밀어 봐!"

무라니의 팔을 잡고, 기를 불어 넣어서 살펴본다. 제법이다. 마나가 거의 60년치에 근접해 있다. 마냥 노는 줄 알았는데 열심히 수련을 했나보다. 당겨서 안고는 머리를 쓰담쓰담 해준다.

"우리 공주가 열심히 수련을 했구나. 허허허 스무 살이 되면 세상에 나가도 될 정도구나. 조금만 더 익히면 절정에 오르는구나. 아이고 예쁘기도 하구나. 쪽!"

"헤헤헤 아빠! 정말 2년 후에 여행 나가도 되는 건가요? 아이 좋아라! 얏호! 아빠 사랑해요. 쪽!"

"그래 하지만 절정에 완전히 오르고, 또 마법도 중급은 완전히 익혀야 한다. 알았지?"

"넵! 열심히 수련 해야징~! 랄라라♩ ♪♪♪"

"응 무투야 너는 어디 갔다가 오는 길이냐?"

"넵 아빠! 사부르랑 대련 연습 하다가 오는데요."

"응 사부르? 그게 누군데?"

"아! 아빠! 성성이요. 이젠 말도 잘하고 검술도 제법이죠. 요즈음은 매일 저랑 대련해요. 그 아이들 5명이랑요. 오후에는 우주학 연구하고 있고요."

"아! 어디보자 무투 팔 줘봐! 옳지 그래!"

녀석은 이미 절정 중급 수준이다. 언제? 16세인데 말이다. 검법을 제일 좋아한다는 말이 사실이었다. 말썽만 부리든 녀석이 허허허

"어이쿠 우리 큰 아들이 벌써 고수가 되었구나. 마법은?"

"네 중급을 익히고 있어요. 큰엄마가 시간이 잘 안 나시나 봐요. 그래서 누나에게 배우고 있어요. 헤헤"

"그래? 아빠가 좀 가르쳐 주마 시간이 날 때마다 말이다. 내일부터 당장 검법도 한번 쭉 보도록 하자. 잘 했어. 녀석! 20세가 되면 세상에 나갈 수 있다. 그 전에 마법과 검법을 많이 수련해야 한단다. 알았지?" 쓰담쓰담 을 해주니 좋아서 입이 벌어진다.

"네 아빠! 우와! 내일 부터요? 좋아요. 검법을 제대로 좀 배워

야징 히히히힛!"

"녀석 경공수준은 어느 정도냐?"

"아빠! 소리 듣고요. 바로 왔어요. 저 뒤 산 넘어서 성성이들 있는곳에서 여기까지 아마 100㎞는 될 텐데요."

"응? 그렇게 멀리 있었어?"

"네 아빠! 매일 달려가고 달려오고 하는걸요."

"하하하 그래 알았다. 네 동생은 어디로 갔기에 아직 안 오냐?"

"지금 오고 있겠죠. 몰리아스 이모랑 약초채집 갔는데요."

"음 멀리 나간 게로군! 그래 알았다 너희들 마법 실력이랑 검술 실력이 궁금해서 불렀어. 무라니와 무투는 합격이다. 어험!"

"호호 더 열심히 수련 할게요 아빠!"

"넵 아빠! 저는 아빠한테 검법 직접 배우고 싶어요."

"오냐 내일부터 당분간은 너희들 검법이랑 마법을 내가 가르쳐 주마. 무라크 오면 그렇게 알려줘. 아빠는 새로운 무공을 위해서 잠깐 자리를 비운다. 저녁에 보자."

3층 비밀 방으로 올라온 무라카는 조용히 385호실에 들어와서 돌 침대 위에 가부좌로 자세를 잡고 앉는다. 오늘 부지불식간에 일어났던 공간을 뛰어넘는 현상을 엄밀하게 수련해 볼 생각이다. 집중만으로 가능한 공간을 초월하는 이 현상은 자신도 몰랐던 것이다. 이제는 유체이탈이 아닌 몸을 온전히 가지고도 가능한 길이 보이는 것이다. 반복 숙달을 해서 완전히 자신의 것으로 만들어야 할 것이다. 공간을 초월 한다면 어쩌면 지구에도 갔다 올 수 있는 가능성이 있는 것이니까. 조용한 가운데 정신을 집중한다. 이번에는 자이언트 대륙의 크린 산을 떠올리고 그곳의 풍경을 집중한다. 백야에 다녀왔던 곳이다. 그러자 금방 주위의 풍경이 변하면서 북극의 크린 산이다. 거리에는 영향을 받지 않는다. 그러나 아직은 반복 숙달이 필요하다. 주위를 둘러보고는 정신을 집중한다. 러브 네스트 최상층 3층의 385호실을 떠올린다. 금방 떠났던 그대로의 방으로 돌아 왔다. 바나행성의 8개 대륙을 자신이 여행했던 곳들을 골고루 다 시도 하면서 다녀본다. 정신집중이 관건이다. 실재로 자신이 다녀본 곳이라야 가능하고 그곳의 환경적 모든 요인들이 실재처럼 뚜렷이 떠올라야 바로 공간이동이 실현된다. 집중력이 가장 중요한 핵심인 것이다. 쉽게 변할 수 있는 요인들은 아무런 지장이 없다. 단지 영구적인 환경을 기억하고 있다면 가능하다는 결론을 얻었다.

물론 거리와는 완전히 무관하다. 확신이 생겼다. 완전히 공간을 초월할 수 있는 것이다. 잠시 휴식을 취하기 위해서 1층으로 내려오니 볼리아가 아빠를 찾아서 난리가 났다.

"어? 아빠! 어디에 계셨어요?"

"웅 새로운 무공을 수련한다고 얘기 했잖아. 내일까지는 나를 찾지 말라고 아이들한테 얘기 했는데? 못 들었어? 아참 무라크는 어딨니?"

"아빠 지금 아이들 다 자요. 무라크도 아빠 찾다가 잔단 말이예요."

"아! 그렇지 시간이 이만큼 흐른지 몰랐네. 흠"

"무슨 무공을 연구 하시기에 밤을 세우시나요?"

"볼리아 지금은 얘기할 때가 아니라 휴식을 위해서 내려온 거야. 차나 한잔 줄래?"

"넵 아빠! 무척 심각하신 것인가요?"

"웅 그래 좀 심각해 연구가 많이 필요해서 말이야."

"넵 잠깐만요. 차 준비 할게요."

이제부터는 마음을 잘 콘트-롤 하는 것도 아주 중요하다. 평상시에는 완전한 공(空)으로 있어야 한다. 아니면 무(無)로 있던지 말이다.

무언가를 생각하고 있으면 엉뚱한 현상이 생길 수도 있다. 아니면 엉뚱한 곳으로 가버릴 수도 있고 말이다. 그야말로 중요한 것은 마음을 비우는 것이나, 아니면 없애는 것부터 수련해야 한다. 그러자면 자연적으로 있는 그대로를 보고 있는 그대로를 느껴야한다. 즉 진아(眞我)를 무(無)로 하고 그런 상태를 유지해야 하는 것이다. 항상 말이다. 자연적으로 말(言)도 죽이고, 생각(心)도 죽이게 된다. 어려운 길에 들어선 것이다. 볼리아가 가져온 차를 마시는 동안에도 묵언(默言)이다. 볼리아가 무슨 얘기를 하려하자. 인지를 입술에 대어서 하지 말라고 고개를 가로젓는다. 그리고 차를 다 마시고는 다시 일어나서 3층으로 올라간다. 그리고는 어디로 들어갔는지 찾을 수가 없도록 385호실로 들어왔다. 그리고 날이 밝아오도록 반복 수련은 계속된다. 아침 식사시간에 내려왔다. 부인들과 아이들이 다 모인 자리에서 무라카는 한 가지 부탁을 한다.

"자! 아빠가 중요한 일이 생겼다. 지금은 밝힐 수가 없고 당분간은 무라니, 무투, 무라크, 너희들의 마법과 검법을 봐줄 수가 없구나. 그리고 볼리아, 안젤리나, 레인, 모두 사랑하지만 당분간은 같이 생활을 할 수가 없구나. 그렇다고 내가 어디 가는 것은 아니다. 러브 네스트에 있다. 그러니 안심하고 기다려라. 얼마가 걸릴지도 지금은 알 수가 없다. 그러나 많은 시간이 필요하지는 않을 것이다. 대략 30일 정도 생각하는데 그보다 더 걸릴지도 모른다. 그리고 아빠에게 그동안에는 말을 걸지 말아라. 즉 얘기를 붙이지 말라는 것이다. '묵언수련'(默言修鍊)이라는 것인데 말을 하면 안 되는 수련이기 때문이다. 그럼 모두 잘 협조 해주리라 믿는다. 모두 사랑한단다. 알았지?" "네" "넵" "네" "넹" "넹" "알았어요." 그리고 아빠는 식사를 하시고 다시 3층으로 올라가셨다. 그리고 열흘 동안을 명상과 집중력을 중점적으로 두루 수련을 하면서 바젤란 대륙의 그린레인 공작령과 크로스 아르메니아 대륙, 지그리트 대륙, 마지노 대륙, 바블라이트 대륙, 짐바브 대륙, 자이언트 대륙을 그리고 아트라스 대륙의 곳곳을 왔다. 갔다 하면서 시험을 해보고 스스로 완벽히 마음을 다스리고, 시장의 사람들 속에서도 충분히 집중을 할 수 있는 단계까지 반복을 해보는 수련을 한다. 그러한 와중에도 하루에 한번 씩은 러브 네스트의 식당에 나타나서 식사를 꼭 한다. 물론 아무런 얘기도 하지 않으며 표정은 더 할 때 없이 진중하다. 볼리아와 안젤리나, 그린레인은 무슨 일인지 궁금해서 미칠 지경이다.

특히 레인은 아빠 품에 안기고 싶은데 큰 언니가 하도 강조를 하는 바람에 꾹 참고 있다. 아빠의 시선과 마주치면 살짝 미소는 지어 주신다. 그러나 너무 엄숙하셔서 함부로 말을 걸지 못할 정도다.

7일이 되는 날 아침 식사를 하는 자리에서 아빠는 종이에 글을 쓰셔서 모두에게 보인다. 7~15일간 식사를 하러 오지 못하니, 걱정 말라는 글이다. 그리고는 하나하나 눈을 맞춘다. 그리고는 일어나셔서 또 3층으로 올라가셨다.

무라카는 보이는 모든 것도, 들리는 모든 소리도, 어느 정도는 차단도 가능하고 듣고 싶은 것만 듣고, 보고 싶은 것만 보는 골라서 할 수 있는 정도가 되었다. 즉 오감을 통해서 들어오는 정보를 분별해서 받아들일 수 있는 것이다. 듣기 싫으면 시장의 많은 사람들 속에서도 아무 소리도 듣지 않을 수도 있게 된 것이다. 그러나 아직은 미숙하다. 많은 시간이 더 필요한 수련이다. 어쩌면 평생이 걸릴지도 모른다. 지금은 일부분만 가능한 반쪽짜리 콘트-롤 능력이다. 마음을 자신의 의지로 조율한다는 것이 얼마나 어려운 것인가를 이제야 겨우 알았다. 이제는 공간을 넘나드는 것이 그렇게 위험하지는 않다. 이제는 어느 정도 자신의 마음을 비울 수 있기도 하고, 무아(無我)의 상태를 유지할 수도 있다. 시간과는 무관하게 말이다. 드디어 고향 별 지구를 한번 다녀오기로 결심이 섰다. 거리와는 무관한 것이니까. 385호실 다시한 번 찬찬히 둘러보고 자신이 정좌로 앉은 돌 침상을 내려다보고는 정신 집중에 들어갔다. 태백산의 동굴을 그리고 그 주변의 풍경을 기억해내고 그 작은 폭포 옆 동굴 입구를 집중한다. 주변의 환경이 바뀌었다. 공기도 다르다. 따뜻한 바람이 불어온다. 코끝을 간질거리게 하는 아주 익숙한 냄새가 난다. 벌떡 일어난다. 그리고 주변을 둘러보니 25년이 지났지만 기억에 생생한 태백산작은 폭포 앞이다. 동굴 앞을 막아 두었던 돌과 나무들은 온데간데없다. 동굴 안을 들어가 보니 자연 그대로이다. 아무도 다녀가지 않은 것이다. 아니 짐승들의 흔적은 남아 있다. 배설물 들이 여기저기 말라 있으니까. 천천히 밖으로 나와서 산을 내려간다. 아차! 지금의 나의 모습은 이곳 사람들과는 판이하게 다른데 말이다. 그러나 방법이 없지를 않나? 그대로 부딪혀야지. 우선은 돈을 좀 만들어야 하고 이발도 해야 하고 염색도 할까? 복장은? 스스로 점검을 해본다. 돈부터 좀 만들자. 아니지 내 몸이 여기에 죽었다면 뼈가 있어야 하는데 백골이 안 보인다. 누가 치운 것일까? 아니면? 짐승들 멧돼지가? 그렇더라도 몇 개의 조각이라도 있어야 하는데 없다. 아무리 자세히 찾아봐도 뼈 조각 하나 없다. 그렇다면 스스로 몸이 나아갔다는 뜻인데 살았던 곳 대전과 대구 그리고 고향 청도를 두루 찾아보면 알겠지. 지금이 몇 년도 인지도 알아보고 말이다. 더듬더듬 머리를 만져보니 어깨아래까지 자라있다. 작은 소에 옷을 벗고 들어가서 몸도 씻고 머리도 어깨위로 살짝 짧게 잘라서 정리를 하고 수염도 깨끗하게 밀었다. 옷과 신발은 자세히 보기 전에는 그냥 가죽옷에 가죽부츠이니까 특별히 눈에 띄지는 않지만 얼굴과 머리색이 너무 튀니까 그것이 좀 걱정이다. 태백시로 내려가자. 그리고 일거리를 찾아? 아니 그러지 말고 산삼을 찾아보자. 전에 캤었던 장소에도 가보고 말이다. 그것이 가장 빠르게 돈을 만드는 방법이 되겠다. 시간 때가 이른 오전 시간쯤 되어 보이니까. 열심히 산을 뒤져보자. 모든 감각이 극대화 되어 있으니 금방 찾을 수 있겠지. 계절이 초가을 같은데 말이다.

시원한 바람도 불고, 멧돼지가 낮잠을 자는 시간이다. 발자국 소리도 인기척도 낼 필요가 없으니 멧돼지의 후각도 속는 모양이다. 자고 있는 위를 지나가도 모른다. 너무 늙은 놈이라 고기가 맛이 없을 것 같아서 그냥 둔다. 야들야들한 암놈이 좀 나은데 말이다.

아직은 배가 고프지 않으니까 그냥 산삼 찾기에 몰두하자. 오전이 훌쩍 지나도록 빈손이다. 능선을 몇 개나 넘으면서 다 뒤져도 안 보인다. 움직이는 속도가 너무 빨라서 일까? 느긋하게 천천히 그렇게 보통 사람들처럼 그렇지 그렇게 움직여야지 조심해야 하겠다. 배가 슬슬 고파진다. 그래서 기감을 펼치니 멧돼지들이 정말 많다. 작은 놈을 한 마리 잡아서 물이 흐르는 골짜기에서 해체해서 배를 불린다. 마법으로 구워서 실컷 먹었다. 남은 것이 너무 많다. 필요한 만큼 챙겨서 배낭에 넣고 다시 산삼을 찾아 돌아다닐 심산으로 일어서는데 바로 그 자리에 그러니까 돼지를 해체한 그 자리 바로 옆에 그렇게 찾던 산삼이 하나 둘 셋 넷 다섯 개가 보인다. 물론 크지는 않지만 말이다. 허허허 코 앞에 두고도 보지를 못하고 고기 먹느라. 크크킥! 조심해서 모두 채취해 보니 30~50년 정도의 천종이다. 돌이끼를 곱게 채취해서 다섯 뿌리를 잘 감아서 배낭에 넣고 산을 내려오면서 복장을 다시 살펴보니 광선검도 배낭속의 레이져 샷-건도 그대로 가지고 왔다. 하긴 항상 가죽 코트 속에 배낭을 메고 있는 것이 습관이 되어 있으니까. 배낭을 다시 끌러서 열어보니 금화도 백 냥 정도 들어있다. 그냥 금으로 녹여 팔아도 꽤 돈이 될 정도이다. 문양이 특이하니까 값어치가 좀 더 있을 수도 있겠지만 말이다. 산 능선을 따라서 천천히 그야말로 최저속도로 천천히 걸어서 내려오니 까마득한 옛날에 자주 들렸던 영주별장이 보인다. 저 집 주인이 웬만한 약초는 거래를 했었는데 아직 살아 있을까?

"저 실례합니다." 아무런 반응이 없다. '딩동! 딩동!' 벨을 몇 번 누르자 아주머니 한분이 부스스한 얼굴을 하고서 나오신다.

"실례 합니다. 약초꾼인데 말씀 좀 여쭐려고요. 아주머니 이 집에 사신지 오래 되셨나요? 전에 계시든 아저씨를 잘 아는데요."

"어? 우리말을 잘하네. 호호호 외국 양반이 꼭 한국 사람처럼 말을 잘하는 건 처음 보네. 우리 영감은 서울에 출장 가시고 아들은 시내에 다니러 갔는데 무슨 일로?"

"아 산삼을 몇 뿌리 캤는데 전에 보니까 아저씨가 사시더라고
요. 그래서 내려가다가 한번 들려 보는 겁니다. 아주머니 커피나
한잔 주실래요?"

"하하하 젊은 양반이 말도 잘하고 이쁘게도 생겼네. 들어와요.
커피 한잔 타 드릴께. 산삼은 지금도 취급해요. 내가 한번 봅시
다. 몇 년 정도 된 것인지?"

"네 실례할게요. 아주머니 마음씨도 좋으시고 젊으시고 허허허 음"

코트도 벗고 배낭을 내려서 산삼을 꺼내놓자. 커피를 타서 마
시라고 밀어주신다. 안경을 쓰고 다섯 뿌리를 하나하나 다 자세히
살피시드니 오래된 순서대로 착착 나열을 하시더니 말씀하신다.

"제일 오래된 것이 60년이고 나머지는 모두 40년 정도 되었네
요. 어디서 이렇게 귀한 것을 다섯 뿌리나 캤어요?"

"네 제가 좀 눈이 밝아서요. 하하하"

"오늘 총각 횡재 했네. 그-랴! 요즘 천종 시세가 상당히 좋아
요. 다는 내가 살려면 돈이 모자라겠는데, 커피 마시면서 기다려
주실래요? 돈을 찾아 올 테니 말입니다."

"네 그러죠. 모두 얼마나 쳐 주 실거죠?"

"모두 2천만 원 드릴께. 우리도 좀 남아야 되지요. 호호호"

"어? 좀 더 줘요. 저도 시세 잘 압니다. 저 서울 가져가면 제대
로 값을 받을 수 있어요. 그런데 옛날에 아저씨랑 거래를 한 적
이 있어서 들렸는데요."

"호호호 총각 이제 보니 전문심마니 인가보네. 좋아요 2천오백!
더 이상은 내가 살 수 없어요."

"흠! 알았어요. 옛정을 생각해서 오늘 한번은 제가 양보하죠.
다음에는 어림도 없어요. 아주머니! 제가 심마니들 중에서 제일

이름이 있는 전문가라고요. 천년근도 캤던 사람입니다. 하하하"

"네? 천년 근을요? 어디서요?"

"물론 백두산이죠. 어느 산에 천년 근이 나오겠어요?"

"진짜네. 그래 얼마나 받았소?"

"얼마는요. 제가 먹었죠. 그래서 이렇게 빵빵하잖아요. 하하하"

"아이고 아까워! 그것을 왜 먹어요? 수십 억 짜리를 하이고 총각! 또 천년 근 캐면 팔아요. 부르는 것이 값인데 없어서 못 팔지! 한 30억 받아 봐요. 다시는 심마니 안하고 편하게 살지. 쯧쯧쯧!"

"네 알았어요. 빨리 돈 찾아오세요. 저 대전으로 가야 해요."

"아-참! 총각이 얘기를 하도 잘해서 내가 정신이 좀 기다려요. 저기 커피 있으니 타서 마시고요. 예쁜 총각! 오늘 여기서 자고 가도 돼요. 우리 아들하고 나 뿐이니까. 방도 남지요. 호호호"

"아 그러지 말고 저도 시내에 가야 하니까. 아주머니랑 같이 나가요. 저 살 것도 많고 대전에도 가야 하니까요."

"그래요. 내차 타고 나갑시다. 잠깐만요. 아무리 나이가 들었어도 시내에 갈 때는 화장을 좀 해야지 호호호"

"네 천천히 하세요."

달력을 바라보니 2047년이다. 몇 년이 지난 것인가? 31년이나 지났다. 분명히 25년이 지나야 계산이 맞는데 말이다. 어? 이해가 안 되는 부분이다.

"저 아주머니! 이 달력 맞는 겁니까?"

"엥? 달력? 그럼 맞지 달력도 가짜가 있나? 호호호 총각 괜히 말 걸려고 그러지? 내가 좋은가?"

"헉! 아-아 아닙니다. 아주머니! 저 어머님 같아서 괜히 헤헤헤"

"엄마? 내가 엄마 해줄까?"

"캑! 후아후아! 아주머니 빨리 화장이나 하세요."

"호호호 미국사람들이 아줌마 좋아 한다던데 아닌 강?"

"엥? 저 미국인 아닙니다. 아줌마 좋아하기야 하지만 여자로 좋아 하지는 않지요. 농담을 잘하시네요. 하하하"

"총각 정도면 아줌마들 줄을 썬다. 줄을 써. 호호호"

6년이나 차이가 난다. 하긴 우주의 질곡을 통과하면 오히려 시간이 과거로 가는 수도 있다고 하지만 말이다. 아! 어째 잘못 온 것 같다. 아니 괜히 온 것 같다. 하지만 속단 할 필요는 없으니, 일단 대전과 대구는 둘러보자 시내에 나가서 미용실에나 들리고 그리고 백화점에서 옷은 한 벌 사 입어야 하겠다. 신발이야 디자인도 우주최강의 신발을 신고 있으니 상관없다. 다만 계절에 맞지 않는 옷이 좀 문제이지. 겨울이면 딱 어울릴 텐데 말이다.

아주머니에게 인사를 드리고 다음에 또 들리겠노라고 말씀을 드리고 미용소를 찾아 들었다. 아가씨들이 눈이 똥그래진다. 아주 잘생긴 백인이 들어오니 깜짝 놀라는 것이다.

"안녕하세요. 머리를 좀 정리 하려고 왔는데 앉아도 될까요?"

"우-왓! 우리말 진짜 잘하네요. 어느 나라 사람이세요?"

"네? 저요? 천국(天國)에서 왔는데요."

"------?"

"어? 갑자기 썰렁 하네요. 제 농담이 안 웃으운 건가?"

"호호호호호호 정말 농담도 잘하시고 헤헤헤 웃기시네요."

"깔깔깔깔! 우와! 전 너무 엉뚱한 말씀을 하셔서 한참을 멍 때렸네. 키키킥!"

갑자기 웃음소리가 높아진다. 너도 나도 말을 걸어온다. 머리를 서로 자기가 담당하려고 신경전을 벌인다. 결국은 원장언니가 내 머리를 담당하게 되었다.

"오마나! 머리가 은발이 이렇게 부드럽네요. 조금 짧게 쳐 드릴까요? 아니면 이 정도 짧게요?"

"네 좀 짧게 정리해 주세요. 그리고 면도기도 있죠?"

"물론이죠. 여자도 수염 있는 여자들 많아요. 호호호"

머리 다듬는데 두 시간 반이나 걸렸다. 언니 동생들이 내 머리를 가지고 놀았다. 그리고 서비스로 손톱도 깎아주고 수염도 밀어주고 어깨도 주물러 주고 등등 그래서 오래 걸렸다. 그리고 나오니까 완전 밤중이다. 깔깔 거리면서 뒤를 졸졸 따라온다. 미장원 두 아가씨들이 말이다. 그래서 배고픈데 밥 먹어러 갈래요? 했더니 둘 다 폴짝폴짝 뛰면서 좋아한다. 얘들이 요즘 세대를 대표하는 젊은 아가씨들이니 정보를 얻는 대가로 밥 정도야 사줘야지. 그래서 삼겹살과 소주 그리고 공기 밥도 4개를 추가로 시키고 삼겹살도 7인분을 시켰다. 아가씨 둘이 눈이 커진다.

"왜요? 셋이서 7인분 정도는 먹어야 힘을 제대로 쓸 수 있죠. 저기 나는 천국에 사는 무라카 라는 사람입니다. 구루 무라카 세바스찬 이 정식 이름이죠. 언니는 이름이?"

"저는 정 수미예요."

"네 저는 김 사라예요. 세바스찬님은 현재 태백시에 사시나요?"

"아! 아뇨. 이제 막 천국에서 와서 주거지가 없는 나그네입니다."

"어머나 진짜 천국에서 오셨나보네, 너무 잘 생겨서 천사 같아요. 호호호"

"넵 천사가 제 직책입니다. 어떻게 아셨죠?"

"엥? 진짜요?"

"네 제가 거짓말 못합니다. 그리고 싫어하고요."

가만히 보니 거짓말을 할 사람으로 보이지 않는데 천국얘기를 태연히 한다. 머리가 이상한 사람도 아니고 말이다. 김 사라가 관심이 많은지 주로 얘기를 이끈다. 곱상하게 생기고 아주 착하게 생긴 아가씨인데 교회를 다녔는지 표정이 몽롱해진다.

"저 진짜로 천국에서 오셨나요?"

"네. 저 농담 하는 것 아닙니다. 잠시 만요. 뉴스 좀 보고 얘기하죠."

함경북도에서 아사자가 몇 명 나오고 남도에도 극심한 가뭄으로 아사자가 발생하고 있단다. 정부에서는 산악지역의 촌민들을 구제하기 위해서 특단의 지원을 하고 있지만 아직 부족한 부분들이 너무 많단다. 그래서 추경 예산을 편성해야 하는데 야당이 계속 반대를 하는 바람에 지연이 되고 있단다. 아! 통일이 되기는 되었구나. 그런데 빈부의 격차가 너무 심해서 북쪽이 굶어 죽는 사람이 많다는 것이다. 이런? 21C에 굶어 죽다니 말이 안 되는 것이다.

"저 언제 통일이 되었죠? 몇 년도에?"

"네? 아 이제 삼년 되었어요. 북한이 완전 망해서 흡수된 것이죠. 정말 모르시나 보네요."

"네 오늘 왔다니까요. 그럼 빈부 격차가 심할 텐데 대기업에서 돈을 팍팍 풀어서 좀 도와주지 않나요?"

"그 싸가지들 지들 잘 살려고 그런데 신경이나 쓰겠어요?"

"쯧쯧쯧! 사람들이 굶어 죽는 판인데 정치판은 저모양이니 에-궁! 답답하구나. 모조리 싹! 죽여 버릴까? 위정자 새끼들하고 대기업 이사회 새끼들하고 썅!"

"어머머멋! 정말 천사세요?"

"엥? 아니 이제까지 무슨 얘기를 했어요? 제가 한말은 전부 한 쪽 귀로 흘려버렸나? 김 사라 아가씨 속고만 살았어요? 나 참!"

삼겹살 3인분을 더 시켰다. 그리고 아가씨들이 소주를 얼마나 잘 마시는지 소주도 3병을 더 시켰다. 무라카는 소주를 냄새만 맡아보고 손도 안 댄다. 그리고 삼겹살은 엄청 먹는다. 밥도 두 공기를 후딱 해치우고 고기만 먹는다. 얼마나 맛있게 잘 먹는지 아가씨 둘이서 쳐다만 봐도 배가 부를 지경이다. 그것도 그런 것이 31년 만에 간도 그렇고 입에 딱 맞는 음식을 만났으니, 배가 터지나 내 입이 그만 항복을 하느냐 둘 중의 하나이다.

"세바스찬 씨? 소주도 한잔 하세요. 천사는 술을 못 마시나요?"

"네? 아니요. 술 좋아하죠. 독한 것을 좋아해서요. 70도 넘는 술을요. 그래요 소주 한잔할게요. 자 굶는 자들을 도웁시다. 그들이 굶지 않도록 모든 이들이 신경을 좀 씁시다. 그들을 위하여! 쭉!"

"그들을 위하여!"

"그들을 돕기 위하여!"

좀 이상한 모양새다 소주를 마시면서 북쪽의 사정을 위한다니 말이다. 그렇게 소주를 한 박스나 마셨다. 셋이서 말이다. 두 아가씨는 혀가 말리고 다리가 풀려서 걷지도 못하는 것을 양 어깨에 메고서 모텔에 다가 재웠다. 둘 다 품속에 자꾸 파고들었지만 할아버지 하고 연애질은 불가이다. 모텔에 들어 온 김에 샤워를 하고 옷도 갈아입었다. 그래 봐야 코트를 배낭에 넣고 새로 산 잠바를 입은 것 뿐이다. 가죽옷 위에 덮어 입었다. 그리고 속옷을 오랜만에 입었다.

속옷을 몇 벌 샀다. 아이들 것도 그리고 세 마누라 것들도 그래서 배낭이 제법 빵빵하다. 그리고 모텔 옥상에 올라가서 대전으로 바로 이동을 했다. 옛날에 살았던 원룸 옥상으로 이동을 해서 밖으로 나오니 새벽 세시가 넘은 시간이다. 용문동 원룸을 벗어나서 조그만 동네 놀이터에서 시간을 보내고 9시가 되자마자 동사무소를 찾았다. 본인의 주민등록이 어떻게 처리가 되었는지를 확인도하고 아들의 행적도 확인하기 위해서이다. 확인결과 자신은 행방불명으로 되어있다. 살아 있다면 96세이다. 아들도 사망 한지가 10년이 넘는단다. 손자가 37세이다. 주소를 확인하고 아파트를 찾아가니 이상한 모양이다. 마침 토요일이라서 손자 녀석이 있다. 그런데 웬 외국인이 찾아오니 의아한 모양이다. 그것도 젊고 잘생긴 외국인이니 말이다.

할아버지에 대해서 물어보니 태백시 어느 요양원에서 계시다가 3년 전에 돌아가셔서 고향에 모셨단다. 고향에 선조들 계신 곳에 모셨단다. 아버지는 12년 전에 돌아가시고 어머님은 지금도 자신이 모시고 산단다. 외국인이 한국말을 너무나 잘하니까 아무런 거부 반응 없이 잘 얘기 해준다. 어떤 직업을 가지고 있느냐니까. 교사란다. 잘 얘기 해줘서 감사하다고 인사를 하고 나왔다. 친 손자를 보았으니 미련이 없다. 옛날의 자신의 모습을 많이 닮은 녀석이다. 사망신고는 하지 않은 것이 보니까. 할아버지가 정신이 비정상이라는 사실을 말하기 싫었으리라. 그리고 그냥 두어도 아무런 지장이 없으니 그냥 둔 모양이다. 다시 사람이 없는 지역으로 이동을 해서 고향으로 갔다. 선산에 들려보니 어느 것이 내 무덤인지 알 수가 없다. 새로 생긴 무덤들이 많아서이다.

휘적휘적 마을로 내려오니 마을에 아는 아이들이 있을 리가 만무하다. 옛날에 형님이 살았던 집으로 가보니 작은 조카가 집을 지키고 있다. 노인이 되어서 말이다. 그래서 이것저것 물어보니 조카가 앞장을 선다. 그리고 나의 무덤 앞에 섰다. 3년 전이면 지구에 빨리 가보라고 초의식이 계속 닦달을 하던 해인 모양이다. 그때까지 살아 있었던 것이다. 동굴을 부수고 나와서 짐승처럼 산에서 돌아다니는 것을 등산중인 사람들에게 발견되어서 요양소에서 지냈던 것이다. 말도 못하고 아무런 감정도 없는 몸만 살아있는 상태로 오래도 살았다. 6개월을 굶고도 죽지 않은 철인 같은 육체를 가진 사람이 바로 나였다. 키도 작고 신체도 작은 몸이지만 그 정도로 강인하기는 했던 모양이다. 감회가 새롭다. 3년 전에 왔었더라면 어떤 일이 벌어졌을까? 그것은 영원히 풀리지 않을 미스터리이다. 나의 무덤 앞에 앉아서 조카와 이런 저런 얘기를 나누어 봤다. 형님도 오래 사셨네. 90수를 하셨으니, 형수님도 그렇고 조카는 내가 누군지 그것이 궁금한 모양이다.

그러나 괜히 밝혀서 혼돈을 줄 필요가 없기에 그냥 돌아섰다. 바로 윗줄에 아버님과 어머님의 묘가 있다. 마음으로만 두 분의 묘에 큰절을 올린다. 고향의 산속으로 발길을 옮긴다. 조카가 자꾸 뒤돌아본다. 산으로 들어가니 이상해 보이는 모양이다. 그러거나 말거나 완전히 사각지대에 들어선 다음 조용한 고향산천을 내려다보다가 바나 행성으로 이동을 했다. 나의 러브 네스트로 말이다. 1층으로 내려가니 제일 먼저 몰리아스가 나를 보고는 달려든다.

"주인님! 흑흑 오셨군요. 어디를 가셨다가 오신 거예요?"

"아 몰리아스야. 그동안별일 없지?"

품에 안겨있는 로보의 등을 두드려주고 있는데 볼리아가 달려온다.

"아빠! 이제 수련 끝난 거예요? 야! 몰리아스 너 좀 아빠 품에서 떨어져! 너만 아빠를 사랑하는 줄 아니? 얘는 눈치가 없어요. 눈치가! 너 계속 그러면 무투한테 분해 해 버리라고 일런다? 알았어?"

"헹 언니 저도 이를 때 좀 안겨 있고 싶어요. 씨-잉!"

"어-쭈! 그래도 반항이야. 너 혼나볼래?"

"아뇨. 언니 저 언니 말 잘 들을게요. 헤헤헤"

"아빠! 인제 완전히 끝난 거예요?"

"웅! 그래 내 아기 쪽! 그동안 애들은 잘 있었나?"

"네 아빠 모두 자기 수련에 열심히 하고 있어요. 20세에 자유롭게 세상에 나가도 된다니까. 모두 신이 났어요. 호호호호"

"그래? 녀석들 하하하 그것이 아주 특효약이구나. 후후후"

"아빠 오셨어요?"

"아빠! 힝 보고 싶었어요."

두 여우가 달려와서 안긴다. 이제는 농염한 중년 부인 티가 나는 안젤리나, 그리고 더욱 요염해지는 레인!

"자! 보자 아빠가 선물을 사 왔는데 어디보자 쭉 앉아봐! 나눠 줄테니까."

"엉? 어디 다녀오신 거예요? 아빠?"

"웅 그것은 나중에 얘기 해 줄게. 자 볼리아 것부터 자! 방에 들어가서 입어봐. 후후후 여우야 이것은 너의 것! 자 이것은 구미호 너의 것! 나머지는 아이들 것이고, 무라니 것은 볼리아 네가 줘라."

"에-게-게? 이게 모예요? 속옷인가? 그런데 이렇게 작고 앙증맞은 것이 어떻게? 작지 않을까?"

"볼리아야 이리 온나. 찡긋 찡긋!"

"넹 호호호 동생들 기다려 알았지?"

"녭" "넹"

볼리아 방에 들어가서 옷을 벗기고 상표를 떼어내고 입혀준다. 브라자 팬티 순으로 입으니까 쭉 늘어나서 꼭 맞다. 앙증맞고 예쁘다. 한 사람당 세 벌씩 색상이 다른 것으로 사 왔으니 엄청나게 좋아한다.

"오메나. 어머머머! 딱 맞네. 헤헤헤 아이 저 예뻐요? 아빠?"

"아이고 요렇게 예쁠 수가 쭉 쭉 쭉!"

배에도 엉덩이에도 얼굴에도 뽀를 해주자 자지러진다. 3시간 후에 여우도 마찬가지 꼴까닥 넘어간다. 입혀 주니까 그렇게 좋아한다. 다시 2시간 후에 구미호는 그냥 방안에 앉아서 지루하게 기다리고 있다가 아빠가 들어오니 폴싹 안겨든다 그리고 옷을 훌렁 벗고는 선물은 뒷전이고, 아빠가 휘-얼-씬! 더 반갑단다. 무려 다섯 번을 기절하고서야 잠이 든다. 잠이든 아이를 속옷을 입혀서 눕혀놓고 쓰담쓰담을 해주고는 밖으로 나오니 진짜 아이들이 모두 기다리고 있다.

"어? 너희들 아직 자지 않고 기다린 거야?"

"아빠! 보고 싶었어요. 헤헹 무라니 쓰다듬어 줘-용!"

"웅! 그래 우리 공주 허허허 많이 커져서 머리만 쓰담쓰담 해야겠네. 아가씨 엉덩이는 쓰담을 못해요. 하하하"

"힝! 괜찮아요. 아빠가 쓰담쓰담 하는데 어때요? 다 해줘요. 등도 엉덩이도 다리도요."

"오냐 오냐 알았다. 쓰담쓰담!"

아이들 셋을 쓰담쓰담 해주다 보니 날이 밝아온다. 녀석들 금방 잠이 들어버린다. 잠드는 순서대로 각자의 방에다가 재워놓고 나니 아침이다. 러브 네스트는 여전히 밝고 행복하고 삶의 냄새가 물씬 풍긴다.

아이들을 하나하나 검법부터 쭉 점검해 본다. 그리고 마법도 자신들이 할 수 있는 것, 그리고 가장 빠르게 구사할 수 있는 것, 등을 한번 씩 시현하게 하고 쭉 참관을 해본다. 역시 마법은 무라니가 제일 적성도 맞고 잘하기도 한다. 검법은 역시 무투가 제일 고수이다. 무라크는 두 가지다 잘한다. 수준이 거의 형의 수준이다. 무투의 수준이다. 검법도 절정이고 마법도 무라니 수준이다. 이 녀석은 누나한테도 배우고 큰 엄마한테도 배우고 그래서 수준이 나이에 비해서 제일 발군인가 보다. 먼저 검법부터 하나 씩 개인별로 바로 잡아주고 깨달음의 길에 대한 여러 가지 예를 들어주면서 설명도 해준다. 검은 셋 다 더 이상 바랄 데가 없다. 마법은 좀 다르다. 마법은 실재로 시연 속도라던가 공식들이 많기 때문에 배우지 않고는 절대 앞으로 나아갈 수가 없다. 중급 마법을 중점적으로 경험에 대한 고찰이라던가, 가장 빠르게 사용 할 것들과 꼭 필요한 것들 등을 가르친다. 그렇게 10일이 손살 같이 지나간다. 아이들은 나날이 변해간다. 발전한다. 더불어서 레인도 합류해서 열심히 배운다. 레인이 마법 실력이 아주 좋아져 있다. 실전적인 마법이라고 해야 할까? 실재로 생사투를 벌인다면 아이들은 레인의 상대도 안 될 정도이다. 그 만큼 빠르고 시기적절한 응용과 마법 친화력을 가지고 있는 것이다. 그렇게 한 달이 흐른 후 무라카는 이제는 스스로 연습만 해도 될 수 준이 되자 손을 뺀다.

"이제는 너희들 스스로 연마해도 충분하다. 수련은 계속해야 하지만 길을 찾아갈 수는 있으니, 이제부터는 스스로 장점은 살려서 더욱 단단히 하고 그리고 깨달음은 연구하는 마음 자세에서 생겨나는 것이니까 스스로 깨우쳐라. 질문이 생기면 언제든지 아빠한테 하도록 그럼 오늘 부터는 각자 알아서 수련하도록 한다. 허허허 다들 잘했어. 아빠가 안심이다. 그-럼!"

"아빠! 수고 하셨어요. 감사해요."

"아빠! 어디 가시게요?"

"아빠! 사랑해요."

"오냐. 아빠 어디 좀 다녀오려고 제자들이 내가 필요한 일이 생긴 모양이다. 그래서 레인아! 아빠랑 바블라이트 대륙에 좀 다녀오자."

"넹! 아빠 배낭 메고 올게요."

프론티아 제국의 기습

신기한 일이다. 바블라이트 대륙과 위드와는 아무런 관계가 없는데 위드가 바블라이트 대륙으로 오시라는 것이 계속 보인다. 위드의 얼굴이 떠오르고 그리고 고함을 지르는 표정이 빨리 오라는 표정이다. 무슨 일이 있는 것이다. 요번에 지구를 다녀오면서 확실히 알았다. 그래서 레인을 데리고 폰 프린스에 올랐다. 그리고 바블라이트 대륙의 카라쿨 호수상공으로 이동했다. 아니 나 다를까? 50,000명이 넘어 보이는 병력들에게 포위된 300여명의 사람들이 보인다.폰 프린스에서 점프를 해서 500m 상공으로 내려오자 뚜렷이 보인다. 상당히 화급한 상황이다. 이미 지친 300명을 에워싸고 수많은 병력이 차륜 전을 벌이고 있다. 자세히 보니 주변에 죽은 시체들은 10만 명도 넘을 것 같다. 시체가 산을 이루고 피가 강물처럼 흐르고 있다. 레인을 안고 천천히 하강 하면서 기를 실어서 고함을 지른다.

"멈춰라! 당장 멈추지 않으면 모든 병력을 말살 시키겠다. 나는 하늘의 천군 사령관이다. 내말을 듣지 않는 제국은 오늘부로 사라질 것이다."

모두들 하늘을 바라본다. 두 사람이 훨훨 날아서 내려오고 있다. 이것들이 가만히 보니까. 프론티아 제국의 병력이 아닌가?

복장도 그렇고 깃발도 그렇고 요것들이 죽고 싶어서 환장을 하지 않고서야 감히 내 제자들을 공격해? 300m 공중에서 바깥쪽으로 에워싼 무리를 향하여 손을 휘돌리자 그 병력의 발아래서 용암이 솟구친다. 삽시간에 아수라장이 되었다. 가운데 제자들이 있는 곳만 남기고, 말이다. 밖으로는 도망도 못 친다. 밖에서 안으로 용암이 살아 있는 듯이 움직인다. 5만이 아니라 오백만이라도 몇 분이면 녹아내릴 것이다. 삽시간에 아비규환이다. 오만이 2분~3분 만에 녹아버렸다.

　화가 엄청나게 난 무라카는 제자들이 있는 곳에 날아 내렸다.

　"사부님! 흑흑 사부님! 다친 제자들이 많습니다. 약한 사제들을 안쪽으로 모아서 싸웠는데도 많이 다쳤습니다."

　"부상자들 외에는 죽은 자는? 죽은 자는 없는 거야? 네 이놈들을 당장!"

　"아빠! 고정하세요. 부상자부터 치료를 해야죠. 아빠 정신 차리시고 네? 아빠! 화내지 말아요. 저도 무서워-용! 헹!"

　"아! 그래 레인아 알았다. 빨리 부상자들을 모아라!"

　"사형! 아빠 사형도 많이 다쳤어요!"

　그때부터 치료 마법으로 부상자들을 치료한다. 2/3가 심하게 다쳤다. 다행이 고수들이 밖을 에워싸고 버티어서 부상자 대부분은 고수들이다. 그런데 사망자는 없다. 두 시간이 넘어서야 모든 치료가 끝났다.

　"위드야. 어떻게 된 것이냐?"

　"넵 사부님! 이 대륙에서는 오직 저들 프론티아 제국만이 반대를 하고 우리를 기습으로 전멸 시키려고 유인했습니다. 지금 부단장님이 포로로 잡혀 있습니다. 그래서 구하러 가는 길목에 이렇게 함정을 파고 후유!"

"음 알았다. 레인아 너는 여기서 사형제들을 지키고 있어라. 방심하지 말고 알았지?"

"아빠! 저도 같이 갈래요. 히잉! 아빠 너무 많이 죽이지 마요. 네?"

"오냐 알았다. 자중을 하도록 하마. 사형 옆에서 모두들 지금 다 마나가 고갈되어 있단다. 호법을 서야 한다. 알았지?"

"넵 아빠! 제가 호법 쓸게요. 다녀오세요. 조심하시고요."

"그래 그럼!"

벌써 사라져 버렸다. 폰 프린스에 올라서 투명화 시스템을 개방하고 제국의 황궁으로 바로 저공비행으로 다가간다. 덩크 부단장을 구해야 한다. 그리고 모조리 분해 시켜 버리자. 500m 상공에 대기시키고 점프로 내려간다. 막 황궁으로 들어가려는 장수를 하나 제압해서 바로 폰 프린스로 점프를 한다.

"용병단 부단장이 어디에 있느냐?"

"넵 컥! 지금 감옥에 으악!"

오른쪽 팔을 부서러진다. 우두두두둑! 그리고 오른쪽 다리도 마찬가지 우두둑! 무릎도 부셔지고 손목을 뜯어내어 버린다. 기절했던 놈이 다시 정신을 차린다. 고통이 이만저만 한 것이 아니니 기절할 틈도 없다.

"다시 묻는다. 용병단 부단장은 어디에 있나?"

"컥 캑 감옥에 갇혀 있습니다."

"감옥이 어디냐?"

"눈 똑바로 뜨고 아래를 봐! 감옥이 어느 건물이냐?"

"힉! 여기가? 으악!"

놔 버리자 그대로 떨어진다. 놀랄 수밖에 까마득한 공중이다.
다시 잡았다. 점프로 잡은 것이다.

"똑바로 대답 안 하면 넌 그냥 저 아래 떨어져서 산산조각 난
다. 알겠지?"

대답이 없다. 기절 한 것이다. 물이 얼굴을 덮치자 깨어난다.

"똑 바로 대답한다. 용병 부단장 어디에 있나?"

"황궁 황제 앞!" 그 순간 자신을 잡고 있던 인물이 사라지니
그대로 떨어지는 유성처럼 바람을 가르고 곤두박질친다.

황실 황제 앞에 포박 당한 채 무릎을 꿇고 있는 노인 덩크! 머
리칼이 헝클어지고 엉망인 몰골이다. 고초가 얼마나 심했는지,
얼굴에 피골이 상접하다. 지금 열심히 설명을 하다 보니 황제는
코를 곤다. 쌍놈의 새끼 살려주려고 그렇게 열심히 설명을 했구
마는 에라이 돼지새끼 같은 놈! 속으로 욕을 하는 순간 자신이
묶여 있는 바가 툭 끊어져서 떨어진다. 고개를 들어 쳐다보는 덩
크의 눈이 커다랗게 벌어진다. 그러자 무라카가 손가락을 입술에
세운다. '쉿!'

밧줄로 황제를 꽁꽁 묶는다. 의자채로 그리고 영감을 옆구리에
끼우고 사라졌다. 황제를 묶은 태사의도 같이 말이다. "억!" 하는
순간 까마득한 공중이다.

"위 위대하신 단장님! 지금? 여기가 하늘인교?"

"그래요. 부단장 가만히 구경이나 하세요."

"헉헉헉! 캑! 짐이 누가? 감히 짐을???"

"잘 봐 두거라! 버러지보다도 못한 인생아! 네가 제국을 다스리
는 개냐? 네놈이 누구의 제자들을 죽이려 했는지 아느냐?"

"헉! 으-악! 제발! 살 살려주십시오. 제발!!"

"씨-끄럽다. 버러지 새끼야! 조용히 잘보고 뒈져라. 헬 파이어!"

눈 아래 황궁이 용암의 꿈틀거림 속에 녹아서 사라지고 있다. 형체도 없이 녹아내려서 붉은 용암의 강이 된다. 그 넓은 황궁이 순식간에 없어져 버렸다. 똥도 싸 질러고 오줌도 싸는지 냄새가 난다.

기절을 했는지 조용하다. 그러자 물이 황제의 온몸을 푹 적신다.

"으으으으-헉! 제발! 으~악!"

황제의 태사의가 용암의 중심을 향해서 떨어져 내린다.

프론티아 제국이 그렇게 사라졌다. 황궁이 있었던 자리는 풀도 한포기 없다. 20,000㎡에 달하는 넓은 지역이 새까만 불모의 땅이 되었다. 바블라이트 대륙은 엄청나게 노한 천신이 나타나서 프론티아 제국의 황궁을 녹여 버렸다는 소문이 퍼져 나가자 모든 왕국과 에이스터 제국의 귀족 황족 왕족 할 것 없이 모두가 옷을 벗고 달아나다가 맞아죽고, 잡혀서 노예들에게 뜯겨서 죽고, 또는 일부는 밤을 틈타서 도망쳐 버렸다. 그리고 전 대륙 방방곳곳에는 모든 노예를 해방시키고 세금제도를 완전 없애버렸다, 사람은 누구나 평등함으로 누구나 부지런히 일하고, 열심히 공부하고, 그리고 스스로 좋아하는 직업을 선택하며 또한 앞날을 위해서 검술도 익힐 수 있는 그런 평등한 자연주의의 세상이 왔다는 방이 붙었다. 그리고 몬스터는 용병단에서 대신 잡아주며, 현재까지 기사나 병사들은 희망자에 한해서 용병단에 가입을 해도 되고 아니면 지방의 자율 방범대가 되어서 녹봉을 받는 직업 병사가 되어도 된단다.

한편 위드를 위시한 용병단 요원들은 죽을 뻔 했던 경험을 하고는 앞으로는 좀 더 신중하게 움직여야 할 것을 뼈져리게 느낀

다. 잘못했으면 전멸 당할 뻔 했다.

"위드야. 제자들을 모두 모아라. 그리고 용병단 인원들도 강의를 듣고 싶으면 들어도 된다. 이 사부가 전술을 가르쳐 줘야 되겠다. 어디 마음을 놓을 수가 없구나. 어떻게 그런 떨거지들에게 속아서 함정에 빠지는 게냐? 아이구! 쯧쯧쯧 정말 큰 일 날 뻔하지 않았나? 아주 제국 전체를 녹여 버릴 뻔 했다. 내가 말이야 조금만 더 화가 났으면 죄 없는 제국민들까지 다 사라졌을 것이다. 음!"

"사부님 죄송합니다. 제가 너무 부족한 점이 많아서요."

"음 그게 어디 네 잘못인 게냐? 이 사부가 게을러서 진즉에 너에게 전술을 가르치지 못한 것이 부끄럽다. 에-잉!"

그렇게 해서 위대하신 사부님의 전술교육이 시작되었다. '육도삼략'을 위시해서 '손자병법' 그리고 21C의 전술학까지, 심리전을 포함한 다양한 전술들이 위대한 사부님의 설명과 함께 이어진다. 지형을 읽는 법. 그리고 지형을 이용 하는 법. 그리고 정보를 모으는법 적을 먼저 알아야 싸움에 반을 이기고 들어간다는 명언들이 줄줄이 쏟아져 나온다. 잘 이해가 안 되는 부분은 예를 들어가면서 하나하나 구술이 된다. 난생 처음으로 이런 학문도 있구나. 하고 듣고 있는 모든 제자들은 머리가 팽팽 돈다. 반 이상은 기록하기 바쁘고 반 이하는 무슨 얘기인지 이해가 잘 안 되는지 눈만 껌뻑 거린다. 장장 반나절에 걸친 긴 강의이다. 칼만 잘 쓴다고 무조건 이길 수 있는 것이 아니란 것을 보여 주는 것이다.

"자! 어떠하냐? 무리와 무리가 싸울 때는 단순하게 힘만으로 승패가 좌우 되는 것이 아니다. 이렇게 수많은 요인들이 작용을해서 전쟁은 승부가 나는 것이다. 이것을 전술학이라고 한다. 지금 까지 내가 설명한 것을 다 이해를 하고 응용을 한다면 1의 힘으로 10의 힘을 이길 수도 있다. 적은 힘으로 적을 이기는 것이 가장 좋은 방법이지, 그러나 그것보다 더 좋은 최고의 방법은 싸우지 않고 이기는 것이다. 앞에서 손자병법을 설명할 때 얘기 했듯이 싸우지 않고 이길 수만 있다면 그것은 완벽한 승리이다. 책으로 엮어도 몇 권이나 되는 내용을 내가 반나절 동안 입으로 설명을 했구나. 전술학은 안다고 다 적용을 시킬 수 있는 것도 아니다. 스스로 연구하고 명상을 통해서 깊이 통찰을 함으로써 적은 희생으로 큰 적을 때려 부수는 그런 현명한 나의 제자들이 되라고 설명을 한 것이다. 모두들 수고 했다. 그럼! 마치자."

"와! 사부님 수고 하셨습니다."

"와! 역시 천인님은 위대 하십니다. 와! 와! 와!"

"부 단장님! 조심하셔야지 무조건 밀어붙이면 어떻게 합니까? 우리 위드가 나를 계속 부르는데 얼굴이 얼마나 큰 위험 앞에 놓였는지 완전히 죽기 직전이라서, 내가 너무 멀리 있었는데 중요한 일도 집어 던지고 달려온 것입니다. 조금만 늦었더라면 어휴! 생각만 해도 치가 떨려요. 제자들 죽었더라면 이 행성을 박살 내 버렸을 겁니다. 아세요? 나는 헛말하는 사람 아닙니다. 다른 행성에 가 있었는데 위드가 빨리 오시라고 외치는 것이 보이잖아요. 그래서 에-휴 그만 합시다. 신중하게 차근차근 조금씩, 조금씩 그렇게 하세요. 부단장님 고생하시는데 내가 이렇게 다른 바쁜 일로 허허허 천만 다행입니다. 레인아 이리 온 우리는 가자."

"사부님! 이제 저희들도 그만 바젤란으로 돌아갈까 합니다. 아직 두 개의 대륙이 남았는데 사부님 가르침을 좀 더 익힌 후에 계속 할까 하는데요?"

"오냐 그래 그렇게 하거라. 자이언트 대륙과 아트라스 대륙이 남았는가? 아트라스 대륙은 가만히 둬도 자연주의로 변화하게 되겠던데? 시간이 좀 걸려도 싸우지 않고 이기는 방법을 쓰도록 연구를 하거라. 다들 그동안 고생들 많았다. 부단장님 건강 조심하시고, 지그리트에 들릴 날도 있을 겁니다. 위드야! 사형제들 잘 인솔해서 바젤란으로 돌아가거라. 나는 다른 일이 있느니라. 이번처럼 위험에 처하면 온 정신을 집중해서 이 사부를 부르거라. 알겠지?"

"넵 사부님 건강 하십시오."

위드가 큰절을 올리자. 모든 제자들이 같이 큰 절을 올린다. 부단장이 보니까 그 모습이 너무나 아름답게 보인다. 다음에는 나도 큰절을 하는 법을 배워 둬야지 생각한다. 사부는 손을 흔들어주고 고개를 끄떡이시더니 싹 사라져 버렸다. 레인을 안고 폰프린스로 점프한 것이다.

"아빠! 위드 사형이 위험에 빠진 것을 어떻게 알았어요? 대륙도 다른데 말이에요."

"그러게 말이다. 나도 확실히 모르겠구나. 자꾸 위드가 보였어. 얼굴이 아주 위급한 표정이었고 입을 벌려서 빨리 오세요. 하고 외치는 모양이 보였어. 하! 이것을 연구를 해봐야 되겠다."

"아빠는 신이 되어 가나보다. 힝 아빠 혼자 가버리면 안돼요. 저는 어떻게 살아라공. 네? 아빠? 저 버리지 말아요. 네?"

"오냐 이렇게 이쁜 레인을 내가 왜 버리는데? 아가야 내가 너를 얼마나 사랑하는데 그런 얘기는 하는 것이 아니다. 허허허"

"아빠 사랑해요. 저는 아빠 곁에만 있어도 행복해요. 헤헤"

"그래그래 이쁜 레인아 이리 온 쪽!"

"R-2 모선 Korea로 가자."

"넵 사령관님!"

오랜만에 Korea 호로 돌아오자 R-1이 반긴다. 천사에게 가서 나의 상단전을 한번 자세히 진단을 해보라고 하자. 기계가 진단 하는 것조차 두려워한다.

"천사여 나의 천사여 어째서 그렇게 두려워하는가? 나의 모든 것을 검진하고 나에게 조언을 해줘야 하는 것이 너의 임무일진 데 말이다. 내가 무엇이 변한 게 있느냐?"

"폐하 어쩐지 이제는 저의 능력으로는 폐하의 옥체를 함부로 진단하기가 두렵습니다. 저도 잘 모르겠습니다. 폐하! 잠시만 기 다리옵소서."

"어허 기계가 그런 감정도 있는가? 허허허 그리고 사령관이라 부르더니 또 폐하로 엥 좋은 대로 부르도록. 이상이 있는지 없는 지만 알려다오. 나의 소중한 천사여!"

"넵 아무런 이상은 없사옵니다. 단지 그것이 훨씬 활성화 되었 습니다. 크기도 많이 커졌사옵니다. 폐하! 그래서 제가 두려움을 느끼나 봅니다. 지금도 두렵습니다. 폐하!"

"그래 잘 알았다. 변화가 생겼다. 이 말이지?"

"네 그렇사옵니다. 의학적으로는 진화가 이루어졌다. 그렇게도 표현합니다."

"레인아 너도 진단을 받아 보거라. 온 김에 말이다."

"넵 아빠! 천사님 저도 진단해 주세요. 신체적인 것은 물론이고 마나의 변화도 같이요. 부탁드려요."

"넵 레인 황비님! 제품에 누우세요. 볼수록 아름다워 지시네요. 폐하의 사랑이 지극하신가 봐요."

"어머나 그런 것도 아시나요?"

"네 황비님! 가임 조건이 지금이 가장 왕성할 때입니다. 아기를 하나 더 가질 의향은 있으신가요?"

"어머머 제가요? 그래도 되나요? 아빠?"

"웅? 애기? 무라크 있는데 이제 와서 또? 에잉! 천사야 너는 나한테는 의논도 안 해보고 바람을 넣냐? 내참! 안 돼! 이제 그만! 알았지? 천사야 너 안젤리나에게도 그런 씩으로 꼬득였지?"

"폐하 황자는 많을수록 좋은 것 아닙니까? 로아 황제께서-!"

"씨끄럿! 앞으로 그렇게 하지마. 여자가 애기 하나 키우는데, 얼마나 힘이 드는지 넌 모르지? 예쁜 내 각시를 폭삭 늙게 만들려고 에잉! 쯔쯔쯧!"

"폐-하!"

"씨끄럿! 듣기 싫-엇! 쌍!"

"근엄하신 황제께서 그런 경망스러운 말씀은 삼가셔야 하옵니다. 폐 하!"

"알았어. 가자 레인아!"

얼른 레인을 일으켜서 안고는 36계다. 어떻게 된 것이 스승님이 기계에다가 무슨 조화를 부려 놨는지 슬금슬금 본색이 들어난다. 분명히 '심언의 맹약' 같은 것을 사용해서 능력을 걸어둔 모양이다. 그렇지 않고는 벌써 20년이 다되어 가는데 젊은 여자만 보면 아기를 가지라는 기계가 어디 있-노? 무서운 영감탱이!

그리고 이 몸도 그렇다 젊은 여자 몸만 봐도 벌떡벌떡 일어서게 만들어 놨다. 그래서 천족의 씨를 아무데나 막 뿌리게 한 모양인데 천만의 말씀이다. 내가 누군데 이미 입신의 경지에 올랐는데 그런 마법에 넘어가랴?

러브 네스트에 오니 아이들이 웬일로 다 모여 있다.

"어? 너희들 오늘 무슨 날이냐?"

"아빠! 가셨던 일은 잘 해결 되었나요?"

"응 무라니야 다 해결했어. 걱정 안 해도 된다. 왜 이렇게 내가 오도록 기다린 거야? 볼리아 무슨 일 있었어?"

"아뇨 아빠가 마법을 잘 사용하지 않으시는데 저 바블라이트 대륙에서는 많은 인원을 청소 하신 것 같아서요. 걱정이 되어서요."

"아-항! 그런 일이 있었지. 내 제자들이 전멸 당할 뻔 했거든. 그래서 화가 좀 났었어. 제국 황궁을 지워버렸지. 난 잊어버렸는데 걱정 하지마. 평등한 자연주의가 전 행성에 자리를 잡기 위한 몸부림이야. 세월이 조금 흐르면 살기 좋은 세상이 되어 있을 거야. 이제는 노예도 없고 귀족도 사라졌어. 즉 누구나 평등한 권리를 가진 것이지. 그리고 왕권도 없어졌어. 이제는 월봉을 받고 일하는 공무원들이 관료가 되어서 국민들의 머슴이 되어 일을 하는 사회가 되었거든. 누구나 능력이 있으면 중요한 일을 할 수 있고, 또 누구나 배울 수 있는 학교도 많이 생겨나고 있어. 교육도 검술도 원하면 모두가 배울 수 있어. 어때? 그런 세상이 완전히 자리를 잡으면 모두가 행복하게 살 수 있을 거야. 그런 사회를 자연주의 사회라고 한단다. 아빠가 꿈꾸어 왔던 사회이기도 하지 그래서 많은 제자들을 길러 내기도 했고 말이야. 세금도 원하는 자들만 스스로 낸다. 개인 소득의 1/1,000정도로 말이야. 자진해서 1/100내는 사람도 말리지는 않지 강제성은 없어. 몬스터는 용병 단에서 처리를 한다. 그래서 각 대륙마다 용병단의 지단이 생겨났지. 일종의 용역업체인 셈이지. 위험한 일을 돈을 받고 대신 수행을 해주는 그런 역할이지. 질문 있어?"

"우와! 언제 그런 일을 계획 했는데요. 아빠?"

"아 이곳에 오자마자부터 구상을 했었지. 귀족들의 횡포를 보고 말이야. 어떻게 사람이 사람을 권력으로 죽이고 살리고 할 수가 있느냐고, 안 그래? 그리고 귀족들 개인을 위해서 즉 개인의 욕심을 위해서 전쟁을 일으키고 과중한 세금을 걷고, 그 세금으로 왕궁의 길바닥에 황금으로 칠을 할 수가 있느냐고. 누가 엄마 배속에서부터 귀족으로 세상으로 나오는 그따위 부적절한 생각을 가질 수가 있느냐고? 안 그래? 누구는 엄마배속에서 노예로 태어나고 싶은 사람이 있겠냐고. 나 참! 웬 병신들이 굿거리를 하는 세상도 아니고 말이야. 누구나 목숨은 다 소중한 것인데 말이야. 살아가는 데는 그렇게 많은 돈이 필요도 없어요. 조금 모자라면 이웃이 도와주면 되는 것이고 그런 사회가 행복한 사회이고 건강한 사회인 것이지. 너는 못났고 나는 잘 났고, 그렇게 힘자랑 인물자랑 하는 그런 세상이 아니란 것이지. 가장 중요한 것은 같은 시간을 살면서도 누구는 입신의 경지에 올라서 자유로운 영혼을 가지고 온 우주를 여행 할 수도 있는데 이런 것이 가장 중요한 것인데 말이야. 시간은 그렇게 남아도는 것이 아니거든 알차게 수련도 하고 연구도 하고, 할 시간도 부족한데 남의 시간을 강제로 다 뺏어서는 전쟁이나 일으키고 더 가지려고 아귀처럼 차지도 않는 배를 채우려고 남에게까지 강요해서 시간을 다 뺏는 그런 벌레보다도 못한 놈들은 싹 청소를 해버려야, 남의 소중한 시간을 뺏는 일이 안 일어 날거란 말이야. 시간의 체적에 대해서 내가 언제 얘기 했던가? 똑 같은 시간을 두 사람이 살아도 두 사람이 느끼는 시간은 틀려요. 왜 그러냐하면 행복하게 생각하며, 자기가 하는 모든 일에 집중하고 재미있어 하는 사람은 시간의 체적이 세제곱으로 커져서 엄청난 큰 시간을 가질 수 있는 거야. 표현이 좀 어렵네. 시간은 길고 많고 적고 짧고 하는 것이 아닌데 말이야. 좋아하는 일을 집중해서 하면 말이야. 시간이 엄청나게 부풀어 올라서 그 체적이 커지고, 하기 싫은 것을 억지로 강제로 하게 되면 말이야. 시간의 체적이 작고 짧아져서 쪼그라들어 그래서 억지로 살면 만년을 살아도 그 체적이 작아서 100년도 못사는 사람보다도 오히려 더 적은 시간의 느낌 밖에는 느낄 수 없게 되는 거야. 이해가 되나? 그러면 당연히 자기가 하고 싶은 일을 집중해서 하면서 아주 높은 경지까지 오르면, 영혼이 힘이 강해져서 자유로워지는 거야. 그러면 결국은 나처럼 시공간을 초월 할 수도 있게 되지. 이해가 된 사람 손들어 봐요. 허허"

"아빠! 아빠! 시공간을 초월해요? 그것은 어떤 거예요?"

"웅 말로는 설명 불가! 곤란하군! 볼리아야. 그것은 설명할 수 없는 경지야. 미안! 흠"

"우-왓! 아빠 우리 두고 어디 가지마세요. 네? 우리 만 남겨두지 않을 거죠? 그렇죠?"

"그래. 아빠 어디안가 가더라도 돌아오는데 뭘 걱정해? 볼리아 걱정 하지마. 안젤리나도, 레인도, 우리 아가들도 아빠 너희들 두고 가 버리지 않는다. 알았지?"

"넵" "네" "넹" "알아요. 아빠!" "사랑해요." "아빠 알아요."

"그래 내가 설명한 것 이해는 다 했지?"

"아-빵! 난 정말 어려워서 잘 모르겠어요. 헹" : 레인

"아빠 어렵긴 하지만 조금은 알겠어요. 헤" : 무라니

"나머지는 이해를 했다? 급할 것 없어 천천히 아빠가 또 설명을 하는 날이 있을 거야. 한 가지 알려 주는데, 아빠 며칠전에 아빠 고향별에 갔다가 너희들 속옷 사가지고 왔잖아 선물 말이야. 그것 아빠 고향별 지구에서 사온 것이야. 그리고 지구와 이곳의 시간이 다르다는 것을 알았어. 모든 생명체에게는 가장 중요한 것이 시간이야. 큰 체적의 시간을 살아가길 아빠는 너희들에게 바란단다. 사랑해. 너희 모두를 매우매우 많이많이 사랑해. 아빠의 지금 말의 위력이 전에 하고는 틀려! 될 수 있으면 말을 아끼고 묵언수련을 더 하고 싶지만 너희들을 사랑하기 때문에 참기로 했어. 사랑해. 모두! 이곳과 다른 점은 앞으로 시간이 허락 한다면 얘기해 줄게 잘 자."

"아빠! 사랑해요. 또 수련 올라가는 거예요?"

"응 이번에는 조금 길어질지도 몰라 지구에 심각한 일이 있어서 말이야. 볼리아, 안젤리나, 레인 사랑해. 내 아가들 사랑해. 갔다 올게. 안녕!"

아빠는 3층으로 올라 가셨다.

"우와! 전함 코리아호 최고 속도로도 7,000년 이상 거리라던데, 아빠는 점점 신이 되어 가나보다. 언니 우리도 수련을 계속 해야겠어요. 큰언니가 좀 가르쳐 줘요. 네?"

"응 알았어. 나도 깨달음을 얻어야 다음 단계로 나아가는데, 아빠만 바라보다가 시간만 죽이고 있네요. 랄라라♪ ♪"

고향별 지구로 돌아오다

　구루 무라카 세바스찬은 태백산 무명고지 작은 폭포 앞에 나타났다. 그리고 두리번두리번 확인을 마친 구루(스승:先知者)는 자신의 이마를 툭 친다. 자신의 복장이 또 가죽코트를 걸친 바나 행성의 복장 그대로이다. 미쳐 복장에 신경을 못 쓴 것이다. 약간 붉은 빛이 도는 레이번 가죽이니 그대로 무시해도 되겠다. 제법 기온도 떨어져서 쌀쌀한 느낌이 드니까. 늦가을 날씨엔 가죽 일색의 옷도 어울리기는 하겠다. 이번에는 백두산을 샅샅이 훑어볼 작정이다. 그리고 굶주린 주민들을 최대한 도울 수 있는 방법도 모색해 볼 요량이다. 천년 천종 삼을 캔다면 문제는 좀 쉽게 풀릴 텐데 현재로서는 좀 막막하다. 부딪히면서 연구하자. Korea가 선진국에 들어선 것으로 아는데 어떻게 아사자가 발생하는 최악의 상황을 해결하지 못하는지 의문스럽다. 남북이 격심한 경제적 격차는 있었지만, 사전에 통일 자금을 준비를 못 한 것 같다. 위정자들이 여 야간에 갈등으로 인해서 서로 당파 싸움이나 벌이고, 민생에는 무심 했다는 것이 한눈에 보이는 사실이다. 특히 남쪽의 대기업들이 너무 세계적으로 덩치만 커져서 자국민을 생각지 않고 자기만 잘난 짓거리를 하고 있는지도 모른다. 자신들의 선대(先代)에 정부가 얼마나 많은 혜택을 주었는지는 이젠 망각을 할 때도 되었으리라. 본보기를 보여줄 필요성이 있을 수도 있겠다. 내가 적극적으로 나선다면 너희들은 생 연옥(燃獄)을 경험하게 될 것이다. 혼자서만 너무 많이 가지는 것도 자연의 법칙을 위반하는 행위라는 것을 가르쳐 주도록 할 것이다. 기다려라 아귀의 무리들이여! 스키를 타고 미끄러지듯이 그렇게 산 아래로 그림자 하나가 내려간다. 최대한 속도를 느리게 조절을 한 것이다. 금방 영주산장 앞에 도착했다. 혹여 아주머니가 볼 새라 바로 지나쳐서 터덜터덜 걸어서 내려간다. 아니나 다를까 딱 걸렸다. 아주머니가 아래쪽에서 올라오시는 중이다.

"어머나 잘생긴 총각이네! 어디 갔다가 내려오시는가? 우리 집에 들러서 커피나 한잔하고가 여기까지 와서는 그냥 싹 달아나려고 어림도 없어 호호호호"

"앗! 아주머니! 어디 출장 다녀오시나요?"

"아니지 아녀 아랫마을에 놀다가 오는 길이지 바쁘신-강? 그렇게 슬금슬금 지나쳐서 가려는 것이?"

"네 좀 바빠요. 내일 일찍 백두산으로 갈 참이거든요."

"응? 백두산? 우와! 본격적으로 심마니 길로 나서는 것인가?"

"원래 프로 심마니인걸요. 제가 이래도 수십 년 산을 탄 심마니 라요."

갑자기 아주머니가 이상한 표정으로 아래위로 살핀다. 어이쿠! 이런 실수를 총각으로 통하는데 수십 년은 무슨?

"에헤? 수십 년? 올해 나이가 몇인데 벌써 수십 년이라니 화 총각도 사기 칠 줄 아는가? 어른 놀리면 못써요."

"아주머니 사실 저요 보기보다 나이가 많아요. 천년 삼을 먹어서 다시 젊은이처럼 팽팽해져서 그렇지만요."

"정말인가요? 다시 젊어졌다는 것이? 그래 몇 살인데 그래요?"

"에-헴! 96세 입니다."

"힉? 무슨? 그 거짓말 정말이요?"

"뭐 못 믿겠으면 말고요. 저 바빠서 갑니다. 아주머니 다음에 들릴께요. 그럼"

뭐 거짓말 한 것은 절대 아니다. 조금 돌려서 말을 할 때는 있어도 말이다. 왠지? 어느 순간부터는 거짓말 자체를 못하게 되었고, 그럴 필요성도 없고 마음 자체가 있는 그대로의 현실에 집중하기 때문에 복잡한 생각을 하는 것을 절대적으로 피한다. 아직 묵언수련이 부족한 상태라서, 또 아직 깨달음이 부족한 부분들이 있기 때문에 극히 조심한다. 나의 한마디가 상대를 극심하게 핍박하는 일이 발생 할 수도 있기 때문이다. 잘못하면 생사를 가름할지도 모른다. 좀 더 확실하게 갈고 닦아야 할 것이다. 마음을 말이다. 마을에 내려오니 버스가 있다. 시내로 가는 마을버스 개념의 작은 버스가 출발을 하려고 대기 중이다. 버스에 올라서 배낭안의 돈을 꺼 집어내고 보니 당황스럽다. 버스를 타면서 고액권을 내어야 하는 상황인 것이다. 이순신 장군이 찍힌 십만 원짜리다. 어이쿠! 이런? 그런데 좌석에 앉아있던 아가씨가 빤히 바라보더니 'Can I help you!' 라고 묻는다. 미국인으로 보이는가?

"감사 합니다. 아가씨! 만 원짜리가 있으신가요?"

깜짝 놀라면서 만원짜리 열장을 지갑에서 꺼내준다. '꾸-뻑!' 인사를 하고 그것으로 한 장을 기사님에게 주니 기사 양반이 빙그레 웃으면서 계산을 해준다.

"허허허 외국분이 한국말을 잘하시네?"

"네 조금 하죠. 하하하"

"아가씨 구해주셔서 고맙습니다."

"와! 우리말을 아주 자연스럽게 하시네요?"

"네 조금 하지요. 시내에 가십니까?"

"네 출근 하는 중이지요."

"아 옆에 앉아도 되겠습니까?"

"네 그러세요."

"시내까지 꽤 먼데 매일 출퇴근 하시면 피곤하시겠습니다."

"오래 되어서 별로예요. 그런데 태백시에 관광 오신 거예요?"

"아니 산이 좋아서 세계의 명산을 돌아볼까 하고요. 이제부터요."

"호호호 이제부터라 하심은?"

"말 그대로 이제부터요. 지금 백두산으로 가는 중이죠."

"어머나! 그런 복장으로 산을 타시나요?"

"아니 제 복장이 어때서요? 산을 타려고 특별히 맞춘 것인데요?"

"네? 멋쟁이 복장을 하고 산을 타요?"

"엥? 이게 멋쟁이 복장인가요?"

"그럼 가죽 셋-팅 복이 멋쟁이 복장이 아닌가요?"

"그렇게 보이나? 흠흠"

"호호호 상당히 세련된 아주 고급가죽 복이네요."

"네 그래요. 웬만한 총알도 못-뚫어요. 이 가죽은요. 큼!"

"히힛! 좀 심하시네요. 총알에 않 뚫리는 가죽이 어디 있어요?"

"어? 진짜인데요. 내 참!"

"히히히힛! 그런 가죽 있으면 세상이 깜짝 놀라게요?"

"뭐 아니면 말고 혹시 면도칼 있으면 시험해 봐요. 진짜라니깐!"

"호호호 대단히 웃기시는 분이네요. 헤헤헤"

그때 바로 옆에 서 있는 학생이 가방 속에서 면도칼을 꺼 집어낸다. 상당히 날카로운 연필을 깎는 그것이다.

"저 진짜 한번 찢어 볼까요?"

요 녀석이 얼굴이 여드름투성이에 심술꾸러기 고등학생 정도로 보이는 개구쟁이 인가 보다.

"어? 그래 자 팔이 잘리도록 힘껏 한번 내리그어봐!"

"어머머머 야! 너? 칠석이 자식 너 선생님 다치게 하려고 그러지 그만두지 못해?"

"아 누나 이분이 잘라 보라잖아. 그것도 힘껏 팍 자르라잖아. 나는 책임 없어. 나보고 그러지마 누나."

"너 이 자식! 너 네 아버지한테 이를 거야. 칼 당장 넣어!"

"씨 난 잘못한거 없잖아. 누나도 보고 들었잖아 씨!"

"하하 아가씨 가만히 있어 봐요. 안 잘린다니까 왜 그래요? 하하하 학생 해봐 괜찮아 내가 다 책임질게. 힘껏 해봐! 자."

진짜로 힘껏 팍 그었는데 표시도 없다. 살짝 눌린 표시 밖에는 말짱하다.

"어? 진짜로 끄떡없네? 우와 무슨 가죽이? 선생님 이것 무슨 가죽이죠?"

"허허 내가 그랬잖아요. 총알도 못 뚫는다고, 이것은 흔한 가죽이 아닙니다. 지구에는 없는 가죽이죠."

"??????"

"지구에는 없는 방탄가죽? 우와! 판타지에나 나오는 그런 것인 모양이다. 믿을 수가 없네."

"학생 부러진 칼날 주워서 가방에 넣어라. 다른 사람들 다칠지도 몰라."

"넵 어디로 튕긴 거야. 아 찾았다. 히히히"

마침 지난번에 갔었던 미장원이 보인다. 그래서 내렸다. 시장 옆이라서 이른 아침인데도 사람들이 번잡하다. 시장으로 들어가서 산에 올라서 필요한 것들을 좀 챙겨 볼까하고 어슬렁거리며 시장 통을 돌아다닌다. 가는 곳마다 사람들이 다 쳐다본다. 하긴 키가 우선 190을 넘다 보니, 시선을 받을 수밖에 없다. 또 흔치 않는 은발에다가 눈이 파란색이라서 더욱 눈에 잘 띈다. 그렇게 시장 골목을 돌아다녀보니 재미도 있고, 옛날 생각도 나고 해서 나에게는 산책을 하는 기분이다. 주로 캔으로 된 음식들을 좀 사야 되겠다. 닭고기 캔도 있고, 각종 어류 캔들도 많이 있으니, 아무리 오래 가지고 다녀도 상하는 일은 없을 것이다. 그래서 주로 닭고기 캔을 많이 챙긴다. 날개, 뒷다리, 이런 식으로 캔이 만들어져있다. 캔 맥주도 한 꾸러미 챙기고 계산대로 오는데 누가 등짝을 툭 친다.

"어? 김 사라 씨? 하하 오랜만이요."

얼굴이 빨게 져서 쳐다보고 있다. 그리고 씩씩 거린다.

"어? 왜 그래요? 사라 씨? 나한테 무슨 불만 있어요?"

"힝! 그때 말도 없이 그냥 가버리다니 그런 법이 어디 있어요? 아가씨 둘을 모텔 흡!"

"괜찮아요. 아무 일도 없었으니 그럼 되었지, 무슨 일이 벌어져야 되나요? 두 아가씨가 모두 인사불성이 되어서 내가 업고 모텔에 재운 거요. 안 그럼 누가 업고가도 모를 판인데 어떻게 해? 하하하"

"이리로 오세요. 저기 커피 점에 가서 얘기해요."

손을 잡고 끌다시피 앞서 당기면서 간다.

"아 잠깐만요. 사라 씨 계산을 하고 가야지 누구 도둑 만들려고 그래요? 손 놔봐요. 나 어디 도망안가요. 허허허"

그렇게 김 사라한테 딱 붙들렸다. 커피 점에서 그때 일들을 얘기 한다는 것은 핑계이고 이 아가씨가 할아버지한테 반했는지 떨어질 생각을 안 한다. 어떻게 떼어 낼까를 심각하게 고민해 봐야할 정도로 심각하다. 시간이 길어질수록 더욱 어려워 질 것은 불을 보듯 뻔하다.

"사라 씨! 오늘은 출근 안하세요? 난 무척 바쁘거든요. 백두산으로 가야 하니까 서둘러야 해요. 그럼"

배낭이 빵빵하다. 캔을 잔뜩 넣었으니 무게도 상당하다. 경량화 시켜서 등에 메고 일어선다.

"저 세바스찬 씨! 저도 같이 따라가면 안 되나요?"

"응? 절대로 안 되죠. 그곳은 영하 40도가 넘어요. 사라씨는 일반 산에도 안 가봤죠? 한 열흘 후에 돌아 올 겁니다. 그때 연락할 테니 식사나 같이 해요. 저 갑니다. 안녕!"

뒤도 안보고 밖으로 나와서 택시를 잡는다. 억! 언제 따라 왔는지 택시를 지가 먼저 올라탄다.

"아니? 사라씨. 지금 이것은 어떤 상황이죠?"

아무 말도 안하고 시선만 똑바로 맞추고 있다. 택시 기사님께 미안해서 어쩔 수 없이 옆자리에 올랐다.

"사라 씨! 우리는 아직 서로를 모르잖아요. 그런데 이렇게 위험한 산행을 나선다면 큰일 나요. 그리고 지금 사라씨 복장은 동네 밖에도 못갈 복장이고요. 그러니 사라씨! 다음에 갈 때 같이 가요. 나 약속하면 절대적으로 약속 지켜요. 알았죠?"

"싫어요. 지금 따라 갈래요. '세바스찬'씨는 천사잖아요. 저를 얼마든지 보호해 줄 수 있잖아요."

"음 그럼 사라씨! 부모님께 허락 받았나요?"

고개만 옆으로 살래살래 흔든다. 어이쿠! 여기도 누구 닮은 사람 있다. 택시 기사가 뒤를 돌아보고 이상한 모양이다.

"아저씨 시외버스 터미널로 가줘요."

"스톱! 스톱! 아저씨 죄송합니다. 시간 비용을 드릴께요. 자여기!"

사라를 안고 내렸다. 안 내리려고 발버둥 치다가 가만히 있다.

"사라씨! 부모님께 갑시다. 허락을 받으면 데리고 갈게요."

"정말요? 아이 좋아라! 헤헤헤"

팔짝팔짝 뛰면서 좋아한다. 에-휴! 혹이 하나 생겼네. 이거 큰 짐인데 큰일났다. 어떻게 모면하고 빠져나가지? 부모님이 허락할 리 만무잖아! 그것을 한번 믿어보자. 내손을 잡고 당기면서 골목으로 들어간다. 어린아이도 이런 어린아이가 없다. 페인트가 다 벗겨진 문 앞에서 초인종을 누르자. 젊은 아주머니가 한분 나오신다.

"사라야 너 어디 갔다가 이제 오노? 미장원에서 원장이 전화했는데, 어? 손님이시냐?"

"네 엄마 제가 말씀드렸던 천사님이 오셨어요. 헤헤헤 엄마 저 며칠 미장원 못가요. 천사님이랑 백두산 갔다 올게요."

"아이고 어서 들어오세요. 사라한테 얘기는 들었어요. 커피 한잔 하시고 얘기도 좀 해주시고 사라 데리고 갔다 오세요."

잉? 이건 뭐 미리 짜고 얘기하는 것처럼 착! 이-크 진짜 큰일은 터져 버렸다. 아버님은? 아버지 계시면 반대하시겠지. 일단 들어가 보자.

"안녕하세요. 어머님! 커피 한잔 얻어 마실게요. 흠흠"

그런데 단칸방인 모양이다. 그렇다면? 캑! 아버지로 보이는 분의 사진이 벽에 걸려있다. 커다랗게 확대해서 젊은 잘생긴 장년의 모습이다.

"아버님은?"

"돌아 가셨어요. 5년 전에요. 암으로 돌아가셨죠. 그래서 제가 돈을 벌어야 하는 신세죠. 어머니도 지금 몸이 안 좋으셔요. 아버지병원비로 집도 모든 재산도 다 들어갔죠. 그래도 실망하지는 않아요. 엄마랑 행복하게 사니까요."

"음! 그래? 고생이 많았겠구나. 사라가 쯧쯧쯧 사라는 몇 살이지?"

"헤헤 저요 19살요. 학비도 없고 해서 일찍 생활 전선에 뛰어들었죠. 엄마만 건강하셔도 저도 대학 다녔을 거예요."

아주머니가 커피를 밀어준다. 커피가 뜨거운 줄도 모르고 후루룩 후루룩 마신다. 커피 맛을 모르고 있다. 못 느끼는 것이 아니라 차단한 것이다. 이제는 자연스럽게 그런 것들이 이루어진다.

"저 어머님 이리 가까이 와 보세요. 팔을 내밀어 보세요. 네"

기를 불어 넣어서 몸을 휘-둘러본다. 다른 곳은 별 이상이 없는데 간이 좀 이상하다. 간이 원래 이렇게 안 생겼는데 말이다. 손짓으로 사라의 팔을 잡고 간을 살핀다. 역시 완전히 다르다. 사라의 간은 매끄럽고 부드러운데 어머니의 간은 울퉁불퉁 하다. 가만 뭔가?

이것이 뭐지? 아! 디스토마? 벌레이다. 간의 곳곳에 박혀있다. 그리고 움직인다. 아주 천천히 움직이지만 디스토마 벌레가 분명하다. 이것을 어떻게 처리하지? 잘못하면 출혈이 일어나서 위험해진다. '디스토시드'로 잡기에는 너무 수가 많다. 잠깐 자문을 받고 와야겠다. 그대로 분해 시켜도 괜찮을까? 손을 놓고 어머니의 눈을 크게 벌려보니 역시 노란색이 내비친다. 이렇게 되도록 병원도 못가 본 것일까? 아! 전화로 물어보면 되지 병원에다가 말이다 간 전문의의 자문을 받아보고 분해를 시켜 버려야겠다.

"사라야. 태백시에 제일 큰 병원이 어디지?"

"왜요? 엄마가 많이 아파요?"

"아니 그냥 전화로 확인 할 것이 있어서 말이다."

"시립 병원이 있어요. 전화를 걸어볼까요?"

"그래 시립 병원에 전화해서 내과 간전문의 좀 바꿔 달래라."

"네!"

잠시 후에 연결이 되었다.

"네 수고하십니다. 자문을 받을까 해서 전화 드렸습니다. 바쁘지 않으신가요?"

"네 김영철 전문의입니다. 30분 정도는 시간이 있습니다. 무슨 일인가요?"

"네 간에 상처가 아니 간에 디스토마 충이 많은데 충만 제거 해버리면 출혈은 없나요? 내부 출혈요."

"아 완전히 없을 수는 없지요. 그러나 수술 할 때처럼 그런 출혈은 일어나지 않지요. 벌레들이 있던 자리는 이미 치유가 진행 되면서 계속 충이 새로운 상처를 일으키는 그런 현상이 반복 되거든요. 그래서 피부에 있는 부스럼처럼 그렇게 부풀어 있는 상태이지요. 환자가 건강한 분이시면 아무런 영향이 없고요. 좀 약한 분이시면 영양공급을 잘 해드려야 합니다. 예를 들자면 보신탕을 계속 드시게 한다든가 그런 보양식을 당분간 드시는 것이 회복에 좋습니다. 네"

"아 감사합니다. 바쁘신데 시간을 뺏어서 죄송하고요. 좋은 날 되십시오. 그럼"

사라와 어머님이 같이 눈을 똥그랗게 해서 쳐다본다. 자 어떻게 치료를 아니 보양식을 먼저 준비를 해두고 치료를 하자. 그것이 정답이다.

"사라야. 시장에 좀 갔다 오자. 어머니 치료할 테니 보양식이 필요하단다. 보신탕 있잖아 그것이 최고란다. 너 어디서 구하는지 알지?"

"네 저 혼자 가서 사올게요."

"그래? 자. 돈 아끼지 말고 한 10일분 사가지고 오너라. 이정도로 될는지 모르겠네, 난 가격을 몰라 30만원 가지고 가봐 모자라면 다시 더 가져가고. 빨리 갔다오너라. 너 요리 할 줄은 알지?"

"네 잘해요. 엄마 자주 해드렸거든요."

"어머니 이쪽으로 누우세요. 뭐 좀 깔고 누우세요. 편하게 누워 계세요. 아무런 통증도 없을 겁니다. 마음 편히 가지시고요. 주무셔도 됩니다. 네"

손을 바로 간이 있는 부분에 올려놓고 기를 흘려 넣어서 디스토마 충을 한 마리씩 조심스럽게 녹여 버린다. 눈을 반개하고 아주머니의 간을 들여다본다. 아주 천천히 조심스럽게 한 마리씩 그렇게 없애 나간다. 전문의의 말대로 출혈은 없다. 조금 비치는 정도 일 뿐이다. 정말 이렇게 많은 충이 간에 박혀있는데 어떻게 아프지 않고 움직였을까? 40분이 지나서야 모든 벌레를 다 녹여 버렸다. 옆에 보니까 사라가 빤히 내려다보고 있다. 벌써 구수한 냄새가 풍기는 것을 보니 요리를 하고 있나 보다.

"휴! 다 되었다. 사라야. 어머님 잘 보신만 하면 이상무야. 그러고 난 후에 출발하자. 알았지? 요 맹랑한 아가씨야!"

볼때기를 잡고 흔들자 방긋이 웃는다. 아플 텐데도 말이다.

"어 너 아플 텐데도 아프다는 소리도 안 해?"

"헤헤헤 하나도 안 아파요. 우와! 진짜로 천사의 실력은 대단하네요. 히히힛"

어머님은 보니까. 편안하게 잠이 드셨다. 슬그머니 일어나서 밖으로 나오니 사라가 따라 나온다.

"어머님 깨시면 탕 드시게 하고, 심하게 움직이지 못하게 해라. 그래야 빨리 회복 하신다. 알겠지?"

"넵! 어디 나가시게요?"

"그래 나가서 밥도 좀 먹고 시내 구경이나 해야겠다. 혹이 붙어버려서 차질이 생겨 버렸다. 밤에는 모텔에서 잘 테니까. 나한테는 신경 꺼. 엄마나 잘 간호해. 하루라도 빨리 회복되시게 말이다."

휘적휘적 골목길로 돌아 나오는데 뒤에서 사라가 쫓아온다.

"오빠! 천사 오빠! 있다가 내가전화 드릴께. 이 전화기 가지고 계세요."

"응? 난 전화기 필요 없는데, 혼자 가버릴 까봐 올가미 쉬우는 거지? 사라야 너 여우 닮았어. 키-킥 나 어디 안 갈 테니 걱정마라. 그리고 이 오빠 부르려면 이렇게 해봐 정신을 집중하고 말이야. 내 얼굴을 딱 떠올리면서 '천사오빠! 어디계세요? 제게로 와주세요.' 이렇게 말이야. 그러면 사라 앞에 뿅 하고 나타날 테니까 알았지?"

"넹! 알았어요. 헤헤헤 있다 봐요. 천사오빠!"

"그래!"

터덜터덜 골목길저쪽으로 사라져 간다. 뒤도 한번 안 돌아 봐준다. 피! 천사 오빠가 진짜 좋은데 말이다. 일찍 식사를 하고 모텔에 들어가서 뉴스를 보고 있는데 사라가 떠오르면서 '오빠 천사오빠 사라에게 와주세요.' 한다. 얘가 저녁인데 왜 그러지? 그래도 약속을 했으니, 지켜야지 엥! 귀찮은데 말이야.

티-비를 끄고 방안을 둘러본다. 주변의 사물을 익혀두는 것이다. 그리고 사라 집 앞 마당을 떠올린다.

"사라야 오빠 왔다. 왜 불렀어?"

"천사 오빠 들어오세요. 저녁 드시라고 불렀어요. 제가 맛있는 식단을 준비 했거든요. 헤헤헤"

"응? 그래 알았다. 사라 음식 솜씨를 한번 볼까? 허허"

방으로 들어가니까. 어머님도 앉아 계신다.

"어머님 어때요? 속이 좀 편하신가요?"

"네 아이고 천사님! 날아갈 것 같아요. 호호호"

"그래도 당분간은 움직이지 마세요. 방에만 계시고요."

"네 알았어요. 감사합니다. 감사합니다."

작은 상에 음식이 가득하다. 보신탕도 있고, 밑반찬들이 열 가지가 넘는다. 음식 솜씨가 보통이 아니다. 뭐하나 색이고 맛이고 빠지는 것이 없다. 삼계탕도 아주 최고 수준이다.

"우와! 이게 전부 사라가 한거야? 이야! 음식 솜씨가 일류이네. 언제 이런 걸 다 배웠을까? 어머님이 솜씨가 좋으신가 보구나."

"네 천사오빠! 엄마한테 배운 것이죠. 어렸을 때부터요. 헤헤 오빠 많이 드세요. 뭘 좋아하시는지 몰라서 이것저것 해 봤어요. 헤"

"나 아무거나 다 좋아해. 잘 먹고 말이야. 한 십인 분은 거뜬히 먹지. 자 먹자. 어머니 드세요. 많이 드셔야 빨리 나아요. 이젠 기운만 차리시면 건강하세요. 사라를 위해서도 건강하셔야죠. 사라야 너도 많이 먹어, 그래야 백두산에 가서도 안 얼어 죽지.

허허허"

"넹 많이 먹을게요. 오빠!"

진짜 입에 착착 붙는다. 어느 식당엘 가도 이정도 반의반도 못 따라 올 거다. 식당을 차리면 태백시 전 시민을 다 끌어 모으고도 남겠다. 식당이나 하나 차려 줄까? 얼마정도 들까? 배낭에 이천 오백 있는데. 백두산 갔다 오면 얼마 남으려나? 백두산에서 천년 근이라도 캐면 만사형통이다. 그러다 보니 밥상위의 음식을 거의 다 먹어 치웠다. 삼계탕에 보신탕에 밥 세 공기에 밑반찬까지 후와! 배가 부른 게 아니라 터지기 직전이다. 저녁을 두 번 먹었으니 오죽하랴?

"우와! 배가 터지기 일보 전이다. 사라야 내가 배 터져 죽어도 울지마라. 응응 하하하! 10인분은 먹은 것 같다."

"정말 맛있게 잘 드시네요. 보기만 해도 배불러요 호호호"

"네 어머니 오랜만에 입에 맞으니까. 원 없이 먹었습니다. 하하하"

"오빠! 커피 타올게요."

"웅 그래!"

아주머니 팔을 잡고 다시 한 번 간을 살펴본다. 출혈은 전혀 없고 벌써 붓기가 많이 가라앉아서 제 모양을 찾아가고 있다. 온 몸을 기로 한 바퀴 휘돌려서 혈액 순환을 돕고 원기를 돋아주고는 손을 뗀다. 내일이면 움직이는데 이상이 없겠다.

"어머님 내일 까지만 요상을 하시면 모래부터는 정상적으로 활동 하셔도 되겠습니다. 회복이 무척 빠릅니다."

"천사오빠! 커피 드세요. 어떻게 차료 하셨기에 그렇게 빨리 회복해요? 와! 천사 오빠! 진짜 신기하다."

"소문나면 안 된다. 사라야 무슨 말인지 알지?"

"넵! 비밀로 할 께요. 그럼 모래 우리도 출발 하는 건가요?"

"사라 너 꼭 따라가야 되겠어? 엄청 고생 할 텐데 말이다. 해발 2,700미터가 넘는 고산이야. 반 이상이 눈이고 밀림이고, 호랑이도 우글거리고, 춥고 배고프고, 잠도 나무 위나 동굴 속에서 자야하는데, 얼마나 춥겠어. 사람이 있는 곳에 등산하듯이 가는 게 아니란다. 길도 없고 나무가 엉키고 하늘도 안 보이는 그런 곳에 간단다."

"헤헤헷 오빠가 있자나요. 뭐가 걱정이야. 히히힛! 재미있겠다."

"엥? 나-참! 입만 아프네. 알았다 알았어. 이 고집불통 철부지야."

"호호호홋! 제는 주먹만 할 때부터 고집이 얼마나 쎈 지. 어휴! 아무도 못 말렸어요. 그래서 그 후로는 아예 말리지도 않았죠."

"에-휴! 어머님 그래서 더 고집을 키워 줬군요. 쯔쯔쯧"

"헹! 제가 언제 고집 피웠어요? 엄마는 괜히 오빠한테 피!"

"어머님 저 갑니다. 사라야 나오지 마. 오빠는 그냥 뽕 하고 사라진다. 알았지?"

"히히힛 넹 알았어요. 오빠! 뽕 사라져-어?"

진짜로 앉아 있는 그대로 사라져 버렸다. 아까 올 때도 보니까 대문은 잠겨 있는데 마당에 나타났었다. 이제 생각하니 그랬다. 두 사람이 입을 벌린 채 멍 때리고 앉아 있다.

"엉? 사라야! 정신차렷. 그분 진짜로 천사가 맞나보다. 보고 있는데 사라졌지? 그렇지? 세상에 진짜 천사를 보내 주시고 하나님 감사합니다. 얘가 정신 못 차려? 사라야!"

"응? 엄마! 진짜 천사가 맞다고, 내가 그랬잖아. 남들한테는 절대 얘기 하지 말아요. 엄마 알았죠?"

"그래그래 사라야. 꿈을 꾸는 것 같다. 너 따라 가더라도 저분에게 억지 부리지 말고 말씀 잘 듣고, 알았지?"

"네 엄마 걱정 말아요. 제게도 많이 가르쳐 주실 거야. 천국에 대해서 말이에요."

"그래 북한주민들이 많이 굶어 죽는다고 하더니 그일 때문에 오셨는가 보구나. 아이고! 하나님 감사합니다. 이렇게 은혜를 베풀어 주시어서 이 쓸모없는 저 같은 사람을 구해주시다니, 아무래도 우리 착한 사라가 앞으로 많이 좋은 일을 하라고 하시는 걸로 알겠습니다. 감사합니다. 감사합니다."

"엄마! 빨리 누우세요. 그래야 빨리 회복 된다고 오빠가 말했잖아요. 그래야 오빠 일 방해가 안 되지요. 혹이 생겨서 일에 차질이 생겼다고 했거든요. 헤헤헤"

"그 혹이 너를 말하는 게야. 이 맹추야! 왜 따라간다고 아이고 알았다. 말려도 말이나 들을까? 언제 철들래? 벌써 19살이나 되었으면서 쯔쯧"

"엄마 내가 오늘 떼-쓰지 않았으면 오빠가 우리 집에 왔을까? 헹! 다 효녀 사라가 있어서 엄마 병 고친 줄 알라고요. 쎔 통이다. 씽!"

"오냐오냐 그 말은 맞는 말이네. 그것 참 이상하다. 사라가 아무한테나 떼쓰고 그러지 않는데, 그렇지? 사라야. 착한 내 아긴데. 그것 참! 그것도 모르는 남자한테 떼를 썼어? 오빠가 그렇게 좋던?"

"넹 엄마 미장원에 턱 들어오는데 환한 태양이 들어오는 것 같았어요. 가슴이 콩닥콩닥 거리고, 속이 울렁울렁 거리면서, 눈을 못 떼겠더라고요. 그래서 내가 머리를 손질해 드릴려고 하는데 원장님이 착 뺏어 가잖아요. 헹 얼마나 미운지 씨! 그래서 저는 손톱을 깎아드렸어요. 머리도 감겨드리고, 또 어깨도 주물러 드리고, 문을 닫는데 자꾸 따라가고 싶은 거 있죠. 그래서 삼겹살은 실컨 먹었는데 못 마시는 소주 때문에 아이고 부끄러워 지금도 그 생각하면 얼굴이 화끈 거려요. 히히힛!"

"아가야. 아무 남자나 그렇게 따라가서 소주 넙죽넙죽 받아 마시는 거 아니다. 너 그러다가 시집도 못가는 수가 있어요. 이제는 성인인데 스스로 몸 간수도 할 줄 알아야지 에공 언제 철이 들꼬. 쯧!"

"엄마! 그런 걱정 붙들어 메-쇼. 내가 언제 술 마시는 것 봤어요? 천사 오빠가 너무 멋있어서 그날은 뽕 간 거지, 그래도 천사 오빠는 소주도 안마시고 술을 좋아하지도 않더라고요. 우리가 억지로 먹였지요. 헤헤헤"

"잘한다. 잘해! 그래놓고 두 번째 만나면서 따라 가겠다고 떼를 써? 아이고 이 철부지야. 그분이 무어라 생각 하겠니? 아마 철이 덜 든 어린아이로 생각 할 거야."

"히히힛! 그런가 봐요. 그래도 좋은걸 어떻게 해요? 난 천사 오빠한테 딱 붙어서 그렇게 평생 살고 싶어요. 엄마! 아 난 몰라 어쩌지? 천사오빠! 하늘로 가버리면 어떻게 살지? 으앙 흑흑흑 왜 그 생각을 못했지? 이 바보 멍청이 말미잘 엄마 나 어떻게 해? 응 엄마! 나 몰라몰라 어떻게 하지?"

"아이고 큰일 났네. 내 아기 우리 사라가 상사병이 났나보다. 그것도 불가능한 천사를 보고 그러면 이 엄마가 무슨 힘이 있다고 진짜 큰일 났네. 아가야! 너 천사 오빠를 사랑하는 거야? 남자로 보고 말이다. 그것은 절대로 안 된다. 사람이 어떻게 천사를 남자로 보고 사랑을 할 수 있겠니? 그런 일은 있을 수도 없고, 있어서도 안된 단다."

"헹! 정말 그러네요. 엄마 나 어떻게 하지? 오빠 얼굴이 천장에도 벽에도 어디 던지다 있는데 눈을 감아도 보이고 으앙! 앙앙앙!"

(사라야! 무슨 일이냐? 왜 울고불고 그래? 엄마가 무슨 일 있어?)

"으-악 오빠 목소리다. 천사 오빠! 아녜요. 아무 일 없어요. 그냥 오빠 얘기 하고 있었어요."

(그래? 감-짝 놀랐잖아 자거라. 어머님도 푹 주무셔야 회복이 빠르지 잘 자. 아가야! 안녕!)

"넵 오빠도 잘 주무셔요. 이제 안 떠들게요. 안녕히 주무세요."

"아가야 사라야! 너 왜 그래? 혼자서 오빠랑 얘기 하는 거야?"

"응? 엄마는 방금 못 들었어요? 귀가 웅웅거릴 만큼 크게 들렸는데요? 어머나 나만 들렸어. 천사 오빠가 무슨 일이냐고 물었어요. 엄마한테 무슨 일 있느냐고요. 깜짝 놀랐다고 하시면서 엄마가 푹 주무시게 일찍 자라고도 하셨어요. 우와! 이상하다. 내가 신경을 써니까. 오빠가 아시나 봐요. 내가 울고불고 한다고 깜짝 놀라셨데요. 오마나 어떻게 아시지?"

"천사이신데 그런 것도 모르실까? 그것 봐 네가 오빠를 사랑하는 그 마음 때문에 오빠도 놀라시잖아. 에궁 이일을 어찌 할꼬!"

"아-항! 그렇네, 오빠를 생각하면 오빠도 알아채시나 봐! 아 엄마 나 어쩌지? 그래도 오빠가 자꾸 생각나는데. 엄마 나 안아줘아 어쩌지?"

"그래 자 엄마에게 안겨서 자자. 아무생각도 하지 말고, 자장자장 우리애기 우리사라 잘도잔다. 자장자장--- !"

사라의 숨소리가 고르게 들린다. 잠이 든 것이다. 태어나고 처음으로 남자를 사랑하는 마음을 가졌는데, 하필이면 천사라니 얼마나 아이가 놀랐을까? 사람과 똑같은 말을 하고 그 잘생긴 얼굴에 따뜻한 마음씨에 그만 마음이 빼앗겨 버렸나 보다. 앞으로 가슴앓이를 얼마나 할지를 생각하니 엄마로서 걱정이 되어서 잠을 잘 수가 없다. 하나님 철없는 어린 딸을 잘 도와주세요. 마음에 상처를 받지 않도록 불쌍히 여겨주시고 제발 너무 깊은 상처는 주지 마세요. 부탁합니다. 그렇게 뜬눈으로 아침을 맞이한다. 아이는 아직 한밤중이다. 천사님이 곧 오실 텐데 아침을 차리기 위해서 준비를 서두른다. 아직 온전치 못한 몸으로 움직이지 말라 했는데 말이다.

이른 아침에 마당에서 솟아나듯이 구루 무라카 세바스찬이 나타났다. 그럴 줄 알고 서둘렀는데도 천사님은 마당에서 움직이는 아주머니를 보고는 혀를 찬다.

"이럴 줄 알았어요. 사라는 늦잠자고 있죠? 쯔쯔쯧 어머니 오늘까지는 움직이지 마시라니깐 말을 안 들으시네요. 어디 봅시다. 건강한 사람은 한 두끼 굶어도 아무 지장 없어요. 이리오세요. 그것 놔두고요. 에-공!"

물 묻은 손을 잡고서 간을 들여다본다. 어제 보다는 많이 좋아졌으나 그래도 생각만큼은 아니다. 'Cure Healing' 하얀빛이 일렁이면서 아주머니의 온몸을 휘돌아 사라진다. 온몸이 가뿐해지는 기분이다.

"어머니 이제 완전히 다 나앗으니 밥이나 차려 주세요. 탕은 어머님만 두고두고 드세요. 한 열흘정도 드시고 너무 무리는 하지 마세요. 완전히 치유는 되었지만 체력을 회복 하시려면 잘 먹어야 합니다. 이제는 적당히 운동을 하셔도 됩니다."

"또 천사님의 힘을 쓰시게 하였군요. 감사합니다. 들어가세요.

준비가 다 되어가니 곧 식사 하시면 됩니다."

"네. 사라는 아직 한밤중이죠? 보나마나 밤에 가슴앓이 하느라 낑낑 대었을 것이고, 짝사랑 하는 것도 자라는 소녀에게는 한번씩 좋은 경험이죠. 그렇게 어른이 되는 겁니다. 어머님 걱정 마세요. 백두산 갔다가 오면 제가 사람이 아닌 것을 확실히 깨닫게 될 테니까요. 천국에도 상사병 앓는 환자들 많아요. 어머님! 허허허"

"네? 천국에도요? 그럼 천국에도 서로 사랑도 하고 연애도 하고 그러나요?"

"네 어머님 여기랑 별반 다르지 않죠. 사회가 좀 평화스럽다는 것이 차이는 있지만요. 자세한 것은 말씀드릴 수가 없네요. 죄송합니다. 어머님! 흠"

"넵 알았습니다. 들어가셔서 잠시만 기다리세요."

"아뇨 저 밖에 있겠습니다. 들어가면 아이가 깹니다. 실컷 자게 두세요. 잘 때는 깨우지 않는 것이 좋습니다. 어머님!"

"호호호 그렇죠? 자는 아이 깨우면 좋은 꿈꾸다가 다 달아나 버리죠. 그러면 물어보죠. 오늘밤에 자면 다시 그 꿈꾸는지를--? 호호"

"네 어릴 때는 좋은 꿈을 먹고 자라죠. 영혼이 말입니다. 어른이 되어서는 자신이 좋아하는 일에서 영혼이 자라죠. 그렇게 자란 영혼이 힘이 강해지려면 자신이 좋아하는 일의 명인이상의 고수가 되어야 해요. 그것을 완전히 깨달아서 아주 높은 경지에 오르면 자유로운 영혼이 됩니다. 그러면 천사도 될 수 있어요. 어머님!"

"오호! 무슨 일이라도 관계가 없군요. 그렇죠?"

"네 그래요. 남에게 피해를 주는 그런 일은 안 되고요. 남에게

도움이 되는 그런 일말이죠."

"그럼 남에게 피해를 주는 일을 했을 경우는 어떻게 되나요?"

"영혼이 소멸되어 버리죠. 소멸되어 버리면 영원히 사라지는 겁니다. 사라지는 것은 죽는 것과 다릅니다. 이정도만 알려드립니다."

"넵! 감사 합니다 천사님! 감사합니다."

마당에 아침상이 차려졌다. 작은 마루가 있어서 그 위에서 밥을 먹는 것이다. 역시 어머님의 음식 솜씨는 초특급이다. 간과 색 향까지 모든 것을 신경을 써서 만든 음식이다. 같은 재료로도 엄청난 차이가 나는 것이다. 이런 경지에 오르자면 상당한 고수가 되어야 가능할 것이다. 공기 밥을 세 그릇이나 먹었을 때 사라가 깨어나서 눈을 비비면서 나온다.

"어? 천사 오빠! 언제 오셨 엥? 벌써 식사를 다하셨네. 히히힛 저 잠꾸러기라고 놀리지 마세요. 헤헤헤"

"잠꾸러기 맞네 뭐! 딱 걸렸네요. 이 오빠한테요. 하하하"

"에-힝! 일찍 일어날 걸 헤헤헤 소문내지 않을 거죠?"

"하는 것 봐서, 앞으로 고집 부리지 않고 어머님 말씀 잘 들으면 봐 주지, 계속 똥-고집 부리면 천국에 미리 소문 다 내어 놓을 거야. 알았지?"

"힝 나몰라 잉 힝!"

"흠흠 운다고 해결될 일이 아닐 텐데 큼!"

"천사 오빠 한번만 봐주세요. 저 고집 부리지 않고 엄마말씀 잘 들을 거예요. 네?"

"알았어. 약속했다."

"넵 약속 했어요."

"밥이나 많이 먹어라 오후에 출발 할 거야."

"엄마는요? 아직?"

"엄마 걱정은 안 해도 된단다. 완전히 다 치료해 주셨어. 천사님이 또 능력을 사용하셨어. 이젠 이 엄마 몸도 가뿐하고 정신도 맑고 그래 사라야 너나 천사님 짐 되지 말고 잘 다녀오너라."

"우와! 알았어요. 엄마 저도 잘할게요. 걱정 마세요."

식사 후에 사라는 겨울옷 한 벌을 위시해서 고산에 올랐을 때를 생각하고 준비를 한다. 그런데 짐이 너무 많다. 하는 수 없이 백화점에 데려가서 오리털 침낭 하나와 등산복을 여성용으로 한 벌을 구입했다. 장갑 모자 부츠를 아주 좋은 것으로 구입해서 배낭에 그것들만 집어넣고 바로 출발을 했다. 태백시 자체가 태백산맥의 남쪽 끝부분의 고지대에 위치한 도시이므로 태백산맥을 타기 위해서는 산속으로 들어가야 하므로 영주산장으로 가는 시내(새마을) 버스에 올랐다. 열차를 타고 갈수도 있지만 그러면 가는 시간만 함경북도에 들어가는데 까지 최소 5일은 잡아야 한다. 아직 태백선 철로가 다 연결이 안 되어 있기 때문이다. 이제 겨우 속초까지는 공사가 끝이 났는데 그 위로 간성 거진 고성까지는 연결이 안 되었단다. 서쪽으로 돌아서 가면 되지만 버스로 강릉을 거쳐서 다시 원주 서울 성북을 지나야 하므로 그쪽으로 평안북도까지 가서는 역시 함경남도를 횡단해서 북도로 들어감으로 시간은 더 많이 걸린다. 태백산맥을 타고 정북으로 거슬러 올라가서 광주산맥을 넘어서 추가령구조곡을 지나 마식령산맥을 관통하면 함경남도 땅으로 바로 들어선다. 계속 정북으로만 올라가면 백두산에 닿을 수 있는 것이다. 직선거리로는 600km 정도이고 사람이 도보로 가는 거리는 2,000km 정도로 계산을 해야 한다. 원산, 함흥을 거쳐서 혜산에만 도착하면 백두산이 보일 것이다. 도로를 따라가도 1,500리 길이다. 먼 여행인 것이다. 아직 고속도로도 없고 도로 사정도 남쪽과는 대조적으로 열악할 텐데 차라리 산길이 훨씬 빠르고 좋다. 사라는 그 이유를 곧 알게 될 것이다. 1차 목적지는 함경남도 최북단의 혜산이다. 시내버스 종점에 내려서 영주산장까지 올라가는데 사라는 벌써 파김치가 되었다. 온 얼굴이 땀으로 범벅이다. 어디까지 올라갈 수 있는지 한번 볼까? 800고지 정상을 오를 수 있을까 몰라. 그냥 두자. 완전히 지쳐서 쓰러질 때까지, 앞장을 서서 천천히 길을 따라서 올라간다. 아직은 길이 있다. 6부 능선을 올라가면 길도 없다. 깡이 어느 정도 일까? 후후후 세 시간 정도 되자 주저앉는다. 말 한마디 없이 여기까지는 따라왔다. 물론 속도를 조절해 줬으니 가능했다.

"오빠? 좀 쉬었다 가요. 어휴 힘들어 도시에서만 걸어 다녔더니 그것은 걷는 것도 아닌 모양이다. 헹 헥헥헥!"

"힘들지? 사라야! 이런 산은 산이 아니라 언덕이야. 천고지 이상이 되어야 산이라고 해 어이구 사라야 각오를 단단히 해야 된다. 백두산까지 2,000km를 가야한다. 그리고 백두산은 2,744m의 고산이다. 땀이나 좀 식혀라. 오늘밤에 마식령산맥에서 저녁을 먹을 것이다. 여기서 500km 정도 북쪽에 있지. 너 얼굴 좀 닦아라. 예쁜 얼굴 먼지투성이다. 허허허"

"엥? 오-빵! 오늘 500km를 간다고요? 오메나? 어떻게요?"

"땀 좀 식었니? 배낭은 안 무거워?"

얘기를 하면서 배낭 속에서 주섬주섬 아기 업을 때 메는 띠를 꺼낸다. 사라가 이상한 표정으로 바라본다.

"자 업혀라 사라가 지금부터 격는 모든 일은 사라와 이 오빠만의 비밀이다. 아무에게도 얘기해서는 안 된다. 약속 할 수 있지?"

"네 오빠 그럴게요. 약속해요. 헤헤헤"

"그래 빨리 업혀라. 바쁘다."

기다렸다는 듯이 좋아라 덥석 업힌다. 가져온 애기 띠를 사라의 엉덩이를 감싸고 동여 메니 안성맞춤이다. 단단하고 다리도 안 아플 테고 말이다.

"어때 오빠한테 업힌 기분이 좋아?"

"넹! 좋아요. 헤헤헤 어릴 때 아빠한테 업혀본 생각이 나요."

"그래? 배낭이 안 떨어지게 동여 메였지?"

"넵 단단해요. 오빠 배낭은 어디 있어요?"

"앞에 배에 메 달려 있지. 자 출발한다. 고개를 오빠 등에 붙이는 것이 좋을 거야."

나무위로 쉭 떠오른다. 그리고 화살처럼 앞으로 날아간다. 나무들이 뒤로 보이지도 않을 정도로 빠르게 지나간다. 숨이 막히고 볼의 살이 뒤로 늘어진다. 말은 고사하고 숨쉬기도 어렵다. 눈도 뜨기 힘들고, 산봉우리들이 발밑으로 밀려나가는 듯하다. 어떻게 이런 무시무시한 속도로 나아갈 수 있는지 도저히 믿기지 않는다. 역시 오빠는 사람이 아니었어. 겉모습만 사람인 게야. 머리를 등에 찰싹 붙인다. 태양이 서쪽으로 넘어가고 어둠이 내리기 시작해도 계속 말도 없이 앞으로 날아가기만 한다. 완전히 어두워져서 아무것도 보이지도 않는데 속도는 더욱 빨라진다. 나무 위를 스치듯이 날아가더니 계곡이 나타나면 그대로 다음 봉우리로 직선으로 날아간다.

그렇게 6시간을 달려서야 속도를 줄이고 물이 보이는 계곡에 내려섰다.

"사라야 내리자. 오늘은 여기서 밤을 보내고 내일 새벽에 다시 달린다. 배고프지?"

"네 오빠 배고파요. 힝 오빠는 사람이 아니지? 사람이 어떻게 막 날아다녀?"

"천사라고 했잖아. 천사도 사람이야. 고기를 먹을래? 그냥 통조림을 먹을래?"

"통조림은 아껴야죠. 백두산에서 추울 때 먹을 것 없으면 어쩌려고요. 오늘은 그냥 자요 오빠 피곤하실 텐데. 히히힛"

"배고프다면서 여기 잠깐만 혼자 있을 수 있지?"

"힝 무서워요. 밤에 산속에 저 혼자 두시려고요?"

"잠깐이면 되는데 그래 업혀라. 무섭기도 하겠지. 아직 어린아이인데 말이야."

"씨-잉! 저 어린애 아니에요. 다 큰 처녀를 애기 취급하기 없기."

"다 컸으면 혼자 밤에 있을 수 있어야지 무섭다면서."

"어른 남자도 혼자 못 있어요. 이런 곳 에서는요."

"알았어. 업혀라. 배 채울 것 사냥을 해서 불고기 해줄게. 좋지?"

"넹 헤헤헤 좋아요."

주변에 짐승들이 상당히 많다. 남쪽과는 완전히 다르다. 될 수 있으면 작은놈을 잡아야 할까보다. 그런데 작은 놈은 토끼뿐이다. 나무 위를 건너뛰면서 토끼 한 마리를 잡았다. 한 마리만 해도 둘이서 충분하지 싶다. 다시 물 있는 곳으로 돌아와서 가죽을 벗기고 불을 피운다. 아주 손놀림이 순식간에 이루어진다. 그 어둠속에서 말이다. 토끼가 노릇노릇 익자 다리를 쭉 찢어서 반쪽을 사라에게 내어민다.

"뜨거우니깐 식혀가면서 천천히 먹어라. 그 정도 먹으면 배가 부를 거야. 아침에는 두 마리 잡아야겠다."

불을 모아서 다른 곳으로 번지지 않게 다독이고 잠자리를 만든다. 움푹 패인 곳에다가 오리털 침낭을 꺼내어서 펴고 사라를 눕힌다.

"사라야 춥지는 않지? 한밤에는 추울라나?"

"네 지금은 안 추워요. 앞에 불도 있고요. 배도 빵빵하고요."

"그래 추우면 오빠 안고 자면 된다. 사람이 제일 따뜻하지."

"안 추워도 오빠 안고자면 안되나요?"

"뭐 안 될 거야 없지 안기고 싶어?"

"넹 그러면 사라가 행복할 것 같아요."

"그러자 침낭에 들어가 누워라."

침낭채로 안고 불 있는 쪽으로 방향을 잡고 비스듬히 기댄다. 그러니 자세가 편안하다. 녀석의 짝사랑이 눈에 보인다. 머리를 쓰담쓰담 해준다. 머리를 통해서 따뜻한 기운이 흘러들어서 온몸으로 퍼진다. 신기하다. 기분도 좋고 아 오빠의 손길이 너무 좋다. 눈이 저절로 감긴다. 그리고 곧 잠이 들어버렸다. 잠에서 깨어나니 포근하고 따뜻하다. 모닥불이 활활 타오르고 있고, 토끼 두 마리가 굽혀지고 있다. 그 옆에 오빠가 꼿꼿하게 앉아서 눈을 지긋이 감고 앉아 있는 모습이 너무나 성스럽게 보인다. 말을 걸면 안 될 것 같은 모습이다. 날은 훤하게 밝아져 있다. 소리가 나지 않게 조용히 일어나서 침낭에서 빠져 나왔다. 그리고 주변을 살펴보니 조그만 시냇물이 흐르고 있고, 희뿌연 안개가 살짝 깔려있는 산속의 계곡인 모양이다. 살금살금 물이 흐르는 곳으로 내려가 물에 손을 담구니 손이 시릴 정도로 물이 차다. 손을 씻고 물을 손으로 떠서 마셔보니 물맛이 정말 좋다. 사라는 세수를 하고 볼일을 보기 위해서 오빠가 보이지 않는 곳에 이동을 해서 등산복 바지를 내리고 시원하게 큰 것 작은 것 모두 배설을 하고 개울물에 아랫도리를 깨끗이 씻고 바지를 입는다. 어제 너무 땀을 많이 흘려서 목욕을 하고 싶다. 그런데 너무 물이 차다. 이상하게 몸이 개운하다. 그렇게 땀을 흘리면서 산을 올랐으면 근육통으로 온 몸이 아플 텐데 말이다. 아무렇지도 않다. 조금 망설이다가 모닥불이 있는 곳으로 오니 오빠가 빙그레 웃으며 쳐다본다.

"사라가 목욕을 하고 싶은 게로구나. 물이 많이 차가울 텐데 괜찮겠어? 수건 가지고 가서 씻고 오너라. 머리도 감고 말이야."

"네 하고 싶어요. 어제 땀을 많이 흘려서요. 오빠는 안 씻어요?"

"응 나는 벌써 새벽에 목욕을 했단다. 시원하고 좋더라. 얼른 씻고 와. 고기 다 익어 간다."

"넹! 그런데 몸이 날아갈 듯이 개운해요. 어제 그 정도 걸었으면 다리도 아프고 몸도 근육통으로 지끈 거릴 텐데 오빠가 제 몸을 치료 하셨죠? 그렇죠?"

"응 그래 온몸을 쓰다듬어 줘서 그래. 하하하 부끄러워 할까봐서 잠들었을 때 해줬지. 개운하지?"

"넵 고마워요. 오빠 저 안 부끄러워해요. 오빠가 손으로 머리를 만져 주니까 너무 기분이 좋았어요. 헤헤헤"

"응 그래 자주해주마 산에 있는 동안은 말이야. 허허허 오빠 손이 약손이지!"

"그런가 봐요. 신기해요. 저 목욕하고 올게요."

"그래 뱀 조심해. 지금 쯤 다 들어갔을까? 그래도 혹시 모르지 발밑을 잘 살피면서 천천히 움직여라. 알았지?"

"넹 오빠 조심 할게요."

물속에 몸을 담구고 폭 들어가니 엄청 차갑다. 단 몇 초도 견디기 어려울 정도이다. 몸을 구석구석 꼼꼼히 씻고 나니 춥다. 빨리 불 곁으로 가야 할 것 같다. 부들부들 떨면서 돌아오니 오빠가 꼭 안아준다. 들 닦인 머리도 털어서 말려주시고 따뜻한 손으로 등과 엉덩이도 쓰다듬어 주신다. 그러자 떨리든 몸이 금방 따뜻해진다. 오빠 손은 정말 신기하다.

"이젠 안 춥지? 그래도 불을 한참 쬐어야 된다. 감기 걸리면 안되지. 자 이제 오빠 품에서 떨어져서 불을 쬐도록 그래 착하지."

"오빠 저 애기 같아요?"

"응 그래 착하고 예쁜 애기이지. 아닌가? 허허허"

"힝 저 19살이란 말이에요. 다 큰 처녀인데 피 애기 아니에요. 알건 다 아는 처녀라고요. 헤헤헤"

"어이쿠! 그래 맞아 맞아 내가 뭐랬나? 그냥 귀여워서 그러는 거지. 허허허"

"저 예쁘고 귀여워요?"

"응 그래 착하고. 작기도 하고 말이야."

"저 작은 키 아닌데 하긴 오빠에 비하면 작죠. 겨드랑이 밑으로 쏙 들어가니. 헤헤헤"

"자 이제 다 익었다. 먹자. 한 마리씩 다 먹기다. 그래야 저녁 때까지 견디지. 조금 작은 것은 우리 사라가 먹고 큰놈은 이 오빠가 먹고. 되었지?"

"와! 맛있겠다. 소금 있죠? 제 배낭에 챙겼는데. 잠깐만요. 그렇지 후추도 가지고 왔어요. 겨자도 챙기고 양념은 다 있어요. 오빠 소금 찍어서 드세요."

"응? 그런 것은 언제 챙겼나? 난 생각도 안했는데. 역시 꼼꼼하기도 하구나. 사라는 허허허"

"등산하면 필수죠. 소금은 특히요. 우와 맛있네요. 이것이 진짜 바비큐다 그-죠?"

"그래 두 시간 동안을 천천히 익혔으니, 맛이 죽이지! 기름기가 쫙 빠졌네. 그래도 좀 질기긴 할 거야. 야생은 모든 고기가 다 그래."

"이 정도야 뭐 씹히는 맛이 더 좋죠. 오빠 진짜 맛 죽이네요. 좀 많은데 그래도 다 먹어야 되겠다. 헤헤"

불을 꼼꼼히 뒤집어 뒤적거리면서 완전히 끄고 그리고도 흙으로 덮고 발로 밟아서 다진 후에 짐을 챙긴다. 사라가 하는 모습을 가만히 쳐다보기만 하던 오빠가 사라의 머리를 쓰담쓰담 해준다. 잘했다는 상이다. 그리고 사라의 머리를 손빗으로 가지런히 빗어주고는 모자를 씌워준다. 오빠의 가슴에 기대어 있으니 마냥 좋다. 자꾸만 안기고 싶다. 업히는 것도 좋고. 오빠의 냄새도 좋고. 히히힛!

단단히 업고 다시 출발 한다. 시간이 충분하다면 사람들이 있는 마을도 살피고 싶지만 그럴 시간은 없는가 보다.

"사라야 등에 바짝 엎드려야 숨쉬기가 편할 거야. 낮에는 더 속도를 빨리 갈 테니까 구경을 하고 싶어도 참아라 알았지?"

"넹 오빠 제가 알아서 할게요. 걱정 마세요. 그런데 오빠는 힘이 안 들어요? 그렇게 빨리 날아다녀도요."

"힘이 안들 수가 있냐? 날아가는 것 아니다. 나뭇가지를 밟고 달리는 것이지. 허허허"

"어머머머 달리는 거라고요?"

"그래 달리는 거야. 하하하 자 출발한다."

"넹 알았어요. 그런데 어제 얼마나 왔어요?"

"응 여기가 마식령산맥의 줄기야. 500㎞ 정도 왔지. 오늘 함경
남도 혜산이 보이는 산에까지 갈 거야. 내일은 백두산에서 저녁
을 먹을 수 있을 거야."

"우와! 500㎞를 하루 저녁에 힉!"

밝은 아침에 산 위를 스치면서 날아가는 점은 사람의 눈에는
띄지 않을 정도의 속도라서 혹여 누가 보더라도 그것이 무엇인
지 분간하기는 어려울 것이다. 세 시간이 지났을 쯤에 아주 깊고
높은 산을 만났다. 백두산을 방불케 하는 고산이다. 북수백산 인
것이다. 함경남도에 들어선 것이다. 북수백산의 높이는 2,522m
이다. 백두산에 버금가는 대산인 것이다. 정상으로 오르니 온 산
하가 발아래이다. 백두산 때문에 사람들에게 잘 알려지지 않았지
만 한반도의 제2봉인 북수백산도 그 범위가 함경남도를 뒤 덮고
있는 형상이다. 엄청나게 큰 산이다. 최고봉에서 북쪽으로 산 능
선을 타고 조금 내려가니 물소리가 청아하게 들린다. 산의 계곡
으로 몰린 수분이 모여서 개울을 만들어 폭포수가 되어 떨어지
는 소리다. 수많은 산봉우리가 첩첩이 겹쳐져 있는 모습은 한 폭
의 동양화를 보는 듯한 장관이다. 특히 작은 폭포가 떨어져 내리
는 곳에 이르러 북쪽을 바라보는 광경은 얼마나 아름다운지 짧
은 필설로는 1/100도 표현하기가 어렵다. 주로 삼나무가 많이 자
라고 있는 폭포 뒤로 이어진 능선으로는 유난히 숲이 울창하게
우거져 있다. 이런 높이의 고산에는 키 작은 잡목들이 많은 것이
기본적인 생태인데 말이다. 바람이 불어오자 삼나무 숲이 파도처

럼 일렁인다. '크-와-앙!' '쿠르르- 어흥! 크르릉 쿠-왕!!' 공기가 터져 나가는 표호 소리가 골짜기를 뒤흔든다. 시베리아 산 호랑이가 지르는 표호이다. 백수의 제왕이 우리를 침입자로 간주한 모양이다. 등에 업드려 있던 사라가 바르르 떤다. 오빠의 손이 괜찮다는 듯이 사라의 엉덩이를 톡톡 다독인다.

(겁먹을 것 없어 오빠 등에 업혀서 왜 떨어? 사라야 저런 호랑이는 오빠에게는 집에서 키우는 강아지 정도 밖에 안 된 단다. 안심해.)

"힉 그래도 무서워요. 소리가 찢어지는 것 같아요. 후와! 후아 후아 헉 저 녀석 달려오는데요?"

"그래 와주면 고맙고 어? 그런데 백호네. 저놈 죽이면 안 되겠네. 백호는 잘 없는데 녀석 너 운 좋은 줄 알아라. 허허허"

시베리아 산 호랑이가 세계에서 덩치가 가장 크다. 큰놈은 300kg 이상까지 자란다. 놈의 도약력은 일품이다. 한번 점프하면 15m는 보통이다. 그런 속도로 달려오니 다른 봉우리에 있다가 삽시간에 눈앞에 나타난다. 봉우리와 계곡을 달려서 온 것이다. 이산은 나의 것인데 허락도 없이 왜 침입하느냐? 하고 고함을 지르면서 말이다. 그런데 너 오늘 임자를 잘못 만났다. 일단 좀 맞고보자.

"백호야 너 일단 좀 맞고 보자. 그래야 똥마려운 강아지처럼 살살 기겠지. 요 녀석!"

몸을 공중으로 점프 하면서 앞발치기를 날렸는데 오히려, 백호보다 더 빠르게 그리고 더 높게 점프한 오빠의 발차기 한방에 땅바닥을 뒹군다. '캑 크르르르!' 두 번째 발차기는 백호의 목을 강타한다. "끽 덜컥!" 녀석이 두 방 만에 기절을 했다. 크기는 엄청 큰놈이다. 350kg 는 나가지 싶다. 아직 젊은 혈기 왕성한 놈이다. 아마도 이보다 큰놈이 백두산에 있는 모양이다. 그래서 이놈은 이곳으로 밀려난 것일 게다. 옆으로 늘버러져 있는 놈의 배 위에 걸 터 앉았다. 숨을 쉬니까 배가 오르락내리락한다. 놈의 머리를 쓰담쓰담 해주자 금방 깨어난다. 그런데 달아나지는 못한다. 아직 목을 강타한 일격이 좀 심했던지 몸을 움직이지 못한다. 마비가 되어서 한참을 있어야 풀릴 것이다. 머리를 쓰담쓰담 하는 동작은 계속 된다. 기를 백호의 몸속으로 흘려서 놈의 상태를 호전 시키는 것이다. 처음 깨어났을 때는 일어서려고 근육을 푸들거리드니, 몇 번 오빠의 쓰다 듬 이가 계속되자. 긴장을 풀고 태연히 누워 있다. 눈이 오빠를 바라본다. 공포심이 점점 줄어든다. 오빠를 무서워하더니 그런 느낌이 사라진다. 20분간 계속된 쓰담쓰담으로 녀석이 푸들거리면서 일어선다. 등에 앉아 있다가 내려서 백호의 정면으로 다가간다. 그리고 놈의 목을 쓰다듬어준다. '크르르르르!' 백호의 목 울림소리가 저음으로 '갸-르릉' 거린다. 조금 지나자 녀석의 몸이 정상으로 돌아 왔나 보다. 녀석이 오빠의 다리에 머리를 부비부비 한다. 꼭 고양이 같다. 덩치가 커서 그렇지 말이다. 오빠가 녀석의 머리를 쓰다듬어 면서 웃는다.

"이놈 백호야! 너의 이름은 지금부터 백호다. 백호! 백호! 알겠지? 녀석 건강하네. 앞으로 종종 볼 거야. 백호야! 이제 네놈 볼 일 보거라 우리는 산삼이나 찾아보다가 몇-일 여기서 쉬었다가 갈 거야. 너의 땅을 뺏으려고 온 것 아니다. 안심해라. 백호야!" 툭툭 녀석의 엉덩이를 쳐주자. 긴 꼬리를 꼿꼿하게 들고서 머리로 한 번 더 오빠의 다리에 부비부비를 하고는 어슬렁거리면서 사라진다.

"우와! 백호가 말을 알아들어요?"

"그래. 느낌으로 아는 거지. 내 마음을 말이야. 녀석 잘 생겼어. 새끼들도 백호가 많겠네. 덩치도 엄청 크고 백두산 왕하고 한번 붙겠는데? 녀석이 져서 쫓겨났지만 이제는 자신이 생겼어. 내가 기를 불어 넣어 줬더니, 용기가 생겼나 보네. 한반도의 산 왕이 되겠네. 백호가."

"어머머 그런 것은 어떻게 알아요? 백호랑 얘기 했어요?"

"아니 그냥 느낌으로 알지. 허허허"

"힝! 오빠는 좋겠다. 그런 것도 다 아시고. 헤헤헤"

"너도 좋잖아 그런 오빠도 있고 말이야."

"아 넵 맞아요. 오빠! 저 좀 내려 주세요. 쉬 하고 싶어요. 헹 백호가 울 때 놀라서 좀 지렸어용 힝!"

"하하하 아이고 창피! 다 큰 처녀가 억 꼬집기 고수네, 허허허"

"오빵! 놀리지 마세요. 저 진짜 무서웠다고요. 힝"

"오냐오냐 알았다. 그냥 심심해서 놀려 본거야. 허허허"

"피! 오빠 미워 씨! 기절 안 한 것을 칭찬해 줘야지 씽!"

"아! 그러네, 우리 사라가 똑똑하고 간도 무지 커요. 잘했어. 잘했어. 마자 호랑이 처음 봤을 텐데 잘했어! 진짜로 잘했어. 쪽!"

이마에 뽀를 해주니 얼굴이 발그레 달아오른다. 좋은 모양이다. 녀석! 손을 잡고 폭포가 있는 쪽으로 이동을 한다. 한 5~6m 짜리 작은 폭포지만 맑고 아주 경치가 좋다. 그리고 폭포 옆에 동굴도 하나 있다. 동굴이라기보다 5미터 정도 움푹 패인 곳이다. 비나 눈도 피 하는 데는 안성맞춤인 공간이다. 그곳에 사라가 배낭을 내려놓고, 폭포 아래로 내려간다. 볼일을 보려고 하는 것이다.

"사라야 헤엄 칠 줄 알지?"

"아뇨 오빠 저 가라앉지는 않지만 헤엄은 잘 못해요. 왜요?"

"저기 작은 소에 목욕하면 아주 좋겠네. 그런데 깊이가 꽤 된다. 그래서 물어 보는 거야."

"어머머 오빠랑 같이 하자고요?"

"그럼 어때서 부끄러워?"

"헤헤헤 아뇨 그건 아니지만 그래요. 저 쉬부터 좀하고요."

"그래 아예 목욕하면서 쉬도 하면 되지 뭐!"

"에게게! 우리가 마실 물에요?"

"아 그렇게 되나? 그래도 금방 흘러 갈 텐데 뭘 신경 써? 하하하"

동굴에 침낭을 깔아놓고 음식도(양념과 캔) 꺼내어서 정리를 해놓고 나니 사라가 들어와서 빤히 쳐다본다.

"응? 왜 내 얼굴에 뭐 묻었어?"

"아뇨. 아무것도 히히힛"

얼굴이 빨게 지는 것이 엉큼한 생각을 했나보다. 하긴 짝사랑 할 때는 온갖 것을 다 상상 하기도 하지.

"자 목욕 하러가자. 여기서 몇 일간 산삼을 찾아 볼 거야. 저쪽 삼나무가 많은 곳이 산삼이 많은 곳일 것 같아."

"오빠 산삼 캐러 오신 거예요?"

"그래 산삼도 캐고 그리고 팔아서 굶는 사람들 좀 도와주고 그럴려고 왜? 싫어?"

"헤헤헤 아녀요. 엄마얘기가 딱 맞네요. 그러실 거라고 하시더니 나이 많은 사람이 생각이 깊어요."

"억 어머님이 그러셨다고? 햐 천리안이네. 허허허"

"산삼은 얼마 안하잖아요? 많이 캐야겠네요. 많은 사람들 도우려 면요."

"야! 야! 너 산삼이 얼마나 비싼지 모르는구나. 천종 천년삼은 30억도 넘는다. 알아?"

"네? 그렇게나 비싸요?"

"이런 아가야. 그렇다고만 알아둬."

"오빠! 저보고 아가야 그렇게 하지 마세요. 저 다 컸단 말이에요."

"억! 그냥 귀여워서 그렇게 부른 건데, 알았어, 아가씨 목욕 가실까요?"

"헤헤헤헤 오빠 그렇게 불러도 돼요. 괜히 트집 부려 보는 거예요. 저는 오빠를 남자로 좋아하는데 몰라주니까 심통이 나서 그런 거라고요. 씽!"

"뭐? 와 하하하하! 나를 사랑 한다고? 이 오빠 사람 아닌데 남자로 봐도 소용없는데, 어쩌지? 미안해서 뭐 그냥 좋아하기만 해 알았지? 사라야!"

"힝 싫은데 난 오빠랑 연애도 하고 싶고, 데이트도 멋지게 하고 싶고, 언니들한테 자랑도 하고 싶은데 히힝! 안 돼요?"

"어 그러다가 오빠 하늘로 가버리면 매일 사라 울려고 그래? 그것은 좀 아니다. 안 그래? 그냥 있을 때는 좋아하고 그래 그거야 말린다고 되는 것도 아니니, 어쩔 수 없는 자연적인 현상이지, 그런다고 진짜로 너무 깊이 사랑하면 나중에 상처가 무지 아프단다. 오래 아프고 그런 것은 삼가야 해. 알았지? 그냥 친 오빠처럼 좋아해라 그것이 훨씬 더 좋단다. 그렇지?"

"싫어요. 전 오빠 처음 봤을 때 심장이 멈추는 줄 알았어요.

차라리 그때 심장이 펑 터져서 죽어 버리는 건데 힝 으앙! 난 어쩌지? 눈을 감아도 오빠만 보이고 떠도 그렇고 마음도 오빠 생각으로만 꽉 찼어요. 다른 생각은 하나도 안 해도 괜찮아요. 잘 때는 꿈에서 만나니까. 그것은 좋아요. 히히히힛! 어제 꿈에는 히힛 부끄러워!"

"엥? 무슨 꿈을 꾸었는데? 허허허 사라야. 너의 마음은 알지 이미 알고 있었지. 좀 생각을 해보자. 우선 목욕을 하고 산삼이나 찾자."

"헤 알았어요. 오빠! 저 오빠 사랑해도 되지요?"

"이미 사랑하면서 그래 알았다. 어이구 예쁜 것! 쪽"

"아-잉 좋아! 헤헤헤 오빠 등 씻어 드릴게요."

옷을 홀랑 벗어야 하는데 가만히 생각하니, 그건 좀 아니다 싶다. 속옷도 어차피 빨아야 하니 팬티만 입고 소에 풍덩 들어가니까. 차가운 것이 기분이 좋다. 사라는 좀 많이 차가울 텐데도 팬티와 브라자를 한 채로 겁도 없이 풍덩 뛰어든다.

"으-왓! 차가워 어푸어푸! 꼬르륵!"

얘가 진짜 뜨지도 못하면서 풍덩 오빠 따라 뛰어 들다니 하여간 허 참! 맹랑하다. 깊이가 한길 반은 되는데 말이다. 얼른 겨드랑이를 안고 물위로 올리니까. 베시시 웃는다.

"야 너 오빠 놀리는 거지?"

"넹! 호호호 속았지-롱! 헤헤헤"

품속으로 속 안겨온다. 헤엄을 아주 능숙하게 잘한다. 그러면서 장난을 한 것이다.

"요런 앙큼한 여우가 따로 없네, 허허허"

"오빠! 사랑해요. 꼭 안아 주세요. 아이 좋아라. 히히힛"

"춥지 않아? 물이 엄청 차가운데?"

"시원해서 좋아요. 오빠 품에 있으니 열이 막나요. 헤"

"어디보자 저쪽은 가슴까지 밖에 안 오니까 저기서 씻자."

"넵! 와 저에게는 턱이 잠기는데요."

"그러네. 키가 작아서 허허허 귀여워라. 조그만 한 게 꼭 귀여운 애기 같구나. 뒤로 돌아봐 등을 씻어 줄게."

"넵 오빠 속옷 빨아야지요. 저도 빨아 입어야 하는데. 브라자 벗겨 줘요. 팬티도요."

"어? 부끄럽지도 않은가봐?"

"헹 저 알거 다 안다고 했잖아요. 저 숫처녀 아니에요. 학교 졸업 할 때 동기생한테 숫처녀 줬어요. 우리나라 아이들 18세 이상은 숫처녀 없어요. 오빠!"

"음 그렇게 성이 문란하냐? 그러다가 임신이라도 하면 어쩌려고?"

"피임 캡슐은 3만원만 주면 팔에다가 심어줘요. 여기에 들어있어요. 이것 뽑아내기 전에는 임신 안돼요. 아마 13세 이상은 다 하고 있을 거예요. 강간을 당해도 불행해 질리는 없죠."

"음 세상 참 편리 해졌네 이렇게 착한 사라도 처녀가 아니라니 놀랐다. 솔직히 Korea가 도덕관이 많이 변했구나."

"넹 지금 시대에 그런 것 따지는 사람은 없을 거예요. 오빠만 빼고요. 헤헤헤"

"그래서 순정은 사라진 것인가? 여차 하면 섹스를 아무 상대하고나 하는 그런 생각은 좀 아니다 싶다."

"일부여자들만 그렇지 대다수 여자들은 아니에요. 오빠! 오빠 부담 갖지 말라고 해드린 얘기인데, 힝 저 한번 밖에 안 해 봤어요. 그것도 1분도 안 되는 짧은 경험 밖에 없어요. 오빠! 오빠가 천사라도 연애는 할 수 있지요?"

"음 글쎄? 천사는 진정으로 사랑을 하지 않으면 못해, 그래서 연애는 안 하는 것을 원칙으로 해."

"힝 오빠 저 오빠 얼마나 사랑하는지 아시잖아요. 저 사랑해 주세요. 네? 산에 있는 동안만이라도 좋아요. 오빠가 너무 좋아요. 오빠 손끝만 닿아도 온 몸이 경련을 일으켜요. 히히힛 으-앗! 흐응! 좋아요. 너무너무 좋아요. 아 아아아! 흐앙!"

몸을 씻겨 주는데 아이가 자지러진다. 겨드랑이 허벅지 엉덩이 가슴 이런 곳이 전부 성감대인 모양이다. 이렇게 착한 아이가 이정도 이면 엄청나게 성적으로 개방이 되었나보다 30년이라는 짧은 세월에 말이다. 그 인터넷이 세상을 병들게 한 것일 것이다. 뭐 어때? 개체들이 즐기면서 종족을 이어가겠다는 것을 출산율도 엄청 낮아진 원인이 아마 이러한 풍조 때문이리라. 오빠의 등을 씻겨준다고 해놓고 손은 자꾸 엉덩이를 쓰다듬는다. 요 여시가 앞에 물건은 만질 용기가 없는가보다 후후후 돌아서니까 또 폭 안겨온다. 그런데 사라의 배를 쿡 찔러오는 엄청난 크기의 물건이 있자 얼굴이 빨갛게 달아오른다. 계속 물속에 있다가는 사고 나겠다. 아이를 달랑 안고는 밖으로 나와서 동굴로 들어간다. 사라가 실눈을 뜨고 오빠의 물건을 보니 홧! 크기가 너무 다르다. 원래 저렇게 크지 않는데 동창 애의 그것은 손안에 속 들어오는 정도였는데, 오빠의 것은 양손으로 모자라겠다. 겁이 나서 눈을 질끈 감는다. 침낭 위에다 살그머니 눕혀 놓고, 오빠는 배낭을 뒤적인다. 어? 안 해주는 거야? 속옷을 꺼내는 것이 안 해주는 게 맞다. 눈을 질끈 감고 무조건 오빠의 그것을 손으로 움켜잡았다. 그리고 입으로 동영상에서 본 흉내를 내면 되겠지. 입에 넣으니까 한입이다.

"사라야! 참을 수 있지? 꼭 그것을 해야 사랑하는 것은 아니잖아?"

고개를 세차게 흔든다. 거부한다는 뜻이다. 팬티 두 개와 셔츠를 꺼 집어내었는데, 그것을 놓아줄 의사가 전혀 없는 모양이다. 요즈음 아이들은 생각이 완전히 다른가 보다. 즐길 수 있을 때 즐긴다. 뭐 이런 것인가? 그런 것은 아닐 텐데, 진정으로 사랑하면 같이 즐긴다? 그렇게 생각을 하자. 자연의 섭리에 벗어나는 행위는 아니니까 말이다. 그런데 저 조그만 몸에 그것이 들어갈까? 그것도 보통 문제가 아니다. 키가 30㎝ 나 차이가 나는데 몸무게야 반도 안 될 것이다. 저렇게 원하는데 사실 구루도 완전히 거부할 필요는 없다. 사랑이 생겨나면서부터 꼭 필요하지는 않지만 어느 정도는 예상한 일이다. 그래서 같이 아이의 그것을 입으로 애무를 해준다. 벌써 아이는 온몸이 경련을 일으킨다. 너무 예쁘다. 귀엽기도 하고 말이다. 완전히 홍수가 나버린 상황이라 제대로 행동을 해본다. 반 정도 들어가니까 아이는 눈을 까뒤집고 혼절해 버린다. 가만히 아이의 뺨을 어루만져주니 다시 정신이 돌아오나 보다.

"오빠? 아~ 아아! 너무 좋아요. 사랑해요 오빠! 사랑해! 사랑해! 사랑해! 죽어도 좋아요 힘껏 해주세요. 오빠! 어서요."

"음---! 사라야 괜찮겠어? 아프지 않아? 아프면 말해 알았지?"

"넵 으-아-앙! 아-앙! 학 학 학 계속해요. 어서요. 오빠!"

곧 바로 또 혼절해 버린다. 볼을 쓰다듬으면서 기를 넣어주니까 다시 정신을 차린다. 계속 반복이다. 그래도 계속 해달란다. 고집이 얼마나 쎈 아이인지 아이 엄마의 얘기가 생각난다. 한 시간 반 정도 지나자 완전히 실신해 버렸다. 아이를 안고서 물에 데려가서 씻겨줘도 인사불성이다. 수건으로 깨끗이 닦아서 오빠의 팬티와 셔츠를 입히니 꼭 인형 같다. 큰옷을 입은 작은 인형! 후후후 정말 귀엽다. 앙증맞다고 해야 하나? 침낭 속에 편하게 눕혀 놓고 침낭의 자크를 닫아서 코와 입만 나오게 해놓고 밖으로 나온다. 개울에 떨어진 속옷을 빨아서 잘 마르게 동굴 앞에 늘어놓고, 심어로 백호를 부른다.

(백호야. 이리 오너라. 백호야 이리 오너라!)

30초도 안되어서 발자국 소리도 없이 나타난다. 얼굴을 부비부비 한다. 녀석의 머리와 목을 쓰다듬어주고, 동굴 앞에다가 보초를 세워 둔다. 녀석이 눈치로 때려잡는 것인지 아니면 말을 알아듣는 것인지 턱 하니 편한 자세로 늘어지더니 눈을 감는다.

그렇게 든든한 보초를 세워두고 삼나무 숲으로 들어갔다. 하나의 능선이 전부 삼나무 숲인데 밑에서 위로 샅샅이 훑어 올라간다. 절반 가까이 살펴보는데 해가 서산으로 떨어진다. 그때 '사라의 얼굴이 공포에 질려서 오빠 살려줘요' 한다. 입모양을 보고 무슨 말인지 읽는 것이다. 바로 동굴 안에 뿅하고 나타난다.

"사라야 왜? 뭐에 그렇게 놀란 거야?"

"헉 오빠! 호랑이가 동굴 앞에서 저를 쳐다보잖아요. 기절하는 줄 알았어요. 헹 저 혼자 두고 어디 갔었어요. 오빠는?"

품속에 찰싹 안긴다.

"아 백호는 알잖아 왜 놀라는데? 너를 지켜주라고 보초 세워둔 것인데. 허허허"

"엥? 보초요? 제가 잠자는 것을 백호가 지켰다고요?"

"그래. 이런 겁을 먹을 게 따로 있지. 백호야 이리 들어오너라.

이 아가씨가 너를 예쁘다고 하네 지켜줘서 고맙단다. 사라야 백호 머리 쓰다듬어 줘라. 어서!"

사라가 머리를 쓰다듬어 주자 좋은지 사라의 궁둥이를 머리로 부빈다.

"헤헤헤 얘가 장난을 치자네 히히힛! 와 털이 부드럽네. 안고 자면 따뜻하겠다."

"그래라 오빠보다 백호가 좋으면 백호 안고 자!"

"힝 오빠! 그런 뜻이 아닌데 오빠? 삐쳤어?"

"그래 안고 잔다는데 안 삐치냐? 오빠는 뒷전인데?"

"키키키킥! 오빠도 질투하나봐! 히히히히히!"

"잠깐 백호 안고 있거라. 사냥해서 올 테니까."

"넹"

벌써 사라지고 없다. 백호도 벌떡 일어난다. 구루가 갑자기 사라지자 놀랐나 보다. 사라가 머리를 쓰다듬어 주니까 혀로 사라의 손바닥을 핥아준다. 불과 10분도 안되어서 커다란 사슴을 메고 뿅하고 나타난다.

"우와! 사슴을 잡아 오셨네. 오빠! 어디서 잡았어요? 맛있겠다. 백호도 좀 줘요. 헤헤헤"

"응 백호는 내장을 더 좋아 할걸. 잠시 기다려 봐!"

내장을 더 좋아하는 것이 맞다. 사냥을 해서 가장 먼저 먹어 치우는 것이 내장이다. 가장 먹기도 편하고 속도 편하고 소화도 잘되고 맛도 좋기 때문이다. 뒷다리 한 짝과 옆구리 갈비 살을 바베큐를 한다. 그리고 남은 부분을 백호를 주자 반 정도를 먹고 남긴다. 남은 것을 동굴 벽 높은 곳에 나무 가지를 박아 놓고 걸 어둔다.

"백호야 너도 동굴에서 자느냐 아니면 어디가 네 집이냐?"

"후~아!" 하품을 하면서 건너편 봉우리를 바라본다. 아마 그기에 바위 앞에 집이 있는 모양이다. 머리를 쓰담쓰담 해주면서 자러 가라고 하자. 슬그머니 눈치를 보드니 사라의 엉덩이에 머리를 비비고 어슬렁거리면서 사라진다. 녀석도 아가씨가 좋은가 보다.

"오빠! 저 많이 아파요. 여기요."

"그-봐! 상처가 났지? 자꾸 해달라더니 말이야. 그게 그렇게 좋을까? 엥! 쯔쯔쯧!" '큐어 힐링!'

"이제 어때? 안 아프지? 내 것이 너무 커서 그래. 사라는 조그만 인형 같잖아! 허허허"

"헹! 다 나았네. 헤헤헤 오빠 안아줘-용!"

"엥? 또? 아파서 안 돼. 사라야. 너 몇 번 기절한지 알아? 열 번도 넘어 너 그러다 죽으면 어쩌려고?"

"싫어! 싫어! 해 줘요. 어서요. 죽어도 좋아요. 네? 오빠!"

"이거 큰일 났네. 귀여운 사라가 죽으면 안 되는데 말이야. 쩝"

새벽이 다가오도록 스무 번은 기절 했을 것이다. 결국은 완전히 입을 벌리고 잠에 떨어져 버린다. 그곳에서는 또 상처가 생겨서 피가 흐른다. 이번에는 속에서 피가 나온다. 치료를 해서 침낭 속에 안고서 한 시간 정도를 잤다. 밖으로 나오니 백호가 동굴을 지키고 있다. 녀석이 인제는 아주 자동이다. 사슴고기 남은 것을 아침에 사라와 먹을 만큼만 남기고 백호에게 주니 늘어져서 잘도 먹는다.

바비큐를 해놓고 동굴에 들어와 보니 아직 한밤중이다. 침낭을 열어서 온몸을 기로 샤워를 시켜준다. 세 번을 해주고는 머리맡에 사슴 스테이크를 두고 삼나무 숲으로 출근을 한다. 완전히 다 뒤져 봐도 없다. 봉우리 바위 옆으로 가니 조망이 아주 좋은 곳에 백호의 집이 있다. 고개만 들어도 산 아래로 모든 것이 보이는 곳이다. 너머로 넘어가니 그쪽도 삼나무 숲이 남쪽만큼이나 넓다. 방향이 북서쪽이다. 이쪽이 삼이 살아남을 환경과 조건이 아주 좋다. 봉우리에서 아래로 내려가면서 역시 있다. 장정 두 사람이 안으면 될 정도의 굵은 삼나무 옆에 엄청난 놈이 있다. 주변의 흙을 손으로 걷어내는데 용두가 김장 무만큼이나 굵은 놈이다. 오랜 세월을 튀어 올렸던 줄기의 흔적이 셀 수도 없을 만큼 많은 삼이다. 굵기를 보자면 토양이 너무 좋아서 엄청나게 굴기도 한 모양이다. 넓게 반경 1m 정도의 원을 그리고 그린 원으로부터 흙을 조금씩 제거해 들어간다. 나무 가지를 꺾어서 뿌리가 다치지 않도록 신중하게 작업을 한다. 아마 30분은 소요되었을 것이다. 실뿌리 하나도 상하지 않고 온전하게 채취했다. 인형삼이다. 팔과 다리가 사람과 같다.

용두만 약간 검은색이고 뿌리는 뽀얀 색이다. 백삼이다. 인형백삼!

크기가 굵은 부분만 한자는 거뜬히 넘길 정도이다. 조금 가는 중뿌리 까지 친다면 50센티가 넘는다. 얼마나 오래된 것일까? 줄기까지는 메타가 넘을 것이다. 주위의 오래 되어 넘어진 나무의 껍질로 잘 말아서 들고는 주변을 다시 지그 잭으로 살핀다. 아래쪽으로 쭉 있다. 한 두 뿌리가 아니다. 열둘 열셋 아래로 계속 있다. 백호가 지켜 온 귀물이다. 세 뿌리를 더 캐고 철수했다. 어두워지고 있기 때문이다. 죽은 삼나무 껍질을 좀 구해야 하겠다. 어떻게 된 곳이 이끼가 안 보인다. 바위이끼가 최고로 좋은데 말이다. 내일 좀 낮은 음지에서 구해야 할 것 같다. 돌아오니 사라는 백호를 베고서 자고 있다. 백호가 사라를 좋아하나보다. 꼼짝도 않고 베게가 되어 주고 있는 것을 보니까 말이다.

"백호야 고맙다. 네가 잘 지켜줘서 산삼이 많구나."

놈을 쓰다듬어 주니까. 기분이 좋은가 보다. 배를 위로하고 뒹굴뒹굴 하는 것은 복종의 의미이다. 녀석이 뒹굴 거리는 바람에 사라가 깨어났다.

"오빠! 삼 캤어? 몇 개나?"

"네 뿌리! 내일 또 캐야 해. 열 뿌리정도 있어."

"우와! 그렇게나 많이? 어디에?"

"멀다 여기서는 백호 집을 지나서도 한참을 더 가야해. 사라는 백호랑 놀아. 이끼를 어디서 구해야 하는데 잠깐 기다려 사냥이나 해다 놓고 내일 아침에 이끼를 따서 올께. 그리고 백두산은 다음에 탐방하자. 시간이 너무 걸렸어."

"넹! 저는 오빠 뜻에 따르겠어요."

천년삼과 귀물오공

　사냥을 위해서 저지대로 내려가는데 물이 제법 많이 흐르는지 소리가 요란하다. 계곡으로 내려가니 우선 눈에 띄는 것이 바위 이끼가 아주 웅장하게 한 쪽 벽을 이루고 있다. 이끼도 보통 이 끼가 아니라 너무 길게 자라는 이끼라서 내가 찾는 거랑은 거리가 멀다. 이끼도 종류가 다른가? 그렇지는 않을 것인데 말이다. 너무 오랜 세월동안을 자라서 저렇게 길어진 것일 것이다. 가장 자리를 찾아보면 막 번식을 해나가는 쪽은 짧고 두텁게 자라겠지. 그렇게 가장자리를 세밀하게 막대기로 쑤셔 보면서 찾아나가는데 느낌이 뭔가 이상하다. 나의 제공권 안쪽인데 분명히 뭔가 생명체가 있는데 구분이 잘 안 되는 신기한 생명체가 있다. 한국의 산에서 몬스터는 아닐 터인데, 가만히 기를 퍼트리고 주변을 세밀하게 관찰한다. 이끼 밑으로 무언가가 움직인다. 다족이고, 몸체 길이가 50㎝ 정도 된다. 넓적하고 뱀은 아닌데 발이? 지네이다. 오공이다. 저렇게 넓적하고 긴 오공이 있는가? 어떻게 잡을까? 가 아니고 상처 없이 잡아야 약효가 높다. 이런 습지에 살지는 않을 텐데 신기하다. 점점 내가 있는 쪽으로 접근해온다. 요놈이 나를 밥으로 아는가? 손에다가 강기를 두르고 번개같이 이끼 속으로 손을 뻗어서 낚아챘다. 손에 꽉 차는 정도의 크기이다. 역시 오공이다. 붉은 적색의 오공 몸을 식히려고 습지를 돌아다니는 것인가? 팔을 휘감는다. 그래봐야 강기 위를 감는 것이지만 엄청나게 힘도 좋고 색깔을 보니 열기가 많은 땅에서 사나보다. 이놈을 살려서 가지고 가야 하는데 방법이 없다. 계속 손으로 잡고 있을 수도 없고 말이다. 어깨를 요리조리 돌려서 배낭을 벗었다. 현재 배낭에는 음식류를 다 동굴에 내어 놓았기 때문에 공간이 많다. '샷-건'이 있는 공간에다가 집어넣고 싹 닫아버렸다. 네놈이 아무리 힘이 세어도 와이번 가죽은 못 뚫겠지. 한참 동안을 우두둑 지지직 별소리가 다 들리더니, 포기했는지 조용하다. 엄청난 놈을 잡았다. 수백 년을 자랐을 것이다. 원래는 지네가 그렇게 오래 못사는 것이 정답인데 특수한 환경에서는 가능할지도 모른다. 벌레에 대해서는 잘 모르는 나로선 속단을 할 수가 없다. 대단히 위험한 독을 가진 놈인 것은 확실하다. 이끼를 잔뜩 채취해서 배낭에 담으니까 다시 적 오공이 설친다. 괴상한 소리도 낸다. '찌익찌익' 거린다. 쥐가 내는 소리와 유사한 소리가 좀 신경을 거슬리게 한다. 배낭을 메고, 코트를 덮어 입고는 사냥을 나선다. 제법 큰 사슴을 메고서 돌아오니 백호가 기다리고 있다. 이놈이 눈치가 갈수록 단수가 높아진다. 그런데 배낭을 벗어서 내려놓는데 백호가 목의 털을 바짝 세운다. 그리고 배낭을 향하여 으르릉 거린다. 이놈이 이정도로 무서운 놈인가? 오공 말이다. 백호가 겁을 낼 정도로 말이다. 백호를 쓰다듬어주면서 다독이자 사라가 이상하다는 듯이 백호를 껴안으면서 묻는다.

"오빠 배낭에 뭐가 있어요? 백호가 겁을 잔뜩 먹었는데요?"

"어 오공 한 마리 잡았어. 상당히 커! 한 50㎝ 정도 되는 놈이야."

"네? 오공이 뭔데요? 오빠 그것 굉장히 무서운 뱀 같은 건가요?"

"응 지네 말이야 지네 알지?"

"어머나 지네가 50㎝나 되는 것이 있나요? 세상에!"

"그러게 말이야. 나한테도 덤벼들려고 하더라니까? 빨간 색이야."

"우와! 지네가 얼마나 오래 커야 50㎝가 될까?"

"나도 처음 봐! 저렇게 힘도 세고 사납고 독도 분명 엄청 강할 테지 배낭 만지지 말 것. 백호야 너도 저것 가까이 가지 마 알았지?"

'크르르르' 놈도 신경을 바짝 세운다. 배낭을 열고 이끼를 꺼내니까 사라가 기겁을 한다.

"아 다른 칸이야. 걱정 마. 산삼을 이끼로 감싸놔야 싱싱하게 보관이 되거든. 그래서 말이야."

이끼를 물에 살짝 적셨다가 방석만큼씩 한 것을 쫙 펴고, 그 위에 인형백삼을 조심스럽게 놓고 줄기 까지도 꾸부려서 이끼를 싹 말아놓으니까. 안심이 된다. 네 뿌리를 다 그렇게 해서 사라의 배낭에다가 차곡차곡 넣고 공기가 통하게 동굴의 그늘에 세워 둔다. 나의 배낭은 벽에 걸어서 공중에 둔다. 그리고 잡아온 사슴을 해체한다. 백호가 입맛을 다시면서 내장을 주기를 기다린다. 이번에 잡은 것은 덩치가 워낙 큰놈이라서 내장을 한꺼번에 다 먹지 못할 것이다.

반만 주고 반은 물에 잠기게 넣고 돌을 눌러 둔다. 백호가 물끄러미 바라본다. '백호야 이것은 내일 배고프면 먹어라.' 하니 놈이 나와 눈을 맞춘다. 말을 알아듣는 것 같다. 꼬리를 빳빳하게 해서 휘돌리는 것이 기분이 좋을 때 하는 동작이다. 그리고는 내장 반을 먹기 시작한다. 엄청나게 맛있게 먹는다. 자식이 힘을 제대로 쓸려면 체력을 보강해 둬야 한다. 캔 맥주를 몇통 따고, 바비큐 사슴고기랑 먹으면서 사라를 안고 있으니 기분이 묘하다. 꼭 고향 집에서 명절에 가족이랑 저녁에 모여서 얘기를 하는 그런 기분이 든다. 사라가 배가 빵빵하게 먹고 마시더니 슬슬 오빠 품속을 파고든다. 녀석 머리를 가슴을 엉덩이를 만져주니까 벌써 입에 단내를 풍긴다. 오빠의 입술에 피가 나도록 물고 빤다. 엄청나게 정열적이고 발랄한 성격의 소유자이다. 엄마에게 교육을 어떻게 받으면서 컸는지 한편으론 꼼꼼하고, 세밀하고, 또 예민하기도 하다. 또 이렇게 조그만 몸에서 지칠 줄 모르는 성욕이 샘솟는지 '신기막측' 불가해하다.

"천사오빠! 나 홍콩 보내줘요. 죽여줘요. 네? 오빠는 사정을 안 하는 것 같아요. 왜 그래요? 오빠? 말해 봐요."

"응 사라야 오빠가 사정을 안 하는 것이 아니고 못 하는 거야. 네가 죽을 까봐서 끝까지 못 하는 거야. 요 맹추야. 그전에 너는 기절해 버리는데 어떻게 계속해? 정말 그러면 큰일 나 너 많이 다쳐서 임신을 못하게 될 수도 있어 그래서 오빠가 참는 거야. 요 꼬맹아!"

"힝! 나 오빠 아이 갖고 싶은데 씨-잉! 그러면 임신이 안 되잖아."

"응? 너 임신 안 되게 캡슐 팔에 넣고 있다면서 그 거짓말 참 말이야? 아니군. 요 여시 허허허"

"오빠 다른 사람이 그런다고 했지 제가 그런다고 안했잖아요. 저는 그런 것 필요 없어요. 연애도 안하고요. 오빠만 기다리면서 살 거예요. 평생 요. 그래도 되지요?"

"응! 그럼 알았어. 사라야 20살 넘어가면 그때 임신해라. 알았지? 아기가 아기를 가지면 요상하잖아. 하하하하"

"오빵 저 애기 아니잖아요. 오빠랑 섹스도 하는데 힝!"

"으악! 꼬집지 마라. 아기라는 말은 귀여워서 하는 말이야. 허허"

"저도 알아요. 안아줘-용 힝!"

"그래 사랑해 사라야!"

"오빠 사랑해요. 사랑해요. 죽도록 사랑해요."

백호는 아예 이사를 왔다. 자기 집은 그대로 두고 동굴에 와서 산다. 사라의 침대가 되는 것이 기분이 좋은 모양이다. 사라하고 같이 목욕도 하고 그렇게 논다. 나이가 많지도 않는데 상당히 영리하다. 요즈음은 사냥도 하지 않고 공짜로 먹고산다. 산삼을 9뿌리만 더 캐고 더 이상 캐지 않기로 했다. 수백 년은 되었지 싶은 것들이 다수 있다. 더 오랜 세월을 자란다면 또 필요한 사람들도 있겠지.

드디어 백호와 헤어질 시간이 되었다. 백호를 쓰담쓰담 해주면서 얘기를 한다. 훗날에 다시오마라고, 그리고 목도 쓰다듬어 주고 다시 만나는 날까지 백두산에 가지 말고 여기서 살아 라고하자 알았다는 듯이 꼬리를 빙글빙글 돌린다. 사라는 백호를 안고 뽀를 하면서 아쉬워한다. 사라의 휴대폰에는 백호와 같이 목욕하는 장면도 찍고 침대 삼아서 자는 장면도 찍어 뒀다. 그렇게 동굴의 한가운데에 사라를 업고 배낭을 앞으로 두 개를 메어달고서서 정신을 집중한다. 태백의 사라의 집 뜰에 뽕하고 솟아난다.

"어? 우리 집이네. 우와 오빠! 어떻게?"

"쉿! 어머님 깨실라. 그리고 사라야 둘이서 겪은 일은 어떻게 하기로 약속했지?"

"네 오빠! 알았어요. 절대 안 잊을께요. 윙크(찡긋) 헤헤"

"인터넷이 들어와 있지?"

"네 경매 붙이게요?"

"그래 그것이 제일 좋은 방법 같아서 말이야. 서울로 가지고 가 봤자 번잡하고 고생만하지. 별거 있겠어? 사진으로 찍어서 올리면 필요한 사람들 찾아오겠지 뭐!"

"맞아요. 오빠! 저 밥 차릴게요. 내려 주세요."

"응 조용히 움직인다. 알았지?"

"아 엄마! 일어 나셨어요?"

"어머님 저희들 무사히 다녀왔습니다. 꾸뻑!"

"안으로 들어오세요. 어서요. 제가 밥은 준비 할 테니 사라야. 너는 커피 준비해라."

"넵 엄마! 오빠! 들어가요."

"어머님 얼굴이 많이 좋아지셨네. 다행이다. 허허"

"그러네요. 엄마가 건강이 회복이 되고 있나 봐요. 오빠 고맙습니다. 감사합니다. 꾸뻑"

사라의 아이디로 구글 카페에 올렸는데 난리가 났다. 사진을 보고 전화번호를 알아내려고 전쟁이 벌어지다 시피 하는데, 공개 경매를 할까 하는데 장소를 어디로 하면 가장 좋을지 망설인다고 올렸더니 5만회가 넘는 글들이 올라온다. 그래서 태백시의 시청 대 회의실을 5시간동안 빌리기로 협조를 하고 카페에 장소와 시간 그리고 기본 금액을 올렸다. 전문 감정사를 태백시에서 협조를 해준단다. 전국의 유명한 감정사를 태백시 예산으로 5명을 부른다는 것이다. 대신에 경매총액의 50%를 북쪽의 아사자를 돕는 구제금으로 기부하는데 기부단체를 태백시로 하기로 했다.

2047년 12월 10일 오전 10시부터 '천년인형백삼 13 뿌리와 500년을 넘게 살아온 붉은 오공 한 마리가 경매 대상 품이다. 이미 사진으로 인터넷에 다 올라 있어서 전 세계가 알고 있다. 세계의 부호들이 전세기를 타고 날아오고 있는 줄은 꿈에도 모르고 있는 구루 무라카 세바스찬 과 김 사라 그리고 태백시 당사자들이다.

경매 당일 날 이른 시간부터 시청엔 경매 참여를 위해서 몰려 온 세계 각국의 부호들로 들끓고 있다. 태백시의 모든 경찰들이 다 투입되고도 인원이 부족해서 삼척과 강릉에서 지원 경찰 인원들이 300명이 넘게 추가로 투입이 된다. 이때까지가 아침 9시가 되기도 전의 일이다. 그리고 전문 통역사들이 다시 투입이 되는 소동이 일어난다. 09시 20분의 일이다. 그리고 각 방송국에서 요란하게 밀어 닥친 시간이 09시 30분이다. 예상보다도 엄청나게 어마어마한 경매가 될 확률이 100%인 것이다. 세계의 부호들이 찾아들지는 몰랐던 것이다. 또 경매 총액의 50%를 북쪽의 아사자들을 돕는 기금으로 들어간다는 사실이 뒤 늦게 밝혀진 것이다. 전 국민의 관심사가 아니라 국제평화재단의 관심과 유엔까지도 시선을 집중하는 대규모 경매인 것이다. 동시통역 자들이 20명이나 다시 투입된다. 외신 기자들은 어떻게 알았는지 100여명이 몰려들었다. 이때가 09:50분의 일이다. 그리고 시청 강당이 사람들로 꽉 들어찬 가운데 드디어 경매 사회자가 30개가 넘는 마이크 앞에 섰다. 경매 품들이 단상위에 진열이 되고, 감정사들이 뒷줄에 나란히 12명이 앉아있다. 그리고 무라카 세바스찬과 김사라가 단상의 우측에 자리하고 있다.

사회자가 간단하게 경매 품들을 소개하고, 감정사 대표를 소개하고 나서 감정된 물품의 소개를 감정사 대표가 나와서 소개를 한다. 먼저 인형백삼의 감정 결과를 소개하는데 환호가 터진다. 좌중을 둘러보면서 어디에서 채취한 것인지는 보안상 밝히지 못함을 양해를 구하고 13 뿌리 중에 860년 된 것이 한 뿌리 있고 나머지는 모두 천년이 넘은 것이며 가장 오래된 것은 1,500년이 넘은 것은 확실한데 그 이상은 감정사들도 정확하게 감정을 해내지 못했다는 내용이고, 붉은 오공은 600년 이상 살아온 귀물이며 현재도 생생하게 살아 있음을 강조하고 자리에 앉는다. 특수강화 유리관 속에서 왔다 갔다 하는 모습이 보이니까 더 이상 설명은 불필요하다.

다시 사회자가 앞에 섰다. 경매요령을 간단하게 설명하고 대금 결재와 동시에 경매품은 경찰 700명이 철통같이 경계하고 있는 시청 내에서 인계되며, 모든 일이 종결 될 것임을 알리고 바로 경매가 시작 되었다.

경매 경쟁은 상상을 초월하는 결과를 만들어내고 있다. 1,500년 이상의 인형백삼이 540억에 낙찰되었다. 총13뿌리가 5,080억에 낙찰이 되었다. 그리고 오공 한 마리가 경매장을 발칵 뒤집어 놓았다. 결국은 미국의 대부호가 1000억(1억달러)에 낙찰을 받았다. 외국에서 왜? 오래된 오공에 그렇게 목숨을 건 경쟁을 하는지 신기한 일이였다. 살아 있다는 것에 그만한 가치가 있는 것일까? 경매총액 6,080억이나 된다. 사상초유의 이슈가 되어서 전 세계로 퍼져 나갔다. 그 바람에 태백시는 세계에서 가장 진기한 물건들이 나오는 도시로 소문이 났다. 약속대로 3,040억을 북쪽 아사자 구제 사업 기금으로 지불되었다. 나머지 3,040억에서 세금을 제하고 나니 2,006억 원이 '구루 무라카 세바스찬'의 돈이다. 메스컴 들이 집요하게 추적을 했지만 태백시는 끝내 약속을 지켰다. 원래 주인이 누군지 그리고 어디서 채취한 것인지는 미궁에 남겨졌다. 태백시에 요청을 해서 구루는 새로운 신분을 획득하고 주민등록도 만들고 아파트도 붙은 것 두채를 매입을 했다. 그리고 정식 태백시민이 되었다. 사라와 사라 어머님은 좋아서 얼굴이 피어난다. 새로운 집도 생기고 사라의 사랑하는 오빠도 생기고 말이다. 천사 사위를 얻었으니 두말하면 잔소리다.

"사라야 오빠가 천국에 다녀와야 하는데 좀 시간이 걸릴 거야. 울지 않고 잘 기다릴 수 있지?"

"넵 오빠! 얼마든지 기다릴게요. 걱정 말고 다녀오세요. 보고 싶어도 안 울 거예요. 헤헤헤"

"그래 어머님께 인사하고 올게. 여기 있어라."

"네 바로 옆집인데 뭐 같이 가죠."

"어머님! 제가 천국일로 천국엘 다녀와야 합니다. 좀 오래 거릴지도 모릅니다. 이것은 어머님 통장이고요. 이것은 사라 통장입니다. 각각 5억씩 넣어뒀으니, 필요한 일에 사용하시고요. 건강 유의하시고요. 좋은 일 많이 하십시오. 어려운 사람들 보면 그냥 지나치지 마시고요. 그럼 다녀오겠습니다."

꾸뻑! 인사를 하고 다시 옆집으로 이동한다.

"사라야. 사랑해. 잘 갔다 올게 엄마 잘 모시고 즐겁게 살아라. 알았지? 쪽!"

"넹 오빠! 오빠만 기다리고 있을게요. 그 호흡법 수련하면서요."

사라를 가만히 바라보면서 미소를 지으면서 그렇게 환한 빛과 함께 사라져 버렸다.

러브 레스트 385호실이다. 주위를 둘러봐도 떠날 때 그대로이다. 1층으로 터벅터벅 내려온다. 발걸음이 전과는 바뀌어 있다. 보통 사람들처럼 걷는 것이 어느 정도 몸에 익숙해진 탓이다.

"무라니야. 어딨니? 아빠가 보고 싶구나."

"볼리아야 아빠 왔다 어딨니?"

어? 아무도 대답이 없다. 얘들이 다 어디로 갔지?

1층에서 한참을 기다린다. 혹여 중요한 수련을 하는데 심어로 부르면 부작용이 생길 수도 있으니까 말이다. 그런데 아무런 반응이 없다 밖으로 나오니 말들이 따각따각 달려온다. 녀석들이 자유롭게 풀을 뜯다가 주인을 보고 달려오는 것이다. 갈퀴를 쓰다듬어 주고 엉덩이를 두드려 주니 다시 벌판으로 달려간다.

"R-2 사령관이다. 현재 위치를 통보바람! 오버"

"R-2입니다 사령관님! 우주 공간에 있습니다. 오버"

"러브 네스터로 오기 바람. 오버"

"넵 즉시 출발합니다. 오버"

모선 Korea 에 오니 모두 모선에서 수련하고 있었단다. 각종 시스템을 이용한 수련을 위해서 일부러 모선으로 왔단다.

볼리아부터 모두 달려와 안긴다. 아이들도 모두 모선에서 수련 및 연구에 집중하고 있다. 웬 일인지 물어 보니까. 아빠는 고도로 수련을 해서 시공을 초월했는데, 자기들은 그동안 너무 방만하게 세월을 보냈다는 것이다. 그래서 지금부터라도 열심히 수련을 해서 아빠의 능력에 반의반이라도 쫓아가려고 노력하고 있단다. 모두 기특한 생각을 한다면서 다 상을 준다. 뽀뽀 상이다. 10일간 모선에서 머물다가 천사에게 간다.

"폐하 오랜만에 오셨습니다. 제 품에 누우세요."

"천사여 가임이 되도록 내 몸을 재 조율을 부탁하네."

"네 폐하 그 말씀을 언제 하시나 기다렸사옵니다. 천사는 기쁩니다. 폐하! 폐하의 옥체는 이제는 신의 경계를 넘어섰군요. 더이상 저로선 조율이 불가 합니다. 폐하께서 마음으로 모든 것이 조율이 됩니다. 진화를 앙축 드립니다. 폐하!"

"음 그래 잘 알았다. 아이들 모두 이상이 없겠지?"

"네 그렇습니다. 폐하"

"고맙네 나의 천사여 항상 천사의 가호가 나와 모든 천족들에게 골고루 있기를 바란다네. 그럼"

"안녕히 가십시오. 폐하"

셔틀 폰 프린스에 올라서 그린 위드 공작령으로 간다. 수제자의 안부가 궁금한 것이다.

역시 아직 위드의 모습은 보이지 않고 두 아이의 엄마가 된 레이스 공주가 열심히 검법을 수련하는 모습만 보인다. 그 모습을 보고 있다가 돌아서는데 레이스가 달려온다. 그리고 맨바닥에 무릎을 꿇고 큰절을 올린다. 위드에게 배운데로 인사를 하는 모습이 예쁘다.

"대 사부님! 그동안 건강하신지요?"

"오냐! 두 아이의 엄마가 되어서도 검을 수련하는 모습이 보기가 좋구나. 아이의 아빠 소식은 듣고 있는가?"

"네 대 사부님 이제 곧 도착한다는 연락을 받았습니다. 지금쯤 제국의 용병단 지단에 도착해 있는 것으로 압니다."

"아 그래 어디보자 온 김에 공주의 경지를 보고 싶구나. 이리 가까이 와 보려무나. 그래 팔을 내밀어 보거라. 어디보자"

기를 흘려 넣어서 쭉 살펴본다. 그리고 흐뭇한 미소를 지으면서 손을 뗀다.

"오호 열심히 수련을 했구나. 벌써 상급수준이나 되었구나. 허허허 그래 내가 왔다갔다고 전하고 행복하게 살아가도록 하려무나, 어려운 일이 있으면 사형제들과 의논을 해서 처리하고, 나는 하늘에 있으니 급하면 나에게 전하는 방법을 알고 있으니 그리하면 된다. 그럼 잘 있어라."

고개를 드니 없다. 벌써 사라지신 것이다.

마젤란의 수도로 이동을 하다 보니 거대한 건축물이 보인다. 저곳이 지단인 모양이다. 폰 프린스를 공중에 대기시키고 점프로 내려오니 갑자기 나타난 사람을 보고 우루루 몰려온다. 용병들은 역시 뭔가 다르다 행동 양식이 자유분방하니, 궁금한 일이 생기면 이렇게 우루루 몰려드는 것이다. 무리들 중에 누군가가 단장님 얼굴을 아는가 보다

"와! 위대하신 단장님이시다. 단장님이 오셨다."

금방 함성 소리에 건물 안에서 달려오는 사람들이 보인다. 그 중에 위드도 달려오고 있다. 30명가량이 달려 오드니 모두 털썩털썩 무릎을 꿇고 큰절을 올린다.

"사부님을 뵙습니다."

"스승님을 뵙습니다."

"오 그래 다들 잘 지냈느냐? 위드야! 너는 색시한테 부터 가야지 여기에 있으면 어쩌누?"

"와! 하하하하하"

건물들의 규모가 대단하다. 100만 명을 수용할 수 있는 건물이라더니 정말 어마어마한 규모이다. 검술 아카데미에도 어린 아이들이 바글바글하다. 벌써 체계가 잡히고 제대로 교육이 이루어지

고 있는 것이다. 온 김에 각 시설들도 둘러보고 제자들 근황도 듣고 그렇게 시간을 보내다가 일어섰다. 러브 네스트로 돌아갈 시간인 것이다.

다들 수련에 바쁘고 러브 네스트가 텅텅 비어 있으니 썰렁하다. 그래서 1층으로 내려와서 밖으로 걸어 나오는데 커다란 자루 (가죽 포대)가 굴러 오듯이 막 문으로 들어선다. 어? 이것이? 뭐야?

"앗! 주인님? 으앙! 주인님! 언제 오셨어요? 너무너무 보고 싶었습니다. 주인님! 사랑해요. 주인님!"

가죽 포대를 팽개치고 덥석 안겨드는 몰리아스 공주! 그러고 보니 모선에서도 보이지 않았다. 생각해보니 몰리아스는 러브 네스트의 지킴이가 아닌가?

"아 몰리아스 공주로구나. 그래 잘 지냈느냐?" 토닥토닥 쓰담쓰담!

"넹 주인님! 다들 하늘에 함선에 계십니다. 저만 이곳에서 관리하고 있는데 심심해서 과일을 모아서 술을 빚으려고요. 헤헤헤"

"술을 만드는 법은 아느냐?"

"네 언니가 가르쳐 주셨어요. 그래서 주정도 준비가 되어 있고요. 주인님은 이제 어디 안 가시나요? 몰리아스를 사랑해 주실 거죠?"

"음 항상 몰리아스를 사랑하지 그것이 지금도 이렇게 안아 주고 있잖아. 뽀를 해줄까? 쪽! 자 하던 일 계속 하려무나. 허허허"

"이런 사랑 말고요 섹스를 해주셔야 진짜 사랑해 주시는 거죠."

"응? 섹스? 그것은 후세를 남기기 위해서 하는 행위야. 몰리아스는 기계잖아, 임신을 할 수 없잖아 그러니 섹스가 필요가 없지 안 그래? 허허허 예쁜 몰리아스가 그런 것도 알고 있다니 정말 과학의 섬세함을 다시 봐야 하겠군."

"힝! 그래도 저도 섹스를 한번 해보고 싶어요. 주인님! 사랑해주세요. 네?"

"어디보자. 섹스는 말고 오밋은 해 줄 수 있지 만져주마."

진짜 궁금해서 몰리아스를 옷을 몽땅 벗기고 만져준다. 손으로 확인을 해볼 심산이다. 사람이랑 똑 같다. 신체적 구조도 그렇고 피부 감촉도 그렇고, 중요 부위를 만져주니 반응도 그렇고, 성감대를 만져주니 자지러진다. 적당한 분비물도 나온다. 어이가 없다는 생각이 든다. 키스를 해주면서 손가락으로 아래를 만져주니 몸을 부르르 떨더니 만족한 표정을 짓는다. 사람의 감정을 그대로 나타낸다. 로봇이 말이다 하긴 신경망이 사람과 같다면 그럴수도 있겠다. 용량은 차고도 넘치니 말이다.

"몰리아스야 만족 했니? 우리 몰리아스가 귀엽고 예쁘구나. 허허"

"넹 주인님! 주인님 손길이 너무너무 좋습니다. 사랑해요. 주인님!"

"몰리아스야 이곳을 잘 지키고 있어라. 나는 또 좀 오랜 동안 여행을 하고 오마 알았지? 쪽"

"넵 주인님 잘 다녀오십시오. 언제나 몰리아스는 주인님을 기다립니다. 사랑하는 주인님을요." "그래 고맙구나." 3층으로 올라간다.

태백시의 아파트에 돌아오니 비어 있다. 방금 마시다 만 커피가 김을 피워 올리고 있다. 사라가 엄마 집으로 갔는가보다. 불려갔던지 아님 잠깐 갔겠지. 빙 둘러보니 깨끗하게 정리도 되어 있고 청소도 되어 있다. 오랜만에 돌아온 고향집 같다. 느낌이 말이다. 한 달이 조금 지난 시간인 것인가? 정확히는 모르겠다.

별 신경을 쓰지 않으니 말이다. 사라가 마시다 만 커피를 마셔본다. 좀 진하게 마시는 편이네 사라가? 스트레스가 심한가? 날 기다리느라 스트레스를 받는 건가? 커피에 물을 제법타서 마시니 제 맛이 난다. 사라는 그 만큼 진한 커피를 마신다는 뜻이다. 침실이 있는 방도 먼지하나 없이 깔끔하다. 서고로 사용할 방에 들어가니 책장에 책들이 빽빽하다. 한 달 동안 책을 무지 많이 구입을 했다. 공부를 다시 시작하려고 하는 것인가? 책들을 쭉 살펴본다. 장르별 소설들도 있고 시집도 있고 경제학 경영학 등 전문서적들도 많고, 잡지도 한쪽에 쌓여있다. 독서를 좋아 하는가 보다. 원색 약초 도감도 있다. 산삼을 캐러 갔다 왔으니 당연한 것이다. 의학 서적들도 꽤 된다. 이런 것은 읽기가 꽤 어려울 텐데 말이다. 다시 거실로 돌아 나오니 멍 하게 서있는 사라가 보인다.

"사라야! 오빠 왔다."

"꺅! 오빠!"한 마리 새처럼 날아든다. 아! 이 냄새 이 머리냄새 사라의 냄새! 작은 새 같다는 생각이 든다. 등을 쓰다듬고 머리를 어루만지다가 번쩍 안아 들어서 키스를 한다. 달달한 사라의 꿀 같은 혀가 빨려 들어온다.

"보고 싶었어요. 오빠! 미치는 줄 알았어요. 오빠! 저 잘 참죠? 그래서 책도 보고, 그 호흡수련도 하고 그랬어요. 사랑해요. 오빠! 너무너무 사랑해용!"

"그래 나도 사라 무지무지 사랑해. 그래서 이렇게 무지무지 빨리 왔잖아. 허허허 어머님은 건강하시지? 어때? 인사부터 드리고 올게."

"오빠! 엄마 시장 보러 가셨어요. 오빠가 오실 것 같다면서 음식 재료 사러 가셨어요. 헤헤헤 신기하게 딱 맞추시네. 우리엄마!"

"아 그럼 짐이 많아서 힘들 텐데?"

"걱정 말아요. 배달 해주니까요. 오빠! 사랑해요 안아줘요. 네?"

사라를 번쩍 안아들고 침실로 들어간다. 곱게 옷을 벗기고 애무를 해주자 벌써 자지러진다. 제대로 씨를 뿌려야 하겠다는 의지를 가지고 천천히 사라의 몸속으로 들어간다. 무리가 가지 않게 조심하면서 천천히 움직인다. 그런데도 벌써 까무라-쳐 버린다. 얼굴을 쓰다듬으면서 기를 흘려 넣으니까 정신을 차린다. 행위를 계속 하면서 기를 넣어준다. 행위 중에 치료도 두 번을 하면서 일을 치루었다. 씨를 뿌린 것이다. 상처가 제법 큰지 출혈이 심해서 다시 치유를 한다. 세 번을 마법으로 치유를 했다. 사라는 완전히 혼절해 버렸다. 휴지로 아래를 조심스럽게 닦아주고 계속 흘러내리는 정액을 패드를 찾아서 팬티에 붙여서 입혀준다. 그리고 온몸을 쓰담쓰담 해준다. 두 시간 정도를 기로 목욕을 시켜주자 속눈썹이 파르르 떨리면서 깨어난다. 긴 키스를 해주자 손으로 구루의 머리를 끌어안는다. 사라의 조그만 가슴에 얼굴을 묻자 사라의 심장 박동소리가 콩닥콩닥 들려온다. 아~! 사랑하는 여인의 가슴에 얼굴을 묻어본지가 얼마인가? 이렇게 작은 가슴이지만 구루의 마음에는 하늘만큼이나 크게 느껴진다. 어머님의 가슴이 이러 했던가? 조그마한 여인의 가슴이 이렇게 넓을 줄은 몰랐다. 그렇게 사라의 가슴에 얼굴을 묻고 정말 오랜만에 포근함을 느끼면서 휴식을 취한다. 어머님 품에 안긴 아기처럼 평화롭게 잠깐 30분쯤을 잤다. 그 동안의 일들이 파노라마처럼 구루의 생각 속에 스쳐간다. 사라는 오빠의 머리칼을 계속 쓰다듬고 있다. 사랑하는 천사 오빠! 한 몇 년은 있어야 다시 올 줄 알았다.

그런데 이렇게 빨리 오신 것이다. 얼마나 좋은지 모른다. 오빠를 닮은 예쁜 아기를 갖고 싶다. 은발에 파란 눈을 가진 아기를 말이다.

- 제3부 끝 -　　[完]

　미뤄오던 숙제를 한 것 같은 느낌입니다. 보잘 것 없는 필력으로 글을 쓴다는 것이 상당한 내공이 필요한 작업이더군요. 독자 제위들께서 좀 더 재미있게 읽을 수 있는 글을 만드느라 고심을 해 봤습니다. 요즈음은 특별하게 취미를 가지신 분들 외에는 독서를 즐기는 분들이 흔하지 않는 시대인지라 감히 장르를 다각도로 연구하면서 이 책을 발간하게 되었습니다.

　아무쪼록 복잡 다변하는 사회 속에서 잠시 생활의 활력이 되는 글로 읽혔으면 하는 바램입니다.

　많은 관심과 지도 편달을 부탁드립니다. 행복하십시오.

創造文學 作家
朴 兄 圭 拜上